KB000141

어제가
없으면
내일도
없다

昨日がなければ
明日もない

옮긴이 **김소연**

경북 안동에서 태어났다. 한국외국어대학에서 프랑스어를 전공하고, 현재 출판 기획자 겸 번역자로 활동하고 있다. 옮긴 책으로는 『우부메의 여름』, 『망량의 상자』, 『웃는 이에몬』, 『엿보는 고헤이지』 등의 교고쿠 나쓰히코 작품들과, 미야베 미유키의 『마술은 속삭인다』, 『외딴집』, 『혼조 후카가와의 기이한 이야기』, 『괴이』, 『흔들리는 바위』, 『흑백』, 『안주』, 『그림자밟기』, 『미야베 미유키 에도 산책』, 『만물이야기』, 『십자가와 반지의 초상』, 『사라진 왕국의 성』, 『회망장』, 『삼귀』, 『금빛 눈의 고양이』 덴도 아라타의 『영원의 아이』, 마쓰모토 세이초의 『짐승의 길』, 『구형의 황야』, 하타케나카 메구미의 『샤바케』, 『뇌물은 과자로 주세요』 등이 있으며 독특한 색깔의 일본 문학을 꾸준히 소개, 번역하고 있다.

KINO GA NAKEREBA ASHITA MO NAI
by MIYABE Miyuki
Copyright © 2018 MIYABE Miyuki
All rights reserved.
Originally published in Japan by Bungeishunju Ltd., Tokyo.
Korean translation rights arranged with RACCOON AGENCY INC., Japan
through THE SAKAI AGENCY and JM CONTENTS AGENCY.

이 책의 한국어판 저작권은 JM에이전시를 통한
MIYABE Miyuki와의 독점 계약으로 **도서출판 북스피어**에 있습니다.
저작권법에 의해 한국 내에서 보호를 받는 저작물이므로 무단 전재와 복제를 금합니다.

이 도서의 국립중앙도서관 출판예정도서목록(CIP)은 서지정보유통지원시스템 홈페이지(http://seoji.nl.go.kr)와 국가자료공동목록시스템(http://www.nl.go.kr/kolisnet)에서 이용하실 수 있습니다. (CIP제어번호 : CIP2020009640)

어제가
없으면
내일도
없다

미야베 미유키

昨日がなければ
明日もない

김소연 옮김

북스피어

절대 영도

1

트위드 재킷에 슬림한 바지. 밖에서 들어왔을 때는 단풍 모양이 선명하게 프린트된 큼직한 숄을 어깨에 걸치고 있었다. 응접용 테이블을 사이에 두고 마주 앉아 내가 명함을 내밀자, 명품인 듯한 검은 가죽 가방에서 안경을 꺼내 코끝에 올려놓고 명함을 살펴보았다. 옅은 와인색 렌즈가 엷은 화장을 한 안색에 잘 어울린다. 어느 모로 보아도 품위 있는 부인이다. 나이는 50대 후반일까. 단정하게 다듬은 손톱에 새먼핑크와 베이지를 조합한 네일 케어가 되어 있다.

이 부인이 스기무라 탐정 사무소의 기념할 만한 열 번째 의뢰인이었다. 전화를 받은 것은 어제 오후였는데 가능한 한 빨리 상담하고 싶다고 했다. **오피스 가키가라**에서 하청받는 일을 제외하면 내 스케줄은 텅텅 비어 있었기 때문에 나로서도 고마운 일이었다.

2011년 11월 3일, 문화의 날. 오전 10시를 5분 정도 지났을 때였다.

"이렇게 빨리 시간을 내 주셔서 고맙습니다."

안경을 벗고, 부인은 가볍게 머리를 숙였다.

"이 사무소에 대해서는 지인이 가르쳐 주었어요. 그 지인도 몇 달 전에 트러블이 좀 생겨서 스기무라 씨의 신세를 진 친구에게 전해 들었다고——그러니까 건너 건너 들은 거지만요."

우리 사무소는 사소한 입소문이 생명줄이다. 그 친구가 과거 아홉 명의 의뢰인 중 누구인지는 모르지만 내가 한 일이 마음에 들었다니 기쁘다.

"신경 쓰지 마십시오. 보시다시피 영세한 사무소니까요. 소개가 없다고 의뢰를 받지 않는 일은 없습니다."

비서도 사무원도 없기 때문에 손님이 오면 내가 직접 커피를 내온다. 말이 사무소지 사무용 빌딩도 아니고 주상복합 건물조차도 아닌, 다른 사람의 집 한 모퉁이를 빌렸을 뿐이다. 그 '집'이 증개축을 되풀이하는 바람에 복잡기괴한 미로처럼 되어 버린 커다란 저택이라는 건 조금 특이하지만.

"조사 사무소나 탐정 사무소 같은 곳을 찾아오는 것도 처음이에요."

"이곳에 오시는 분은 대부분 그렇습니다."

"처음에는 지인이 같이 따라와 주기로 했었는데 몸이 안 좋아졌다면서……. 원래 혈압이 높은 사람이거든요."

긴장한 탓인지 부인은 끊임없이 눈을 깜박이면서 쉴 새 없이 말했다.

"게다가 사실을 말씀드리자면, 이건 뭐랄까요, 그, 단순한 가정

내 싸움이 아닌가 하는 기분도 들어요. 제가 혼자서 난리를 치고 있는 건지도 모르죠. 그러니까 우선 이야기를 들어 보시고, 정말로 조사랄까…… 그런 걸 하는 게 좋을지 어떨지, 그것부터 상담하고 싶은데요."

나는 느리고 깊게 고개를 끄덕였다.

"알겠습니다. 이야기를 들으면서 메모를 할 텐데 괜찮으실까요?"

순간 부인은 긴장했다.

"제가 기억하기 위해서 쓰는 겁니다. 기록으로 남기는 건 아니고요. 의뢰를 맡지 않게 된다면, 쓴 것은 그 자리에서 파기하거나 부인께 넘겨 드리겠습니다."

그녀의 눈가에는 아직 망설임이 있었다.

"그렇다면 네, 그러세요."

대답하는 목소리도 딱딱하다.

"먼저 성함을 좀 확인하겠습니다."

전화로는 '하코자키'라고 했었다.

"하코자키 시즈코筥崎静子라고 해요. 한자로는 별로 많이 쓰지 않는 '하코'지요."

직접 써 준 한자를 보고 나는 납득했다.

"남편의 본가가 특별히 오래된 가문인 것도 아니고, 그냥 쓰기 쉬운 '하코箱'로 바꾸면 더 편리할 텐데 말이에요."

사는 곳은 사이타마 현 사이타마 시 우라와 구. 집은 단독주택

이고 가족 구성은,

"지금은 남편이랑 저랑 둘뿐이에요. 딸은 결혼해서 사가미하라 시에, 아들은 전근으로 4월부터 기타큐슈 시에 있거든요."

부인은 단숨에 말하고 가볍게 입술을 축였다.

"상담하고 싶은 건 딸에 관한 일이에요."

사사 유비, 27세, 전업주부. 남편은 사사 도모키, 26세, 광고 대행사 근무. 결혼식과 혼인 신고는 재작년 6월.

"딸도 결혼 전에는 일을 하고 있었어요. 소위 말하는 결혼 퇴직을 한 거죠."

"자제분은요?"

"아직 없어요. 빨리 갖고 싶어 했지만 사람의 힘으로 되지 않는 거니까요."

갖고 싶어 했다. 과거형이다.

"지금은 그럴 때가 아니라서."

하코자키 부인의 미간에 주름이 생겼다.

"딸은 입원해 있어요. 벌써 한 달도 넘었죠."

"병세가 심각한가요?"

"──자살미수예요."

10월 2일 심야, 자택의 욕실에서 손목을 그었다고 한다.

"다행히 생명에 지장은 없었어요. 하지만 정신 상태가 불안정하다는 판정을 받고 구급병원에서 멘탈 클리닉으로 옮긴 후로 계속 입원해 있어요."

걱정이 되는 것이 당연하다.

"마음이 아프시겠습니다."

하코자키 부인은 고개를 숙이고 있었다. 머리에 누름돌이 얹혀 있는 것처럼 목이 뻣뻣하다.

"외람된 말씀이지만 제게도 딸이 있어서, 어떤 마음이신지 압니다."

부인의 어깨가 내려가고 입가가 떨리기 시작했다.

"저는 뭐가 뭔지 모르겠어요. 왜 딸이 자살을 하려고 한 건지."

"본인은 뭐라고 하던가요?"

하코자키 부인은 얼굴을 들고 나를 보았다. 번민과 불안이 옅은 화장 밑에서 생생하게 떠올랐다.

"그러니까 모르겠어요. 입원한 후로 저는 한 번도 딸을 만나지 못했으니까요. 만나 주질 않아요. 전화도 문자도 소용이 없고, 유비가 지금 어떻게 지내는지 저는 전혀 몰라요."

'의료법인 기요타회(會) 아워 해피니스 멘탈 클리닉'

기요타회는 오타 구내에 있는 종합병원을 중심으로 재활 전문 병원이나 노인 요양 시설, 입원했다가 퇴원한 아이들을 위한 탁아소 등 폭넓은 의료 서비스를 펼치고 있는 의료법인이다. 종합병원을 개업한 것은 1962년이라고 하니 역사도 그럭저럭 오래되었다.

야마노테선 에비스 역 근처에 있는 아워 해피니스 멘탈 클리닉은 그중에서도 가장 새로운 시설이었다. 개업은 2008년. 3층짜리 아담한 건물이다. 홈페이지의 영상을 보니 클리닉이라기보다는 피부 미용 살롱 같은 세련된 인상이었다. 진료 과목은 '심료내과'와 '정신과'. 완전 예약제지만 '응급 진료 가능' 그리고 '입원 시설 완비'라고 적혀 있다.

노트북을 돌려서 하코자키 부인에게 모니터를 보여 주었다.

"이 클리닉이 맞습니까?"

"네."

돋보기안경의 안경테를 손가락으로 누르며 그녀는 고개를 끄덕였다.

"몇 번 찾아가 봤지만 어머니라고 해도 사위인 도모키의 허가가 없는 이상은 면회를 할 수 없다고 거절하더군요."

"남편인 도모키 씨가 아내 유비 씨의 부모님 면회를 거절하고 있다고요?"

"맞아요. 유비와 면회할 수 있는 건 자기뿐이라고 했어요."

"의사가, 유비 씨는 면회 사절이라고 말한 건 아니로군요."

"담당의사는 만난 적이 없어요. 이름도 모르고요."

클리닉에 가면 늘 안내 데스크에서 문전박대를 당했다고 한다. 사위가 전해 주는 정보밖에 들어오지 않는 상태인 셈이다.

"처음에는 어디에 입원했는지도 가르쳐 주지 않았어요. 아무리 그래도 엄마인 저한테 그럴 건 없지 않느냐고 울면서 부탁했더니 마지못해 가르쳐 주었지만요."

──유비는 장모님을 만나고 싶지 않다고 했습니다.

"그것도 의사가 아니라 남편인 도모키 씨가 한 말이로군요."

하코자키 부인은 금방 대답하지 않고 물끄러미 모니터를 응시했다.

"자살 미수의 원인은 저한테 있다면서, 유비가 그런 짓을 한 것은 장모님과의 관계에 문제가 있기 때문이 아니겠느냐, 이쪽에서는 의절도 생각하고 있다, 지금은 소란스럽게 하지 말고 유비를 가만히 내버려둬 달라고 했어요."

부인의 눈가가 빨개졌다.

"그 발언에, 의사의 진단 같은 증거는 있던가요?"

"몰라요. 하지만 유비가 울면서 그렇게 호소하고 있대요. 엄마하고는 이제 만나고 싶지 않다, 가까이 오지 말아 줬으면 좋겠다고."

목이 메고 목구멍이 꿀꺽 움직였다.

"무엇을 물어도 사위가 그렇게만 우기고 있어요. 대화가 안 돼요. 유비한테 미안하다면서, 저하고 만나 주지도 않아요. 전화로 하고 싶은 말만 할 뿐."

부인은 가방에서 손수건을 꺼냈다. 눈에 눈물이 고였다.

"어쨌든 얼굴을 마주 보고 얘기하고 싶어서, 직장은 아니까 가 봤어요. 하지만 회사에서도 안내를 해 주지 않더군요. 일요일에 집으로 찾아가도——있으면서 없는 척했던 건지도 모르지만 나오지 않았어요."

눈에 눈물이 고이고 목소리가 흐트러지기 시작했다.

"물을 가져다 드리지요."

나는 자리에서 일어나 냉장고에서 미네랄워터 병과 잔을 꺼내다가 테이블에 늘어놓았다. 하코자키 부인은 눈가를 누르고 콧물을 훌쩍이면서 머리를 숙였다.

나는 컴퓨터를 내 쪽으로 돌리고 클리닉의 평판을 검색해 보았다.

대충 본 바로는 호의적인 평가가 많다. 대응이 빠르다, 카운슬러가 우수하다, 환자의 가족도 서포트해 준다, 패닉 장애, 대인공포증, 강박신경증 치료에 강하다 등등. 클리닉의 입원 시설은 대개 섭식 장애로 고통받는 환자의 식사 요법을 위해 마련된 모양이다. '응급 진료'라는 것도 자살 미수나 자해를 되풀이하는 환자를 긴급하게 받아 보호할 준비가 되어 있다는 의미인 것 같다.

환자 본인이 올린 글도 있고 보호자나 가족이 쓴 것도 있다. 딱히 눈에 띄는 내용은 없었다.

"죄송해요, 제가 너무 흥분했죠."

"신경 쓰지 마십시오. 현재 상황에서는 어머님이 유비 씨 때문에 그러시는 게 당연하지요. 기분은 괜찮으세요?"

"네."

나는 다시 컴퓨터를 부인 쪽으로 돌렸다.

"웹에서 보자면 제대로 된 클리닉인 것 같군요."

손수건을 코에 대고 하코자키 부인은 고개를 끄덕였다. "건물이 깨끗하고 청소가 구석구석 잘 되어 있었어요. 분위기도 밝고 안내 데스크 사람도 상냥하고요. 하지만."

"면회는 시켜 주지 않는단 말씀이시죠."

"네."

"다른 가족 분들은 어떠십니까? 유비 씨의 아버님과, 형제는."

"유비보다 세 살 어린 남동생이 있어요. 이름은 다케시고요."

"다케시 씨 쪽에서 유비 씨한테 연락은 되나요?"

"안 돼요. 저랑 완전히 똑같은 상태예요."

부인은 딸의 페이스북을 친구 추가해서 평소에도 보고 있었다는데 자살 미수가 있은 후로는 새 글이 올라오지 않았다고 한다.

"성실하게 일기를 쓰고 있었는데."

"그런 상태라면 유비 씨의 다른 친구들도 걱정하고 있겠네요."

"그래서 사위한테 말했어요. 뭔가 설명을 해야 되지 않느냐고."

그러자 페이스북은 자신이 대처하겠다, 장모님은 이제 보지 말아 달라고 대답했다.

"그게 지난달 7일이었나 8일이었나. 신경이 쓰여서 이삼일 후에 봤더니 닫혀 있더라고요."

"그 일로 유비 씨의 친구들한테서 무슨 일이냐고 하코자키 씨 쪽으로 문의는 없었나요?"

"없어요. 저는 딸의 교우 관계는 잘 몰라서."

"그럼 유비 씨의 친구 중에서 이런 때 하코자키 씨가 상담할 만한 분도 없나요?"

부인은 굉장히 미안한 듯한 기색으로 고개를 끄덕였다.

"죄송해요."

나는 부인에게 보이지 않도록 조심해서 메모를 했다.

(확인할 것·사사 도모키는 아내의 친구들에게 어떻게 설명하고 있는가.)

"다케시 씨한테는 하코자키 씨 쪽에서 사태를 알리신 거죠?"

"네. 아들도 놀라서 당장 사위한테 연락했지만 제가 들은 것 이상의 자세한 내용은 알려 주지 않아서, 결국."

——너랑은 상관없는 일이니까 참견하지 말아 줘.

꽤 심한 말이다.

"아들은 멀리 전근을 가서 겨우 자리를 잡은 참이라 쉽게 이리로 올 수도 없어요. 물론 걱정은 해 주고 있지만."

하코자키 부인은 지친 듯이 한숨을 쉬었다.

"남편은…… 이 일을 몰라요. 알리지 않았어요."

"뭔가 사정이 있습니까?"

"남편은 도쿄전력 임원이라서요."

아, 하고 생각했다.

"원전 사고가 일어난 후로 휴일 없이 일하고 있어요. 5월 말부터는 내내 현지에 가 있어서, 저도 가끔 전화로 이야기나 하는 정도예요."

나는 그저 고개를 끄덕일 수밖에 없었다.

"소중한 딸이 자살을 시도했으니 원래 같으면 제일 먼저 남편한테 상의하고 싶죠. 하지만 지금은."

부인의 목소리가 또 메인다.

"어쨌든 유비를 만나고 싶어요."

그녀는 양손을 쥐어짜면서 토해 냈다.

"그 애가 정말로 저 때문에 자살을 시도했다손 치더라도 얼굴 한 번 마주하지 않고 이대로 의절해 버리면 아무것도 해결되지 않잖아요. 제가 유비에게 힘이 되기는커녕 해만 줄 뿐이라는 사위의 말은 믿을 수 없어요. 우리는 지금껏 평범하지만 사이좋은 모녀라 여기며 살아왔으니까요."

앞뒤가 맞는, 심정적으로도 지당한 호소다.

"과거에 유비 씨와 크게 싸우신 적은 있습니까?"

"없어요."

"다케시 씨한테는 이 일에 대해서 의견을 물어보셨나요?"

또 손수건을 코에 대며 부인은 천천히 복창하듯이 말했다.

"자기도, 엄마랑 누나는 너무 사이가 좋은 것 같다고 느꼈대요. 엄마는 누나한테 지나치게 간섭하는 것 같고 누나는 엄마한테 어리광만 부린다고. 하지만 그렇다고 해서 누나가 갑자기 자살을 시도할 정도로 병적인 관계라고는 생각하지 않는댔어요."

그 태도는 침착했다고 한다.

"다케시는 그런 성격이에요. 어지간한 일에는 놀라지 않죠. 멍하다고 할까요."

본인과 이야기해 봐야 알겠지만 동생이 감정적이지 않다는 것은 다행이다.

"유비 씨한테 뭔가 고민이 있는 것 같다고 느낀 적은 없으십니까? 가령 부부 관계라든가, 시부모와의 관계라든가."

부인은 고개를 저었다. "부부 사이는 좋았을 거예요. 오히려 언제까지나 신혼 기분인 것 같아서 제 눈에는 좀 위태롭게 보일 때가 있었죠."

둘 다 20대고, 결혼한 지 이 년 반 정도밖에 안 되었다. 그렇게 부자연스러운 일이라는 생각도 들지 않는다.

"사위의 본가는 니가타에 있는 큰 농가인데 장남 부부가 가문을 물려받았대요. 그쪽 부모님과는 약혼 예물을 교환할 때랑 결혼식 때 얼굴을 본 게 다지만 상식적인 분들이라고 생각했어요. 유비한테서 트러블이 있다는 이야기를 들은 적도 없고요."

"경제적인 문제는 어떤가요?"

부인은 잠시 생각에 잠겼다.

"유비가 일을 그만두고 전업주부가 된 건 아까도 말씀드렸다시피 곧 아기를 가질 생각이었기 때문이에요. 사위도 그걸 바라고 있었어요. 아이가 셋은 있었으면 좋겠다, 그리고 아이들이 초등학교에 들어갈 때까지는 유비가 집에 있어 주었으면 좋겠다고요. 이건 저도 사위한테 직접 들은 적이 있어요. 다만——."

부인이 다시 미간에 주름을 지으며 말을 흐린다.

"막상 둘이서 살기 시작해 보니 사위의 벌이로는 살림을 꾸려 나가기가 꽤 힘든 것 같았어요. 유명한 회사라도 젊을 때는 월급이 별로 많지 않으니까요."

큰 농가인 남편의 본가나, 전력업계에서 임원 자리에 앉아 있는 아버지의 수입을 기준으로 한다면 웬만한 곳은 '월급이 적다'고 느낄 것이다. 게다가 사위인 사사 도모키가 일하는 광고 대행사는 분명히 유명한 곳이지만 큰 회사는 아니다. 업계의 중견 정도다.

"그래서 제가 가끔 원조를 해 주곤 했어요. 딸은 원래 커리어 우먼에는 맞지 않았으니까 전업주부 생활이 이상이었겠지만, 실제로 해 보니 여러 가지로 불편했는지."

——용돈이 부족해서 독신인 친구들과 놀 기회가 줄었어. 이럴 줄 알았으면 일을 그만두지 말걸.

"그렇게 투덜대기에……."

부인은 서둘러 말을 이었다.

"저도 독립해서 가정을 꾸린 딸의 응석을 언제까지나 받아 줄 생각은 없어요. 원조를 해 줄 때마다 유비한테는 잔소리를 했어요. 저도 내내 전업주부였지만 결코 편한 인생은 아니었죠. 젊을 때는 남편의 전근 때문에 전국을 전전하면서 사택에서 살았어요. 그런 이야기를 들려주었고 유비도 얌전히 듣곤 했어요."

나는 아무 말도 하지 않았는데 지레 변명한다.

"그럼 경제적인 문제로 자살을 시도할 만큼 고민했다고 보기는 어렵겠군요. 만일 돌발적으로 비슷한 문제가 생겼을 경우 따님은 혼자서 고민하기 전에 우선 어머님께 상의했을 거라고 생각해도 될까요?"

부인은 내 얼굴을 보고 힘있게 고개를 끄덕였다.

"네, 틀림없어요."

나는 업무용 메모지에 메모를 했다. 100엔숍에서 산 볼펜이 종이 위에서 사각사각 소리를 낸다.

"이건 만약을 위해서 여쭙고 싶은 건데요."

이번에는 내가 부인의 눈을 바라보았다.

"남편분은 현재 도쿄전력의 임원으로 후쿠시마 제1원자력발전소 사고를 수습하고 계시지요. 관리직으로서 현장을 지휘하는 입장에 계신다고요."

"그럴 거예요……."

"현재 도쿄전력이나 관련 그룹에서 일하는 분들에 대해 세상 사람들 일부의 시선은 비판적입니다. 따님이 아버님에 대한 어떤 종류의 비판으로 고민하고 있었을 가능성은 없을까요?"

하코자키 부인은 상당히 놀란 모양이다. 그리고 놀라 버린 것에 거북한 듯한 얼굴을 했다.

"저어…… 글쎄요, 남편의 부하 직원 중에는 아이들이 학교에서 싫은 말을 들었다거나, 하는 소문을 들은 적이 있어요."

"괴롭힘으로 발전하는 케이스도 있다고 뉴스에서 본 기억이 납니다."

"그렇군요. 하지만 우리 아이들은 이미 성인이니까요. 게다가 다케시의 직장 상사는 아버지는 잘 지내시냐, 괜찮냐고 오히려 걱정해 주었다고 하던데."

"주위에 좋은 분들이 계시는군요."

"덕분이지요, 감사한 일이에요. 유비도, 만약 아이가 유치원이나 학교에 다니고 있어서 학부모 교사 연합회나 어머니 모임에 들어갔다면 그 속에서 비난을 들을 염려도 있었겠지만, 아직은 그런 입장이 아니니까요."

그게 다행이었죠, 라고 한다. 지금은 절실하게 실감하는 듯하다.

"만에 하나 친구나 친한 사람한테서 싫은 말을 들어도 혼자서 끌어안고 고민하지는 않을 것 같고요."

"역시 당장 어머님께 상의할 거라고 생각하십니까?"

"네. 남편의 귀에는 들어가지 않도록 신경을 쓰겠지만 저한테는 털어놨을 거예요."

"그렇군요. 죄송합니다, 제 생각이 좀 지나쳤네요."

나는 방금 휘갈겨 쓴 대화 앞에 가위표를 그렸다.

"하코자키 씨와 사사 도모키 씨 사이에서 뭔가 트러블은 없었나요? 말다툼을 했다거나, 의견이 달랐지만 서로 양보하지 않았다거나."

"……없었던 것 같아요."

부인의 말투가 아까보다 더 신중해졌다.

"그렇게 생각하고 싶어요. 사위가 불만을 느끼고 있었는데 제가 눈치채지 못했을지도 모르니까요."

"다케시 씨와 도모키 씨의 사이는 어떤가요?"

"서로 바빠서 친하게 어울릴 시간이 없었을 거예요."

"현재는 어떻습니까? 다케시 씨는 도모키 씨의 일방적인 주장과 행동에 화를 내고 있지는 않나요? 잘 동요하지 않는 성격이라지만 이건 화를 내도 이상하지 않은 상황인 것 같은데요."

일단 입을 다물고 부인은 다시 생각에 잠겼다.

"저도 아들과는 전화로만 얘기했을 뿐이라서. 목소리만 들어서는 화가 났다거나 기분이 상한 게 아니라 그냥 당혹스러워하는 것 같았어요."

——매형, 이상한 꿈이라도 꾸고 있는 거 아니야?

"믿을 수가 없다고 했어요. 네, 분명히 그렇게 말했어요."

이상한 꿈이라는 표현이 와닿는다.

"유비 씨와 다케시 씨는 어떤 남매인가요?"

부인은 곤란한 듯이 고개를 갸웃거렸다.

"글쎄요, 아주 평범한 남매 사이인 것 같은데요."

"두 분 모두와 친한 친구나 지인은 있나요?"

"글쎄요……."

"다케시 씨는 부인이 저 같은 일을 하는 사람한테 상담하는 걸 알고 계십니까?"

"아뇨, 아직 이야기하지 않았어요."

"끈질긴 것 같아서 죄송하지만 남편분께 알리는 건 아무래도 내키지 않으십니까?"

네일 케어를 한 손톱을 마주 비비면서 부인은 잠시 동안 생각에 잠겨 있었다.

"가능하면 덮어 두고 싶어요. 지금은 남편에게 집안일로 걱정을 끼치고 싶지 않아요."

죄송해요, 하고 부인은 작은 목소리로 말했다.

잠시 사이를 두었다가 나는 업무용 메모지의 표지를 덮었다.

"그럼 제 쪽에서 제안할 수 있는 대응이 두 가지 있습니다."

부인은 또 불안한 듯이 눈을 깜박이기 시작했다. 무릎 위에서 손가락을 비틀고 있다.

"하나는 사립탐정이나 조사 사무소가 아니라 변호사에게 의뢰해서 유비 씨를 면회할 수 있도록 정식으로 도모키 씨와 교섭하는 겁니다."

하코자키 부인은 턱을 바싹 당겼다.

"변호사는 너무 호들갑 아닐까요?"

가족간의 문제니까요, 라고 한다.

"그 말씀이 옳습니다. 하지만 저 같은 직업을 가진 사람의 입장에서는 이런 경우에 도움이 될 수 있는 일은 지극히 한정되어 있어요."

사사 유비의 용태, 현재 받고 있는 치료나 투약의 상세 내용, 앞으로의 전망 같은 것들은 모두 개인의 의료 정보다. 아워 해피니스 멘탈 클리닉의 의료 종사자들과 담당의는 개인 정보를 지킬 의무가 있다. 이 수비의무의 벽은 사립탐정의 힘으로는 어떻게 해도 깰 수 없다.

하지만 유비의 친어머니로부터 의뢰를 받은 변호사는 최소한의 수고만 들이고도 (사사 도모키를 포함한) 상대방을 교섭 테이블로 끌어낼 수 있다. 변호사가 나타나면 설령 사사 도모키가 튕겨내려고 해도 멘탈 클리닉 쪽은 묵살할 수 없다.

"유비 씨가 독신이었다면 하코자키 씨는 친어머니니까 더 발언력이 강해지겠지만요."

"이미 결혼했는걸요. 유비는 제 딸이기 이전에 사회적으로는 도모키의 아내니까요."

"배우자로서 입원 치료에 필요한 각종 서류에 서명을 하거나 의료비를 지불하는 것도 전부 그가 하고 있겠군요."

"저는 아무것도 부담하지 않았으니까 그럴 거예요."

"그러니까 그의 의향이 최우선되는 겁니다. 다만,"

나는 손가락을 세웠다.

"그렇다고 해서 사사 도모키 씨가 한 말이 전부 사실이라는 보장은 없지요. 유비 씨는 어머님을 만나고 싶어 하는데 도모키 씨가 방해하는 건지도 모릅니다. 극단적으로 말해서 자살을 시도한 원인은 그의 행동에 있고, 그걸 숨기고 싶어서 거짓말을 하고 있을지도 모르죠."

하코자키 부인은 입가에 손가락을 대고 눈을 크게 떴다.

"그렇게 생각하신 적은 없었나요?"

"……네. 하지만 그 말씀이 맞네요. 저도 멍청했어요."

"유비 씨에 대한 걱정으로 머리가 꽉 차 있으실 테니 어쩔 수 없지요."

이쪽은 당사자와 달리 무엇이든 의심하고 보는 것이 직업이다.

"사정이 어찌 되었든 입원 중인 딸을 걱정하는 어머니에게 한 달이나 면회를 시켜 주지 않고, 딸 쪽에서도 일절 연락을 하지 못하게 한 채 상태조차 알리지 않는다뇨. 게다가 직접 만나서 설명하지 않고 전부 전화로만 처리하다니 정상은 아닌 것 같은데요. 도모키 씨가 깊이 생각하지 않고 감정에 휩쓸려서 지금 같은 태도를 취하고 있는 거라면, 당신이 하고 있는 일은 비상식적이고 일반적으로는 비난받아 마땅하다는 걸 똑똑히 가르쳐 줄 필요도 있습니다. 그러려면 사회적인 입장이 애매한 사립탐정이 아니라 변호사라는 카드가 유효하겠지요. 약간 따끔하게 혼내 주는 의미로도."

사사 도모키는 사회인으로서는 아직 햇병아리지만 사립탐정과 변호사 중 어느 쪽이 더 힘이 센지 정도는 알 것이다.

"두 번째 안은."

나는 손가락을 두 개 세워 보였다.

"그 변호사와 같은 역할을 가족 중 누군가나 도모키 씨의 회사 상사처럼 그에게 단호하게 말할 수 있는 사람한테 부탁하는 겁니다. 두 분은 결혼할 때 중매인이 있었나요?"

"아뇨, 전부 요즘 식으로 해서요, 중매인은 없었어요. 손님으로 사위의 상사 내외가 참석해 주셨죠."

하지만──하며 부인은 또 머뭇거렸다.

"상사분에게 중개를 부탁하면 사위의 얼굴에 먹칠을 하게 되어서 더 비뚤어져 버릴 것 같은 기분이 들어요."

"그렇군요. 가족은 어떨까요? 삼촌이나 고모나, 유비 씨를 귀여
워하시는 분께 부탁할 수 없을까요?"

하코자키 부인은 거북한 듯이 아래를 향했다.

"남편한테는 형이 있고 저한테는 여동생이 있어요. 양쪽 가족
모두 그럭저럭 친하게 지내 왔지만, 지금은…… 바로 아까 스기무
라 씨가 말씀하신 것 같은 이유로 그쪽에서 저희한테 거리를 두고
있어요."

그런 건가.

"아주버님도 제부도, 제 남편하고는 전혀 다른 업계에 있어요.
특히 제부는 원전 사고로 회사가 꽤 타격을 받아서."

눈에 보이지 않는 누름돌이 덮쳐들어 또 부인의 목덜미가 굳어
졌다.

"저야말로, 제 입으로 말을 꺼내 놓고 생각이 부족했습니다. 그
러면…… 도모키 씨의 부모님은 어떨까요."

부인은 불안한 듯이 고개를 저었다. "제 쪽에서 그런 부탁을 할
수 있을 만한 교류가 없어요. 만일 화를 내신다면 오히려 일이 복
잡해질 것 같고요."

사사 도모키는 그의 부모가 자랑스러워하는 아들이라고 한다.

"사돈들을 만났을 때도 느꼈고, 도모키 본인한테서 종종 그런
말을 들었어요."

──저는 어릴 때부터 형보다 뭐든지 잘해서 부모님한테 귀여

움을 받았어요.

"변호사를 고용하는 일이 내키지 않으신 것도 마찬가지 이유에서인가요?"

하코자키 부인은 지친 듯이 고개를 끄덕였다.

"일을 크게 키우고 싶지 않아요."

그렇다면 결심할 수밖에 없겠다.

"알겠습니다" 하고 나는 말했다. "유비 씨가 어떤 상태고 무슨 치료를 받고 있는지, 어머니와 대화할 여지는 없는지, 적어도 연락은 가능한지 확실하게 알아보는 것을 목적으로 의뢰를 맡겠습니다."

딱히 믿음직스럽게 들렸으리라고는 생각하지 않지만 부인의 표정이 겨우 누그러졌다.

"고맙습니다."

"아뇨. 납득할 수 있는 성과를 약속드릴 수는 없습니다. 게다가 하코자키 씨의 의뢰로는 움직일 수 없으니까요."

"네?"

"사실인지 아닌지는 제쳐 두고, 사사 도모키 씨는 유비 씨가 자살을 시도한 원인이 어머님께 있다고 주장하고 있어요. 거기에 직권도 뭣도 없는 사립탐정이 당사자인 어머님의 대리인으로 찾아가면 사사 씨는 처음부터 상대해 주지 않겠죠. 쫓아낼 구실이라면 얼마든지 찾을 수 있습니다."

사립탐정? 흥.

"저를 고용하는 건 누군가 다른, 유비 씨의 상태를 걱정하고 사정을 알고 싶어 하는 게 당연한데 당장은 도모키 씨로부터 비난을 받지 않고 있는 분이 바람직합니다."

하아, 하는 것 같은 목소리를 내고 나서 부인은 말했다. "다케시로군요."

"네. 남편분이 무리라면 동생분이 제일 좋겠죠. 어머님과 누님 부부 사이에 트러블이 있는 것 같아서 걱정은 되지만 자신은 먼 곳에 있어서 쉽게 움직일 수 없기 때문에 저를 고용했다. 이거라면 부자연스럽지 않고 도모키 씨도 문전박대는 할 수 없을 겁니다."

"그렇군요, 네, 네."

"물론 계약은 어머님이 하셔도 됩니다."

"다케시는 표면상의 의뢰인이 된다는 거로군요."

"다만 수임장은 다케시 씨한테서도 받고 싶습니다. 여쭙고 싶은 것도 있고요. 제 쪽에서 연락하는 걸 허락해 주실 수 있을까요?"

"물론이에요. 당장이라도 그 애한테 전화해서 사정을 잘 얘기해 둘게요."

사무적인 수속과 필요한 정보를 몇 가지 추가해 달라고 하는 데에 30분 정도 걸렸다. 덧붙여 말하자면 하코자키 부인은 사사 도모키의 휴대폰 번호와 메일 주소를 '사위'로 등록해 두고 있었다. 유비는 '유짱', 다케시는 '다케', 부군은 '남편'이다. 가족에게서 전화가 오면 각자의 얼굴 사진이 표시되도록 설정되어 있었기 때문에 사사 부부와 다케시의 얼굴 사진 데이터를 받았다.

"잠깐만 기다려 주세요. 결혼 피로연 사진도 있을 거예요."

부인은 스마트폰이 익숙하지 않은지 약간 애를 먹어 가며 신랑 신부가 캔들 서비스결혼식 피로연 때 신랑 신부가 하객들의 테이블을 돌며 초에 불을 붙이는 이벤트를 하고 있는 사진을 찾아냈다. 신랑은 하얀 턱시도, 신부는 선명한 블러드오렌지색 드레스 차림이다.

"미남 미녀로군요" 하고 나는 말했다. "잘 어울리는 커플이에요."

하코자키 부인은 살짝 미소 짓는 기색도 없었다.

"요란한 드레스죠."

"잘 어울리시는데요."

"연예인 같아서 저는 싫었어요. 유비도 별로 마음에 들어 하지 않았지만 사위가 이게 좋다고 해서."

"도모키 씨는 뭔가 운동을 하시나요? 피부가 그을려 있네요."

"대학 때의 동아리 친구들이랑 가끔 모인다고 들은 적이 있어요. 하키였던가."

유비에게 물으면 곧 알 수 있을 텐데——하고 말하다가 갑자기 얼굴을 일그러뜨리며 작게 웃었다.

"바보 같은 말씀을 드려서 죄송해요. 유비한테 물어볼 수 있을 정도라면 제가 이곳을 찾아올 필요도 없는데."

"마음고생이 많으시죠."

실제로 이 대화로도 부인은 녹초가 된 것 같았다.

"뭔가 알게 되면 사소한 거라도 즉시 알려드릴 테니 다음 주까지는 푹 쉬십시오."

몇 번이나 머리를 숙이면서 부인이 (좋게 말해서) 개성적인 사무소를 떠나자, 나는 커피잔을 씻어서 정리하고 컴퓨터에 새 파일을 하나 만들었다. 종이 파일도 새것을 꺼내 메모한 업무용 메모지를 끼워 넣었다.

그러고 나서 사사 유비의 페이스북을 찾아 닫혀 있는 것을 확인했다. 사사 도모키의 이름에 회사명이나 '하키'를 더해 검색해 보니, 그의 개인 페이지는 발견되지 않았지만 '쇼에이 대학 하키 동호회 졸업생 클럽 팀·트리니티'의 톱페이지가 나왔다. 이곳 대표 간사의 이름 다음에 간사로 '사사 도모키'의 이름이 있었다.

하코자키 부인의 기억은 옳았다. 그는 지금도 졸업생으로서 하키 경기를 계속하고 있는 모양이다. 앞으로 내용물을 열람할 필요가 생긴다면 **오피스 가키가라**의 웹 탐정 기다에게 부탁해 보아야겠다.

2

기타큐슈 시에 있는 하코자키 다케시와는 그날 밤에 연락이 되었다.

전화 맞은편의 목소리는 실제 나이나 갸름한 얼굴 사진과는 어울리지 않는 바리톤으로 말투에서도 노숙한 인상을 받을 수 있었다.

"이야기는 어머니한테 들었습니다. 실례지만 먼저 확인 좀 할게요. 착수금 오천 엔이라는 건 사실인가요?"

"사실입니다. 저는 언제나, 처음에 큰돈을 받지 않는 게 방침이라서요."

잠시 뜸을 들이고 나서 그는 말했다.

"알겠습니다. 어머니는, 스기무라 씨가 친절한 은행원 같아서 이야기하기 편했다고 하시더군요. 확실히 표면상으로는 제가 의뢰인이 되는 편이 매형과 교섭하기 쉬울 것 같네요. 잘 부탁드립니다."

좋았어, 1단계 클리어다.

"어머니가 누나 일로 마음이 흐트러져 있는데 사정을 이해하기 어렵지는 않던가요?"

"아뇨, 어머님의 설명으로 상황은 잘 이해할 수 있었습니다. 게

다가 유비 씨의 현재 상황은 어머님이 당황하시는 게 당연한 부자연스러운 것이라고 생각하니까요."

"역시 제삼자의 눈으로 보아도 그렇군요."

다케시의 말투에도 안도의 울림이 있었다.

"사사 도모키 씨는 일방적으로 어머님을 탓하고 유비 씨한테서 떼어놓고 있을 뿐인 걸로 보입니다. 그게 정말 유비 씨의 뜻인지 확실하지 않고요."

그렇군요, 하고 그는 가라앉은 목소리로 말했다.

"저도 누나가 걱정되어서 어떻게든 시간을 내 집에 가고 싶지만……. 이곳에 부임한 지 반년 정도밖에 안 되었고, 가족 이야기까지 털어놓을 수 있을 만큼 친한 상사나 선배도 없어서 휴가를 받기가 꽤 어렵네요."

주말도 휴일 출근이나 출장으로 지나가 버려서 빠져나갈 수가 없다. 이번 주말에도 연수회가 있어서 움직일 수 없다고 한다.

"힘드시겠군요. 무리하지 마십시오. 시간을 내서 와 주셔도 어머님과 똑같이 면회가 거절되어 버리면 헛걸음이 될 뿐이니까요."

전화는 오래 해도 괜찮다고 해서 나는 업무용 메모지와 볼펜을 꺼내 자리를 잡고 앉았다.

"유비 씨가 자살을 시도했다는 것과 입원했다는 사실을 안 건 언제였습니까?"

"10월 3일이에요. 월요일이었던 것 같습니다."

주초부터 야근이라 밤 11시 가까이 되어 스마트폰을 봤는데 어머니한테서 부재중 전화와 문자가 가득 와 있어서 깜짝 놀랐다고 한다.

"다시 걸어 보았더니 어머니는 허둥거리면서 누나가 어젯밤에 자살을 시도해서 입원했다, 사정은 잘 모르겠지만 매형이 화를 내고 있다는 겁니다. 중간부터 울음을 터뜨리는 바람에 여기까지 듣는 데도 고생했지요. 어쨌든 제 쪽에서 매형한테 연락해 보겠다고 했지만 휴대폰으로 전화를 걸어도 자동응답으로 넘어갈 뿐이었습니다."

늦은 밤까지 계속 걸어 보았지만 역시 자동응답이었다. 전화가 다시 걸려 오지도 않았다.

"다음날이 되어서 누나가 입원했다면 매형은 회사를 쉬었을지도 모르겠다 싶었지만, 밑져야 본전이라는 생각으로 회사에 전화를 걸어 보았더니 본인이 받더군요."

그는 다케시의 목소리를 듣고 당황한 것 같았다고 한다.

"왜 회사로 전화를 하는 거냐고 신경질을 내며 말하기에, 어머니가 걱정하고 있다, 누나가 입원했다니 어떻게 된 일이냐고 물었습니다."

그러자 사사 도모키는 혀를 찼다고 한다.

"전화로도 똑똑히 들렸습니다."

──처남한테 걱정 끼치고 싶지 않으니까 말하지 말라고 해 두었는데, 장모님도 못쓰겠네.

──유비는 그저께 밤에 욕실에서 손목을 그었어. 다행히 상처

는 대단치 않아. 만약을 위해서 입원했지만 금방 집으로 돌아올 수 있을 거야. 그래서 처남한테는 알리고 싶지 않았는데.

"그 말투가…… 뭐랄까, 무례하고 저는 기가 막혀서 당장은 말이 나오지 않았습니다."

얼른 전화를 끊으려는 것 같아서,

"어머니도 나도 죽을 만큼 걱정하고 있다, 어떻게든 누나를 만나게 해 달라고 말했더니 알았어, 알았어, 하고는 뚝 끊더라고요."

그 후로는 다시 연락이 되지 않았고 오후 늦게 하코자키 부인에게서 전화가 왔다.

"어머니는 또 울고 있었어요. 매형이, 누나의 자살 시도는 어머니와의 갈등이 원인이고 누나는 어머니를 무서워하고 있다, 지금은 어쨌든 면회는 오지 말아 달라, 앞으로의 일은 유비가 진정되면 상의하겠다고, 역시 일방적으로 말했다면서."

그 시점에서 하코자키 부인과 다케시는 아직 사사 유비가 어느 병원에 있는지조차 몰랐다. 조사해 볼 방법도 없었다.

"저는 아버지에게 알리라고 했지만 그것만은 안 된다고 어머니는 반대했어요."

──유비가 나 때문에 자살을 시도할 거라고는 생각할 수 없지만 정말로 그런 거라면 내가 책임을 지고 해결해야 해. 아버지한테는 걱정을 끼칠 수 없어.

"그리고 제게도, 뭔가 알게 되면 알려 줄 테니 지켜봐 달라고 하더군요."

여기까지의 경위는 내가 하코자키 부인에게서 들은 이야기와 맞아떨어진다.

며칠 후, 하코자키 부인의 연락으로 다케시는 누나가 실려간 병원에서 아워 해피니스 멘탈 클리닉으로 옮겨졌음을 알았다.

"이것도 매형이 그렇게 말했다고 전해 들었을 뿐이고, 막상 본인은 또 제 전화를 무시하고 있어서——."

다케시도 내가 오늘 한 것처럼 인터넷으로 검색해서 클리닉에 직접 연락해 보았다.

"환자에 대한 문의에는 대답해 주지 않았죠?"

"네. 동생이라고 해도 소용이 없었어요."

평판이 좋은 것 같은 클리닉이라서 안심하는 한편으로 멘탈 클리닉에 입원할 정도로 누나의 정신 상태가 불안정해졌다는 사실에는 새삼 충격을 받았다.

"우리 누나는 무슨 일이든 끙끙 앓는 타입이 아니에요. 기본적으로 밝고 지기 싫어하는 구석도 있죠. 머리 회전도 빨라서 말로 싸우면 저는 늘 지곤 했어요."

"지금까지 가족 사이에서 심각한 갈등이나 싸움은 없었습니까?"

"없었어요. 적어도 저는 없었다고 생각합니다."

다케시는 냉정하고 침착하게 말하고 있다.

"아버지도 어머니도, 누나한테는 너그러워요. 제 소꿉친구가 누나를 '공주님'이라고 불렀을 정도지요. 어머니와 누나가 지나치게 친한 건 매형한테는 성가실 거라고 생각하지만, 지금까지 자매처럼 사이좋게 지내 왔는데 어느 날 갑자기 누나가 어머니의 간섭이 싫어서 자살을 시도할 만큼 고민에 빠졌다는 건 말도 안 됩니다."

이야기하면서 그의 말투에 희미한 노기가 섞이기 시작했다.

"분명히 어머니는 누나한테 지나치게 간섭하는 부분이 있습니다. 이건 어머니한테도 말했어요. 하지만 누나 쪽도 어머니한테 의존이 심해서 옛날부터 무엇이든 어머니한테 상의하곤 했어요. 취직을 하고 나서도, 결혼하고 나서도 내내, 늘 용돈을 달라고 조르질 않나. 뭐, 이건 어머니뿐만 아니라 아버지한테도 마찬가지지만요."

다케시는 자신의 가족을 잘 관찰해 온 듯하다.

"그런 누나가 어머니를 강압적으로 느꼈다거나, 어머니가 무섭다니…… 저한테는 완전히 허풍으로밖에 들리지 않습니다."

다케시는 전화로도 들릴 만큼 굵은 한숨을 쉬었다.

"그 후로 어머니는 몇 번이나 클리닉을 찾아갔지만 계속 문전박대만 당하고 누나를 만나지 못한 채 연락도 되지 않았어요. 너무 이상합니다. 이렇게 되기 전에는 일주일에 몇 번이나 문자를 주고받던 모양인데."

내가 하코자키 부인에게 들은 바로는 9월 30일 오후에 딸과 마지막으로 문자를 주고받았다.

"그날은 금요일이라서 어머님은 유비 씨한테 주말에 뭐 할 거냐, 친정에 올 거냐고 물으셨다고 합니다."

"누나랑 매형은 자주 본가에 오곤 했던 것 같으니까요."

그러자 사사 유비는, 오늘밤에는 도모 씨랑 외출할 거라 주말에는 어떻게 할지 아직 모르겠다, 내일 다시 연락하겠다고 답장을 보냈다. 그것을 끝으로 주말에는 문자도 전화도 없었다. 하코자키 부인은 자신도 친구와 외출하느라 별로 신경 쓰지 않았지만, 일요일 저녁까지 딸에게서 전혀 소식이 없자 이상하게 여겼다. 이런 일은 드물었기 때문에,

감기라도 걸렸니? 답장 좀 해 줘.

라고 문자를 보냈다.

그러나 월요일이 되어도 답장은 없었다. 휴대폰으로 전화를 걸어도 부재중이었다. 점점 걱정이 되어서 사사 도모키의 핸드폰으로 연락했지만 좀처럼 연결이 되지 않다가 밤 10시가 넘어서 겨우 통화가 되어 유비의 자살 미수를 알았다──는 흐름이다.

"그런 경위는 처음 들었습니다. 그럼 어머니가 전화할 때까지 매형은 입을 다물고 있었던 거군요."

"그렇지요. 도모키 씨 쪽에서 어머님께 연락을 한 건 아니에요. 어머님이 물어보셔서 그제야 사정이 밝혀진 겁니다."

당시 하코자키 부인은 사사 도모키를 힐난했다.

──이렇게 중요한 일을, 왜 바로 알려 주지 않았어!

그러자 사사 도모키는, 자신은 장모님도 유비도 상처 입히고 싶지 않아서 입을 다물고 있었다, 장모님이 해로운 부모라는 말은 하고 싶지 않다고 대답하며, 이대로 가다간 의절인데 자기는 그런

슬픈 사태는 피하고 싶다. 그러니 장모님도 협조적으로 얌전히 좀 있어 달라고 말했다고 한다.

"아아, '해로운 부모'라는 말은 저한테도 했어요."

"요즘 자주 들리는 말이기는 하지요."

"하지만 우리 누님하고는 상관없어요."

'누나'에서 '누님'이 되었다.

"뭐라고 해야 할까……. 우리 누님은 그런 걸 생각하거나 화제로 삼는 타입이 아니에요. 동생인 제 눈으로 봐도 공주님이고 몇 살이 되어도 어린애라서요."

다케시가 하려는 말이 무엇인지는 나도 어렴풋이 알 수 있었다.

"정말로 누님이 그런 말을 했다면 누군가가 불어넣었다고밖에 생각할 수 없어요. 아니면 앞뒤가 맞지 않는다는 걸 알면서도 거짓말을 하고 있거나, 둘 중 하나예요."

업무용 메모지에 적은 인물표의 '사사 도모키' 부분에 볼펜의 펜 끝을 놓고, 나는 물었다.

"어머님한테서 이야기를 들었을 때 처음에 제 머리에 떠오른 건 유비 씨가 도모키 씨와 부부싸움을 했는데 그게 악화되어서 자살 미수 소동이 돼 버린 게 아닐까 하는 거였습니다. 그래서 유비 씨가 남편을 감싸고 있거나, 아니면 도모키 씨 쪽이 거북해서 다른 이야기를 만들어 숨기려 하고 있거나."

다케시는 전혀 망설이지 않고 즉시 대답했다.

"네, 맞아요. 그거라면 평범하게 상상할 수 있는 범위 내의 트러블이고 있을 법한 일이니까, 어머니한테는 말하기 어려웠지만 처음부터 그런 게 아닐까 의심하고 있었죠."

나는 고개를 끄덕이고 사사 도모키의 이름에 밑줄을 그었다.

"어머님께 말씀드리기 어려웠던 건 매형의 험담을 하는 모양새가 되기 때문인가요?"

이번에는 잠시 침묵이 흘렀다.

"글쎄요. 원래 저는 매형이랑 잘 맞지 않아서······."

하코자키 부인은 서로 바빠서 친하게 지낼 시간이 없었을 거라고 했는데.

"친해질 수 없었다는 뜻인가요?"

"네. 매형은, 만일 학교에서 만났다면 친구는 되지 않았을 타입입니다."

유감스럽게도 그런 '맞지 않는' 타입의 사람과 인척이 되어 버리는 일이 세상에는 종종 있다.

"지금까지는 얼굴이나 태도에 드러내지 않으려고 조심해 왔기 때문에 매형 본인도, 어머니도 누나도 눈치채지 못했을 거예요. 제가 어떻게 생각하든 누님은 매형한테 홀딱 반해 있었으니까, 쓸데없는 말은 할 수 없었고요."

그러나 지금은 비상사태다.

"누님과 면회를 시켜 주지 않고 목소리도 들려 주지 않으면서 일방적으로 어머니를 탓하는 방식은 좋지 않다고 생각한다, 나도 화가 난다는 건 매형에게도 어머니에게도 분명하게 말했어요."

"도모키 씨의 비난을 받고 여러 가지로 고민하는 어머님께는 든든한 말이었겠네요."

"그렇다면 좋을 텐데요…….."

"외람되지만 참고하기 위해서 여쭙고 싶으니 용서해 주십시오. 다케시 씨는 사사 도모키 씨의 어떤 부분이 맞지 않는다고 느끼십니까?"

잠시 동안 그는 생각에 잠겨 있었다. 나는 볼펜을 든 채 기다렸다.

"──한 마디로 말하자면 '거들먹거리는' 부분인데요."

그러더니 서둘러 덧붙였다.

"제가 처남이니까 손아랫사람이라 생각하는 거고, 다른 사람한테는 그러지 않을지도 모릅니다. 이건 어디까지나 제 개인적인 감상이니까…….."

"예, 압니다."

다케시는 어디까지나 공평을 기하고 있다.

"구직 활동을 하던 시기에 제 생각이나 의견을 미숙하다는 둥 통찰력이 부족하다는 둥 하면서 여러모로 헐뜯었어요."

──인생의 선배가 하는 조언을 잘 들어. 동생인 주제에 형님인 내 의견을 존중하지 않았다가 나중에 후회해도 도와주지 않을 거다.

"부탁하지도 않았는데 금융 계열이나 무역회사에서 일하는 선배를 소개해 줄 테니까 만나러 가라고 멋대로 자리를 만들기도 해서 꽤 곤란했습니다."

저는 처음부터 제조업 지망이었으니까요, 라고 한다.

"지금 일하는 곳은 1지망이었던 곳인데 공작 기계와 중공업 기계를 만드는 곳입니다. 채용이 내정되었을 때 부모님도 누나도 기뻐해 주었지만 매형은 떨떠름한 얼굴로,"

——바보구나. 나나 내 동료나 선배들에 비하면 평생 임금으로 1억 엔 가까이 차이가 날 텐데.

"너무 깎아내렸네요."

나는 무심코 쓴웃음을 짓고 말았다.

"금융이나 무역회사, 광고 대행사라고 해서 전부 연봉이 높은 건 아닌데요. 연봉만으로 취직할 회사를 골라도 이상하고요."

"스기무라 씨는 월급쟁이 경험이 있으십니까?"

"네. 은행원은 아니지만요."

"낯을 가리는 우리 어머니가 왜 스기무라 씨한테는 금방 마음을 터놓을 수 있었는지 좀 알겠습니다."

이것은 호의적인 평가일 것이다. 고맙습니다, 하고 나는 말했다.

"죄송합니다, 아직 뵌 적도 없는데 이렇게 함부로."

"제가 여쭤본 거니까요."

"제 이런 말도 일방적이지요. 공평하지 않아요."

"현재는 우선 사사 도모키 씨가 공평하지 않으니까, 비긴 겁니다."

하코자키 부인도 다케시도 지난 한 달 동안 걱정과 분노로 마음의 내압內壓이 높아져 있었으리라. 내가 뚜껑을 열었기 때문에 증기가 뿜어져 나온 것이다. 어머니는 울고 아들은 분개하고 있다.

그래도 이 모자의 정신적 압력솥은 고성능이고 내구성이 높다. 그렇지 않았다면 벌써 뚜껑이 날아가 큰 분쟁이 일어났을 것이다. 아버지에게 알리고 싶지 않다는 누름돌도 있고, 하코자키 집안 쪽은 한 달이나 지나칠 정도로 참았다고 나는 생각한다.

"스기무라 씨를 고용한 걸, 제 쪽에서 매형한테 알려 둘까요?"

"아닙니다. 처음에는 맨손으로 악수하러 가 보도록 하겠습니다. 갑자기 본인에게 부딪치는 것보다 주변을 좀 조사해 보고…… 뭐, 주위의 장애물부터 없앤다고 할까요, 그러고 나서 만나는 편이 더 효과적일 것 같으니까요."

그 느낌에 따라서, 다케시에게 엄호 사격을 받기로 하자.

"번거로우시겠지만 수임장을 써 주셨으면 좋겠습니다. 우편으로 보내 드릴 테니 서명하고 날인해서 다시 보내 주시면 됩니다."

"알겠습니다."

진전이 있든 없든 그와 하코자키 부인에게 매일, 보고 메일을 보내겠다는 것, 두 사람 쪽에서 뭔가 움직임이 있으면 24시간 언제든 알려 줘도 된다는 것을 말하고 이야기를 마쳤다.

3

이튿날인 4일 금요일, 아침 7시가 지나서 사사 도모키에게 첫 번째 전화를 걸어 보았다.

자동응답기로 넘어가기에 메시지를 남기고 15분 동안 기다렸다. 전화가 걸려 오지 않아서 다시 한번 걸고 아까와 거의 같은 내용의 메시지를 남기고 다시 15분을 기다렸다. 역시 전화는 걸려오지 않았다. 나는 스마트폰을 움켜쥐고 사무소를 나가 신주쿠 역으로 향했다.

사사 도모키가 일하는 광고 대행사는 신주쿠 역 남쪽 출구 바로 옆에 있는 고층 빌딩 안에 있다. 오랜만에 만원 전철에 흔들리며 앞질러 가서 남쪽 출구 개찰구 근처에서 기다리고 있자니, 하코자키 부인에게서 받은 사진 속 인물이 인파 속에서 나타났다.

키 180센티 전후. 어깨가 넓고 탄탄한 스포츠맨 체형. 단발. 단정한 얼굴 생김새. 양복도 가죽구두도 서류가방도 싸구려는 아닌 것 같다.

'인기남'이다. 사사 유비가 홀딱 반한 것도 이상하지는 않다. 그러나 사진 이상으로 잘생긴 사사 도모키의 실물보다, 내게는 더 놀라운 것이 있었다.

그는 초췌했다. 출근하는 사람들의 흐름에 섞여 빠른 걸음으로 걸어가지만 그 발걸음은 경쾌하지 않았다. 안색이 나쁘고 자세도 좋지 않다. 아침부터 지칠 대로 지친 것처럼 보인다.

아내의 자살 미수 이후로 '벌써' 한 달이 지났다고 생각할지, '아직' 한 달밖에 지나지 않았다고 생각할지, 그것은 상황이나 남편의 성격에 좌우되는 문제일 것이다. 사사 도모키가 아내가 걱정되어 초췌해진 것이라면 (게다가 그 일로 아내의 가족과 다투고 있고) 결코 이상한 일은 아니다.

하지만 이때 뭐라 말할 수 없는 두근거림을 느꼈다. 나는 사립 탐정으로서는 아직 경력이 짧지만 월급쟁이 시절에 몇 번 사건에 휘말린 경험이 있다. 그 과정에서 사람이 야위거나 생기를 잃는 모습을 보아 왔다. 그런 체험들로 인해 생긴 센서가, 사사 도모키의 모습에서 '뭔가'를 감지한 것 같은 기분이 들었다.

그러나 확신은 금물이다. 나는 그의 뒷모습을 지켜보았다.

필요한 어플을 구했고 기다의 지도를 받았기 때문에 개인의 스마트폰 위치 확인 정도라면 내 스마트폰으로도 할 수 있다. 나는 발길을 돌려 역으로 돌아가서 니시신바시의 **오피스 가키가라**로 향했다.

인터넷 세계에서는 거의 만능이고 내 눈으로 보자면 마법사로 보일 정도의 스킬을 가진 기다──기다 미쓰히코(27세)는 늘 오피스에 위치한 자신의 방에 있다. 잠을 잘 때는 침낭을 이용한다. 사무실 근처 사우나의 단골손님으로 식사는 누군가에게 사다 달라고 하거나 배달을 시킨다. 오늘 아침에는 두꺼운 햄버거를 베어물고 있었다.

"안녕하세요. 미안, 식사 중이었어요?"

"이건 아침밥이 아니에요. 미처 못 먹은 어젯밤 야식."

기다는 목소리가 높다. 그래서 관계자들은 흔히 그를 '키 도령'이라고 부른다. 키보드의 키를 따온 말이기도 하다.

"먼저 말해 두겠는데 늘 바쁜 나는 월말과 월초에는 더욱 바빠요. 급한 일이라면 스기무라 씨가 파산할 정도의 수수료를 받을 거예요."

"파산하고 싶지 않으니까 급하게 안 해 줘도 돼요. 다만 급해질 가능성이 약간 있는 안건이라고 밑줄을 좀 그어 뒀으면 좋겠어요."

햄버거 소스가 묻은 손가락을 핥으면서 기다는 내가 내민 메모를 힐끗 보았다.

"페이스북이라. 내용을 보고 싶은 거예요?"

"맞아요. 하키에 흥미 있어요?"

"여자 하키 일본 대표 '사쿠라재팬'이라면 알아요."

"이쪽은 험상궂은 남자 하키인데."

"그럼 흥미 없어요."

식사를 마치고 일로 돌아간 기다와 헤어져, 나는 고지카를 찾았다. 나 같은 하청 조사원과 오피스를 연결해 주는 유능한 직원이다. 고지카는 책상에 앉아 통화하는 중이었다.

이 오피스의 경영자인 가키가라 스바루는 기다와 동년배인 젊은이다. 오피스에 있기도 하고 없기도 하고, 있어도 뭘 하는지 알 수 없기도 하다. 오늘 아침에는 자리에 없어서 소장실 책상에 의자가 단정하게 수납되어 있었다.

고지카가 전화를 마쳤다. "안녕하세요, 스기무라 씨."

나는 마주 인사하고, 소장님은요? 하고 물었다.

"결혼식에 갔어요."

나는 2초쯤 생각하고 나서 다시 물었다. "소장님의 결혼식?"

대학을 졸업하자마자 정력적인 사업가인 아버지로부터 이 오피스를 물려받은 것. 염복가인 아버지가 이혼과 재혼을 반복하고 있고, 소장의 현재 새어머니는 그와 같은 나이라는 것. 어릴 때 왼쪽 다리를 다치는 바람에 보행에 약간의 장애가 있어서 지팡이를 짚고 다닌다는 것. 멋진 휠체어 테니스 선수라는 것. 그리고 요리를 잘한다는 것. 소장에 대해서는 그 정도밖에 모르지만, 마음에 둔 여자가 생겼다면 그날 갑자기 결혼해도 이상하지 않은, 여러 면에서 관례나 체면이나 다른 사람의 생각 따위를 신경 쓰지 않는 인물이라는 건 알고 있다.

고지카는 웃음을 터뜨렸다. "친구 결혼식이에요. 내일 하와이에서 식을 올린다고, 다음 주 초에나 돌아올 거래요."

"그렇군요. 책상 위에 아무것도 없어서 멀리 나가신 건가 했어요."

"맞히셨네요. 그런데 무슨 일이세요?"

"의료 정보 취득은 힘들죠?"

"미성년자 전력前歷 조사만큼이나 힘들죠. 기다라면 할 수 있겠지만 부정 액세스 금지법 위반으로 발각되면 즉시 체포되니까 부탁하지 않는 게 좋을 거예요."

"어떤 인물이 어떤 병원에 입원해 있는지 아닌지만이라도 확인하고 싶은데 뭔가 좋은 생각은 없으신가요?"

이번에는 고지카가 3초 정도 생각에 잠겼다. 화장기 없는 코 주변에 주근깨가 흩어져 있어, 그 점이 정말 아기사슴 같다고지카라는 이름의 한자가 '小鹿'인 데서 온 것.

"꽃배달인 척하면 어떨까요?"

"문병 선물로 꽃을 배달하러 왔다고요?"

"네. 소매점에서 직접 배달하러 왔다고 미리 말해 두면 평상복 차림으로 가도 될 거예요. 꽃을 스기무라 씨가 조달하면 영수증이랑 같이 구할 수 있을걸요."

나는 손뼉을 탁 쳤다. "고마워요. 그렇게 할게요. 오피스의 미니밴을 빌려도 될까요?"

사무 수속을 하고 있자니 고지카가 데님 앞치마를 가져왔다.

"배달을 갈 때는 이걸 입고 가면 좋을 거예요. 주머니에 볼펜을 꽂고, 영수증은 클립에 끼워 가면 완벽하죠."

미니밴을 몰고 긴자로 간 나는 세련된 꽃집에서 문병용 꽃다발을 구입했다.

"어머니의 부탁으로 여동생 병실에 들고 가려고요. 밝은 분위기로 해 주세요."

가게를 나가려는데 젊은 여자 점원이 "쾌유를 빕니다"라고 말해 주었다. 나도 안내 데스크에 꽃을 맡길 때 꼭 그렇게 말하자고 마음에 적어 두었다.

아워 해피니스 멘탈 클리닉의 외래 진료 접수 시간은 오전 10시부터 오후 3시. 면회 시간은 오후 1시부터 오후 7시까지다. 꽃다발을 실은 미니밴을 근처 유료 주차장에 세우고, 노타이에 정장 차림으로 11시가 넘을 때까지 주위를 어슬렁거리며 분위기를 살펴보았다.

클리닉 빌딩에 드나드는 사람은 많지 않다. 환자와 그 보호자인지, 모녀로 보이는 일행이 두 쌍 있었다.

슬슬 가도 되려나——하고 미니밴으로 돌아가 앞치마를 두른 후에 꽃다발을 안고 클리닉으로 걸어가다가, 진찰을 마치고 나온 듯한 모녀로 보이는 한 쌍과 스쳐 지나갔다. 10대인 딸은 울고 있고, 어머니는 어두운 얼굴을 하고 있었다.

자동문이 열리자 나는 인터넷에서 본 로비에 발을 들여놓았다. 베이지색과 갈색을 기조로 한 실내가 눈에 들어왔다. 대기 공간의 소파와 테이블 옆에는 커다란 관엽식물 화분, 안내 데스크에는 계절에 맞지 않는 유채꽃을 가득 꽂은 둥근 꽃병이 장식되어 있다.

안내 데스크에는 여자가 한 명 앉아 있었다. 정장 차림에 화장을 옅게 하고 머리카락은 시뇽 스타일로 묶었다. 역시 병원이라기보다는 피부관리실 같다.

"실례합니다. 꽃배달을 하러——."

내 말이 끝나기도 전에 안내 데스크의 여자가 일어서서 다가왔다.

"죄송합니다. 저희 클리닉에서는 문병 선물로 생화는 받지 않고 있어서요."

나는 과장되게 놀란 얼굴을 해 보였다.

"네? 안 됩니까?"

"알레르기가 있는 환자분도 계시기 때문에 완전히 금지하고 있어요."

"그렇군요……. 저희 손님은 규정을 모르셨던 걸까요."

여자는 젊고 미인이고 목소리도 예쁘다. 내가 안내 데스크의 유채꽃 쪽을 쳐다보자,

"저건 조화예요. 공기 청정 효과가 있는 거지요."

라고 말했다.

"그렇군요. 그럼 손님한테 연락해 보겠습니다. 실례 많았습니다."

내가 머리를 숙이자 화려한 꽃다발을 감싼 투명 시트가 바스락바스락 소리를 냈다.

"일단 좀 여쭤볼게요. 어느 분이 어느 분한테 보내시는 꽃인가요?"

안내 데스크의 여자 쪽에서 물어봐 주었다. 나는 앞치마의 주머니에 넣은 영수증을 확인하는 척하고 나서 대답했다.

"하코자키 시즈코 씨가 사사 유비 씨한테 보내는 겁니다."

안내 데스크의 여자가 시선을 피했다. 아주 잠깐이지만, 분명히 시선이 허공에서 흔들렸다. 그러나 곧 웃음을 띠며 아름다운 목소리로 말했다.

"말씀은 환자분한테 전해 드릴게요. 저희 설명이 부족해서 정말 죄송했습니다. 의뢰하신 분께도 말씀 잘 전해 주세요."

그녀는 수고하셨습니다, 하고 머리를 숙이며 나를 전송해 주었다. 나도 꾸벅꾸벅 머리를 숙이면서 클리닉을 떠났다.

위치 확인을 위해 스마트폰을 확인하니 사사 도모키는 직장이 있는 건물에서 밖으로 나오지 않았다. 출근한 이상, 근무 시간 중에는 외출한다 해도 일 관련일 것이다.

오피스의 미니밴은 다음 주 초까지 빌리기로 하고 가져왔기 때문에 나는 집으로 돌아갔다. 꽃다발은 집주인인 다케나카 씨한테 선물하려고 저택 현관 쪽으로 돌아 들어가자, 다케나카 부인과 두 며느리(다케나카 며느리 1호 · 며느리 2호)가 매우 기뻐해 주었다.

"낮에 볶음밥을 만들었어요. 스기무라 씨도 같이 드세요."

감사히 볶음밥과 중국식 수프를 얻어먹고 사무소로 돌아가 보니 메일이 와 있었다. 다케시가 보낸 것이다.

오늘 아침부터 점심시간까지, 매형한테서 다섯 번 전화가 왔습니다. 주고받은 이야기를 정리해 보았습니다.

내용을 읽어 보니 절반은 예상대로고 절반은 예상보다 심했다. 사사 도모키는 오늘 아침에 내가 남긴 메시지를 듣고는, 내가 아니라 처남에게 전화했던 것이다.

——대리인이라니 뭐야, 무슨 짓을 하는 거야?

——어쩌려고 이래. 웃기지 마.

하며 아침 댓바람부터 물고 늘어졌지만 다케시는 미리 상의한 대로,

——스기무라 씨한테 연락해서 만나 주세요. 그러지 못하겠다면 지금 여기서 저한테 제대로 설명해 주세요.

그 말만 하면서 버텼다. 이에 대해 사사 도모키도 종래와 똑같은 설명을 되풀이했다.

——의사의 허락이 떨어질 때까지, 나 외에는 아무도 유비를 만날 수 없어. 장모님은 물론이고 장인어른도 너도 만날 수 없어.

——지금 만나면 쇼크를 받을 거야. 너희 가족이 쇼크를 받는 게 유비한테도 좋지 않은 영향을 줄 거고.

——그렇다면 적어도 주치의와 이야기하게 해 주세요. 이름과 연락처를 가르쳐주면 제가 전화할게요.

명쾌하고, 상대방의 주장에 양보한 요구다. 그러나 사사 도모키는 이것도 튕겨냈다. 감정적으로 다케시를 매도한 모양이다.

——손아랫사람 주제에, 손윗사람인 매형한테 거역하다니 당치도 않은 짓이야.

——사실은 유비를 걱정하지 않나 보지. 넌 차가운 애라고, 유비도 말했어.

——너희 가족은 구제불능이야. 유비는 그 희생자고.

다케시는 이 대화를 녹음할 생각은 하지 못했지만 전화 내용을

자세히 기록해 두었다.

그 후, 다케시가 출근해서 스마트폰을 받지 않게 되자, 사사 도모키는 직장 번호로 전화를 걸어 왔다. 본인은 직장에서 전화를 받고 날카롭게 응대한 것을 잊었나, 초조해서 그랬을까.

——대리인을 사이에 둘 필요는 없어. 왜 그런 짓을 하는 거야.

——도대체 스기무라라는 건 어디 사는 누군데?

나는 분명히 '탐정 사무소'라고 말했는데.

——장모님은 금방 울거나 소란을 부리니까 곤란해. 이대로 유비가 좋아질 때까지 가만히 내버려 뒀으면 좋겠다는 것뿐이야.

다케시는 주장을 바꾸지 않았고 사사 도모키의 주장과 변명도 바뀌지 않았다. 평행선을 그린 채 전화는 그 후에도 계속되었고, 약간 귀찮았기 때문에 세 번째 통화 때 다케시는 이렇게 말했다.

——앞으로는 저한테 전화하지 말아 주세요. 직장에는 매형한테서 걸려 온 전화를 연결하지 말라고 부탁해 둘 거고, 제 쪽에서 전화를 걸지도 않을게요. 제 요구, 누나의 혈육으로서 당연한 요구에 응할 마음이 들면 제가 아니라 우선 스기무라 씨한테 연락해 주세요.

나는 다케시에게 메일을 받았다고 답신하고, 사무소의 문단속을 한 후 사가미하라에 있는 사사 부부의 맨션으로 향했다. 우선 현지를 보고 싶었다. 사사 도모키가 회사에 있는 동안 관리인이나 이웃 사람들로부터 이야기를 들을 수 있으면 금상첨화다.

사가미하라 시 주오 구에 있는 **라 그랑제트 사가미하라**는 디자이너스 맨션이라는 점이 자랑거리인 임대 물건物件 토지나 건물 따위의 부동산을 통틀어 이르는 말인 모양이다. 지은 지 오 년 된 지상 3층 건물로 반지하 주차장, 총 세대수는 15세대이고, 구조는 방 두 개+식당+주방과 방 한 개+식당+주방, 원룸+로프트의 세 종류, 넓이는 33평방미터에서 50평방미터까지. 월 임대료는 인터넷에서 대충 조사한 이 근처의 시세보다 더 비싸다. 건물 앞에 선 것만으로 어떻게 거기 까지 알 수 있느냐 하면 현재 공실이 있어서 중개하는 '이치노 부동산 주식회사'가 정면 현관 옆에 그런 내용의 입간판을 내놓았기 때문이다.

한적한 주택지에 있고, 지은 지도 얼마 되지 않았고, 비싼 임대료에 걸맞을 만한 고저스한 느낌이 있다. 석조풍 외벽과 베란다의 쇠 난간의 밸런스가 아름답다. 입구의 인터폰 겸 오토록 조작 패널은 대리석으로 되어 있고, 딤플형 열쇠와 카드키를 둘 다 쓸 수 있는 시스템이다. 안쪽에 있는 로비에는 가죽 소파 세트와 무거워 보이는 커피 테이블이 놓여 있고 꽃이 넘치는 안뜰이 얼핏 보인다.

구조로 보아 혼자 사는 사람과 젊은 커플을 겨냥한 것이리라. 디자이너스 맨션에는 살고 싶지만 야마노테선 주변의 역세권은 엄두가 안 난다거나, 아이가 생기면 가족을 위한 물건으로 이사할 테니 그때까지만 잠시 살겠다는 임차인들이 선호할 것 같다. 하지만 애초에 도심에서 이 거리에, 이 평수에, 이만한 임대료를 지불하려는 독신과 커플이 많지는 않을 듯하다.

좋은 입지를 살리지 못하고 어중간하게 고저스한 맨션. 게다가 '관리실' 표시가 있는 작은 창 안쪽에는 블라인드가 드리워졌다. 관리회사의 연락처와 관리인의 순찰 및 주재는 월수금 오전 10시부터 오후 3시까지라는 표시가 있다. 관리인이 상주하지 않는 것은 부동산으로서는 마이너스 요인이다.

의아했다. 지금까지 하코자키 부인과 다케시의 이야기를 듣고 내 나름대로 쌓아 온 사사 부부의 이미지에 이 집은 들어맞지 않는다.

사사 도모키도 유비도 유복한 집에서 태어나 자랐고, 자신들의 취향을 드러내는 사치의 방법을 알고 있을 것이다. 유비에게는 '부모에게 조른다'는 옵션이 있으니 참을 필요도 없다. 관리 체제가 잘 갖추어진 도심의 등급 높은 맨션이나——라고 할까, 애초에 그녀가 친정 옆도 아니고 친정으로 가는 교통편도 좋지 않은 곳을 굳이 신혼집으로 고른 이유는 뭘까.

시각은 오후 3시 15분. 관리인은 시간이 되자 퇴근해 버렸는지, 모습이 보이지 않는다.

공동 우편함의 플레이트에 명찰이 있는 것은 4세대뿐이다. 사사 부부가 사는 202호실에도 명찰은 없고, 살고 있더라도 명찰을 붙이지 않는 경우도 있어 단언할 수는 없지만 세 타입 모두 입주자 모집 중으로 표시했으니 최소한 세 집은 비어 있을 것이다. 이 고저스한 디자이너스 맨션에는 생활감이 없는 적막한 느낌이 떠돌고 있다. 인기척이 없는 분양 맨션 모델하우스 같다.

입간판의 '이치노 부동산'을 검색해 보니 수도권 각지에 영업소가 있지만 본사가 있는 곳은 신주쿠 3번가로, **라 그랑제트 사가미하라**를 취급하고 있는 것도 본사 영업부다. 돌아가는 길에 들러 보자.

이웃에 사는 누군가에게 이야기를 들을 수는 없을까 싶어서 어슬렁어슬렁 돌아다녀 보았다. 멋진 생울타리로 둘러싸인 일본식 가옥이나, 넉넉한 차고가 있는 모던 하우스. 지붕의 태양열 패널이 늦가을의 햇빛을 받아 빛나고 있다. 방범 카메라와 보안회사의 스티커도 눈에 띄었다. 일반적인 맨션과 달리 쉽게 초인종을 누르기가 어렵다.

그 블록을 한 바퀴 돌아 맨션 앞까지 돌아가 보니, 일차선 도로를 사이에 둔 맞은편 단독주택의 주민인 듯한 노인이 문 앞에 자전거를 세우려는 참이었다. 앞에 달린 바구니에 슈퍼마켓 비닐봉지가 들어 있다. 맞은편 집은 널찍한 부지에 지은 단층집으로 손질이 잘 되어 있는 정원 안쪽에 낡은 나마코 벽_{외벽에 네모진 평평한 기와를 붙이고, 그 이은 틈을 회반죽으로 어묵처럼 가운데가 볼록한 반 원기둥형으로 바른 벽}의 곳간이 보인다.

"실례합니다, 말씀 좀 여쭙겠습니다."

말을 걸자 노인은 마주 목례를 해 주었다. 벗겨진 넓은 이마에 또렷한 세 줄의 주름. 폴로 셔츠 위에 울로 된 조끼를 입고 저지 원단 바지에 화려한 스니커를 신었다.

"네, 말씀하세요."

"갑자기 죄송합니다. 저기 있는 맨션에 사는 사사라는 사람의 친척인데요, 갑자기 병으로 입원했다가 최근에 간신히 퇴원했다는 얘기를 듣고 찾아왔거든요."

노인은 눈을 휘둥그렇게 떴다. "그거 큰일이었군요."

"덕분에 병은 이제 나은 것 같은데 연락이 통 닿질 않아서……. 걱정이 되어서 와 봤는데 본인은 부재중인 것 같고 관리인도 안 보여서 곤란한 참입니다. 혹시 동네 자치회 같은 걸 통해서 사사와 교류가 있지는 않으신가요?"

노인은 **라 그랑제트 사가미하라**를 올려다보고는 손가락 끝으로 코 옆을 긁적였다.

"이 맨션에 사는 사람은 우리 동네 자치회에는 가입하지 않았어요. 임대니까요."

"아아, 그래요?"

"찾아오신 분은, 그러니까──."

"사사입니다. 사사 도모키와 유비라는 젊은 부부예요."

이름을 확인한 것에 의미가 없었는지 노인은 고개를 저었다.

"미안합니다. 모르겠네요."

"그렇군요. 실례했습니다. 맨션의 오너는 이 근처에 사는 분일까요?"

"전에는 그랬지요. 아버지 대까지는 요 앞에 살았어요."

노인은 손톱을 짧게 자른 손가락으로 맨션 남쪽을 가리켰다.

"우리도 그렇지만, 옛날에는 농가였던 집입니다. 이마이 씨네는 아버지가 돌아가신 후에 상속한 자식들이 전부 멀리 살고 있어서

땅도 조각조각 팔아 치워 버린 모양이에요."

"아하, 흔히 있는 일이지요."

나는 납득한 얼굴을 해 보였다.

"벌써 한 달 전의 일이지만 사사는 한밤중에 구급차를 불렀다고 하니 제법 시끄러웠을 것 같군요. 폐를 끼쳐 죄송합니다."

그러자 노인의 이마에 있는 세 줄의 주름이 바싹 좁혀졌다. "구급차?"

"네. 지난달 2일, 일요일 한밤중이었지요."

아아, 그거요, 하며 노인은 몇 번이나 고개를 끄덕였다.

"기억납니다. 아마 젊은 여자였지요. 그건 남편이려나? 남자가 구급차를 타고 따라갔다고, 우리 집사람이 밖에 나가서 보고 있다가 무슨 일일까 하는 이야기를 하더군요."

목격자 1호다. 사사 유비가 구급차로 실려간 것은 사실인 모양이다.

"이제 좋아졌나요?"

"네, 큰일은 아니었습니다."

"다행이네요."

그럼 이만, 하며 노인은 문을 열고 자전거를 밀며 정원으로 들어갔다. 나는 붙잡지 않고 그 자리를 떠나, 차를 세워도 별로 눈에 띄지 않고 **라 그랑제트 사가미하라**에 드나드는 사람을 지켜볼 수 있을 만한 장소를 물색하고 나서 역으로 돌아갔다.

신주쿠 역에 도착해서 임대를 중개하고 있는 이치노 부동산 본사를 찾아갔다. 낡은 펜슬 빌딩_{좁은 부지에 가늘고 높게 세운 빌딩. 일본의 대도시에서 많이} _{볼 수 있다}으로 1층이 일반 손님용 영업 창구로 되어 있었다.

나는 같은 시내에 살고 있고, 등급이 높은 **라 그랑제트 사가미하라**로 이사를 검토중인 손님이라는 설정으로 창구의 둥근 의자에 앉았다. 응대한 사원은 이마가 꽤 후퇴한 중년 남성이었다.

"이마이 씨와 가족 분들은 잘 지내십니까?"

하고 던져 보니 담당자의 얼굴이 환해졌다.

"아는 사이십니까?"

"아드님과 면식이 있지요."

"그렇군요. 저희 회사 고객이신데 크게 신세를 지고 있습니다. '라 그랑제트'는 이마이 씨가 갖고 계시는 물건 중에서도 특히 추천할 만한 것이지요."

그는 제대로 된 사원이라 더 이상 쓸데없는 수다는 떨지 않았다. 나는 물건의 자료를 받아 돌아왔다.

사사 도모키의 스마트폰은 회사에서 움직이지 않는다. 내가 사무소로 돌아와 근처 카페 와비스케에서 간단한 저녁을 먹고 커피를 마시고 있자니, 그제야 스마트폰이 신주쿠에서 요요기 방면으로 이동했다. 오후 8시가 지날 무렵이었다. 그러고는 요요기 부근에서 움직이지 않다가, 10시 반이 지나서야 사가미하라로 향해 자택에 도착했다. 아내에게 문병은 가지 않은 것이다.

하코자키 부인과 다케시에게 메일로 간략히 보고하고 나는 문 닫기 직전의 목욕탕으로 뛰어 들어갔다.

이튿날은 이른 아침부터 오피스의 미니밴을 몰고 우선 와비스케에 들러서 마스터에게 부탁해 둔 런치 바구니와 물통을 받은 다음 다시 사가미하라로 향했다. 오늘은 토요일, 사사 도모키는 자택 맨션에 있다.

그가 있는 곳을 확인하고 이동하는 곳을 추적하는 것뿐이라면 스마트폰으로도 일단은 충분하다. 하지만 그 자신은 맨션에서 움직이지 않고 그리로 누군가를 초대하거나 불러들일지도 모른다. 그것을 확인하려면 현장에서 감시하는 방법밖에 없다.

다케시와의 대화로 상당히 초조해진 듯한 사사 도모키가 지금의 사태를 누군가에게 상의해도 이상하지는 않겠다는 생각이 든다. 그 상대를 확인하고 싶다. 그것은 아내의 주치의일지도 모른다. 친구일 수도 있다. 아니면 여자일까.

그렇다, 여자다. 사립탐정으로서는 의심해 보아야 할 부분일 것이다. 사사 도모키는 바람을 피우고 있었다(있다), 그것을 유비가 알아 버려서 심각한 부부싸움을 하다가 자살하려고 했다, 다행히 미수로 끝났지만 그녀의 정신상태는 좀처럼 안정되지 않았다, 사사 도모키는 매우 당황했고(그래서 초췌해졌고) 장인 장모에게 불상사를 숨기기 위해 아내를 격리했다, 라는 줄거리다.

하지만 불륜 소동을 숨기기 위해 한 달 이상이나 아내를 격리하는 것은 아무래도 지나치다. 불륜 소동만이 아니리라. 그 외에도 뭔가 있을 것 같은 기분이 든다.

주오 자동차도로를 타기 전에 그의 휴대폰에 전화를 걸어 보니,

부재중 전화로 연결되었다. 여전히 나와 이야기할 마음은 들지 않는 모양이다. 지금부터 누군가와 상의하고 조언을 듣거나 협력을 얻은 후에 나와 싸울 생각이라면 그나마 다행인데.

나는 **라 그랑제트 사가미하라**에서 100미터쯤 서쪽으로 떨어진 사거리에 미니밴을 세우고, 조수석의 보스턴백 안에서 망원 렌즈가 달린 디지털 일안—眼 리플렉스 카메라를 꺼냈다. 사무소를 열 때 **오피스 가키가라**에서 파격적으로 싼 값에 양도받은 중고품이다. 지금까지는 쓸 일이 없었다. 오늘은 대활약해 줄 예정이니 카메라도 기쁘지 않으려나.

렌즈를 들여다보니, 어제 길에서 이야기를 나누었던 맞은편 집의 노인이 정원의 빨랫대에 빨래를 널고 있었다. 망원 렌즈 덕분에 노인의 이마에 있는 주름까지 확인할 수 있다. **라 그랑제트 사가미하라** 쪽으로 시선을 옮겨 보니, 3층 모퉁이 집의 주민이 베란다에서 화분에 물을 주고 있다. 긴 머리카락을 포니테일로 묶은 젊은 여자다.

내 딸 모모코는 초등학교 4학년. 줄곧 어린아이다운 버섯머리였는데 2학기 들어서 머리를 기르기 시작했다. 포니테일을 하고 싶어서란다. 지난달에 만났을 때 보니 기르고 있는 머리를 꽉 잡아당겨 양쪽 귀 뒤에서 둘로 묶어 놨더라. 머리 가죽이 당겨서 아플 것 같은데 '이렇게 해 둬야 빨리 자라니까' 참는 거라고 했다. 3층에 사는 여자처럼 예쁜 포니테일이 될 때까지 앞으로 얼마나 걸릴까.

제일 처음에 촬영한 외부인은 택배 배달원이고 다음은 신문사의 이름이 새겨진 점퍼를 입은 젊은이였다. 맨션에서 나온 주민은 조깅하러 가는 듯한 남자(한 시간 후에 돌아왔다), 30대 중반 정도의 부부(둘이 같이 반지하 주차장으로 가서 투박한 레인지로버를 타고 출발), 아까 본 3층의 포니테일 여자(15분쯤 후에 편의점 봉지를 들고 귀가), 50세 전후의 짧은 머리의 여자(앞치마에 청바지), 은발의 노부부(부인 쪽이 지팡이를 짚고 있다)——.

사사 도모키는 움직이지 않았다. 스마트폰은 맨션 안에 멈추어 있다.

점심을 먹기 전에 미니밴을 움직여 그 블록을 한 바퀴 돌고 이번에는 동쪽으로 80미터쯤 떨어진 전봇대 그늘에 세웠다. 그리고 하코자키 부인에게 전화를 걸었다.

부인은 곧 받았다. 인사를 하고 나는 용건을 꺼냈다.

"사사 도모키 씨와 유비 씨는 결혼 초부터 사가미하라 시 주오구에 있는 맨션에서 사셨나요?"

"네, 그런데요."

"멋진 맨션이네요. 하지만 그만한 집세라면 좀 더 도심에서 가까운 곳이나, 하코자키 씨 댁 근처에 집을 빌릴 수도 있었을 텐데요. 두 분이 사가미하라를 선호한 이유가 있었나요?"

"그건…… 네, 좀 어수선했어요. 스기무라 씨, 맨션에 가셨나요?"

"지금 근처에 있습니다."

"네?" 목소리가 한 톤 튀어올랐다. "도모키를 만나는 거군요?"

"여전히 전화를 받아 주지 않으니 방문해도 상황은 더 나빠질 수 있습니다. 다만 도모키 씨가 유비 씨 없는 집에서 확실히 지내고 있는지, 일단 확인해 두고 싶어서 와 봤지요."

"──그래서, 도모키는 맨션에 있는 거로군요?"

"아직 본인의 얼굴을 보지 못했지만 있는 건 확실합니다."

부인은, 잠깐만요, 라고 말했다.

무릎 위에 일안 레플리카 카메라를 놓고 스마트폰을 든 채로 운전석에 앉아 있자니, 아까 본 노부부가 내 미니밴 옆을 지나 **라 그랑제트 사가미하라** 쪽으로 걸어갔다. 무언가 떠들썩하게 이야기를 나누고 있었다.

스마트폰 너머에서 덜컹거리는 소리가 나고 하코자키 부인의 목소리가 돌아왔다.

"죄송해요. 기다리셨죠. 가계부를 가져왔어요."

일기를 쓰는 습관은 없지만 무슨 일이 있을 때는 가계부의 비고란에 간단한 메모를 해 놓는다고 한다.

"가계부는 계속 쓰고 있고 유비의 결혼식 전후로는 여러 가지로 지출이 커져서 메모도 많이 남아 있어요."

"신혼집에 관해 뭔가 적혀 있나요?"

"네, 저도 기억나고요──."

가계부 페이지를 넘기는 소리가 난다.

"4월 중순, 결혼식 두 달 전인데요, '신혼집 때문에 싸움'이라고 적혀 있어요."

결혼을 결정한 두 사람은 예식장을 고르는 것과 병행해서 신혼
집도 찾기 시작했다. 예식장 쪽은 매끄럽게 결정되었지만 신혼집
쪽은 난항을 겪었다고 한다.

"말씀하신 대로 유비는 저희 집 근처에서 살고 싶어 했어요. 그
러니까 도심에서 멀어지는 만큼 등급이 높은 물건이 좋다고요. 하
지만 사위는 다른 조건은 양보하더라도 회사에서 가까운 곳으로
하고 싶다고 해서."

──내 월급으로 꾸려 갈 거니까, 모든 조건을 만족시키는 건
무리야.

"그래서 몇 가지 물건을 보러 가도 좀처럼 결정되지가 않았어
요. 딸도 초조해졌는지."

──엄마, 아빠한테 부탁해서 우리 마음에 드는 곳에 살 수 있
게 돈 좀 내 줘.

"타워 맨션 팸플릿을 가져와서 저한테 보여 주기도 했고요."

부인은 약하게 웃었다.

"결혼해서 가정을 꾸리려고 하는데 유비가 그런 말을 한 것도
우리 부부가 어리광을 받아 줬기 때문이에요."

다케시도 누나는 공주님이라고 말했었다.

"하지만 부끄러워도 소중한 딸이고, 요즘은 위험하니까 치안이
나쁜 곳이나 보안이 잘 안 되는 곳에 살게 하고 싶지는 않아서 남
편과 상의해 결혼 축하 선물로 맨션 계약금 정도는 내 줄까 했죠."

"남편분은 그때도 계속 후쿠시마 쪽에 계셨겠네요."

"네, 집에 오는 건 한 달에 두 번 정도였어요. 유비네가 만일 신혼집을 구입하게 된다면 사사 씨네 부모님한테 승낙을 받을 필요도 있고, 한 번 제대로 이야기를 나누기 위해서 집에 오겠다고 했었죠."

일은 유비가 바라는 방향으로 가고 있었던 것이다. 내 추측도 대충 들어맞았다.

"그런데 그날 갑자기 도모키가,"

——결정했어. 내가 먼저 이사해서 살고 있을게.

"그런 말을 하는 바람에 우리 집에서 유비와 크게 싸웠어요."

그게 라 **그랑제트 사가미하라**인 것이다.

"처음에는 유비도 사진이나 구조도를 보고 세련된 디자이너스 맨션이라고 좋아했지만 장소를 듣더니 놀라서 화를 냈어요."

——전혀 모르는 동네고, 친정에 가기도 불편하고, 도모 씨 회사에서도 전혀 가깝지 않잖아!

갈아타지 않는 급행 통근 전철이기는 하지만 확실히 '가깝'지는 않다.

"무엇보다 이렇게 멀고 50평방미터 정도인데 집세가 너무 비싸다고요."

"확실히 비싸네요. 방 두 개 타입이 18만 5천 엔이라고 표시되어 있던데, 그 부근이라면 지은 지 얼마 안 된 맨션의 80평방미터 전후 집이나, 상태가 좋은 단독주택을 빌릴 수 있는 집세일 것 같은데요."

"하지만 도모키가 실제로는 그 반값이면 된다는 거예요."

"네?"

"대학 선배가 있는 부동산 회사의 물건인데, 입주자가 좀처럼 모이지 않아서 오너랑 회사 담당자 사이가 험악해졌다나요."

——어떻게든 계약 성립 실적을 만들고 싶으니까, 집세는 반값으로 하고 이 년 동안 살아만 주면 돼. 그 후에는 이사해도 되니까 이 년 동안만 부탁한다고 하더라고. 선배가 머리를 숙이면 거절할 수 없어.

새로운 정보다. '이치노 부동산'에는 사사 도모키의 선배가 근무하고 있으려나.

라 그랑제트 사가미하라는 콘셉트부터가 실패 아닌가 하는 내 감상도 들어맞은 듯하다. 하지만 이것은 딱히 내 감이 날카로운 게 아니다. 대부분의 사람이 그 맨션을 본다면 비슷하게 생각하리라.

"이미 계약했고 이삿짐센터에도 견적을 부탁했으니까 이걸로 결정됐다는 거예요."

"유비 씨는 결혼할 때까지 친정에서 살았던 거군요. 도모키 씨는요?"

"와세다였나? 낡은 원룸 맨션에 있었어요. 자기는 거기에서 먼저 이사할 테니까, 신혼집에 필요한 가구나 가전이랑 유비의 짐은 나중에 들이면 되지 않느냐는 거였죠."

나는 신음했다. "싸움이 나도 무리가 아니네요."

"유비도 화내고 울고, 그날은 결혼을 취소하겠다고 소리를 질렀을 정도였어요."

하코자키 부인은 조마조마해하면서 두 사람을 지켜보았다. 싸움은 일주일 정도 이어졌다. 유비는 화내고 울기를 되풀이했지만,

"점점 풀렸어요. 맨션 자체는 멋지고, 정말 집세가 반값에 이 년만 사는 조건이라면, 하고 최종적으로는 유비가 꺾였죠. 피로연 초대장도 이미 다 발송했고, 정말로 결혼을 취소할 마음은 없었을 거예요."

그러나 결정이 된 후에도 유비는 하코자키 부인에게 이런 불평을 했다고 한다.

──도모 씨는 늘 다정하고 나를 제일 소중하게 여겨 주는데, 대학 선배가 얽히면 그 순간 사람이 바뀌어 버려. 그것만은 싫더라고요.

"실제로는 벌써 이 년 반 가까이 살고 있군요. 이사할 예정은 있었나요?"

"찾고는 있었던 것 같아요. 여름 휴가 때였나? 부부가 같이 우리 집에 왔을 때, 집을 살 자금을 융통하는 일로 남편한테 상의하고 싶다, 언제라면 느긋하게 만날 수 있겠느냐는 얘기를 했으니까요."

"그렇군요."

"저기, 스기무라 씨. 이미 조사를 시작하셨는데 제가 유비의 클리닉에 가면 방해가 될까요?"

"아뇨, 상관없습니다. 만일 면회가 가능하다면 그게 제일 좋으니까요. 다만 여러 가지로 기분이 복잡하실 테니 트러블이 생기지 않도록만 조심해 주십시오."

"네, 최대한 조심할게요."

전방의 **라 그랑제트 사가미하라**에서 누군가 나왔다. 부인에게 양해를 구하고 전화를 끊은 후 카메라로 바꿔 들었지만 사사 도모키는 아니었다. 트레이닝복을 입은 중년 남자로 입에 담배를 물고 길 맞은편으로 걸어간다.

바구니를 열어 샌드위치를 먹으면서 나는 생각했다. 역시 사사 도모키는 그런 타입의 남자일까. 선배의 부탁을 받으면 거절하지 못해서 여자친구의 의향까지 망설임 없이 물리치고 그쪽의 의리를 지킨다. 상하관계에 충실하고 엄격하다는 뜻이다. 이것은 처남인 다케시에게 내려다보는 듯한 시선으로 말하는 것과도 들어맞는다.

그는 스포츠맨이다. 나쁜 의미로 체육계 멘탈을 갖고 있을 것이다. 나는 그런 타입을 좋아하지 않고 잘 다루지도 못하지만, 그러나 기대할 만한 점도 있다. 사사 도모키가 어려워하는 선배가 정상적인 상식인이라면 그를 꾸짖어 줄지도 모른다. 그걸로 현재의 상황을 타개할 수 있다면 원만하게 해결할 길이 보일 텐데.

그 후에도 나는 지루한 감시를 계속했다. 사진도 부지런히 찍었다. 오후 3시가 지나서 다시 차를 움직여 (그 김에 발견한 편의점에서 화장실을 빌려 쓰고) 맨 처음의 사거리로 돌아갔다.

아슬아슬했다. 내가 엔진을 끈 직후에 사사 도모키가 **라 그랑제트 사가미하라**의 정면 현관으로 나온 것이다.

트레이닝복을 입고 수지樹脂 샌들을 신고, 자다가 일어나서 그대로 나온 것처럼 머리카락이 헝클어져 있다. 주머니에 스마트폰을 찔러 넣긴 했지만 빈손이다. 멀리 나갈 생각은 없는 듯하다.

미니밴에서 내려 걸어서 쫓아가 보니, 그는 아까 내가 화장실을 빌려 쓴 편의점으로 들어갔다. 3층에 사는 포니테일 여자도 이 가게의 비닐봉지를 들고 있었는데, 아마도 이곳이 가장 가까운 편의점인 모양이다.

가게 바깥에서 카메라 너머로 관찰하고 있노라니 어제 통근길의 사사 도모키를 보고 느꼈던 두근거림이 되살아났다. 그의 눈은 공허하고 동작에도 생기가 없다. 10분 이상이나 가게 안을 어슬렁거리다가 캔맥주와 도시락을 샀다.

나는 그가 밖으로 나올 때 가게에 들어가는 척하며 스쳐 지나가 보았다. 가까이에서 본 얼굴은 검푸르게 부어 있고 수염도 깎지 않았다.

조금 거리를 두기 위해 그 자리에서 기다리며 말을 걸까 하고 나는 고민했다. 저렇게 멍한 상태일 때 돌격하면 의외로 쉽게 함락될지도 모른다.

결국 단념한 것은 갈 때도 올 때도 가게 안에 있을 때도 그가 끊임없이 스마트폰에 신경을 쓰고 있었기 때문이다. 누군가의 연락을 기다리는 듯 보였다. 그것도 절실하게.

게다가 나는 확인하고 싶은 사실이 있었다. 오늘도 사사 도모키가 아워 해피니스 멘탈 클리닉에 문병을 가지 않을 거라는 사실.

라 그랑제트 사가미하라에 돌아오자 스마트폰의 움직임은 다시 멈추었다. 캔맥주를 따고 우물우물 도시락을 먹는 모습이 눈에 보이는 것 같은 기분이 들었다.

이대로 클리닉의 면회 시간이 끝나는 오후 7시가 될 때까지는 감시를 계속하기로 했다. 이제 맨션에 드나드는 사람은 한 번씩은 다 보고 촬영한 입주자들뿐이었다. 원래 세대수가 적은 데다 공실이 있으니 몇 명 되지도 않는다.

그런데 늦가을의 해가 완전히 지고 7시가 될 무렵 새로운 외부인이 나타났다. 자그마한 몸집의 젊은 여자로 긴소매 원피스 위에 얇은 코트를 걸쳤다. 어깨까지 오는 길이의 머리카락을 예쁘게 말고 화장을 한 모습이다.

역 쪽에서 걸어온 그녀에게는 망원 렌즈로 들여다보지 않아도 눈에 띄는 특징이 있었다. 소위 말하는 '걸리girlie' 디자인으로 인기가 있는 브랜드의 토트백을 어깨에 메고, 양손으로 보자기를 소중하게 안고 있었던 것이다. 크기와 모양으로 미루어 찬합이거나 찬합 타입의 큼직한 도시락 상자일 것이다.

왠지 모르게 감이 왔다. 나는 우선 사진을 찍고 차에서 내려 맨션으로 향했다. 젊은 여자는 인터폰 패널 앞에 서 있었다. 나는 입주자인 척하며 공동 우편함 옆으로 다가갔다.

그녀는 보따리를 왼쪽 팔로 옮기고 오른손으로 패널을 조작했다. 검지로 '2' '0' '2'를 누르는 것이 보였다. 사사 부부의 집이다.

집의 호수를 누르고 나서 그녀는 일단 손가락을 떼었다. 그러고는 턱을 당겨 물끄러미 패널을 바라보았다. 잠시 후 다시 손가락을 내밀어 호출하기 위한 키를 만지려다가——.

그만두었다. 보따리를 양손으로 추스르고 등을 웅크리며 꼼짝도 않고 있다. 이내 두세 발짝 물러나 패널에서 떨어져 발길을 돌리더니 로비에서 나갔다.

그녀는 도로에 서서 **라 그랑제트 사가미하라**를 올려다보았다. 긴장으로 굳어진 얼굴을 하고 있다. 유리 너머로 내 모습도 저쪽에서 훤히 보이기 때문에 눈이 마주치지 않도록 반쯤 등을 돌리고 스마트폰을 꺼내 만지작거렸다.

돌아올까——하는 예상은 빗나갔다. 그녀는 보따리를 끌어안고 역 쪽으로 걷기 시작했다. 고개를 숙인 채 점점 걸음이 빨라진다.

나는 로비를 나가 뒤를 쫓았다. 여자를 겁먹게 하고 싶지 않아서 뛰지는 않았다. 외길이고, 몸집이 작은 그녀는 보폭도 좁아서 빠른 걸음으로 걸으니 쉽게 거리를 좁힐 수 있었기 때문에 얼마 지나지 않아 따라잡았다.

"죄송합니다, 실례지만."

등을 향해 말을 걸자 그녀는 펄쩍 뛰어올랐다. 기세 좋게 돌아보는 바람에 토트백이 어깨에서 떨어져 팔꿈치 부근에서 멈추었다.

"놀라시게 해서 죄송합니다. 혹시 저 맨션에 사는 사사를 찾아오셨나요?"

겨우 몇 초 사이에 그녀의 얼굴을 여러 가지 표정이 스치고 지나갔다. 놀라움, 안도, 수치, 기쁨, 조심스러움, 경계.

나는 미소를 지으며 목례했다. "갑자기 죄송합니다. 저는 도모키의 사촌이에요. 요즘 그 녀석 몸이 안 좋다고 들어서 잠깐 들러 봤습니다. 볼일이 있어서 근처까지 온 김에 들러 본 건데, 전화해도 부재중으로 연결되니까 걱정이 되어서요."

젊은 여자는 눈을 크게 떴다. 입가가 떨리고 귓불이 빨개져 간다.

"다시 부재중 메시지를 남겨 둘지, 뭔가 써서 우편함에 넣어 둘지 생각하면서 로비에 있었는데 당신이 오셔서……. 202호는 도모키랑 유비 씨네 집이죠?"

입술을 꼭 다문 채 여자는 몇 번인가 고개를 끄덕였다. 그러더니 갑자기 자세를 바로 하고 내게 머리를 숙였다.

"죄, 죄송해요."

흥분해서 뒤집어진 목소리다.

나는 당황한 듯이 양손을 저었다. "저야말로 갑자기 말을 걸어서 죄송합니다. 실례지만 유비 씨의 친구분이십니까?"

"네, 저기, 저는."

"유비 씨도 잠깐 입원했었다고 하던데 두 부부가 무슨 일일까요."

보따리를 꼭 껴안은 채 젊은 여자는 떨리는 목소리로 빠르게 말했다.

"부, 부인은 지금도 입원해 계세요."

그 순간, 그녀가 '아차' 하고 후회했음을 알았다. '아, 실수했네'
거나 '큰일이야!'일지도 모른다. 어쨌든 '부인'이라고 말해 버렸으
니 더 이상 유비의 친구인 척을 할 수는 없게 되어 버렸다.

모르는 체하며 나는 과장되게 놀란 시늉을 했다.

"그래요? 그럼 도모키가 몸이 안 좋다는 건——."

"분명 부인이 걱정되어서 그럴 거예요. 사사 씨는 회사에서도
기운이 없어요."

"그래요? 당신은 도모키의 직장 동료시군요. 도모키가 신세 많
이 지고 있습니다."

그녀에게서 정보는 얻고 싶지만 겁주고 싶지는 않다. 나는 가볍
게 정중한 인사를 했다.

"당치도 않아요! 저, 저야말로 신세를 많이 지고 있는걸요."

이제 여자의 얼굴은 새빨갛다. 상기되어 땀을 흘리고 있다.

"그럼 도모키는 유비 씨의 병원에 가 있어서 집에 없는 걸까요?
어디가 안 좋은 걸까. 심각한가? 병원이 어딘지 아세요?"

면목 없다는 듯이 머리를 긁적이며 나는 쓴웃음을 지어 보였다.

"도모키는 어릴 때부터 잘 알고 지냈지만 그 녀석이 취직한 뒤
로는 서로 바빠서 결혼식 때 만난 게 마지막이거든요."

"아, 네에, 그러신가요."

"병원은 모르십니까?"

코에 땀이 맺힌 채 여자는 고개를 가로저었다. "——프라이버시니까요."

"아아, 그렇군요. 죄송했습니다. 모처럼 왔으니까 저는 좀 기다려 볼까요. 괜찮으시다면 당신이 문병을 와 주었다는 걸 도모키한테 전해 드릴게요. 누구신——,"

순간 그녀는 안색이 창백해졌다. 내가 "누구신지요?"라고 채 묻기도 전에 물러나기 시작했다.

"저, 저는 신경 쓰지 마세요. 집도 이 노선에 있고 가, 가까워서, 진짜 지나가던 참에, 네, 저도 지나가던 참에 찾아와 본 것뿐이에요. 사사 씨가 너무 야위셔서."

"음, 숙모님 이야기로는 지난 한 달 사이에 5킬로가 빠졌다나요. 직장에서도 다른 분들께 걱정을 끼치고 있군요."

그녀는 몇 번이나 크게 고개를 끄덕였다. "식사도 제대로 하지 않는 것 같아요. 맞아요, 정말 지난 한 달 정도의 일이었어요. 최근에는 안색이 좀 좋아졌었는데 지난 주말부터 다시 되돌아가서 전보다 더 핼쑥해지는 바람에 다들 걱정하고 있어요."

연상의 친척이라는 설정답게 나는 설교할 때와 같은 엄숙한 표정을 지었다.

"죄송합니다. 한번 제대로 이야기를 들어 볼게요. 마음 써 주셔서 감사합니다."

내가 목례하자 그녀도 기세 좋게 고개를 숙였다.

"죄송해요. 정말 실례했습니다."

그리고 이번에는 분명하게 도망쳤다. 나는 쫓지 않았다. 사사 도모키가 바람을 피우고 있다고 해도 상대는 그녀가 아니다. 저렇게 담이 작은 불륜 상대가 어디에 있단 말인가.

하기야 직장 동료의 아내가 입원 중이라 집에 없다는 것을 알고 직접 만든 음식(저 보따리의 내용물은 틀림없이 음식이다)을 들고 집을 찾아왔다──그것도 점심이 아니라 저녁때를 골랐으니 실은 배짱이 좋을 것이다. 상황이 달라지면 진짜 불륜 상대로 바뀌지 않을 거라는 보장은 없다.

어쨌든 그녀는 귀중한 정보를 가져다주었다.

① 사사 도모키가 초췌해져서 직장에서도 걱정하고(의아해하고) 있다.

② 유비가 입원한 것을 그는 주위에 숨기지 않고 이야기하고 있다. 단 구체적인 설명은 하지 않았다.

③ 역시 여자에게 인기가 있다.

④ 그가 당황하고 초췌해지기 시작한 것은 한 달 전, 즉 유비가 자살을 시도했을 때이다. 그 후에는 조금씩 안정을 찾으면서 회복되어 가고 있었는데 지난 주말부터 다시 심해졌다. 이것은 다케시가 사립탐정을 고용했기 때문일 것이다.

나는 **라 그랑제트 사가미하라**의 로비로 돌아갔다. 만에 하나, 사사 도모키가 지금의 우리 모습을 창문으로 보고 허둥지둥 내려올지도──.

그런 전개는 없었다. 나는 미니밴으로 돌아가, 결국 오후 8시지나서까지 거기에 있었지만 사사 도모키의 스마트폰은 맨션에서 움직이지 않았다. 돌아오는 길에, 그 찬합에 들어 있던 것은 무엇이었을지 상상하면서 운전하고 있자니 텅 빈 위에서 꼬르륵 소리가 났다.

일요일에 드디어 움직임이 있었다.

내가 클럽하우스 샌드위치보다 좀 더 든든한 것을 부탁하자 와비스케의 마스터는 주먹밥과 닭튀김과 삶은 달걀, 토끼 모양으로 자른 사과를 넣어 아이들 운동회 도시락 같은 런치 바구니를 들려주었다.

오후 12시 50분이 지나서, 내가 런치 바구니에 손을 대려고 했을 때 사거리 쪽에서 미드나이트 블루 색깔의 에쿠에르가 다가와 **라 그랑제트 사가미하라** 앞에 멈추었다. 에쿠에르는 친환경 차종으로 인기있는 고급 모델이다. 게다가 미드나이트 블루 같은 색은 좀처럼 보기 힘들다.

운전석에서 내린 남자는 키가 크고 멀리서 봐도 알 수 있을 정도로 체격이 좋았다. 망원 렌즈로 보니, 남자치고는 머리카락이 길고 곱슬곱슬하게 말려 있다. 체격이 너무 좋아서 나이를 짐작하기가 어렵지만, 사사 도모키보다는 연상이고 나보다는 아래일 것이다. 팔꿈치 부분에 천을 덧댄 재킷에 면바지, 끝이 뾰족한 가죽구두. 멋쟁이다.

남자는 차 키를 손에 든 채 총총히 맨션 안으로 사라졌다. 동행은 없다. 나는 에쿠에르의 번호판을 찍어 두었다.

10분도 지나지 않아 남자가 차로 돌아왔다. 사사 도모키도 함께 였다. 오늘은 트레이닝복이 아니라 하얀 셔츠에 청바지 차림이고 상의를 손에 들고 있다. 얼굴을 숙이고 어깨를 움츠리고 있었는데 그 탓인지 묘하게 슬금거리는 느낌으로 조수석에 올라탔다. 차는 곧 출발해, 내 미니밴 쪽을 향해 왔다.

삶은 달걀을 손에 들고 스쳐 지나가는 에쿠에르의 차 안을 곁눈 질로 살피니, 사사 도모키의 공허한 얼굴이 보였다. 운전석의 남 자는 반듯하게 앞을 향한 채 입을 다물고 있었다. 맨션에서 나와 달려갈 때까지 두 사람이 대화를 하는 기색은 없었다.

에쿠에르가 작아질 때까지 기다렸다가 나도 미니밴을 유턴시켜 뒤를 쫓았다. 다행히 한동안은 외길이고 차의 통행량은 많지 않 다. 도중에 나타난 트럭이나 자동차를 사이에 두고 북서쪽 방향으 로 달려가는 에쿠에르를 따라갔다.

국도 20호선을 타려는 걸까. 역 주위에서는 교통량이 늘어 에 쿠에르를 눈으로 확인할 수 없게 되었다. 어떻게든 뒤를 쫓았지만 애매한 타이밍에 신호가 걸리는 바람에 거기에서 놓치고 말았다.

대상이 걸어가든 차로 이동하고 있든 혼자서 미행을 완수하기 는 어렵다. 하지만 아직 스마트폰을 쫓을 수는 있다. 당장 꺼내 확 인해 보니 예상대로 국도 20호선을 달리고 있다——고 생각하던 참에 사사 도모키의 위치를 나타내는 붉은 빛이 사라져 버렸다. 그가 스마트폰의 전원을 끈 것이다.

우선 쫓아가 볼까 하다가 그만두었다. 고속도로가 아니니 어디에선가 어긋나 버리면 찾을 길이 없다.

미행을 눈치채진 못했을 것이다. 다만 처음부터 이쪽은 사립탐정이라고 밝혔으니 경계하고 있어도 이상하지는 않다. 초췌해질 대로 초췌해진 사사 도모키는 거기까지 머리가 돌아가지 않아도, 분명히 그를 어디론가 데려가려고 (또는 함께 가려고) 하는 곱슬머리 남자가 스마트폰의 전원을 끄라고 충고했을지도 모른다.

나는 에비스에 있는 아워 해피니스 멘탈 클리닉으로 향했다. 이동 도중에 하코자키 부인에게 전화해 보니 부인도 에비스 역에 있다고 한다.

"지금 면회를 가 보려고요."

"저도 사가미하라에서 그쪽으로 가는 중입니다. 죄송하지만 면회를 할 수 있든 없든 제가 도착할 때까지 기다려 주실 수 있을까요?"

"알겠어요."

"만일 도모키 씨가 나타나면 곧장 알려 주세요."

그 후에는 쓸데없는 생각을 하지 않고 운전에 전념하여 약 한시간 후 클리닉 앞에 미니밴을 세웠다. 부인은 맥없이 혼자 서 있었다.

"어떻던가요?"

내 물음에 부인은 말없이 고개를 저었다. 가죽 핸드백 외에 백화점 쇼핑백을 들고 있다.

"늘 그렇듯이 문전박대였어요. 사위는 만나지 못했는데 유비의 병실에 있는지 없는지는 모르겠네요."

나는 부인을 미니밴에 태우고 클리닉 옆길로 이동했다.

"도모키 씨는 병실에 없을 겁니다. 사가미하라의 자택에서 선배인지 친구인지 모를 남자와 차를 타고 나갔으니까요."

나는 미행에 실패한 것을 사과했으나 부인은 그보다도 사진을 보고 싶어 했다.

노트북에 연결해서 사진 데이터를 열고 만약을 위해 첫 번째 사진부터 순서대로 보여 주었다. 부인은 돋보기안경을 쓰고 몸을 앞으로 구부린 채 열심히 들여다보았지만, 미드나이트 블루 색 에쿠에르에 올라타려는 사사 도모키의 사진이 나올 때까지는 스크롤하는 손가락이 멈추지 않았다.

"이거, 도모키죠?"

"네. 같이 있는 남자를 보신 적은 없으신가요?"

부인은 모니터를 응시했다. 맨션 앞의 두 사람, 에쿠에르에 올라탄 후의 두 사람, 내 옆을 스쳐 지나가는 운전석과 조수석의 두 사람.

"글쎄요…… 모르겠는데요. 도모키의 회사 사람인가?"

사촌형 같은 친척은 아닌 모양이다.

"일단 이 사진을 스마트폰으로 보내 두겠습니다. 뭔가 생각나는 게 있으면 알려 주세요."

알겠어요, 하고 말하고 부인은 가볍게 몸을 떨었다. "그보다, 이게 뭘까요. 도모키야말로 어딘가 몸이 안 좋은 거 아닐까요?"

소동이 시작된 후 한 달 남짓, 하코자키 부인은 사사 도모키와
도 만나지 않았으니 그의 야윈 모습에 놀라는 것도 무리는 아니
다.

"병에 걸린 건지 아닌지는 모르겠지만 몸 상태가 좋지 않아 보
이더군요. 마음고생을 하고 있는 모양이에요."

"그야, 저와 유비에게 이런 일을 당하게 하고 있으니까요."

처음으로 부인의 말투가 날카로워졌다.

"제게 어머니로서 책임이 있다면 도모키한테도 남편으로서의
책임이 있을 텐데요. 유비가 괴로워하고 있는데 혼자서만 태연하
다면——."

내뱉듯이 말하고는 갑자기 입술을 깨물었다.

"죄송해요. 저는 이런 불평을 할 수 있는 입장이 아닌데."

"아뇨, 말씀하셔도 될 것 같습니다."

딸을 인질로 잡힌 상황이라 어쩔 수 없었다고는 해도 지금까지
지나치게 저자세로 나갔다. 부인은 더 화를 내도 된다.

"지금은 아무런 증거도 없으니까 어디까지나 참고로 여쭙겠
는데요, 이 일로 도모키 씨의 여자 문제를 의심한 적은 없으십니
까?"

부인은 내 얼굴을 보았다. 지금까지 본 적이 없는 강한 눈빛이
었다.

"이럴 때, 대개는 제일 먼저 그걸 의심하겠죠. 우리는 아니에

요. 만일 사위가 바람을 피웠다면 유비는 자살 시도 같은 걸 하기 전에 제일 먼저 저한테 호소했을 테니까요."

그리고 그대로 이혼했을 거예요, 하고 딱 잘라 말했다.

"제 딸과 도모키는 대학 1학년 때부터 사귀었어요. 그는 인기가 많았죠. 몇 번인가 바람을 피웠다고 소동도 있었어요. 그래서 저도 신경이 쓰여서 혼인신고를 하기 전에 물어봤어요."

──도모키는 인기도 많고 직업도 화려하니까, 앞으로 여러 사람들과 교류가 있을 거고 어쩌면 바람을 피울지도 몰라. 그럴 때는 어쩔 거니?

"유비는 결혼한 이상 바람은 절대 용서하지 않겠다, 이혼할 거라고 했어요."

──배신자한테는 변명할 게 없으니까.

"그 애는 자존심이 세요. 저도 그게 딱 좋다고 생각하고요."

알겠습니다, 하고 나는 말했다.

"오늘은 이만 돌아가시죠. 댁에서 느긋하게 계시는 게 좋겠어요."

"스기무라 씨는 어떻게 하실 건가요?"

"도모키 씨가 오는지 안 오는지 면회 시간이 끝날 때까지 기다려 볼 참입니다."

"그렇군요. 잘 부탁드려요."

미니밴에서 내리던 부인이 문득 생각난 듯 돌아보더니 손에 들고 있던 종이봉투를 내밀었다.

"괜찮으시면 이거 드세요. 유비한테 주려고 만들어 온 거예요. 입에 맞을지 어떨지 모르겠지만."

사양하지 않고 받기로 했다. "고맙습니다."

하코자키 부인이 떠나자 나는 **오피스 가키가라**의 기다에게 전화를 걸었다.

"뭐야, 스기무라 씨예요?"

"그 페이스북 말이죠. 역시 순서를 당겨 줬으면 하는데. 내일 오전 중에 어떻게 안 될까요?"

"응, 알겠어요."

"그리고 하나 더, 닫혀 있는 페이스북을 좀 열어 줬으면 좋겠는데."

사사 유비의 페이스북을 보면 그녀의 교우 관계를 알 수 있다. 계정을 가르쳐 주었더니 기다는 건성으로 "예예" 하고 대답했다. 수수료 얘기는 하지 않았다.

나이로 미루어 보아 에쿠에르의 남자는 사사 도모키의 '친구'가 아니라 선배일 것이다. 그리고 팀 트리니티의 멤버일 가능성이 높다. 빨리 확인하고 싶어졌다.

나는 9시 넘어서까지 클리닉 옆에 있었다. 물러나기 전에 건물을 올려다보니 위층의 창문 몇 개에 불이 켜져 있었다. 입원 환자가 있는 것이리라.

하지만 사사 유비는 이 클리닉에 없다. 잠시 있었을지도 모르지만 적어도 지금은 없다. 나는 거의 확신하고 있었다. 그녀가 있는 곳은 어딘가 다른 장소이고 사사 도모키와 에쿠에르에 탄 남자는 그곳으로 간 것이다.

사사 유비는 그곳에서 보호받고 있다. 또는 격리되어 있다. 아니면 스스로 주위의 인간관계에서 멀어져 있다. 자매처럼 사이좋은 어머니에게조차 문자 한 통 보내지 않고.

왜일까.

애초에 자살 미수는 거짓이고 사사 유비는 자해한 것이 아니라 남편에게 얻어맞거나 찔렸거나──살해당할 뻔한 것일까. 아니, 그녀는 구급차에 실려갔으니 상해 사건이나 살인 미수와 같은 케이스라면 치료를 맡은 의료진이 신고했을 것이다. 요즘은 피해자 본인이 뭐라고 말하든 의료 기관은 가정 폭력 의혹 안건에 엄격하다. 설령 유비가 남편을 감싸며 신고하지 말라고 부탁했더라도 어머니인 하코자키 부인에게는 연락을 취하지 (또는 취하게 하지) 않았을까.

유비의 자살 미수 자체는 사실이라고 생각하는 편이 자연스럽다. 문제는 그 동기에 관한 내용이다. 사사 도모키는 사건만은 솔직하게 털어놓고 '원인'은 지어낸 것이다.

실제로 해가 되는 부모 운운하는 트집은 효과적이었다. 하코자키 부인은 혼란스러워했고 죄책감으로 동요하여 사위의 말에 넘어가고 말았다. 사사 도모키가 3일 밤 10시가 넘어서까지 부인의 전화를 받지 않은 까닭은 이 트집을 그럴듯하게 굳힐 시간이 필요했기 때문이다.

지금껏 내 전화를 번번이 묵살하고 있는 것도 같은 패턴의 반복일 것이다. 유비 동생의 대리인으로 나선 나를 물리치려고 다케시에게 불평을 하거나 '선배'에게 상의하며 시간을 벌고 있다.

그렇게 생각하면서도 내가 에비스에서 꾸물거리고 있었던 이유는 어떻게든 사사 도모키가 나타나 주었으면 좋겠다는 마음을 갖고 있었기 때문이다. 전부 내 지나친 생각이고 정말로 사사 도모키의 주장대로였으면 좋겠다는.

유비를 자살 미수로 몰아넣고 도모키를 야위게 만든 진정한 '원인'은 무엇일까. 그것은 이런 부자연스러운 거짓말을 되풀이해서라도 숨겨야만 하는 일일까. 그의 좀비 같은 표정을 떠올리기만 해도 불길한 예감이 강해져 간다.

그래도 사사 도모키가 지난 한 달 동안 주위를 놀라게 할 정도로 야위었다는 사실은 좋은 재료이기도 하다. 그것은 그가 은폐해야 할 만한 일에 대해서 어떤 책임감이나 죄책감에 시달리고 있다는 증거니까.

다케나카 가에 세들어 있는 사무소 겸 자택에 도착하고 나서 하코자키 부인에게 받은 종이봉투를 열어 보았다. 밀폐 용기 두 개가 들어 있다. 내용물은 예쁘게 싼 도시락이었다. 전부 유비가 좋아하는 음식일 것이다. 익힌 재료를 사용한 초밥, 채소조림, 두부고기무침, 한입 크기의 튀김, 흰살생선에 된장을 발라 구운 것, 미트볼, 통조림 복숭아와 귤로 만든 요거트 샐러드.

찬찬히 맛을 보았다. 고급스럽고 간이 세지 않은 맛이었다. 여러 가지 사정이 있어서 절연이나 마찬가지인 신세라 나는 오랫동안 어머니가 직접 만든 음식을 먹지 못했다. 우리 어머니의 간은 좀 더 진하고 튀김은 기름졌는데, 라는 생각이 들었다.

4

7일 월요일, 아침 일찍 육운국陸運局 육상 수송 행정 전반을 담당하는 부서. 현재는 명칭이 바뀌고 담당 업무가 세분화되어 '운수지국運輸支局', '자동차검사등록사무소' 등으로 개편되었으나, 이러한 업무를 담당하는 곳을 가리킬 때는 여전히 '육운국'이라는 호칭이 통용된다에 갔다. 여기에서 '등록사항 등 증명서 교부 청구서'의 필요한 항목에 기입하고 창구에서 신분 증명서를 제시하면 차량의 번호판을 통해 소유자를 특정할 수 있다. 신청 이유를 적어야 하기 때문에 '뺑소니 피해'로 하고 창구의 담당자에게는 어제저녁에 이 차가 우리 집 앞에서 유턴하다가 대문에 흠집을 냈다고 설명했다.

"피해를 확인할 수 있는 방범 카메라 영상은 없나요?"

"카메라를 달지 않아서요. 소리를 듣고 급히 밖으로 나가 번호판만 외웠죠."

개인 정보에 관한 일이기 때문에 이런 종류의 신청은 엄격하게 체크된다. 거절당하는 경우도 많지만 이번에는 운이 좋았는지 신청이 받아들여졌다. 미드나이트 블루의 에쿠에르 소유주가 판명되었다. 다카네자와 데루유키. 등록 주소는 메구로 구區. 아직 이 인물이 어제의 운전자였다고 단언할 수는 없지만 이름이 눈에 익은 기분이 들었다.

오피스 가키가라에서는 기다가 또 햄버거를 먹고 있었다.

"이건 이른 점심이에요" 하며 내게 늘어서 있는 모니터 앞에 앉으라고 재촉했다.

"페이스북을 여는 거야 간단하지만 내가 직접 하려면 순서를 기다려야 해요. 스기무라 씨가 양해해 준다면 지금부터는 제 하청으로 돌려도 될까요?"

기다의 '하청'은 그가 자기 돈으로 고용한 (또는 협력을 부탁하고 있는) 인터넷 동료인데 당연한 일이지만 이 사무실에는 없다. 기다 본인도 상대와 만난 적이 없을 공산이 크다.

"기다 씨가 신뢰하는 하청이라면, 좋아요."

"그건 확실해요."

"알았어요. 그럼 앞으로는 그렇게 부탁합니다."

그는 일로 돌아가고 나는 우선 열린 팀 트리니티 페이지부터 열람했다.

그러나 알고 싶은 것은 이미 톱페이지에 실려 있었다. 다카네자와 데루유키라는 이름이 왜 눈에 익었는지 알았다. 이 인물은 팀 트리니티의 대표 간사였다.

스크롤을 내려 보니 톱페이지에는 이름만 나와 있던 간사들의 얼굴 사진이 나왔다. 정답이다. 특징 있는 곱슬머리와 뚜렷한 이목구비. 어제 에쿠에르를 운전하고 있던 사람이 틀림없다. 역시 선배였다.

페이스북의 내용은 흔히 있는 스포츠 동호회의 것이었고 연습 풍경이나 시합 동영상도 있었다. 국내에서는 여자 일본 대표팀이

유명한데 나는 처음으로 제대로 보고 하키가 상당히 격렬한 스포츠라는 사실에 놀랐다.

하키, 정확하게는 필드하키로 선수는 열 명, 거기에 키퍼가 한 명. 축구와 똑같다. 좀 알아보니 공식 시합에 출전 등록할 수 있는 선수는 열여덟 명이라고 한다. 팀 트리니티의 현재 소속 멤버는 열세 명. 페이스북의 명부에는 이름과 졸업 연도가 적혀 있다. 다카네자와 데루유키는 가장 연장자로 서른세 살이다.

넓은 운동장을 필요로 하는 경기가 취미이면, 우선 연습 장소를 확보하기가 힘들다. 팀 트리니티도 마찬가지여서 이 페이스북 관리자는 시간제로 대여하는 운동장 정보를 제공해 달라며 호소하고 있다. 자신은 제비뽑기 운이 안 좋으니 누군가 제비뽑기 운이 좋은 멤버가 대신해 달라는 읍소도 있었다. 공공 운동 시설에는 이용 희망자가 쇄도하기 때문에 제비뽑기로 결정되는 경우가 많아서일 것이다. 천연 잔디나 인공 잔디가 깔린 운동장쯤 되면 애초에 수가 정해져 있으니 더욱 경쟁이 심해진다.

멤버끼리의 과거 대화 로그를 읽어 보아도 화제는 오로지 연습 장소 확보에 대한 것이다. 올해는 지진의 영향도 있겠지만 시합은 한 번도 하지 못한 모양이다. 연습도 뜸해서, 대화만 보고 세어 본 바로는 1월에 두 번, 2월에 한 번, 3, 4, 5월은 전혀 없고 6월과 7월에 한 번씩, 8월은 또 없고 9월에 두 번, 10월도 없이 현재에 이른다. 앞으로의 예정도 아직은 없는 듯하다.

명부와 로그를 대조해 나가다 보니 자주 대화하는 멤버가 편향

되어 있음을 깨달았다. 가끔씩밖에 등장하지 않는 멤버가 네다섯명 있고, 연습일이 정해졌다는 연락이 있으면 입을 모아 '출장이 있어서', '시간이 안 돼서' 참가할 수 없다고 대답하고 있다. 이래서는 플레이에 필요한 열한 명을 모으기가 어렵지 않으려나.

아니나 다를까, 9월 말에 다카네자와 데루유키가 대표 간사로서 팀 사람들을 질책하는 코멘트를 썼고, 그중에서 (내가 파악한 바로는) 가장 결석이 많은 것 같은 '다마키'를 엄하게 꾸짖고 있었다.

연습 태만은 팀의 화목함을 흐트러뜨리고 상급 선수의 발목을 잡는 최대의 악이다. 어서 스스로의 생활 습관을 돌이켜보고 근성을 고쳐먹고 적극적으로 참가하지 않는다면, 상응하는 제재를 각오할 것.

이것은 질책이 아니라 위협 아닌가.

졸업생 모임이니 전원 직장인일 테고 가정을 가진 사람도 있을 것이다. 여러 가지 사정으로 취미인 스포츠에서 멀어진다 해도 어쩔 수 없다. 그런데 제재를 각오하라니.

명부를 살펴보니 다마키는 한 명뿐이다. 다마키 고지 2010년도 졸업. 아마 최연소 멤버일 것이다.

——선배가 부탁하면 거절할 수가 없다.

——선배가 얽히면 사람이 바뀌어 버린다.

사사 도모키와 유비가 각각 했다는 말과 겹쳐 보니 또 불길한 느낌이 들기 시작했다. 나는, 가장 나이가 많은 대표 간사가 이런 말을 하는데 아무도 항의하지 않는 팀 트리니티를 좋아할 수가 없었다.

'쇼에이 대학 하키 동호회', '다카네자와 데루유키'로 검색해 보았다. 그의 페이스북이나 블로그는 나오지 않았지만 쇼에이 대학 하키 동호회 홈페이지는 찾았다. 여기는 자유롭게 열람할 수 있었기 때문에 현재의 대표자 이름을 메모해 두고 스크롤을 내리면서 읽어 나갔다. 그러다가 날짜순으로 되어 있는 활동보고 · 토픽란에서 눈길이 멈추었다. 날짜는 10월 7일 금요일이다.

본 동호회 2010년도 졸업생인 다마키 고지 씨 부인의 장례식에, 본 동호회에서 부의금을 보냈습니다. 삼가 다마키 이쿠에 씨의 명복을 빕니다.

나는 모니터 앞에서 잠시 굳어 있었다.

다마키 고지의 부인이 사망하고 10월 7일에 장례식이 치러졌다.

사사 유비의 자살 미수는 10월 2일 심야의 일이었다. 다마키 이쿠에의 사망일은 언제고, 사인死因은 무엇일까.

뉴스 사이트를 검색해 본 바로는 9월 말에서 10월 초까지 살인 사건의 피해자나 사고에 의한 사망자 중 '다마키 이쿠에'의 이름은 찾을 수 없었다. 그렇다면 병사나 자살일까.

나는 이 홈페이지의 관리자 앞으로 메일을 보내기로 했다.

갑자기 메일을 드려서 죄송합니다. 다마키 고지와 친했던 기다 사부로라는 사람인데요, 7일부터 장기 해외 출장을 가 있다가 어제 귀국했습니다. 저는 선수는 아니지만 다마키를 통해서 하키 관전을 즐기고 있었기 때문에 이 홈페이지에도 들어오게 되었는데 다마키의 부인 장례식 이야

기를 발견하고 놀랐습니다. 조문을 가려고 했지만 아무래도 타이밍이 늦었으니 본인에게 연락하기 전에 조금이라도 사정을 알아 두고 싶다는 생각이 들어, 달리 물어볼 곳도 없어서 이쪽에 문의드렸습니다. 번거로우시겠지만 아시는 정보를 가르쳐 주실 수 없을까요? 부탁드립니다.

키보드를 두드리는 나를 물끄러미 바라보던 기다가 안경테를 밀어 올리며 말했다.

"추가 요금을 내면 찾아 줄 수 있는데."

"알아요. 하지만 상대가 하는 대답의 뉘앙스도 알고 싶어서요."

재수를 했거나 유급을 했다 해도 다마키 고지는 아직 20대 중반일 것이다. 부인의 나이도 비슷하리라. 안됐다. 아이는 있었을까.

나는 사무소 내의 자동판매기 커피를 뽑아 기다 몫까지 책상에 놓았다.

"이건 서비스예요?"

"선불이에요. 충고가 필요해서. 앞으로 필요한 일이 생길지도 모르니까, 기다 씨가 갖고 있어 주었으면 하는 사진 데이터도 있고."

나는 가방에서 컴퓨터를, 기다는 서랍 안쪽에서 과자를 꺼냈다.

내가 **라 그랑제트 사가미하라**에서 촬영한 사진 데이터를 대충 보는 동안 기다는 코에 주름을 짓고 있다가 물었다.

"뭐예요, 이 에쿠에르 자식."

"마음에 안 들어요?"

"이렇게 생긴 얼굴은 싫어해요."

"생긴 거랑은 상관없이 나도 싫어요. 짜증나는 놈이에요. 아마 이 사람 때문에 추적도 실패한 것 같고."

어제, 사사 도모키와 다카네자와 데루유키는 어디로 갔을까. 즉 사사 유비는 어디에 있을까.

고유명사는 말하지 않고 문제의 핵심만 꺼내어 기다에게 사정을 설명했다.

"그렇군요. 이 에쿠에르의 내비게이션 시스템을 조사하면, 어제 오늘이니까 아직 행선지가 남아 있을 것 같은데."

"그러려면 기다 씨가 나서 줘야죠, 내 힘으로는 무리예요."

"그렇지 않아요. 차문을 열고 직접 조작하면 되니까. 아니,"

기다는 크림 비스킷을 와그작와그작 먹었다.

"이 녀석이랑 이 좀비 같은 놈 둘이서 좀비 놈의 사모님을 어딘가에 보호하고 있거나 감금하고 있는 거죠?"

감금이라는 말은 강렬하다.

"좀비 군의 부인이 스스로 어딘가에 틀어박혀 있을 가능성도 전혀 없는 건 아니지만요."

"어쨌든 주도권은 좀비 놈보다 에쿠에르 놈 쪽에 있는 느낌?"

"이 사진의 현장에서는 그런 인상을 받았어요."

사사 도모키를 데리러 와서, 데려갔다.

"그 '어딘가'가 어디든 그렇게 쉽게 여기저기 이동할 수는 없죠. 두 사람 모두 평일에는 일을 하고 있잖아요."

"맞아요."

"호텔, 병원, 요양소——."

"의료 기관은 아닐 거예요. 그렇다면 전에 있던 곳에서 옮길 필요가 없으니까."

아워 해피니스 멘탈 클리닉에서 정식으로 옮겼다면 이야기는 다르지만 그럴 가능성은 지워도 될 것 같다. 사실이라면 면회를 희망하는 하코자키 부인에게 관련한 내용을 전하면 될 일인데 클리닉 측은 그저 판에 박은 듯이 면회만 거절할 뿐이니까.

"클리닉도 다 한패일지 몰라요."

"어느 정도까지 한패인지, 미묘한데요. 왜냐하면 의료 기관 측으로서는 상당히 리스크가 높은 위장에 관련된 일이잖아요?"

기다는 커피를 전부 마셨다. "그렇죠."

"그쪽은 그쪽대로 따로 조사해야겠지만 당장은 의료 기관은 생각하지 않아도 돼요. 역시 호텔일까? 하지만 한 달 이상 연박하는 거니까."

"별장은?"

어제 에쿠에르가 향했던 쪽에는 도쿄 도나 야마나시 현 동부의 별장지가 있다.

"——그럴 수도 있겠네요. 빌린 별장인가?"

"자기 소유일지도요."

나는 기다를 보며 눈을 깜박이다가 곧 하코자키 부인에게 전화를 걸었다. 부인은 내 질문에 당혹스러워하며 말했다.

"우리는 별장도 리조트 맨션도 갖고 있지 않고 사위의 집은 원래 지방이니까요."

그런 이야기를 들은 적도 없다고 한다.

기다가 말했다. "그럼 에쿠에르 놈이 장소를 제공한 거 아니에요? 이놈도 부자니까요. 차도 그렇지만, 이 손목시계를 보세요."

그가 에쿠에르에서 내렸을 때 얼핏 재킷 소매에서 삐져나와 보인 시계다.

"스위스제 최고급품이에요. 여덟 자리는 가뿐히 넘는 가격일걸요."

이번에는, 내가 기다를 뚫어져라 쳐다보았다.

"법무국인가? 등기부를 떼어 볼까요."

"명의가 이놈일 거라는 보장은 없어요. 에쿠에르 놈의 페이스북은?"

"없었어요."

"이놈 결혼 안 했어요? 아내의 페이스북이 있을지도 몰라요."

나는 손으로 이마를 누르며 기다에게 빌었다.

"청구하는 대로 지불할 테니까 잘 부탁드립니다."

"알겠어요. 우선은 점심으로 '조코'의 탄탄멘이랑 새우 샤오마이랑 살구씨 푸딩 배달 좀 시켜 줘요."

근처에 있는 고급 중화요리 집의 대표 메뉴다.

나는 그대로 기다 옆에 자리를 잡고 앉아 일단 내 메모를 다시 살펴보았다. 거기에서 뒤늦게나마 깨달은 것이 있었다. 9월 30일 오후, 하코자키 부인이 유비와 문자를 주고받았을 때, 유비는 '주말에는 친정에 올 거니?'라는 물음에 '오늘밤에는 도모 씨랑 외출할 거라 주말 예정은 아직 모르겠어. 내일 다시 연락할게요'라고 답장을 보냈다고 한다.

부부가 함께 어디에 간 것일까. 누군가와 만났을까? 타이밍으로 미루어 보아 이 외출이 이후의 전개와 관련이 있지 않을까.

기다와 나란히 앉아 점심을 먹고 나서 나는 다시 한번 '쇼에이 대학 하키 동호회'의 홈페이지를 살펴보았다. 지금 이 동호회에서 활동하고 있는 것은 현역 쇼에이 대학생뿐이니까, 한 세대 위인 다카네자와 데루유키에 대해서는 어떨지 몰라도 작년에 졸업한 다마키 고지에 대해서라면 기억하고 있을 것이다. 어떻게든 빨리 이야기를 들어 보고 싶지만 메일에는 아직 회신이 오지 않았다.

어쩔 수 없이 사사 유비의 페이스북 쪽을 들여다보기 시작했다. 그녀는 일기를 쓰고 있었다. 일상의 소소한 보고나 감상에 여행이나 외식, 쇼핑에 대해 기록하면서 사진을 많이 올렸다.

친구 추가를 한 사람들은 대부분 그녀의 고등학교와 대학 시절의 친구인 듯하다. 그중 한 사람이 6월에 결혼식을 올렸는데, 유비가 식장과 담당 웨딩 플래너를 소개해 준 덕분에 무난하게 치렀다며 고마워하고 있었다. 가끔 누군가의 일 관련 불평이 섞여 있기도 하고, 어느 친구의 '역시 불임 치료를 시작하기로 결심했다'는 글에 유비가 격려의 말을 남기기도 하고, 남편이나 남자친구인 듯한 이의 바람을 의심하는 친구에게 모두들 의견을 말하거나——하는 등 변화는 있지만 전체적으로 행복한 나날들이 기록되어 있었다.

9월 29일 오후 7시가 지나서 올린 '오늘의 저녁 식사'에는 눈길이 갔다. 레스토랑처럼 세련된 사진에 유비의 코멘트가 적혀 있었다.

오늘도 늦게 들어오는 우리 신랑을 위해서 열심히 프랑스 요리를 만들었어요. 일도 좋지만 나랑 지내는 시간도 소중히 여겨 주세요, 달링.

마지막 업데이트는 이튿날인 30일 오후 2시 32분. 친구와 좋아하는 카페에서 점심을 먹으며 친구 부부와 사사 부부 두 쌍이 정월에 하와이 여행을 가자는 이야기를 신나게 했다고 한다.

유비가 남편과 어딘가에 간 것은 이날 밤이다. 그때까지의 분위기로 보아 직전에 "이제부터 달링이랑 ○○에 갔다 올게요"라고 쓸 법도 한데——.

그때 옆에서 기다가 짧게 말했다.

"찾았다."

아마 이거일 거예요, 하며 모니터를 이쪽으로 돌린다.

"에쿠에르 놈 아내의 일기. 페이스북이 아니라 템파라 유저였어요."

템퍼러리 파라다이스라는 웹 서비스다.

"잠금은 풀어 뒀으니까 전부 다 보일 거예요."

나는 모니터에 달라붙었다. 글보다 각종 사진이 눈에 들어왔다. 호텔이나 레스토랑의 외관, 테이블 위의 요리, 직접 만든 패브릭, 여행지인 듯한 자연의 풍경, 해외의 사진도 많다. 약간 변화를 주

어서 거울이 설치되어 있고 난간이 달려 있는 발레 레슨실이나 새
하얀 튀튀, 작은 토슈즈.

어느 사진에도 인물은 찍혀 있지 않았다. 발레 관련 사진을 제
외하면 사사 유비의 페이스북과 인상이 매우 비슷했다.

"아내는 남편을 '테리'라고 부르고 있어요. 데루유키니까 테리인
거겠죠. 자신은 '마리'인데, 본명은 '마리에'인가 봐요. 어떤 한자
를 쓰는지는 모르겠지만. 참고로 아이가 둘 있는데 '안'이랑 '켄'이
라고 부르고 있어요."

매번 느끼지만 기다는 마법사 같다.

"뭐가 단서가 되었죠?"

기다는 모니터의 영상을 스크롤시키더니 손가락으로 가리켰다.

"이거."

미드나이트 블루의 에쿠에르다.

"차가 배달되었을 때의 일기. 7월 21일이에요. 차 앞에서 가족
들끼리 기념사진을 찍었다고 하는데 그건 올리지 않았어요. 차를
찍은 사진만 있고."

테리가 기다리고 기다리던 새 차다, 라는 글이 있다. 할리우드
셀럽 중 누군가의 애차도 같은 색깔의 에쿠에르라느니 뭐라느니.

"테리와 마리는 역시 돈이 많은 부부네요. 일기는 여행이나 외
식 화제뿐. 마리는 발레 감상이 취미고, 그것 때문에 몇 번이나 파
리나 뉴욕, 모스크바에 갔었어요. 안에게는 발레를 가르치고 있고
요."

갑자기 기다가 씩 웃었다.

"스기무라 씨도 몇 년 전까지는 이런 삶을 살았죠?"

그러고는 내가 뭐라고 말하기도 전에 다시 모니터를 스크롤시켰다.

"이게 찾으시는 정보일 거예요."

가파른 경사의 삼각 지붕. 통나무 난간이 달린 베란다에 벤치 타입의 흔들의자. 왼쪽에 꽃바구니를 놓고 찍은 사진이다.

"작년 9월 연휴에 마리 씨는 가족들이랑 별장에 갔대요."

나는 그 부분의 일기를 읽었다. 테리의 아버지 별장으로 조용한 산속에 있다. 여름에는 매우 시원하고 겨울에는 수도가 언다. 신혼 시절에는 가끔 왔지만 불편한 곳이라 아이가 태어나고 나서는 잘 가지 않게 되었다. 이번에 오랜만에 온 것은 테리가 안과 켄에게 이 근처의 가을 풍경을 보여 주고 싶어 했기 때문이다. 테리 자신은 독신 시절에는 부담없이 오곤 했고 친구도 불렀지만, 혼자서 조용히 지내는 것을 좋아했다――.

무엇이든 시끌벅적한 걸 좋아하는 테리의 의외의 일면. 나도 테리의 그런 점을 좋아한다.

마리는 자신의 삶에 만족하는 아내이자 두 아이의 어머니이다. 글에서 행복감이 전해져 온다.

기다가 한 장의 사진을 가리켰다.

"정원에 바비큐 그릴이 있어요."

망에 재료를 올려놓은 그릴 앞에 흰색과 빨간색 체크무늬 앞치마를 걸친 남자가 뒤집개를 들고 서 있는 사진. 뒷모습이지만 큰 키에 체격이 좋고 특징적인 꼬불꼬불한 곱슬머리는 다카네자와 데루유키다.

"일기는 삼 년 전부터 시작되었지만 별장이 등장하는 건 이 부분뿐이에요."

기다가 회전의자를 삐걱거리며 등을 펴고 말했다.

"불편해서 테리네 부모님도 거의 쓰지 않아요. 이때는 사전에 업자를 불러서 청소를 시켰다, 난로 굴뚝에 새가 둥지를 튼 흔적이 있었다고 해요. 별장 유지 관리는 힘드니까요."

그런 별장이라면 다카네자와 데루유키가 가족에게 비밀로 한 달쯤 점령하고 있어도 들키지 않을 것이다.

나는 물었다. "기다 씨는 인터넷에 올라온 사진으로 촬영 장소를 특정할 수 있죠?"

"사진에 이그지프$_{exif}$ 정보가 붙어 있으면 스기무라 씨도 할 수 있어요."

기다는 지친 눈을 문지르며 설명해 주었다. 이그지프 정보란 사진 관리에 사용되는 것으로 촬영한 사람의 이름이나 촬영 장소의 GPS 데이터가 포함되어 있다. 다만 페이스북이나 템파라 등의 웹 서비스는 이용자의 개인 정보가 도용당하고 악용되는 것을 막기 위해 사진을 업로드하는 시점에서 자동적으로 이그지프 정보를 삭제하는 시스템이다.

지금의 내 입장에서는 '아쉽게도 삭제되어 버린다'고 하는 편이 어울릴 것이다. 그러나 기다라면 그걸 찾아낼 수 있다.

"당장은 무리예요. 내일 정오까지 해 드리면 어때요? 혹시 1분 1초를 다투지 않으면 좀비 놈 아내의 목숨이 위험한가요?"

솔직히 나도 모르겠다. 하지만——,

"급박한 위험은 없을 것 같아요."

그렇게 생각하고 싶다.

"사모님이 벌써 죽어 버린 건 아닐까요?"

나는 한껏 떫은 표정을 지어 보였다. 기다는 낄낄 웃었다.

"뭐, 이놈들도 완전 바보는 아닌 것 같으니까, 사모님을 죽여 버렸다면 입원했다는 둥 들키기 쉬운 거짓말은 하지 않을 거예요."

"아무튼 잘 부탁해요."

"예, 예."

나는 기다에게 방해가 되지 않도록 다른 책상에 자리를 잡았다. 유비의 페이스북에서 유난히 눈에 띄는 친구들의 별명이나 최대한으로 알아낸 개인 정보를 수집해서 항목별로 적은 다음 하코자키 부인과 다케시에게 메일로 보냈다.

단서가 적어서 죄송하지만, 이 중에 두 분이 아시는 유비 씨의 친구가 있으면 가르쳐 주세요.

다음은 아워 해피니스 멘탈 클리닉이다. 고지카에게 부탁해서 우선 사무소의 데이터베이스를 조사해 달라고 했다. 의료법인 기요타회는 상당히 큰 조직이니 과거에 **오피스 가키가라**에서 다루었던 사안에 산하 의료기관 중 어딘가가 얽혀 있을지도 모른다.

"음음음……."

고지카는 컴퓨터로 작업할 때 왠지 콧노래로 웅얼거리는 것 같은 목소리를 낸다.

"없는 것 같아요."

"역시 그렇게 쉽게 되지는 않으려나요."

"의료 기관의 조사 내용은 취급 주의 안건이 많으니까 종이 파일 쪽에 있을지도 몰라요. 일단 각서를 써 주셔야 하는데 보실래요?"

"부탁드립니다."

수속을 하고 산더미 같은 파일 앞에 섰을 때 쇼에이 대학 하키 동호회의 대표자인 조지마 가케루에게서 메일 답신이 왔다.

기다 사부로 님 메일 받았습니다. 다마키 씨의 아내는 불행하게 돌아가셨고 그 탓인지 장례식도 조용히 치렀습니다. 저는 다마키 씨에게도 부인께도 신세를 졌기 때문에 장례식에 참석했지만 정말 괴로웠습니다. 제 쪽에서 멋대로 자세한 사정을 알려 드리는 건 좋지 않을 것 같으니 선배의 본가에 연락해 보시면 어떨까요?

상식과 배려를 갖춘 청년이다. 나는 곧 다시 답신을 보냈다.

메일 잘 받았습니다. 감사합니다. 현재 다마키의 기분을 생각하면 무슨 말을 해야 할지 모르겠습니다. 저는 다마키의 부모님과는 면식이 없어서 갑자기 본가로 연락하기는 꺼려지네요. 폐가 되지 않는다면 시간을 좀 내 주실 수 있을까요? 편하신 곳으로 찾아뵐 테니 부탁드리겠습니다.

거절당할 각오를 하고 보냈는데 10분쯤 후에 답신이 왔다.

오늘 밤 제 아르바이트가 끝난 후에도 괜찮으실까요?

조지마 가케루와 얼굴을 마주했을 때는 날짜가 바뀌어 있었다. 그는 스포츠 사이클을 밀며 나타났다. 혼자 사는 아파트까지 이 사이클로 20분 정도 걸린다고 한다.

이케부쿠로 역 주변은 맘모스 번화가라 이야기를 나눌 장소는 얼마든지 있다. 손님이 3할 정도 차 있는 패밀리 레스토랑을 발견하고, 가까이에 다른 손님이 없는 구석 박스석에 마주 앉아, 나는 우선 그에게 사죄하고 나서 명함을 내밀었다.

"미안합니다. 저는 다마키 고지 씨의 친구가 아니라 사실은 이런 사람입니다."

조지마는 갈색 머리카락이 어울리는 느끼한 인상의 젊은이로 구제 옷가게에서 비싸게 팔릴 것 같은 청바지와 티셔츠에 파카를 맞추어 입고 있었다. 얼핏 보아서는 뮤지션 같다. 밴드를 하고 있을 것 같은 느낌이 든다.

"아이쿠" 하고 그는 말했다. "저, 속은 건가요?"

그러고는 품평하듯이 나를 훑어보며 말했다.

"그렇군요. 당신은 다마키 씨보다 훨씬 나이가 많아 보이네요."

몹시 솔직한 반응이다.

"그런데 왜 그런 짓을?"

그는 대뜸 화를 내기보다 사정을 알고자 했다.

"거듭 사과드립니다. 실은 지금 맡고 있는 조사가 다마키 이쿠에 씨와 같은 처지에 있는 여성과 관련된 일이라 이쿠에 씨가 돌아가신 전후의 사정을 알아 둘 필요가 있을 것 같아서요."

"네?"

놀란 표정을 짓던 조지마가 곧 불안한 듯이 눈을 가늘게 떴다.

"이쿠에 씨와 같은 처지라니 우리 선배의 사모님이라는 뜻인가요?"

형사도 그렇지만 사립탐정도 질문에는 질문으로 대답한다.

"팀 트리니티를 아십니까?"

내 착각이 아니라면, 조지마는 가볍게 숨을 멈추었다.

"다마키 씨가 들어 있던 팀이에요. 현재 그다지 활발하게 활동하는 것 같지는 않지만 당신네 동호회의 선배들이 모여 있지요."

"——알아요."

조지마는 주의 깊게 작은 목소리로 말했다.

"저는 3학년이라, 연말이면 동호회는 은퇴할 거예요. 졸업해도 하키를 하고 싶어서 졸업생 팀에 들어갈까 하는 얘기를 했더니, 다마키 선배는 팀 트리니티만은 들어가지 말라고 했어요."

——나도 후회하고 있어. 실수였어.

갑자기 광맥이 나타났다. 이럴 때야말로 서둘러서는 안 된다.

"우선 뭔가 주문하시겠습니까? 거짓말을 한 걸 사과하는 뜻으로 제가 사겠습니다."

조지마가 결정을 못 내리기에 나는 점원을 불러 비프 카레를 두 개 주문했다.

"동호회 선배가 만든 팀은 그 외에도 몇 개 더 있나 보군요?"

"그렇긴 한데, 멤버가 우리 선배들로만 이루어진 팀은 팀 트리니티뿐일 거예요. 필드하키는 지금 국내에서는 별로 메이저한 스포츠가 아니라서, 플레이하고 싶은 사람이 모이면 다른 대학이나 실업팀에서 플레이했던 사람도 들어오는 게 보통이거든요."

"그렇군요."

"팀 트리니티라는 건,"

일단 말을 끊고 조지마는 얼굴을 찌푸렸다.

"대표인 선배가 현역 시절부터 독재자로 유명했던 사람이래요. 나이가 훨씬 위라서 저는 면식이 없지만요."

"다카네자와 씨라는 사람이죠?"

내가 말하자 그는 눈을 깜박거렸다.

"아세요?"

그렇지, 조사하고 있는 거군요——하고, 새삼 곱씹듯이 중얼거렸다.

"당신이나 다마키 씨 세대가 다카네자와 씨의 현역 시절을 알 리는 없을 텐데요. 하지만 평판은 들은 거로군요."

조지마는 고개를 끄덕였다. "다카네자와 씨는 사 년 전까지 대학 동호회 쪽에도 선배로서 드나들곤 했다고 해요. 하지만 거기에서도 트러블메이커여서 당시의 대표가 인연을 끊었다던가."

"힘들었겠군요. 다카네자와 씨는 후배가 선배에게 거역하다니 당치도 않다, 나는 그런 건 절대로 용납하지 않는다고 공언하는 타입이니까요."

내 착각이 아니라면, 조지마의 놀란 표정에 희미한 감탄이 섞이기 시작했다.

"그런 것 같더라고요. 그래서 인연을 끊었을 때는 당시의 대표와 멤버들이 다카네자와 씨의 동기나 선배 중에서 다카네자와 씨에게 비판적인 선배한테 말을 거들어 달라고 해서 간신히 쫓아냈다는 얘기를 들었어요."

다카네자와 데루유키는 모교의 팀에서 출입 금지를 당했고 그래서 자신이 비용을 부담하는 팀 트리니티를 결성한 것일까.

"어쨌든 심했다고 해요."

조지마는 약간 목소리를 낮추며 말을 이었다.

"아무도 부탁하지 않았는데 연습하러 와서 코치 같은 분위기를 풍기면서 으스대고, 무의미하게 혹독한 근력 운동이나 달리기를 시키고, 마음에 안 드는 일이 있으면 금방 큰 소리를 내고, 그래도 모자라면 폭력도 휘둘렀대요."

──근성이 없는 놈한테는 말로 해도 못 알아들어. 몸으로 가르쳐 줘야지.

"낡은 타입의 운동선수 같은 행동이군요."

"아뇨, 낡은 게 아니라 잘못된 거죠."

점원이 비프 카레를 가져왔기 때문에 조지마는 입을 다물었다. 스파이시한 향기를 맡으며 내가 배가 고팠음을 깨달았다.

"마음대로 주문해서 죄송합니다. 괜찮으면 드시죠."

조지마는 꾸벅 고개를 숙였다. "잘 먹겠습니다."

양념통에서 장아찌를 듬뿍 퍼서 밥 위에 뿌리고 기분 좋을 정도로 호쾌하게 먹어 치운다. 나도 묵묵히 카레를 맛보았다.

접시가 비자 점원이 커피를 더 따라 주러 왔다. 김이 피어오르는 커피잔에서 시선을 들고 조지마는 다시 입을 열었다.

"낡은 게 아니라 완전히 잘못된 사고방식이에요. 운동선수란 사실은 그런 게 아니거든요."

그 말투에는 의분이 담겨 있었다.

"저는 초등학생 때부터 축구를 했어요. 꽤 진지했습니다. 유소년 클럽 팀에도 있었으니까요. 하지만 고등학교 때 정규 선수에서 제외되며 제 한계를 느꼈죠. 부상도 있었고요. 그래서 대학에서는 어디까지나 즐거움을 위해서 스포츠를 할 생각으로 테니스나 하키 동아리에 들었는데요."

근본적으로 운동을 좋아하는 사람이다.

"옛날에 제가 지도를 받아 왔던 감독님이나 코치님은 절대로 그런 태도를 취하지 않았어요. 신체적인 폭력은 물론이고 언어 폭력도, 운동선수를 키우는 현장에서는 엄금이에요. 좋을 게 하나도 없으니까요."

진짜 운동선수도, 진짜 팀워크도, 강압적인 상하관계를 강요당하는 곳에서는 자라나지 않는다고 한다.

"이야기를 듣자하니 다카네자와 씨라는 사람은 가짜 운동선수예요. 운동선수를 구실로 삼은, 그냥 거만한 사람이었을 거예요."

"선수로서는 뛰어난 사람이었을까요? 그건 들으셨나요?"

"뭐, 그럭저럭이지 않았을까요. 하지만 다카네자와 씨의 아버지가 실업 팀에서 활약했기 때문에 본인은, 아버지한테 영재 교육을 받으며 자랐다고 자랑하곤 했던 모양이에요."

이야기하면서 조지마가 점점 눈썹을 찌푸린다. 아마 나도 마찬가지일 것이다. 다카네자와 데루유키의 에피소드에서는 카레와 커피의 향긋한 향기로도 지울 수 없는 불쾌한 냄새가 풍겨 온다.

"그런 착각을 하는 사람한테는 흔히 있는 일이지만 다카네자와 씨의 횡포는 연습 때만이 아니었대요. 합숙은 물론이고 뒤풀이 때도 똑같은 기세로 일을 저질렀으니까."

현역 멤버의 인내가 한계에 다다라 졸업생의 협력을 얻어 그를 내쫓게 된 것이라고 한다.

"그게 사 년 전 일이라면 다마키 씨도 다카네자와 씨의 악평을 알고 있었던 거 아닌가요?"

"네, 알고 있었다고 했어요."

"그런데 왜 일부러 그 다카네자와 씨가 대표를 맡고 있는 팀 트리니티에 들어간 걸까요?"

내 물음에 조지마는 입가를 일그러뜨렸다. "다마키 씨는 멤버가 될 생각 같은 건 없었어요. 처음에는 팀 트리니티에 있던 2기 위의 선배한테서 선수가 부족하니까 응원하러 와 달라는 부탁을 받았고, 그게 왠지 모르게 어영부영 계속되었다고 하더군요."

다마키 고지의 포지션은 미드필더. 필드하키의 미드필더에는 세 종류가 있는데, 라이트인사이드, 센터하프, 레프트인사이드다. 중앙의 센터하프가 공수攻守의 중심이고 팀의 실력자가 맡는 포지션이라고 한다.

"팀 트리니티에서는 가장 중요한 이 센터하프가 좀처럼 정해지지 않아서 곤란해하고 있었어요. 모두 직장인이다 보니 항상 연습하러 올 수 있다는 보장은 없으니까, 중요한 포지션일수록 정규 선수가 정해지지 않는다는 아이러니한 현상도 일어나는 거죠."

"확실히 제가 페이스북에서 본 바로도 선수가 부족한 것 같더군요."

졸업생들의 팀이니 졸업 연차가 늦은 (나이가 젊은) 선수일수록 의지가 된다. 원래 다마키 고지는 뛰어난 미드필더였다고 하고.

"다마키 씨가 들어가면 시합이 타이트해지는 느낌이라서."

"그렇군요. 말이 나온 김에 말인데, 다카네자와 씨는 어떤 포지션인가요?"

조지마의 얼굴에 얼핏 냉소가 떠올랐다.

"포워드 라이트윙이에요. 공격의 최고 선봉이고 인기 포지션이죠."

거만한 캐릭터답다.

"하지만 다카네자와 씨는 몇 년 전에 무릎 십자인대를 다쳤다던가 해서 적극적으로 뛰고 있지 않은 모양이에요. 팀 트리니티에서는 대표 겸 감독 같은 게 아닐까요."

그런데도 사이트 관리나 직장인 스포츠 동호회에서 가장 중요할 장소 섭외는 정작 '손아랫사람'한테 전부 내맡기고 있었다.

"연습이나 시합 후의 뒤풀이가 여전히 심했어요. 다마키 씨가 후회했던 것도 그런 점이었죠."

다카네자와 데루유키의 가짜 운동선수 이론에 따르면 뒤풀이 때도 후배는 선배에게 복종하고 선배의 뜻에 따라 행동해야 한다.

"그래도 술집 같은 데서 모이면 괜찮은데 멤버의 집에 가서 마시자고 강요한다는 거예요."

"집에 가서 마시다니──자택으로 쳐들어간다는 겁니까?"

"맞아요."

물론 팀 트리니티 전원은 아니다. 상식을 갖추고 있는 멤버는 그런 뒤풀이라면 참가하지 않는다. 그러나,

"정말 이상한 일이지만 다카네자와 씨 같은 사람에게도……랄 까, 그런 사람이기 때문에 그런 건지, 지지자가 붙는단 말입니다."

추종자가 있는 것이다.

"그럼 다카네자와 씨와 그 추종자가."

"네. 합해서 네댓 명 정도인데 대개는 팀의 젊은 선수, 후배의 집에 쳐들어가는 거예요. 덩치 큰 남자가 네 명, 다섯 명이나 오면 당하는 쪽은 죽을 맛이죠."

운동한 후라 배가 고프고 술에도 굶주려 있는 남자들이다.

"후배가 결혼한 경우에는 아내에게 엄청 폐를 끼치게 되겠군 요?"

조지마는 어깨를 슬쩍 으쓱했다.

"결혼한 경우——가 아니라, 결혼했으니까 그러는 거 아닐까요? 처음부터 후배의 아내한테 접대를 시킬 생각으로 하는 뒤풀이죠."

나는 아연실색했다.

"다마키 씨 집에도 쳐들어갔나요?"

조지마는 단호하게 고개를 저었다.

"말도 안 되죠. 아내한테 폐를 끼칠 수는 없고 그런 비상식적인 일이 어디 있느냐면서 거절했대요. 물론 다른 사람 집에서 하는 회식에는 한 번도 참가한 적이 없다고 했어요."

팀 트리니티의 상식적인 멤버들도 마찬가지였다.

"그래서 점점 참가자가 줄어들었고 본말전도 같은 느낌으로 선수가 부족해진 거예요."

다마키 고지는 이런 뒷사정을 모른 채, 와서 좀 도와 달라는 부탁을 받고 팀 트리니티에 관여하게 되어 후회하고 있었던 것이다.

기가 막힐 뿐이다. 학생들끼리 천 엔씩 내서 편의점에서 맥주와 안주를 사다가 누군가의 아파트에서 술판을 벌이는 것과는 사정이 다른데.

"다카네자와 씨는 졸업한 선배로서 우리 동호회에 드나들었을 때도, 현역 멤버한테 뒤풀이에 연인이나 이성 친구를 데려오라고 강요하는 걸로 유명했어요. 거절하면 집요하게 굴고 나중까지 귀찮아지고."

마음 약한 멤버가 어쩔 수 없이 여자친구를 데려오면 노골적으로 품평을 하고, 미인이면 호스티스 취급을 하고, 마음에 들지 않으면 부려먹는다.

"그런 방식이 자신의 팀을 갖게 되니까 더 심해졌달까, 뻔뻔스러워졌달까."

속이 메슥거리는 이야기다.

"하지만 인심은 좋아요. 그 사람이 오면 늘 자기가 돈을 냈다고 들었거든요."

부자니까.

"그쪽 동호회에서 멋대로 굴던 무렵에도 다카네자와 씨 한 사람이 아니라 추종자가 함께였습니까?"

"그렇겠죠. 역시 혼자서는 아무리 거들먹거려도 통하지 않으니까."

고개가 끄덕여진다.

"역시 그런 타입의 사람한테는 흔한 일인데 자신에게 순종적인 동료나 후배는 잘 돌봐 주는 것 같더라고요."

"아아, 압니다. 알아요."

나는 한 발짝 내딛어 보기로 했다.

"조지마 씨, 사사 도모키라는 사람을 아십니까?"

사사 도모키는 현재 26세. 다카네자와 데루유키가 동호회에서 쫓겨나던 당시 4학년이었다는 계산이 나온다.

"사사 씨."

확인하듯이 복창하고 나서 이름은 들은 적이 없다고 하기에 외모를 대충 설명했다.

"포지션은 모르시고요?"

"죄송합니다. 모르겠어요."

"만일 센터포워드라면 다카네자와 씨의 동생 같던 사람일 거예요."

센터포워드는 재빠르고 확실한 움직임이 요구되며, 라이트윙이나 레프트윙과의 연계도 중요한 포지션이라고 한다.

"다카네자와 씨가 동호회에서 잘릴 지경이 되었을 때 이미 은퇴한 4학년의 센터포워드였던 사람이 끼어들어서 엄청 반대하며, 선배를 무시하는 너희들은 모두 운동선수 실격이라고 고함쳤다는 얘기를 들은 적이 있어요."

"사사 도모키 씨는 현재 팀 트리니티의 간사 중 한 명입니다."

"아아, 그럼 그쪽 팀을 만들 때부터 같이 했던 거 아닐까요?"

내 머릿속에서 대강의 지도가 그려지기 시작했다. 불유쾌한 독충이 있는 정글의 지도다.

"정말 고맙습니다. 큰 참고가 되었어요. 그런데……."

다마키 고지의 아내 이쿠에가 어떻게 죽었는지에 대해서 물어야 한다.

"아, 그렇군요."

그쪽이 본론이었죠, 하고 조지마는 정신이 번쩍 든 것처럼 말했다.

"아까 이쿠에 씨가 불행하게 돌아가셨다고 말씀하셨죠."

내 물음에 그때까지 풍부했던 그의 표정이 단숨에 사라졌다. 불이 꺼진 것 같다. 이것은 누군가를 상실한 뒤로 깊이 슬퍼하고 있다는 증거다.

"자택 맨션의 베란다에서 떨어졌어요."

9층이었기 때문에 즉사했다.

"아래쪽 주차장으로 떨어졌고 달려온 관리인이 구급차를 불렀지만 이미 틀렸다고."

10월 4일 낮의 일이었다.

"정말 안됐군요."

하고 말하면서 나는 잔인하게 물었다.

"실수로 떨어졌다, 사고사라는 뜻인가요?"

정말로 깜짝 놀랐는지 조지마는 내 얼굴을 다시 쳐다보았다. "그 외에 뭐가 있겠어요?"

내가 입을 다물고 있자 그는 나름대로 침묵을 해석한 모양인지 빠른 말투로 덧붙였다.

"평일 대낮이었기 때문에 다마키 씨는 출근하고 없었어요. 맨션 방에는 아무도 없었고 문은 안쪽에서 잠겨 있었다고 했고요."

"자녀분은요?"

"아직 없었어요. 이쿠에 씨도 정직원으로 일하고 있었지만 그날은 뭔가 몸이 안 좋아서 쉬었다고."

조지마는 고개를 숙였다.

"이쿠에 씨는 관엽식물 키우는 걸 좋아했어요. 거실에도 몇 개

놓여 있었고, 베란다에는 계절에 맞춰 꽃이 피는 화분이 매달려 있었죠. 그 화분을 돌보다가 그만 균형을 잃은 걸 거예요."

전부터 남편인 다마키도 베란다는 위험하니까 조심하라며 주의를 주곤 했던 모양이다.

"그래서 다마키 씨는 자기 책임이라고……. 장례식 때는 반쯤 죽은 사람 같았어요."

서 있는 것이 고작이라 출관할 때는 이쿠에의 아버지가 대신 인사를 했다.

"드릴 말씀이 없습니다. 삼가 명복을 빕니다."

조지마의 분위기로 보아 부부와는 꽤 친했을 것이다. '신세를 졌다'고 들은 기억이 나서 그에 관해 물었다.

"다마키 씨는 저를 자주 저녁 식사에 초대해 주었어요. 돈이 없을 때는 정말 큰 도움이었죠. 이쿠에 씨는 요리를 엄청 잘해서 뭘 먹어도 맛있었어요."

혼자 사는 대학생에게는 무엇보다도 기쁜 배려였을 것이다.

고개를 숙인 채 조지마는 낮게 말을 이었다. "장례식이 끝난 후에는 차마 연락을 할 수 없게 되어서, 다마키 씨가 지금 어떻게 지내는지 저도 몰라요. 회사에도 전화해 봤지만 휴직 중이라고 하고."

자택 맨션도 몇 번 찾아갔지만 응답이 없었다.

"지난주에 들러 봤을 때는 문패와 우편함의 이름표가 떼어져 있어서."

관리실에 물어보았다고 한다.

"901호실의 다마키 씨는 이사했느냐고요. 관리인 아저씨가, 그런 개인 정보는 가르쳐줄 수 없다고 하더군요."

갑갑하지만 당연한 대응이다.

"다마키 씨의 본가는 아십니까?"

"지바였나? 주소까지는 잘 몰라요."

그때 처음으로 조지마는 험악한 눈빛이 되어 나를 보았다.

"메일을 주고받았을 때는 스기무라 씨가 정말로 다마키 씨의 친구일 거라고만 생각했어요. 전혀 의심하지 않았다고요. 저는 참 어수룩한 놈이네요."

괴로운 일을 다시 떠올리고 이야기하다 보니 효력이 늦게 나타나는 독처럼 내 거짓말에 대한 분노가 치밀어 올랐나 보다.

"그 점에 대해서는 몇 번이라도 사과드릴 수밖에 없겠습니다. 죄송합니다."

이 직업에는 거짓말이 필요하고, 이쪽이 알고 싶은 정보를 갖고 있는 인물을 교묘하게 속여서 말하게 하는 것도 스킬 중 하나다. 머리로는 잘 알면서도 나는 종종 스스로 거짓말을 폭로해 버린다. 그러지 않으면 견딜 수 없기 때문이지만 그렇다고 상대의 분노를 능숙하게 받지도 못한다. 어느 쪽이든 요령이 나쁘다고밖에는 설명이 되지 않는다.

다행히 조지마의 분노는 불꽃처럼 확 빛났다 사라졌다.

"조사라니, 누구의 뭘 조사하는 건데요?"

"죄송하지만 말할 수 없습니다."

"팀 트리니티와 관련이 있는 일이죠? 만일 조사하는 동안 다마키 씨의 소식을 알게 되면 가르쳐 주시면 안 될까요?"

그는 진심으로 걱정하고 있는 것이다.

"알겠습니다. 약속할게요. 그 대신, 당신이 알고 있는 다마키 씨의 모든 연락처를 가르쳐 주십시오."

조지마는 "예에?" 하고 소리쳤다.

"직장이나 맨션 관리인도 제가 물어보면 좀 더 여러 가지 이야기를 해 줄지도 몰라요. 저는 일단 프로니까요."

입을 '에' 모양으로 만든 채 굳어 있던 조지마는 눈을 깜박거리며 말했다.

"탐정은 다 이런가요?"

"저는 미적지근한 편입니다."

내가 건넨 메모장에 그는 예쁜 글씨로 꼼꼼하게 적었다. 특히 숫자의 모양이 단정하다.

"고맙습니다. 꼭 연락드릴게요."

우리는 패밀리 레스토랑 앞에서 헤어졌다. 스포츠 사이클을 밟으며 조지마는 눈 깜짝할 사이에 멀어져 갔다.

밤인데도 멀리 검은 구름이 보인다. 지금의 기분에 딱 맞다. 나는 택시를 찾아 걷기 시작했다.

5

이튿날 아침 일찍, 하코자키 부인의 전화를 받고 잠에서 깼다. 내가 유비의 페이스북에서 건진 정보로 그녀의 친한 친구를 한 명 발견했다고 한다.

"고등학교 시절의 친구인데 우리 집에도 놀러 온 적이 있어요. 피로연에도 초대했고요."

부인이 보관하고 있던 결혼식 초대 손님 리스트 덕분에 이 여성의 주소와 연락처는 곧 알 수 있었다. 가사이 이즈미, 도쿄 미나토구 거주.

"아마 여행사에서 일하나 그랬어요."

"제가 가사이 씨한테 연락해서 최근에 유비 씨한테 연락이 오지 않았는지 물어봐도 될까요?"

전화 맞은편에서 망설이고 있는 하코자키 부인의 기색이 전해졌다.

"가사이 씨한테는 제가 물어보는 편이 낫지 않을까요?"

나는 승낙했다.

"그런데 그저께 도모키 씨랑 같이 있던 남자 말인데요, 그의 대학 동아리 선배더군요."

그 자리에서 부인에게 초대 손님 리스트를 확인해 달라고 부탁했다. 이내 다카네자와 데루유키와 그의 부인 마리에의 이름을 찾았다는 대답이 돌아왔다. 부부가 함께 초대되었다. 하코자키 부인은 적잖이 충격을 받았는지 "세상에" 하고 소리를 질렀다.

"어쩜, 어째서 기억을 못 했을까요."

"다시 한번 사진을 확인해 주실 수 있을까요?"

부인이 스마트폰을 보고 있는지 잠시 침묵이 흐르고,

"──그러고 보니 피로연 때 본 것 같은 기분이 들어요. 이분, 꽤 덩치가 크죠?"

"네. 체격이 좋은 남자분입니다. 33세니까 나이는 도모키 씨보다 위죠."

당시의 광경을 떠올리는 모양인지 부인은 잠시 뜸을 들였다.

"축사나 축하 공연을 해 주신 분들한테는 남편과 함께 일일이 인사를 드렸고, 명함을 받은 분도 있어요. 그중에서는 없었던 것 같은데요."

"초대 손님은 몇 명 정도였습니까?"

"215명이에요. 사위 쪽만 해도 120명이었어요."

"그 정도 규모의 피로연이라면 당시에 처음 만난 신랑 친구의 얼굴을 기억하지 못하셔도 어쩔 수 없죠."

신랑 신부의 부모는 피로연장에서 매우 바쁘다. 처음 만나는 초대 손님의 외모는 기억에 또렷이 남지 않는 편이 오히려 자연스럽다.

"피로연 때는 정장 차림이었고 사진에서는 평상복 차림이라서 인상도 달랐을 거예요. 신경 쓰지 마십시오."

다만 나도 조금 이상하다는 생각이 들었다. 사사 도모키는 왜 경사스러운 피로연에서 존경하는 선배에게 축사를 부탁하지 않았을까?

"이분, 도모키 씨랑 친하죠?"

"네. 형님이나 마찬가지라고 할까요."

"그럼 2차 모임에 오셨을지도 몰라요. 아자부에 있는 이탈리안 레스토랑을 빌려서, 꽤 큰 파티를 했거든요."

하코자키 씨와 부인, 동생인 다케시는 참석하지 않았다고 한다.

"그쪽 모임의 사진이나 영상은 없습니까?"

"전부 유비가 갖고 있을 거예요."

사사 도모키와 같은 곳에 있으면서 움직이거나 이야기하거나 웃거나 술을 마시는 다카네자와 데루유키의 모습을 보고 싶었는데 당장은 무리겠다.

"좀 다른 이야기인데요. 신혼집 문제로 싸웠을 때 유비 씨가, 도모키 씨는 선배가 얽히는 순간 사람이 바뀌어 버린다고 투덜거렸다는 말씀을 하셨지요."

——선배가 얽히는 순간 사람이 바뀌어 버려. 그것만은 싫은데.

"유비 씨가 도모키 씨의 선배에 관련된 불평이나 상담을 한 적이 또 있었습니까? 예를 들면 도모키 씨가 노상 선배를 집에 데려와서 대접하느라 힘들다거나."

부인은 생각에 잠겼다. "글쎄요…… 어땠더라."

"번거로우시겠지만 다시 가계부의 메모를 봐 주실 수 없을까요?"

"그럴게요. 나중에 다시 걸어도 될까요?"

시간 되실 때 해 주셔도 된다고 대답하자, 부인은 덧붙여 말했다.

"애초에 유비가 집에 누군가를 초대해서 대접한다는 건 생각하기가 어려워서요."

요리를 잘 못한다고 한다. 페이스북의 일기에는 열심히 만든 프랑스 요리 사진을 올렸었는데.

"결혼 전에는 요리학교에도 다녔지만 그런 곳은 맨투맨이 아니라 그룹으로 배우니까 유비한테는 도움이 되지 않았나 봐요."

친정에서는 쌀을 씻은 적도 없었다.

"도모키도 잘 알고 있을 테니까 홈 파티를 하자는 말은 하지 않겠죠."

집에서 술을 마시는 것과 홈 파티는 미묘하게 다른 것 같지만,

"알겠습니다. 기억해 두도록 하겠습니다."

하고 통화를 마친 다음 세수를 하고 커피를 끓이면서 기타큐슈에 있는 다케시에게 전화를 해 보았다. 그에게도 다카네자와 데루유키의 사진을 보내 두었다.

"아침 일찍 죄송합니다."

"아뇨, 좋은 타이밍이었어요. 저도 마침 스기무라 씨한테 메일을 쓰고 있던 참이거든요."

아침인데도 목소리가 활기차다.

"이 사진 속의 남자, 매형의 선배예요. 다카네자와 데루유키라는 사람이죠. 저는 명함도 갖고 있어요."

"부부가 함께 유비 씨의 결혼 피로연에 왔다고 하더군요."

놀랍게도 그것만이 아니었다. 다카네자와 데루유키는 다케시가 구직 활동을 하고 있을 때 사사 도모키가 멋대로 소개한 선배 중 한 명이었다는 것이다. 생각해 보면 놀랄 만한 일은 아니고 오히려 당연할지도 모른다.

"제 쪽에서는 아직 다카네자와 씨의 직업도 알아내지 못했는데요."

"근무지는 광고 대행사예요."

업계 최대의 회사였다. 다케시가 갖고 있는 명함의 직함은 '종합정보관리국 제2그룹 주임'.

"저는 광고업계에는 전혀 흥미가 없었지만 무례한 짓을 할 수도 없다는 생각이 들어서 얌전히 이야기를 들었죠."

장소는 긴자의 어느 바로, 시간은 두 시간 정도. 다케시가 적극적으로 흥미를 보이지 않았던 탓인지, 도중부터는 그를 무시하고 둘이서 이야기를 나누며 술을 많이 마셨다고 한다.

"돈은 누가 냈는지 기억하십니까?"

"다카네자와 씨가 샀어요. 매형한테는 드문 일이 아니었던 것 같지만 나중에 저한테는 고맙게 생각하라고 하더군요. 그 말도 유쾌하진 않았죠."

세 사람의 상호 관계성을 잘 나타내는 에피소드다.

"하지만 이상했어요. 으스대기 좋아하는 매형이 어째서인지 다카네자와라는 사람은 진심으로 존경하는 것 같았거든요."

다카네자와 데루유키의 아버지가 운동선수고 그의 본가도 처가도 유복하다는 점, 경제 상황에 걸맞은 '셀럽' 같은 생활을 하고 있다는 점이 사사 도모키의 동경을 자아내었으리라. 게다가 다카네자와 데루유키는 자신에게 순종적인 후배를 잘 돌보아 준다. 내가 설명하자 다케시는 더 떠올랐는지 바로 얘기해 주었다.

"그러고 보니 매형 본인이 다카네자와 씨의 연줄로 같은 회사의 취직 시험을 봤는데 최종 사장 면접 때 떨어졌다고 했었어요."

그가 현재 일하고 있는 회사는 2지망이었던 것이다.

"대기업이든 영세기업이든 정말 회사에 필요한 일을 하는 광고맨에게는 저도 경의를 표할 겁니다. 하지만 그런 진짜배기는 가족을 상대로 자기 자랑 따위는 하지 않을 거라고 생각했어요."

"동감입니다. 유비 씨의 피로연 때는 다카네자와 씨와 이야기를 나누셨나요?"

"인사만 했어요. 부인이 같이 있었죠."

모델 같은 미인이었어요, 라고 한다.

"고저스하게 차려입고 있었는데 센스가 좋아 보이고 잘 어울렸어요."

테리와 마리도 외견상으로는 보기 좋은 한 쌍이다.

"다카네자와 씨는 축사도 축하 공연도 하지 않았다면서요? 어머님한테서 그 얘기를 듣고 저는 의외라고 느꼈는데요."

그러자 다케시는 쓴웃음을 지었다. "대신 2차 모임 때 사회를 봤어요. 그래서 저는 안 간 겁니다."

"아하……."

"당초에는 피로연 때도 내빈으로 축사를 해 줄 예정이었지만 누나가 싫어해서."

흘려들을 수 없는 한 마디가 튀어나왔다.

"유비 씨가 반대했나요?"

"네. 본인한테 들은 거니까 틀림없어요. 누나는 이 일로 매형이랑 싸웠거든요."

나 자신은 실패로 끝난 결혼이 소위 말하는 역逆신데렐라 결혼이라, 결혼식도 피로연도 일반적인 예로는 어울리지 않는다. 그래도 피로연 초대 손님을 고르고 자리를 결정하는 것, 누구에게 건배사를 부탁하고 누구에게 축사를 부탁하고 누구에게 축하 공연을 부탁할지, 전부 번거롭고 신경을 써야 할 일뿐이라는 것은 안다. 그런 이유로 예식을 준비하던 커플이 싸우는 것도 이해가 간다.

"누나는 매형의 동아리 관련 선배를 싫어했고 그중에서도 다카네자와라는 사람을 제일 싫어했어요. 사실은 피로연에도 부르지 말자고 했지만."

당연히 도모키가 반대했다.

"그럼 적어도 축사나 축하 공연은 부탁하지 말아 달라고 거듭 말했더니, 대신 2차 모임은 선배한테 사회를 봐 달라고 할 건데 괜찮지? 라는 식이었던 모양이에요."

──내 결혼식인데 소외시키면 선배의 체면이 말이 아니야.

"이 문제로 자칫 어머니한테 불평을 했다간 매형의 험담을 하는 게 되니까 누나도 잠자코 있었겠죠. 어머니는 상대가 누군지 모르고요."

"하지만 당신은 알고 있고 애초에 좋은 인상을 갖고 있지 않으니까."

"불평하기 편했겠죠."

사사 도모키의 행동 원리는 알기 쉽다. 다카네자와 선배가 최고! 라는 의미로는 앞뒤가 아주 잘 맞는다.

"유비 씨는 다카네자와 씨의 어떤 점이 싫다고 하시던가요?"

다케시는 거의 즉시 대답했다.

"거만하고 여자를 완전히 깔본다고요. 나이나 용모에 대해서 까다롭게 굴고 마음에 안 들면 친구나 후배의 아내나 연인에 대해서도 아무렇지 않게 험담을 하고요. 누나는 '디스한다'는 말을 쓰곤 했지만요."

원래는 인터넷 용어로 젊은 사람들이 구어처럼 쓰는 말이다. 그냥 악담을 하는 것만이 아니라 공격적인 뉘앙스가 있다. 기다가 가르쳐 주었다.

"누나는 매형이랑 대학 시절부터 사귀었기 때문에 동호회 뒤풀이에 몇 번 따라간 적이 있어요."

다카네자와 데루유키와도 처음에는 거기에서 만났다.

"늘 호스티스처럼 취급했다고 했어요. 매형은 그 자리에서는 감싸 주지 않으면서 나중에 슬쩍 사과하거나, 누나가 기분 나빠하면 오히려 화를 내기도 했대요."

──얘기가 안 통해. 그이는 다카네자와 씨와 얽히면 다른 사람이 돼 버려.

자신의 연인이 눈앞에서 호스티스 취급을 당하고 있는데 화도 내지 않는 남자와 용케 결혼했구나, 하는 생각이 들었다. 뭐, 그녀는 사사 도모키에게 홀딱 반했었다고 하니 결점은 하나뿐이라고 딱 잘라 구별하기로 한 걸까.

다케시가 이내 덧붙여 말했다. "동아리 관련된 일만 아니면 그이는 완벽하니까 어쩔 수 없다──고, 불평한 후에는 애인 자랑을 하곤 했지만요."

아침 회의가 있어서 출근한다는 다케시를 보내고, 나는 간단한 아침 식사를 마쳤다. 기다한테서는 아직 연락이 오지 않았다.

내 아침 식사는 담백한 메뉴인데도 얹힌 것처럼 속이 거북했다. 홀쭉하게 야윈 사사 도모키의 모습을 본 후로 줄곧 가슴속에 피어오르던 불길한 예감이 점점 형태를 이루어 가는 듯하다.

여자를 완전히 깔보고 있다.

이때의 '여자'를, '마음에 들지 않는 존재'라거나 '격이 아래라고 인정한 존재'라는 표현으로 바꾼다면, 다카네자와 데루유키의 행동 원리 또한 명쾌하게 알 수 있다. 이 남자는 불쾌한 폭군이다.

문제는 '어느 정도나 위험한가'라는 것으로 좁혀졌다.

나는 컴퓨터 앞에 앉아 '가사이 이즈미'와 출신 고등학교 이름으로 검색해 보았다. 들어맞는 듯한 여성의 블로그가 곧 나왔다. 대충 훑어봐도 초보의 일기가 아님을 알 수 있는 블로그였다. 그도 그럴 것이 프로필에 따르면 그녀는 대학을 졸업한 후 여행사에 취직, 삼 년 동안 일하다가 퇴직하고 현재는 프리 여행 작가로 활동하는 중이다. 다수의 잡지에 기고도 하는 모양이지만 블로그도 발표 매체 중 하나로, 여기에 올린 글을 모은 『여자 혼자 묵을 수 있는 고급 료칸 베스트 20』, 『쾌적한 호텔 라이프―시티 호텔의 올바른 이용법』이라는 두 권의 저서가 있었다.

전자책이 있어서 구입한 후 대강 훑어보았다. 가이드북에 어울리는 기능적인 문장에, 살짝 유머가 있다. 일러스트나 지도도 저자의 솜씨인데 꽤 잘 그렸다. 덕분에 내 기분도 조금은 나아졌다.

멍하니 기다의 연락만 기다리기도 뭣해서 아워 해피니스 멘탈 클리닉을 찾아가 보기로 했다. 가지고 있는 것 중에서도 좋은 양복을 골라 넥타이를 매고 구두를 닦아 신고 서류가방을 들고 출발했다.

일전과는 또 다른 (하지만 똑같이 젊고 예쁜) 안내 데스크의 여성에게,

"이곳에 입원한 것으로 되어 있는 사사 유비라는 여자분의 일로 원장 선생님이나 책임자를 만나러 왔습니다."

하고 **오피스 가키가라**의 조사원 명함을 내밀었다. 이럴 때는 이

쪽도 개인이 아니라 회사가 뒤에 있다고 생각하게 하는 편이 좋다. 거짓말도 방편이다.

아니나 다를까 안내 데스크의 여성은 눈에 띄게 당황했다. 가엾을 정도였다. 잠시만 기다려 주십시오, 라는 말을 남기고 안쪽의 'Staff Only' 문 맞은편으로 사라졌다.

나는 대기 공간의 소파에 앉지 않고 그 자리에 선 채로 기다렸다. 안내 데스크 위의 유채꽃은 옆에서 보니 분명히 조화였다.

"오래 기다리셨습니다."

안내 데스크의 여성이 돌아왔다. 남성과 함께다. 평범한 몸매에 중간 키, 은테안경, 양쪽 귀가 약간 튀어나왔고 나이는 서른 살 전후일까. 하얀 셔츠 위에 재킷을 입고 청바지에 가죽 운동화를 신었다. 가운은 입지 않았다.

"당신이 스기무라 씨인가요?"

"네. 아침부터 찾아와서 죄송합니다. 외래 진료가 시작되기 전에 찾아뵙는 편이 폐가 되지 않을 것 같아서요."

안경의 렌즈가 빛을 반사해서 상대방 눈의 표정이 보이지 않는다. 그러나 태도만 봐도 곤혹스러워하고 있다는 게 느껴졌다.

나는 말했다.

"사사 유비 씨가 이곳에 입원해 있지 않다는 건 알고 있습니다."

확증은 없으니 허세다. 하지만 효과는 있었다. 젊은이들 식으로 말하자면, 은테안경은 동공지진을 일으키기 시작했다. 그 모습에 안내 데스크의 여성 또한 요즘 식으로 말하자면 짜게 식었다.

"사정을 말씀해 주십시오. 이곳에서는 보험 진료도 하시니까 입원, 치료하고 있지 않은 환자를 그렇게 위장하면 형사법에 저촉될 가능성도 있다는 걸 아시겠지요."

은테안경은 안내 데스크 여성의 귓가에 뭐라고 속삭이고는 내게 다가왔다.

"여기서는 말씀드리기가 곤란하군요. 잠깐 밖으로 좀 나와 주시지요."

먼저 로비에서 나간다. 나는 그를 따라갔다. 어디까지 가나 했더니 발길을 멈춘 곳은 내가 금요일에 미니밴을 주차했던 주차장이었다.

"어떤 조사를 하고 계시는지 모르겠지만 저희한테 시비를 걸지는 말아 주시면 안 될까요?"

힐난하는 말투는 아니다. 오히려 변명조였다. 마음이 약해 보이는 사람이다.

"실례지만 명함을 받을 수 있을까요? 원장 선생님 되십니까?"

"저는 아닙니다."

"그럼 당신은?"

"클리닉의 사무를 맡고 있습니다."

"그럼 번거로우시겠지만 원장님께 말씀 좀 전해 주십시오. 제가 질문한 일의 중대성을 아시겠죠?"

은테안경은 허둥거렸다. 내 명함을 마치 벌레를 집듯이 손가락

끝으로 잡고 있다.

"……피치 못할 사정이 있다면서 부탁을 받았습니다."

그는 내 얼굴에서 시선을 피한 채 입으로만 중얼거렸다.

"당신의 이름은요?"

"좀 봐주십시오."

"누구한테 부탁을 받으신 겁니까?"

"그러니까 사사 군이요."

사사 유비 씨의 남편 말입니다, 하고 부루퉁하게 내뱉었다.

"사모님이 장모님과 지나치게 친밀한 걸 어떻게 좀 하고 싶다고 하더군요. 모자밀착母子密着 말입니다. 그게 결혼 생활에도 영향을 주어서 이대로 가다간 이혼하게 될 판이니 부탁한다고."

하코자키 부인에게 불어넣은 것과 같은 내용이지만 이쪽에서는 이혼 위기까지 언급했던 모양이다.

"당신과 사사 도모키 씨의 관계는요?"

"친구입니다."

"이 위장에 대해서 원장님은 아십니까?"

은테안경이 나를 노려보았다.

"위장, 위장 하지 마십시오. 그렇게 야단스러운 문제는 아니니까요."

"아뇨, 중대한 문제입니다."

나는 그에게 손을 내밀었다. "명함을 주십시오."

"그럴 필요는 없잖아요."

"지금 여기서 명함을 주지 않으면 원장님을 만날 때까지 로비에서 버틸 겁니다. 환자로서 진찰을 받고 싶다고 하면 당신은 막을 수 없어요."

은테안경 안쪽에서 그의 눈빛이 흔들리고 있다. 아마 원장에게는 비밀에 부쳤으리라. 실제로 하코자키 부인을 속이는 정도라면 안내 데스크의 대응으로 충분할 테니까.

"어떻게 하시겠습니까?"

내가 다시 한 번 밀어붙이자 그는 한숨을 쉬며 상의 안주머니에서 명함집을 꺼냈다. 세련된 명품이다.

받아 든 명함에는 '의료법인 기요다회 아워 해피니스 멘탈 클리닉 사무국장 기요다 신고'라고 되어 있었다.

"당신도 기요다 가家의 분이시군요."

물음에는 대답하지 않고 그는 입을 삐죽거렸다.

"이 일, 사사한테는 말할 겁니다."

"마음대로 하십시오. 아아, 어차피 당신은 모르겠지만 일단 여쭤보겠습니다. 사사 유비 씨는 지금 어디에 있습니까?"

"내가 어떻게 알아요."

그가 클리닉으로 돌아가려고 하기에 명함을 집어넣으면서 나는 물었다.

"이 위장에 대한 사례로 사사 씨한테 얼마나 받았습니까?"

대답은 없었다. 기요다 신고는 어깨를 바싹 굳히고 클리닉으로 돌아갔다.

안내 데스크의 여성들에게는 어떻게 변명해서 입을 맞춰 달라고 해 왔을까. 장소가 멘탈 클리닉이니만큼 의외로 사사 도모키가 지어낸 이야기가 쉽게 (게다가 동정을 모으면서) 통용되고 말았을 가능성도 있다.

팀 트리니티의 멤버 중에 기요다 신고의 이름은 없었다. 사사 도모키와는 다른 라인의 친구일 것이다. 그렇다 해도 두터운 우정 아닌가. '친구가 부탁하면 거절할 수 없어'라는 말이 머릿속에서 멋대로 춤춘다. 불쾌한 뒷맛을 삼키며 나는 에비스 역으로 향하는 걸음을 빨리했다.

기요다 신고의 급보를 받고 사사 도모키가 이쪽에 뭔가 리액션을 해 온다면, 딱 좋을 때다. 직접 그와 이야기를 해 보자. 그가 아직도 도망쳐 다닌다면 얼른 유비를 데리고 돌아와 버리자.

기다의 경과는 어떻게 되었나 싶어 **오피스 가키가라**의 빌딩 1층 로비에 발을 들여놓았을 때 스마트폰으로 전화가 왔다.

"여보세요? 조사원 스기무라 씨인가요?"

말투가 또렷한 여성의 목소리다.

"저는 가사이 이즈미라고 해요. 갑자기 전화 드려서 죄송합니다. 사사 유비 씨의 어머님한테서 이야기를 들어서요."

놀라서 순간 대답을 하지 못했다. 가사이는 시원시원하게 말을 이었다.

"유비가 자살을 시도했고 지금은 어디에 있는지 알 수 없다더군요. 실은 저도 유비가 신경 쓰였는데, 어머님한테는 어디까지 이야기해도 될지 알 수가 없어서 스기무라 씨를 뵙고 싶어요. 지금 시간 괜찮으실까요?"

하코자키 부인이 가사이 이즈미에게는 '내가 연락할게요'라고 말했던 이유는 상대가 딸과 같은 나이의 친구이기 때문에 더더욱 지금의 사태를 너무 노골적으로 말하고 싶지 않다, 알리고 싶지 않다는 저의가 있었기 때문일 것이다. 나도 바로 눈치채고 부인에게 맡겼다. 그래서 가사이에게는 따로 은밀하게 접촉해 볼 생각이 었는데 수고를 단숨에 덜었다. 게다가 어떤 정보를 갖고 있는 모양이다.

오피스의 소재지를 알려줬더니 그녀는 1초도 망설이지 않고 말했다.

"지금 찾아뵐게요."

전화가 끊기고 나는 계단을 올라갔다.

기다가 일하는 방의 작은 테이블에는 빈 도시락통 두 개가 쌓여 있었다. 오늘은 그의 식사 시간을 방해하지 않아도 되겠다.

모니터 앞에서 뭔가 다른 작업을 하며 기다는 말했다.

"별장이 어딘지 알아냈어요."

현재 오전 10시 14분.

"위치 정보는 아침에 알아냈지만 추가로 조사하고 있었죠. 우선은 이걸 보세요."

모니터에 비추어진 것은 구글 스트리트뷰의 영상이다. 숲속의 별장지. 깨끗하게 정비된 도로를 따라 다양한 디자인의 집들이 늘어서 있다. 하나하나의 건물이 크고 부지도 넓다.

"야마나시 현 기타코마 군 남동부."

화면에 표시되어 있는 화살표를 움직여 별장지 내의 도로를 나아가면서 기다는 말했다.

"명칭은 그린우드 홈 기타코마. 버블 말기에 팔린 별장지인데 괜찮은 오너를 만났나 봐요. 전체 12구획, 지금도 쇠락하지 않았어요."

과연, 스트리트뷰에 오가는 차나 건물 현관, 베란다에 있는 사람들이 비친다.

"마리는 템파라에다 엄청 시골인 것처럼 썼지만 실제로는 그렇지도 않아요. 도로도 좁긴 하지만 정비되어 있고요. 다만 가루이자와 부근과는 분위기가 다르니까 불편하다고 느꼈겠죠. 다카네자와 집안 소유의 건물은 이 12구획 중에서도 가장 표고가 높은, 후미진 곳에 있고요."

화살표의 움직임이 멈추자, 모니터 전면에 아담한 숲을 등지고 있는 집이 비쳤다. 가파른 경사의 삼각지붕과 통나무 난간의 베란다가 있는 집이다. 낮은 생울타리에 둘러싸인 앞뜰에 바비큐 그릴이 있다.

"딩동딩동, 도착~."

기다는 씩 웃었다.

"하지만 스기무라 씨, 구글 스트리트뷰에는 약점이 있어요. 지금 이렇게 열람할 수 있는 영상이 최신 영상이 아닌 경우가 많죠."

"어지간히 중요한 지점이 아니면 자주 갱신되지 않으니까 그런 거겠죠?"

"맞아요. 실제로 이건 재작년 8월에 올라온 영상. 하지만 별장지라면 이것도 운이 좋다고 봐야죠."

나로서는 위치를 알아낸 것만으로 충분하다.

"괜찮아요, 나머지는 현지에 가서 확인할게요."

기다는 철도 건널목의 차단기처럼 팔을 뻗어 일어서려는 나를 제지했다.

"잠깐만요."

그러더니 다시 영상을 움직여 시작 지점까지 되돌아갔다.

"여길 봐요. 쓰레기통이에요."

확실히 연녹색 케이지에 '재활용 쓰레기', '일반 쓰레기', '타지 않는 쓰레기' 표시가 되어 있다.

"이 옆에 가로등. 그리고 조명기 바로 밑에."

방범 카메라가 있었다.

"방범 카메라는 하나뿐이에요. 여기는 입구 근처니까 별장지 안으로 들어오는 차도 사람도 모두 통과하죠. 그래서 여기에 설치한 걸 테고요."

나는 기다의 얼굴을 보았다. 그는 또 씩 웃으며 말했다.

"제 하청업자 중에는 방범 카메라 전문가가 있거든요."

"그래요."

"조사해 보니 그린우드 홈이라는 명칭의 별장지는 야마나시 현과 나가노 현에 몇 군데 있고 전부 같은 회사가 판매와 관리를 맡고 있어요. 그리고 이 기타코마 별장지 내의 도로는 사도私道고 12구획의 오너가 분할공유하고 있으니까, 방범 카메라는 관리회사에서 설치했겠죠."

"그래서요?"

"이걸로 카메라의 시리얼 넘버와 형식은 알 수 있어요. 계약자를 알아내면 어디에서 모니터하고 있는지도 찾아낼 수 있죠. 그래서 제 하청업자인 전문가가 영상을 입수했어요."

기다가 마우스를 조작하자 영상이 바뀌었다.

연녹색 케이지의 쓰레기통 쪽으로, 화면 바깥에서 여성이 다가온다. 검은 비닐로 된 쓰레기봉투를 들고 있다. '일반 쓰레기' 표시가 되어 있는 뚜껑을 열더니 쓰레기봉투를 안에 던져 넣고 뚜껑을 닫았다. 그 자리에서 세미롱의 머리카락을 가볍게 그러모아 올리며 다시 걷기 시작한 여성이 천천히 왔던 방향으로 사라졌다.

하얀 스웨터에 청바지. 양말에 스니커 차림 같다. 사진으로 본사사 유비였다.

"어제 오후 1시 22분 영상이에요."

나는 반쯤 입을 벌렸다.

"이게 그 부인?"

나는 여전히 입을 반쯤 벌린 채 고개를 끄덕였다.

"지하실에 감금되어 있지 않아서 다행이네요."

말투는 장난스럽지만, 내 조사 대상이 무사히 걸어다니는 모습을 보며 기다도 기뻐하고 있는 것이다.

"스트리트뷰에는 인물의 얼굴이 마스킹되어 버린다는 약점도 있지만 방범 카메라는 그래서는 안 되니까요."

"기적을 일으켜 줘서 고마워요."

"언제든지 기도하러 와요, 길 잃은 어린양."

기다가 가슴에 십자를 그었을 때 고지카가 얼굴을 내밀었다.

"스기무라 씨, 손님 오셨어요."

가사이 이즈미는, 대놓고 평하자면 사사 유비와는 정반대의 타입이었다. 꾸밈이 없고 소년 같은 짧은 머리에 복장도 실용적이다. 그리고 나는 내 생각을 정정해야만 했다. 그녀의 왼손 약지에는 결혼반지가 빛나고 있었던 것이다.

"다짜고짜 쳐들어와서 죄송해요."

갸름한 얼굴이 긴장으로 굳어 있었다.

"어머님한테서 유비가 자살을 시도했다는 얘기를 듣고 가만히 있을 수가 없었어요."

"그럼 대략적인 사정은 이미 들으신 거로군요."

"네. 어머님은 저 같은 사람한테 거기까지 이야기할 생각은 아니셨겠지만 제가 꼬치꼬치 캐물어 버렸거든요."

딸인 유비보다는 인생 경험을 쌓았다고 해도 하코자키 부인은 기본적으로 태평한 타입이다. 나와는 분야가 다르지만, 조사를 하고 다른 사람한테서 무언가 이야기를 듣는 일이 특기인 이 행동파 여성의 추궁을 피하지 못했다 해도 어쩔 수 없을 것이다.

"진정하시라고 미리 말씀드립니다. 사사 유비 씨의 소재는 확인 되었어요. 아직 '아마도'의 단계지만 거의 틀림없습니다."

가사이는 양손을 가슴에 댔다.

"아아, 다행이에요. 유비, 무사하군요."

"그 역시 '아마도'지만 영상으로 본 바로는 괜찮은 것 같습니다."

"어디에 있나요? 병원은 아니죠?"

"병원은 아닙니다. 지인의 집에 의탁하고 있다고 말씀드려야 할까요."

쓰레기를 버리러 나올 정도이니 의지에 반해서 갇혀 있는 것은 아니다. 이번 일에는 역시 유비 자신의 의지도 작용하고 있는 듯하다.

"오늘 데리러 가실 건가요?"

"모르겠습니다. 방금 전에 어디 있는지 알아낸 참이니까요."

게다가 타이밍이 몹시 좋지 않지만 하필 이런 때에 하코자키 부인과 연락이 닿지 않는다. 자택은 부재중 전화로 연결되고 스마트폰도 마찬가지다. 근처에 장을 보러 나간 정도라면 좋겠는데——.

"도쿄 시내가 아니라 지방이라서 어머님인 하코자키 부인의 의향을 여쭙고 나서 어떻게 할지 결정하고 싶습니다."

"지방에 있는 지인 댁이요?"

날카롭게 되묻던 가사이가 상반신을 내밀었다.

"혹시 별장 아닌가요? 야마나시에 있는 사사 씨의 선배네 별장. 만일 그렇다면 저, 짐작 가는 데가 있어요."

놀랐다. 이 여성은 잭팟이 아닐까.

"어떻게 아십니까?"

"가 본 적이 있거든요. 대학 3학년 여름이었으니까 벌써 꽤 옛날이지만."

이렇게 되면 차분하게 그녀의 이야기를 듣는 게 먼저다.

"유비랑 저는 고등학교 1학년 때부터 친구였어요. 유비는 같은 재단의 중학교에서 올라왔고 저는 외부 수험으로 입학했지만 경음악부에서 친해졌죠."

하코자키 유비는 미인에 성격이 밝고 성적도 좋아서 학교의 인기인이었다고 한다. 유비와 사이가 좋다는 이유로 가사이는 꽤나 부러움을 샀고 질투의 대상도 되었다.

"지금은 생각할 수 없는 일이지만 고등학교 때의 저는 늘 유비랑 같이 다녔어요. 서로 첫 남자친구는 고등학교 2학년 때 생겼지만 더블 데이트도 자주 했고요."

친구로서의 교제는 두 사람이 각각 다른 대학에 진학하고 나서도 이어졌다. 가사이의 전공은 신문학과라고 한다.

"문장을 쓰는 일을 하고 싶었거든요."

그녀는 한층 더 진지한 얼굴이 되었다.

"본론에 들어가기 전에 말씀드려 둘게요. 제 기억이 엄청나게 선명해서 지어낸 게 아니냐고 생각하시면 싫으니까요."

세심한 데까지 배려할 줄 아는 사람이다.

"지금부터 말씀드리는 걸, 저는 문제의 별장 사건이 있은 직후에 르포로 썼어요. 일반적으로는 어떤지 모르겠지만 저한테는 꽤 큰 사건이었기 때문에 정리해 두고 싶었거든요."

가까이에서 겪은 일을 소재로 탐사보도적인 르포를 쓰는 것이 당시 그녀가 속했던 세미나의 과제이기도 했다고 한다.

"결국 제출한 건 다른 르포였지만요. 친구의 프라이버시를 멋대로 소재로 삼는 건 좋지 않다는 생각이 들어서."

그녀는 얼핏 쓴웃음을 지었다.

"그 정도의 애매한 각오였기 때문에 취업 준비를 할 때 신문사도 출판사도 전부 안 되었던 거겠지만요."

"저는 편집자 경험이 있지만 그건 별로 상관없는 것 같습니다."

가사이는 내 얼굴을 새삼 뚫어져라 바라보며,

"흐음~" 하고 초등학생처럼 놀랐다.

"편집자는 업계 내에서만 전직하는 줄 알았어요."

예외도 있는 법이다.

"으음, 그래서…… 처음으로 도모키 씨를 소개받았던 건 대학 1학년 여름방학 때였어요. 유비와 바겐세일에 가기로 약속했는데 도모키 씨가 같이 왔더군요."

사사 도모키는 핸섬한 스포츠맨이고 유비는 그에게 '푹 빠진 느낌으로' 두 사람은 가사이 앞에서도 깨가 쏟아졌다.

"닭살 돋는다고 놀렸지만 인상은 나쁘지 않았어요."

그 후로 가끔 유비가 그녀를 같이 불러내게 되었다.

"도모키 씨의 동아리에서 회식을 하는데 이즈미 너도 오지 않을 래? 하고요."

"쇼에이 대학 하키 동호회 말이군요."

"네, 맞아요. 남자밖에 없는 동아리라서 여자가 와 주었으면 좋겠다더군요. 유비뿐만 아니라 다른 멤버의 여자친구나 그 친구들 한테도 얘기를 하고 있는 것 같았어요."

가사이는 권유를 거절했다.

"아르바이트와 수업 때문에 정신없이 바빠서 저 자신은 동아리 활동도 하지 않았어요. 남의 대학 동아리라니 더더욱 흥미가 없었죠."

그러나 회식에 와라, 시합에 응원하러 와라, 연습을 견학하러 와라──하고 유비는 집요하게 권했다.

"자기랑 도모키 씨 같은 좋은 만남이 있을 거라고 하더라고요."

그녀의 웃음이 어색하게 일그러졌다.

"유비는 몰랐을 것 같지만, 제 쪽은 그런 대화를 하다 보니 유비랑 잘 맞지 않게 되었구나……라는 느낌이었어요."

하코자키 유비는 연애에 정신이 팔려 있었고 대학 생활을 즐기려 하고 있었다. 가사이 이즈미는 장래 목표가 있어서 공부를 하고 싶었다.

"어쨌든 전부 패스, 패스, 계속 거절했는데 어느 날 도모키 씨한테서 직접 메일이 왔어요."

동아리의 선배가 사진을 보고 가사이를 이상형이라고 하는데 소개하고 싶다.

"솔직히 화가 났어요. 저한테 말도 없이 제삼자한테 메일 주소를 가르쳐주거나 사진을 보여 주다니. 유비는 제정신이 아니었어요. 도모키 씨도 이상한 사람이라고 생각했죠."

가사이는 단호하게 거절하고 유비를 불러내어 둘이서 이야기를 나누었다.

"유비는 사과해 주었지만 그이가 부탁하면 거절할 수가 없다, 미움받고 싶지 않다, 그 사람이 너무 좋아서 어쩔 수 없다면서…… 뭐, 그건 유비 마음이지만요."

그 후로 얼마쯤 지나서 당시 가사이가 아르바이트를 하고 있던 카페에 사사 도모키가 남자 서너 명을 데리고 찾아왔다.

"테이블에 앉더니 하나같이 이쪽을 보면서 실실 웃는 거예요. 도모키 씨는 저를 손짓해서 부르고요. 그것도 이렇게."

그녀는 손바닥을 위로 하고 검지를 가볍게 움직여 보였다.

"굉장히 실례네요."

"네, 무례하기 짝이 없는 행동이죠. 저한테는 열 살짜리 딸이 있는데 그 애가 어른이 되어서 누군가한테 같은 짓을 당한다면, 상대를 알아내서 두 번 다시 그런 짓을 못 하게 단단히 추궁할 거예요."

가사이는 점장에게 사정을 이야기하며 손님 상대를 대신해 달라고 했다. 남자들이 커피를 마시고 돌아간 후, 사사 도모키에게서 또 문자가 왔다.

웃기지 마. 여자 주제에 건방져. 그런 태도가 용납될 거라고 생각하지 마.

"엄청 화가 났고, 뭐야 이 사람, 싫기도 하고 무섭기도 했기 때문에 한 글자 한 글자까지 똑똑히 기억해요."

○○ 주제에. 사사 도모키는 이 말을 아주 좋아하는 모양이다.

"잠자코 있으면 안 될 것 같아서 문자를 그대로 유비한테 전송하고, 미안하지만 네가 이 사람이랑 사귈 거면 나는 네 친구를 그만두겠다고 말했어요."

유비는 울며 사과하고 또 같은 말을 되풀이했다고 한다. 사사 도모키는 사실은 좋은 사람이다, 그에게 미움받고 싶지 않다, 헤어지고 싶지 않다.

"이때 처음으로 들었는데 유비는 늘 그들의 회식에 불려가서 술을 따르거나 재떨이를 갈곤 한다는 거예요."

──그이가, 내 소중한 선배나 동료들한테도 나한테 하는 것처럼 잘해 주었으면 좋겠어, 유비를 모두에게 자랑하고 싶어, 그렇게 말한단 말이야.

"저는 그냥, 하도 기가 막혀서 눈알이 튀어나올 뻔했어요."

이놈들은 전혀 좋은 사람이 아니야. 여자를 소개해 달라고 다그치는 건 즐겁게 사귀고 싶어서가 아니라고. 하녀나 호스티스가 필요할 뿐이야.

"너, 지금이 21세기라는 걸 잊어버린 거 아니니? 이놈들은 어느 시대의 남자야, 하고 잔소리를 늘어놓았지만."

하코자키 유비에게는 아무 소용도 없었다.

——나도 그 사람이 동아리 선배가 시키는 대로 하고 무슨 일에 든지 좋은 얼굴만 하려고 하는 건 싫어. 하지만 말해도 이해해 주지 않는단 말이야.

——선배가 얽힌 일만 아니면 그이는 최고의 연인이고.

떠올리니 또 화가 나는지 가사이는 얼굴을 일그러뜨렸다.

"저는 우리 할머니가 했던 말을 떠올렸어요. 술만 마시지 않으면, 도박만 하지 않으면, 바람만 피우지 않으면 좋은 사람이라는 건, 그걸 하니까 안 되는 사람이라는 뜻이라고요."

"지당한 말씀이군요" 하고 나는 말했다. 에누리 없는 진실이다.

"유비한테도 그렇게 말하고, 친구니까 부탁한다, 도모키 씨와 헤어지라고 부탁했지만 소용없었어요."

——헤어질 수는 없어. 이렇게 누군가를 좋아하게 된 건 처음이야.

"그때를 끝으로 유비와는 관계가 끊겼다고 생각했는데, 아까도 말했던 3학년 여름——여름방학에 막 들어갈 무렵이었을 텐데요, 유비가 제 대학 기숙사로 찾아왔어요."

몹시 절박한 기색이었다고 한다.

"다음 주말에 동아리 합숙으로 도모 씨의 선배 별장에 가게 되었는데."

——남자는 열 명 정도 있는데 여자는 나 혼자인가 봐. 무서우

니까 이즈미 네가 같이 가 주지 않을래?

가사이의 콧김이 거칠어졌다.

"정말, 아무리 유비가 공주처럼 자랐다고 해도 바보 같은 소리는 좀 쉬엄쉬엄 했으면 좋겠다는 기분이었어요."

합숙인지 뭔지 모르겠지만 무서우면 거절하면 된다. 그것 때문에 사사 도모키가 화를 낸다면 그는 정상이 아니다.

"너도 머리가 너무 나쁘다고 나라면 당장 헤어질 거라고 말했지만 헤어지면 죽어 버릴 거라면서 또 우는 거예요."

하코자키 유비는 이렇게 어리석은 사람이었을까. 내가 아는 밝고 총명한 여자는 어디로 가 버린 걸까.

"마음대로 하라고 하고 절교해 버리면 좋았을 텐데, 역시 걱정이 되더라고요. 무슨 일이 있고 나서는 늦으니까요——."

가사이는 대책을 생각했다.

"알았다, 같이 가겠다고 대답해 놓고 세미나 동료들과 상의했어요."

이야기를 들은 세미나의 동료들은 하나같이 놀라며 걱정을 표명했다. 그런 '합숙'에, 가사이는 물론이고 친구도 가면 안 된다.

"그래서 동료 남자 두 명이 따라와 주기로 했어요."

문제의 합숙은 동아리 멤버의 자가용 몇 대에 나눠 타고 갈 예정이었기 때문에 그때 만나기로 한 장소에,

"동료의 지프차를 타고 따라갔어요."

세미나 동료 중 한 명은 럭비 선수, 또 한 사람은 "우리 대학의

레슬링부 선수였어요."

가사이는 고소하다는 듯이 흐흥 하고 웃었다.

"꽤 잘했죠. 뭐, 겉모습은 도모키 씨와 달리 고릴라였지만요."

지금의 남편이랍니다──하고 수줍은 듯이 덧붙였다.

"아아, 그렇군요."

"당시에 막 사귀기 시작한 참이었어요."

가사이가 억센 보디가드를 두 명이나 데리고 나타나자 사사 도모키 일행은 몹시 당황했다.

"그렇게 많은 수가 오면 묵을 곳이 없다는 둥 하면서 갑자기 허둥거리더라고요. 많은 수라니, 저 플러스 두 명이 늘었을 뿐인데 말이에요."

오지 않아도 된다고 하는 것을,

──우리는 당일치기 드라이브라도 상관없으니까 따라가겠습니다.

"남편이 운전해서 그들 뒤를 쫓아갔어요."

그리고 도착한 곳이 야마나시 현 기타코마 군의 숲속에 있는 별장이었다는 것이다.

"억지로 따라간 건 유비를 데리고 돌아오고 싶었기 때문이에요."

그녀는 사사 도모키의 차에 타고 있었다.

"이참에 확실하게 설득해서 도모키 씨와 헤어지게 하고 싶다는 생각이었죠."

하지만 실패로 끝나고 말았다.

"모여 보니 여성은 유비만이 아니었어요. 그 외에 두 명, 다른 멤버의 여자친구가 와 있더군요."

"당신을 끌어내기 위해서 자기 혼자라 무섭다고 거짓말을 했던 게 되네요."

그런 주제에 유비는 강경했다.

"멋대로 외부인을 두 명이나 데려오다니 뻔뻔스럽다면서 화를 냈어요."

이 일로 가사이와 유비의 친구 관계는 정말로 끝났다.

"내 친구 하코자키 유비는 이제 없다. 고등학교 시절의 추억만 소중히 여기자, 그렇게 생각했어요."

그러나 재작년 2월 중순, 가사이가 여행 작가로서 개설한 블로그에 유비가 코멘트를 달았다.

——나 기억해?

"그립다는 둥, 잘 지내는 것 같아서 다행이라는 둥, 활약하는 모습을 보니 멋지다는 둥. 자기 페이스북에도 초대하기에 친구 추가를 했어요."

불유쾌한 기억은 아직 남아 있었지만 너무 뻗대는 것도 어른스럽지 못한 것 같았고 무엇보다 호기심이 있었다.

"유비가 아직도 도모키 씨와 사귀고 있나 궁금해서요."

"사귀고 있는 정도가 아니라 재작년 2월이라면 6월의 결혼식을 앞두고 준비하던 시기겠네요."

"네, 여전히 대놓고 깨가 쏟아지더군요. 결혼 피로연에도 당장 초대받고 말았죠."

──책을 낸 친구가 있다니 멋지잖아. 꼭 와.

"착실하게 꿈을 이루다니 이즈미는 역시 굉장하다고 몹시 감격하면서 칭찬해 주었어요. 저는 1지망이었던 회사에 전부 떨어지고 본의가 아닌 취직을 했다가 퇴직하고 프리랜서가 되었을 뿐인 여행 작가인데, 여전하구나 싶더군요. 그게 그녀의 사랑스러운 점이기도 하지만요."

가사이는 문득 눈매가 부드러워지더니, 그것을 지우듯이 눈을 깜박였다.

"물론 이제 와서 뭐지 싶기도 했어요. 왜냐하면 유비는 일부러 검색을 해서 제 블로그를 찾아낸 거였거든요. 누군가한테 소문을 들었거나 우연히 발견한 게 아니고요. 어째서 결혼식을 앞두고 바쁜 시기에 대학 시절 싸우고 헤어져서 연락이 끊긴 저 같은 사람한테 연락한 건지 궁금했어요."

나도 신경 쓰였던 부분이다.

"말하자면 너는 헤어져라 헤어져라 하고 구시렁거렸지만 나는 행복해, 도모키와 결혼할 거야, 하고 보여 주고 싶지 않았을까요."

도모키는 역시 최고의 연인. 이제 곧 최고의 남편이 될 거야.

"제가 아는 바로 유비는 안 된다는 말을 들은 적이 없는 사람이에요. 재색을 겸비한 부잣집 아가씨니까요. 인생에서 불가 판정을 받은 적이 없죠. 유일하게 불가 판정에 가까운 일이 있다면,"

"당신의 설교란 말이군요."

맞아요, 하며 가사이는 웃었다.

"지금 생각하면 정말 간곡하게 설교했거든요. 그런 남자는 최악이다, 너는 눈이 없냐면서요."

합숙에서 데리고 돌아오려고 했을 때는 세미나 동료들도 함께 설득해 주었다고 한다. 동년배 남자의 눈으로 보아도 사사 도모키의 당신에 대한 언행은 이상하다면서.

"우리는 걱정이 되어서 열심히 설득한 거지만 유비도 멋진 도모키 씨를 헐뜯는 말을 듣고 화가 났겠죠. 그래서 그 분노를 성대한 결혼 피로연을 보여 줌으로써 해소하고 싶었던 게 아닐까요."

거기까지 말하고 가사이는 잠시 숨을 돌렸다. 나는 내 노트북을 켰다.

"피로연에서 이 남자를 보지 못했습니까?"

모니터로 다카네자와 데루유키의 영상을 보여 주었다.

"문제의 별장 주인이니까 합숙 소동 때도 당연히 있었을 텐데요."

힐끗 보기만 하고도 가사이는 반응했다.

"피로연에서 인사했어요."

신랑 친구의 테이블 중 하나에 덩치 좋은 남자들이 모여 있었다고 한다.

"그중에 있었어요. 이름을 말했었는데, 다──다카──."

"다카네자와입니다."

"맞아요!" 가사이는 내게 손가락을 들이댔다.

"이 사람은 저를 기억하지 못했지만 같은 테이블에 있던 남자가 대학 시절에 도모키 씨가 소개해 주고 싶어 했던 선배였거든요! 그래서 두 사람이 제 자리로 오더라고요."

다카네자와 데루유키와는 어떤 대화를 했는지 기억나지 않는다고 한다. 당일에 그는 부인과 함께 왔으니 역시 경솔한 행동은 하지 않았으리라. 하지만 그 선배 쪽은,

"제 성이 바뀐 것과 결혼반지를 알아채고는."

실실 웃음을 지으며 이렇게 말했다고 한다.

──흐음, 팔렸네.

가사이의 눈이 분노로 빛난다.

"아, 이놈들은 전혀 달라지지 않았구나! 그런 생각이 들어서 이후에는 철저하게 무시했어요. 2차에도 초대받았지만 가지 않았어요."

"현명하셨군요. 2차는 다카네자와 씨의 사회로 진행되었다고 하니까요."

우우, 끔찍해. 가사이는 몸을 부르르 떨었다.

"그때까지는 저렇게 행복해 보이니까 유비가 결혼해서 다행이라고 생각하고 있었지만, 다시 불안해지더라고요."

사사 도모키와 그가 소중히 여기는 선배들은 달라지지 않았다. 그렇다면 도모키와 유비의 역학 관계도 대학 시절과 똑같을 것이다──.

"스기무라 씨는 유비의 페이스북을 아시나요?"

"대충 훑어봤습니다."

설마 멋대로 들여다봤다고 말할 수는 없었다.

"저도 보고 있었는데요. 항상 꿈처럼 행복한 얘기투성이잖아요. SNS상의 일기는 대개가 그렇긴 하지만."

거기에서 보여지는 것은 다른 사람에게 보여 주기 위해 연출하고 꾸미고 다듬은 생활이다. 보는 쪽도 어느 정도는 그것을 알고서 본다.

"유비의 행복해 보이는 모습에 거짓은 없겠지. 그녀의 삶은 신혼여행으로 갔던 지중해처럼 푸른 바다겠지. 하지만 어딘가 인터넷으로는 보이지 않는 곳에 적조가 발생했을 거야. 아무래도 그런 생각이 들어서요."

여행 작가다운 비유다.

"멋대로 억측하다니 오지랖이 심하죠."

"두 분이서 만난 적은 있습니까?"

"아뇨, 페이스북을 통하거나 메일만 주고받았어요."

만나서 수다를 떨자는 흐름으로는 이어지지 않았다고 한다. 사사 유비가 소극적이라, 가사이가 만나자고 해도 다른 일이 있다며 흐지부지하게 만들었다.

——조만간 보자.

"늘 그 말뿐이었어요. 결국 유비는 정말로 다시 사이좋은 친구로 돌아가고 싶은 건 아닌 모양이라 생각했고 저도,"

가사이는 잠시 말을 끊고 초조한 듯 주먹을 쥐었다.

"하지만 역시 신경 쓰여요. 바보 같지만 걱정도 되고요. 도모키 씨가 동아리의 선배들과 얽혀 있는 한 언젠가 반드시 트러블을 일으킬 거라고 짐작했거든요."

그래서 페이스북을 계속 지켜보고 있었다.

"벌써 한 달쯤 전이죠? 유비의 페이스북이 갑자기 닫혀 버렸을 때는 정말 놀랐어요. 허둥지둥 메일을 보내도 답장이 없고 전화는 전원이 꺼져 있다는 메시지만 들릴 뿐이고. 나쁜 상상만 부풀어서 심장이 벌렁거렸어요."

사사 도모키의 연락처는 이미 옛날에 삭제했기 때문에 가사이는 곤란해졌다.

"유비의 피로연 때 재회한 고등학교 시절의 친구들에게 물어보았지만 다들 아무것도 몰랐어요. 아니, 별로 문제시하지 않더라고요."

SNS에서는 흔히 있는 일이다, 다른 웹서비스로 옮긴 거 아니냐, 조만간 다시 열겠지 하면서.

"유비의 일이 아니었다면 저도 그 정도로 생각했을 거예요. 계정 주인의 사정으로 SNS에서는 여러 가지 일이 일어나죠. 일일이 소란을 피우는 건 이상해요."

사사 도모키는 아내의 친구들──적어도 페이스북 친구들에게는 페이지를 닫는 이유를 전혀 설명하지 않은 것이다. 그렇게 해도 문제없다고 생각했을까, 거기까지 머리가 돌아가지 않았을까.

"하코자키 부인한테는 연락해 보셨습니까?"

가사이는 어깨를 으쓱했다. "그건 좀 너무 주제넘은 것 같아서……."

만일 그녀가 하코자키 부인에게 묻고 내친김에 유비의 자살 시도나 아워 해피니스 멘탈 클리닉에 대한 것까지 '꼬치꼬치 캐물었'다면 내가 나설 일은 없었을지도 모르는데.

"오늘 통화했는데 어머님은 유비가 자살을 시도한 원인을 전혀 모르겠다면서 매우 의기소침한 상태셨어요."

"도모키 씨와 동아리 선배에 관련된 이런저런 일들을 하코자키 부인은 모르시니까요."

가사이는 깜짝 놀란 듯 눈을 크게 떴다.

"유비가 어머님께 상의하지 않았나요? 전혀? 하나도? 사귀기 시작한 지 얼마 안 되었을 때부터 내내 그랬는데?"

"막연하게 도모키 씨의 인간관계에 대해서 투덜거리곤 했던 모양이지만 그것뿐입니다. 다만 동생분한테는——."

"아, 다케시!"

"면식이 있으신가요?"

"제가 아는 건 중학생 때지만 똑똑한 애였어요. 침착하고, 오히려 유비 쪽이 동생 같았죠."

——다케시는 이과 오타쿠니까 평생 여자친구가 안 생길 거야. 불쌍해.

"유비가 그런 농담을 해서, 말도 안 된다, 다케시는 은근히 인기 있는 타입이라고 말해 줬더니 제 취향은 알 수가 없다면서 웃었죠."

사사 유비가 결혼식 준비에 쫓기고 있을 무렵, 동생인 다케시에게는 '도모키의 동아리 선배들이 싫다, 그중에서도 다카네자와 데루유키가 제일 싫다, 피로연에 초대하고 싶지 않다'고 분명히 말했다. 그러나 사사 도모키는 강행해 버렸다. 내가 그렇게 설명하자 가사이는 아연실색했다.

"유비도 제대로 알고 있었네요."

아픔이 전해져 오는 목소리였다.

"그렇다면 어째서…… 부모님한테도 털어놓지 않은 걸까요. 직접 말할 수 없다면 다케시를 통해서."

그녀는 중얼거리다가 눈을 감고 한숨을 쉬었다.

"무리일까요. 그런 남자하고는 헤어지라고 나오면 큰일이니까요."

그 사람이 너무 좋아서 어쩔 수 없어, 헤어지면 죽어 버릴 거야.

"사랑하는 도모키 씨의 결점은 그것뿐이고 자기가 참으면 될 일이니까 부모님한테는 걱정을 끼치지 않기로 한 걸까요."

사이좋은 어머니이기 때문에 더더욱 말하지 않았고 말할 수 없었다.

"학생 시절에 유비는 자주 말하곤 했어요. 자기는 공주님이라고."

자각이 있었던 것일까.

"부모님이 공주님처럼 소중하게 키워 주셨으니까 진짜 공주가 되고 싶다. 부모님을 실망시키고 싶지 않다고요."

"고지식한 분이군요."

"네, 유비는 성실하거든요. 진짜 공주님이 되기 위해서 열심히 노력하는 애였어요. 안 된다는 말을 들은 적이 없다는 것도, 그냥 태어나면서부터 여러 가지 요소에서 운이 좋았기 때문만은 아니에요. 자신이 노력했기 때문이죠."

가사이는 가볍게 입술을 깨물었다.

"그런 유비의 성격을 알고 도모키 씨는 그 위에 떡하니 안주했어요. 그래서 저는 더 화가 난 거예요."

유비는 어떻게 할 수도 없을 만큼 너무 좋아서 견딜 수가 없는 사사 도모키를 위해 성미에 맞지 않는 요구에도 계속 응해 왔다. 그렇다면 현재도 마찬가지 노력의 연장선상에 있으리라.

"한 가지만 더 가르쳐 주십시오. 유비 씨가 자택에서 홈파티를 했다거나 도모키 씨가 데려온 손님을 대접했다는 이야기를 한 적은 없었나요?"

가사이는 고개를 갸웃거렸다. "홈파티 같은 걸 했다면 틀림없이 페이스북에 올렸을 텐데, 그런 얘기는 없었죠?"

"없었지요."

"도모키 씨를 위해서는 요리를 하곤 했던 것 같지만——."

가사이는 살짝 혀를 내밀며 웃었다.

"유비 걔, 학생 때는 요리는 전혀 못했어요."

식칼을 무서워하고 쌀을 씻을 때 세제를 넣어 버리는 수준이었다고 한다.

"처음에 남편과 사귀기 시작했을 때 저는 종종 남자친구를 위해서 도시락을 만들곤 했는데."

가사이도 남자친구한테는 부지런한 여자였다.

"유비도 남자친구한테 만들어 주고 싶다고 해서 몇 번 저희 집에 왔었는데 아무것도 못 하더라고요."

별 수 없이 가사이가 유비와 그녀의 남자친구 몫까지 함께 만들고 유비가 만든 걸로 해 주었다고 한다.

"밸런타인 초콜릿도 재료비는 유비가 내고 만들기는 제가 만들었어요. 덕분에 호화롭게 만들 수 있었지만요."

"결혼 전에는 요리 교실에 다녔다고 하더군요."

"그래요? 그 요리도 노력의 산물이었군요."

또 잠깐 동안 가사이의 눈빛이 부드러워졌다.

"저도 결혼했으니까 부부 문제는 부부가 해결해야 한다는 건 알고 있어요. 하지만──."

그녀는 오른손을 움켜쥐어 입가에 대고 무언가를 꿀꺽 삼키고 나서 말을 이었다.

"저랑 사이좋은 친구였던 유비는 자살 같은 걸 시도해서 어머니한테 죽을 만큼 걱정을 끼치는 애가 아니었어요. 지금 유비를 괴롭히고 있는 문제가 무엇이든, 빨리 해결되기를 기도하고 있어요. 뭔가 도울 수 있는 게 있다면 꼭 말해 주세요."

"알겠습니다. 귀중한 정보를 알려 주셔서 고맙습니다."

1층 로비까지 가사이를 배웅하고 돌아오자 고지카가 나를 불렀다. 사무소 전화의 송화구에 손을 대고 있다.

"하코자키 씨라는 분한테서 전화 왔어요."

나는 허둥지둥 수화기를 받아 들었다. 몇 번인가 부재중 메시지를 남길 때, 지금은 여기에 있다고 **오피스 가키가라**의 대표 번호를 남겨 두었다.

"스기무라입니다, 오래 기다리셨죠."

"죄송해요, 몇 번이나 전화 주셨는데."

부인의 말투가 어수선하다.

"저야말로 시간을 못 맞춰서 죄송했습니다. 무슨 일 있었습니까?"

"사위를 만나고 왔어요."

회사 근처의 카페에서 이야기를 하고 지금 막 헤어진 참이라고 한다.

"오늘 아침 9시가 넘어서였나, 도모키한테서 전화가 왔어요. 스기무라인가 하는 조사원이 아워 해피니스 멘탈 클리닉에 쳐들어와서 사무국 사람을 위협했다고, 흥분해서 떠들어 대더군요."

기요다 신고는 정말 마음 약한 인물이었다. 그 뾰족한 입으로 미주알고주알 일러바치다니. 아니면 울며불며 매달렸을까.

"스기무라 씨, 그게 사실인가요?"

"제가 아워 해피니스 멘탈 클리닉에 간 것과 사무국장인 기요다라는 사람이랑 대화를 나눈 건 사실입니다."

가능한 한 온화하게 나는 설명했다.

"하코자키 씨한테는 아직 보고하지 않았지만 유비 씨는 그 클리닉에 입원해 있지 않은 게 거의 확실한 듯하여 오늘 아침에 대놓고 물어보았습니다. 기요다 씨는 유비 씨의 입원이 위장이고, 사사 도모키 씨의 부탁을 받아 거짓말을 했다고 인정했어요."

전화 맞은편에서 하코자키 부인의 숨소리가 빨라진다.

"도모키는 저한테도 그렇게 말했어요. 분명 입원은 거짓이었다, 유비를 조용한 곳에서 휴양시켜 주고 싶어서 장모님한테는 거짓말을 했다고요."

게다가 이런 말을 꺼냈다고 한다.

"제가 스기무라 씨와의 계약을 끊고 더 이상 조사하지 않는다면 유비는 오늘 중에라도 친정으로 돌려보내겠대요."

──그 자식은 다케시의 의뢰라는 둥 뭐라는 둥 했지만 사실은 장모님이 시키셨죠? 당장 그만두게 하세요.

이것 참. 그렇게 나왔나.

"저는 사진 속의 사위가 너무 야위어 있어서 신경이 쓰였고, 이렇게 중요한 이야기를 전화로 끝낼 수는 없으니 얼굴을 보고 얘기하자고 말했어요."

사사 도모키는 미적거렸지만 부인은 당장 집을 나와 신주쿠에 있는 사사 도모키의 회사로 찾아갔다. 안내 데스크에서 끈질기게 버텨 겨우 만날 수 있었다고 한다.

"그런데 안색이 정말 안 좋고…… 초조해하고 있더군요."

길가에서 전화를 하고 있는지 부인의 목소리가 등 뒤의 소음에 지워진다.

"……이야기할 수 있었던 것도 5분 정도밖에 안 되었어요."

사사 도모키는 어쨌든 스기무라인가 하는 조사원이 손을 떼게 해라, 그러면 유비는 친정으로 돌려보내겠다고만 되풀이할 뿐이었다.

"왠지 울며불며 매달리는 것 같아서 저도 승낙해 버렸어요."

고지카가 이쪽에 신경을 쓰고 있다. 내가 험악한 얼굴을 하고 있기 때문이리라.

"스기무라 씨, 클리닉에 없다면 유비는 어디에 있을까요."

하코자키 부인의 목소리가 뒤집어지며 커져서 등 뒤의 소음에 지지 않을 정도가 되었다. 옆을 오가는 사람들의 눈에는 기이하게 비칠 것이다.

"혹시 아시나요? 그럼 가르쳐 주세요. 제가 데리러 가서 도로 데려올게요."

부인에게는 미안하지만 그 카드는 당분간 덮어 두자.

"어쨌든 저도 곧 도모키 씨를 만나 보겠습니다. 그는 뭔가 오해하고 있는 것 같은데, 유비 씨가 어디 있는지 알아내고 무사한 게 확인되어서 하코자키 씨가 납득한다면 제가 맡은 조사는 끝입니다. 손을 떼고 말고 할 것도 없이 그 이상을 조사할 이유는 없지요."

그렇죠, 맞아요, 하고 부인은 빠른 말투로 중얼거렸다.

"모쪼록 조심해서 들어가십시오. 제 부주의 때문에 마음 아프시게 해서 죄송했습니다."

수화기를 놓자 고지카가 물었다.

"급진전?"

"그런 것 같아요" 하고 나는 말했다. "이런 걸 '자폭'이라고 하죠."

내가 신주쿠 역으로 향하는 중에 사사 도모키의 스마트폰이 움직이기 시작했다. 근무처인 빌딩을 나와 고슈 가도를 따라 서쪽으로 향한다. 곧 고속도로를 탔다.

렌터카를 빌린 모양이다. 지난번과 마찬가지로 다카네자와 데루유키에게 상의했을지도 모르지만 평일이고 급한 일이니 이번에는 혼자일 것이다. 스마트폰의 전원은 여전히 켜져 있었다. 나는 줄곧 움직임을 관찰했다.

야마나시의 별장으로 가는 것이 확인되었기 때문에 그의 직장에 전화해 보았다. 사사 도모키의 친척이라고 말하고 한바탕 연극을 했다.

"도모키는 벌써 나갔나요?"

그러자 젊은 남성인 듯한 목소리가 대답했다.

"네, 아까 조퇴했습니다. 입원 중인 아내의 상태가 좋지 않다면서요."

"그렇군요. 그럼 본인의 휴대폰으로 걸어 보겠습니다."

나는 사무소로 돌아갔다. 사사 도모키는 내가 유비를 데리러 간다고 해도 가게 되었을 길을 지나, 도중에 휴게소에 들르는 일도 없이 두 시간 남짓 만에 그린우드 홈 기타코마에 도착했다. 그곳에는 30분쯤 머물렀을 뿐, 곧 되돌아왔다. 돌아오는 길에는 자주 휴게소에 정차했다. 아마도 유비 때문일 것이다.

나는 스마트폰을 책상에 두고, 필요 경비와 조사비를 계산하고 나서 지금까지의 경위를 글로 정리하는 작업을 시작했다. 저녁때가 되니 비가 흩뿌렸다.

하코자키 부인에게서는 그날 밤 7시가 지나서 전화가 왔다. 사사 도모키의 스마트폰이 하코자키 집안의 소재지에 도착하고 나서 한 시간쯤 지나서였다.

"스기무라 씨."

부인의 목소리는 침착했지만 피곤한지 조금 쉬어 있었다.

"유비가 돌아왔어요. 사위가 데려왔어요. 지금 집에 있답니다."

그거 잘됐다고 나는 말했다.

"둘 다 지칠 대로 지쳐 있고 유비는 곧장 울음을 터뜨려 버려서, 좀처럼 제대로 된 이야기를 들을 수가 없어요. 하지만 부부 싸움을 하고 발끈해서 손목을 그었다, 가출한 건 자신의 뜻이고 호텔이나 친구 집에 있었다고 하네요."

"싸운 원인에 대해서는 이야기하던가요?"

하코자키 부인은 작게 한숨을 쉬었다.

"──도모키가 바람을 피웠대요."

사사 도모키는 하코자키 부인에게도 유비에게도 사죄했다고 한다.

"지금부터 가족들끼리 잘 이야기를 해 봐야겠지만 어쨌든 유비가 돌아와 주었으니까요."

부인은 얼른 막을 내리고 싶어 했다.

"이제 끝난 걸로 하고 싶어요. 저기…… 조사비는."

"청구서를 보내 드리겠습니다. 보고서도 같이 보내 드리고 싶은데요."

내가 예상하고 있던 것보다 한 박자 빨리 부인은 대답했다. "본인들이랑 얘기할 거니까 보고서는 필요없어요. 괜히 그런 게 있어서 남편 눈에 띄어도 곤란하고요."

이 대답은 예상했던 대로였다.

"유비가 돌아온 건 사위가 거짓말을 하고 있다는 걸 스기무라 씨가 밝혀 주신 덕분이에요. 감사합니다."

부인은 이미 내려 버린 막 저편에 숨어서 목소리만 내어 말하고 있었다.

"도움이 되었다면 다행입니다."

"청구서는 우편으로 보내 주세요. 바로 입금해 드릴게요. 그리고 다케시한테는 제가 알릴게요."

"알겠습니다."

서로 감사 인사를 하고 부인이 먼저 전화를 끊었다.

나는 다케시와 가사이 앞으로 짧은 문자를 보냈다. 사사 유비 씨가 친정으로 돌아왔고 스기무라 탐정 사무소의 일은 종료되었습니다. 이상.

이 업무는 끝났다. 하지만 멀리 있는 검은 구름은 사라지기는커녕 더욱 짙어진 듯하다. 스스로에게 활기를 불어넣기 위해 와비스케의 마스터가 자랑하는 비스트로가노프가 필요할 것 같았다.

6

약속대로 하코자키 부인은 곧 조사비를 송금해 주었다. 다케시로부터는 내가 보낸 것보다는 긴 메일이 왔다.

이번 주말에는 어떻게든 가능할 것 같아서 본가로 돌아갑니다. 누나와 어머니와 자세히 이야기하고 싶어서요. 스기무라 씨한테는 신세 많이 졌습니다. 감사했습니다.

그 문장에서도 하코자키 부인의 말투와 똑같이 '여기서부터는 가족간의 문제니까'라는, 부드러운 거절의 뉘앙스가 전해져 왔다. 내가 같은 입장이라도 마찬가지였으리라.

가사이한테서는 이튿날 아침 일찍,

안심하긴 했는데 찜찜하네요.

라는 문자가, 그 후에

남의 부부 일이니까 더 이상 상관하지 말라고 남편한테 혼났어요.

라는 문자가 온 것이 마지막이었다. 내가 그녀의 남편이라 해도 역시 같은 충고를 하지 않았을까.

나 자신은 좀 더 상관할 생각이었다. 다음에 만나야 할 사람은 다마키 고지다. 이것은 조지마와의 약속을 지키는 일이기도 하다.

조지마에게는 회사나 맨션 관리인 운운하는 말을 해 두었지만, 그렇게 번거로운 방법을 쓸 생각은 없었다. 빨리 본인과 연락을 하고 싶다. 우선은 다마키의 스마트폰으로 메일을 보냈다. 제목은 '팀 트리니티 관계자 조사'로 했다. 이러면 무시당하지 않을 것이다.

갑작스럽게 메일 드려서 죄송합니다. 저는 사립탐정인 스기무라 사부로라고 합니다. 당신이 소속되어 있는 팀 트리니티의 관계자를 조사하고 있습니다. 꼭 사정을 여쭙고 싶은 안건이 있어서 연락드렸습니다. 나중에 전화를 드리겠습니다. 만나뵐 수 있다면, 일시와 장소를 지정해 주시면 어디로든 찾아뵙겠습니다.

여기에 내 명함을 찍은 사진을 첨부해서 송신했다. 그리고 반나절을 기다렸다가 그의 스마트폰으로 전화해 보았다. 부재중으로 되어 있어서 "메일 드렸던 사립탐정 스기무라라는 사람입니다. 다시 걸겠습니다"라고 메시지를 남겼다.

반응은 없었다. 나는 또 메일을 보냈다. 이번에는 한 발 더 나아간 내용이었다.

사립탐정 스기무라입니다. 제가 의뢰받은 팀 트리니티의 관계자 조사는 멤버의 부인과 관련된 일이었습니다. 그 과정에서 10월 4일에 당신의 아내인 이쿠에 씨가 돌아가신 것을 알게 되었습니다. 삼가 조의를 표합니다. 저는 제가 의뢰받은 조사와 이쿠에 씨의 죽음이 뭔가 관련이 있지 않은가 생각하고 있습니다. 이것이 완전한 오해라면, 당신의 마음을 더욱 아프게 만든 것에 대해 그저 사죄드릴 수밖에 없겠지요. 하지만 어쨌든 한번 이야기를 들려 주실 수 없을까요?

사사 유비의 자살 미수는 10월 2일 심야, 다마키 이쿠에의 추락사는 10월 4일 낮이다. 인접해서 일어난 두 사건이 그냥 단순한 우연이라고는 생각되지 않는다. 배후에는 무엇이 있을까.

포인트는 9월 30일 금요일. 유비가 하코자키 부인에게 '오늘 밤에는 도모 씨랑 외출한다'고 말한 것이다.

지금까지 판명된 팀 트리니티의 내부 사정과, 다카네자와 데루유키와 그 동생이나 다름없는 사사 도모키의 언동에서 추측해 보건대, 주말인 이날 밤에 또 그들의 회식이 있지 않았을까. 누군가의 집에서 마셨는지, 어딘가 가게였는지는 모르겠지만 어쨌든 그들은 모였다. 그때 사사 도모키는 유비를 데리고 참석했다. 다마키에게도 아내 이쿠에를 데리고 참석하라는 요청(강요)이 있지 않았을까.

조지마의 이야기에 따르면 다마키는 이때까지 아무리 요구를 받아도 자택을 회식 자리로 제공하고 아내 이쿠에에게 호스티스 역할을 시키는 것을 거절해 왔다고 한다. 당연히 다카네자와 패거리는 불만이었으리라. 팀의 페이스북에서 다카네자와 데루유키가 다마키를 심하게 공격하고 '제재를 각오하라'고 협박한 이유도 단순히 연습 태만이 아니라 다마키가 다카네자와 패거리의 횡포에 '노'라고 대답해 왔기 때문임이 틀림없다.

9월 30일의 회식은 어쩌면 '제재'가 아니었을까. 다마키 부부는 거기에 휘말렸고 마침 같이 있던 유비도 관련되었다. 그 결과 사사 유비는 자살을 시도했고, 사사 도모키는 그녀가 사이좋은 어머니에게 무언가 털어놓아 버리면 곤란하니 필사적으로 손을 써서 격리했다. 다카네자와 데루유키가 도모키를 도왔고, 유비도 남편을 감싸기 위해 따랐다. 그러나 그녀의 가족이 사립탐정을 고용해서 냄새를 맡고 다니자, 유비를 친정으로 돌려보내고 '바람을 피운 게 원인인 부부싸움이었습니다'로 사태를 수습하며 탐정을 내쫓기로 했다——.

이런 그림을 그려 나가면 다마키 이쿠에의 추락사도 정말 불행한 사고사였던 게 맞을까 하는 의혹이 생겨난다. 사망한 당일, 그녀가 '몸이 안 좋아서 일을 쉬었다'는 정보도 불온하게 여겨졌다.

사사 유비가 '도모 씨와 외출'한 곳에서 무슨 일이 있었을까. 적어도 유비가 자살을 시도하고 사사 도모키가 좀비처럼 야월 만큼 충격적이고 불길한 일이었을 것이다.

상상하기는 쉽지만 억측은 아무런 도움도 되지 않는다. 다마키 고지와 만나기 위해 끈질기게 접촉하는 것이 우선이다.

한편, 내게는 **오피스 가키가라**로부터 새로운 일거리가 들어왔다. 모 IT 기업 중도채용 후보자의 신상 조사다. 성가신 일은 아니지만 세 명이나 되어서 여기저기 이동해야 했다. 지금의 내게는 고마운 의뢰였다. 짬짬이 다마키의 회사나 집을 돌아볼 수 있기 때문이다.

그의 회사는 대규모 합성섬유 메이커로 시나가와 구에 본사가 있었다. 조지마는 다마키의 소속 부서까지는 기억하지 못했기 때문에 무작정 안내 데스크를 찾아가 조지마를 속였을 때와 비슷한 말을 늘어놓았다. 의외로 대번에 다마키의 직속 상사를 만날 수 있었다. 쉰 살쯤 된, 백발이 드문드문 있는 남성이다. 나는 이럴 때를 위해 준비해 둔 가짜 회사원 명함을 내밀고 넓은 로비의 한 모퉁이에서 이야기를 나누었다.

"다마키 씨와는 학생 시절의 선후배 사이인데요, 지난 일 년 정도는 만나질 못해서⋯⋯."

"저희도, 지금은 그가 어디에서 어떻게 지내는지 모릅니다."

다마키 고지는 장례식이 끝난 후 한 번 출근해서 사직서를 제출했다고 한다.

"장례식 때와 똑같이──오히려 더 심했다고 할까요, 해골처럼 야위고 눈이 퀭했습니다."

상사는 사직서를 일단 받기로 하고 그에게 휴직을 권했다. 몸과 마음이 건강해지면 복직해 달라, 곤란한 일이 있으면 무엇이든 상의하라 타이르고 그를 보냈다. 그 후로 만나지 못했다고 한다. 연락도 없다.

"걱정이 되어서 한번 부하 직원한테 상태를 좀 보고 오라고 했는데요, 자택은 임대 맨션이었는데 방을 뺐더라고요. 이사 간 곳이 어딘지도 모릅니다. 관리인 이야기로는 꽤 많은 현금을 주면서 가재도구를 처분해 달라고 부탁하더랍니다."

"그럼 아무것도 없이 몸만?"

"차만 타고 간 모양입니다."

그래서 다마키의 본가로 연락해 보았지만 그는 돌아오지 않았다. 부모도 그가 어디에 있는지 몰랐고 몹시 놀라며 미안해했다고 한다.

──고지가 돌아오면 연락드리라고 할게요.

"그게 마지막이었으니까 본가에는 가지 않았을 겁니다."

상사는 자기 일처럼 걱정하고 있었다. 다마키의 부모와도 면식이 있는 모양이다. 어지간히 친했나 보다──는 생각을 하며 듣고 있자니, 그가 다마키 부부의 중매를 섰다는 이야기가 나왔다.

"그랬군요……. 당시에는 해외 근무를 하고 있어서, 저는 두 사람의 결혼식에 참석하지 못해서 몰랐습니다."

아내 이쿠에는 다마키보다 세 살 연상. 거래하던 신용금고에 다니고 있었다. 야무진 사람이었고 좋은 뜻으로 전형적인 누나 같은 아내였다고 한다.

상사는 내게 조심스럽게 물었다.

"혹시 다마키가 몸을 의탁할 만한 곳으로 짐작 가는 데가 없으십니까?"

이것을 묻고 싶어서 당장 나를 만나 준 것이다.

"죄송하지만 생각나지 않네요." 나는 머리를 숙였다. "본가에도 없고 방도 빼 버렸다면 부인의 유골은 어떻게 되었을까요?"

상사는 가슴 아프다는 듯이 얼굴을 일그러뜨렸다. "장례식이 끝난 후에 이쿠에 씨의 부모님이 받아 가셨습니다. 사정이 사정이니 어쩔 수 없다고, 다마키의 어머님도 말씀하셨죠."

"아아, 그래요?"

내가 의아하다는 듯한 얼굴을 해 보이자 상사도 의아한 듯 나를 마주 보았다.

"……모르십니까?"

"무슨 말씀이신지."

상사가 망설이기에 나는 재촉했다.

"부모님께도 조의를 표하고 싶어서 본가로 찾아갈 생각입니다. 사전에 알아 두는 게 좋은 일이라면 말씀해 주세요."

음음, 하고 고개를 끄덕이더니 상사는 낮게 말했다.

"이쿠에 씨는 자살했어요."

빙고였다. 이 세상에서 제일 기쁘지 않은 정답이다.

"사고가 아니었습니까?"

"베란다 난간에 올라가서, 거기에서 뛰어내리는 걸 본 사람이 있어서요. 틀림없습니다. 다만 유서 같은 건 없었기 때문에——."

동기를 알 수 없다고 했다.

"장례식 때도, 이쿠에 씨의 부모님은 다마키를 탓하고 있었어요. 부모의 심정으로는 무리도 아니지만, 저는 다마키가 불쌍해서 보고 있을 수가 없었습니다."

"본인도 몰랐던 걸까요?"

"어쨌든 망연자실해 있어서 아무것도 물을 수가 없었으니까……. 하지만 사이좋은 부부였고 직장 일도 순조로웠어요."

심각한 문제가 있었다고는 생각되지 않는다.

"우리 같은 주변 사람들도 여전히 뭔가 착오였으면 좋겠다고 바라고 있을 정도입니다."

남몰래 사과하는 마음도 담아서, 나는 상사에게 정중하게 감사 인사를 하고 헤어졌다. 밖으로 나와 잠시 마음을 진정시키고 나서 다시 다마키 고지 앞으로 메일을 보냈다.

당신이 지금 어디에서 어떻게 지내고 있는지 친한 분들이 걱정하고 있습니다. 제가 지금 조사하고 있는 안건은 이쿠에 씨의 자살과 관련이 있는 것 같습니다. 저는 당신에게 힘이 되어 드리고 싶어요. 제발 연락 주십시오.

다마키 부부의 자택은 오타 구에 있는 패밀리 타입의 대형 맨션이었다. 오토록이 아닌 개방형, 복도식 구조로 안뜰이 예쁘다. 주차장은 하나, ㄷ자형의 맨션 서쪽 면에 설치되어 있었다.

──바로 아래쪽 주차장으로 떨어져서.

아스팔트로 포장된 주차장의 지면 어디에도 다마키 이쿠에가 추락했던 흔적은 없었다. 한 달 이상 지났으니 당연하겠지만. 나는 머리 위를 올려다보았다. 서쪽의 맨 위층은 10층. 방 번호는 서쪽 끝에서부터 시계 방향으로 되어 있으니 901호는 남서쪽 모퉁이 집이다.

나는 그 바로 아래쯤에 가져온 작은 꽃다발을 놓았다. 그리고 손을 모으고 있자니 누군가가 말을 걸었다.

"잠깐, 저기요."

주차장의 반대쪽 끝에, 소위 말하는 '아줌마' 같은 연배의 여성 두 명이 서서 나를 보고 있었다. 내게 말을 건 것은 오른쪽에 있는 여성으로 지극히 일반적인 (나이에 어울리는) 옷차림을 하고 있다. 왼쪽에 있는 여성은 뭐랄까——극락조 같은 색채 배합의 무늬가 있는 각반에 후드가 달린 새빨간 코트를 걸치고 머리카락은 금발에 가까운 밤색. 샌들도 화려하다.

내가 뭐라고 대답하기도 전에 수수한 아주머니가 날카로운 목소리를 던져 왔다. "저기요, 이제 그만 좀 하세요. 언제까지 이럴 건데요."

또 내가 뭐라고 말하기도 전에 화려한 아주머니가 상대를 나무랐다. "자기 그러지 마, 불쌍하잖아."

수수한 아주머니는 공격의 방향을 바꾸어 화려한 아주머니를 물고 늘어졌다. "무슨 소리야! 투신자살 같은 걸 하는 바람에 이 맨션의 자산 가치가 뚝 떨어졌어. 자기도 손해 봤잖아."

화려한 아주머니도 지지는 않는다.

"살기만 할 거면 자산 가치는 상관없잖아. 아니면 자기, 이 집 팔고 다른 데로 이사 갈 거야? 그럴 계획이라도 있어? 사람이 죽었는데 수전노 같은 소리 좀 하지 마."

자아자아——하고 달래면서 나는 두 사람에게 다가갔다.

"기분을 상하게 했다면 죄송합니다. 10월 초에 여기서 돌아가신 여자분은 제 소꿉친구의 아내예요."

내 태도가 순순했기 때문인지 화려한 아주머니는 기세가 등등해졌다. "저것 봐, 제대로 된 사람이잖아."

수수한 아주머니는 눈꼬리를 치켜 올리며 나를 노려보고 있다. 입은 한껏 시옷자로 구부러졌다.

"미안해요."

화려한 아주머니는 꾸벅 머리를 숙이고는 상대보다 앞으로 나왔다.

"이 맨션은 지은 지 이십오 년이 되었지만 그런 일은 처음이라서요. 우리 모두 충격이었어요."

"지당한 말씀입니다. 죄송합니다."

"댁이 사과할 일은 아니에요. 정말 불쌍했죠. 저도 서쪽에 살아서, 가끔 엘리베이터에서 만나 인사나 하는 정도였지만 예쁘고 우아한 부인이었는데."

그러자 수수한 아주머니가 분노로 눈을 번쩍번쩍 빛내면서 내뱉었다. "우아하긴 뭐가 우아해요. 엄청난 부부싸움을 했다던데."

이번에는 화려한 아주머니가 뭐라고 받아치기 전에 내가 끼어들었다. "그거 언젯적 일인가요?"

수수한 아주머니는 눈을 부릅떴다. "뭐예요? 나한테 묻는 거예요?"

"네. 돌아가신 건 901호의 다마키 씨 아내분이죠? 엄청난 부부싸움이라는 건, 다마키 부부의 집에서 소란이 있었다는 뜻입니까?"

화려한 아주머니는 "나는 몰라. 자기 누구한테 들었어?"

"802호 미무로 씨."

바로 아래층의 입주자인가.

"901호 다마키 씨네는 그런 일이 자주 있었나요?"

이 물음에는 화려한 아주머니가 대답해 주었다. "나는 그런 거한 번도 들은 적 없어요. 서쪽 사이드에서는 소음 문제 같은 건 없었어."

"하지만 그때는 말이지."

수수한 아주머니는 초조해했다.

"그 부인이 뛰어내리기 이삼일 전 밤에 901호에서 요란스러운 소리가 나고, 울거나 고함치는 목소리가 들렸대. 그런가 하면 바보처럼 웃기도 하고."

시끄러워 죽는 줄 알았다잖아, 상식이라는 걸 모르는 거지 하고 욕을 했다.

"정말로 부부싸움이었을까요? 더 많은 사람들이 소란을 피우고 있었던 건 아니고요?"

"그런 건 몰라요."

"오랫동안 그랬나요?"

"모른다니까요. 밤새도록 시끄러웠으면 암만 뭐래도 관리인이 주의를 줬겠죠."

화려한 아주머니가 지적했다. "자기가 고래고래 소리 지르는 목소리에도 조만간 민원이 들어올 거야. 그럼 실례할게요. 자, 얼른 가."

두 아주머니는 내게 주의를 주기 위해 내려온 것이 아니라 장을 보러 나가는 길이었던 모양이다. 그 뒷모습에도 나는 손을 모으고 싶어졌다.

그 부인이 뛰어내리기 이삼일 전 밤. 이것은 정확하게는 다마키 이쿠에가 자살한 10월 4일의 나흘 전, 9월 30일 밤이 아닐까.

──요란스러운 소리가 나고 울거나 고함치는 목소리가 들렸다. 그런가 하면 바보처럼 웃기도 하고.

멀리 있는 검은 구름은 이제 뚜렷하게 사귀邪鬼의 얼굴 같은 형상을 띠기 시작했다.

오피스 가키가라에서 들어온 일은 닷새 만에 끝났다. 사무소에서 보고를 마친 후 나는 신주쿠 역으로 향했다. 사사 부부에게 집을 중개해 준 이치노 부동산의 '선배'를 찾아가기 위해서다.

몇 번 메일을 보내도, 부재중 메시지를 남겨도 다마키 고지로부터는 연락이 없었다. 나는 이쪽에서 움직여 보기로 했다.

이치노 부동산의 창구에서 **라 그랑제트 사가미하라** 때문에 왔다고 말하자, 처음 이곳에 왔을 때 응대해 준 사원이 나타났다. 이마가 꽤 벗겨진 중년 남성이다.

"아, 일전에 오셨던 손님이시군요."

상대도 나를 기억하고 있었다. 그때는 4일, 오늘은 14일이다. 오너와 아는 사이라고 말한 것이 효과가 있었을까. 영업맨이란 사람의 얼굴을 잊지 않는 법일까.

"다른 물건도 검토해 봤지만 **라 그랑제트 사가미하라**에 대해서 더 자세히 알고 싶어서요."

"감사합니다."

"그래서 말인데요, 오너인 이마이 씨에게 그 맨션의 콘셉트를 제안한 담당자분을 소개해 주실 수 있을까요? 이마이 씨한테 들었는데 저와 같은 쇼에이 대학 출신이라고 하니까 이것도 무슨 인연이겠지요."

"부동산은 인연이 중요하니까요" 하고 상대는 말했다. "하지만 죄송하게 됐습니다. **라 그랑제트 사가미하라**의 플래닝을 담당한 건 우리 영업부의 시게카와라는 사람인데 지금 휴가 중이어서요."

시게카와. 팀 트리니티의 멤버 표에 '시게카와 미노루'라는 이름이 있었다. 나이는 30세. 다카네자와 데루유키의, 대학 동아리 현역 시절부터의 후배인 셈이다.

"휴가라니요?"

"예에, 공교롭게도 병가 중입니다."

"그거 큰일이군요. 언제부터인가요?"

"바로 어제부터인데 아무래도 앓아누운 것 같아서…….."

"그건 안 되지요. 독감일까요? 매년 독감 발생이 빨라지고 있으니까요. 그럼 시게카와 씨가 출근하면 연락해 주십시오."

상담 카드에 주소와 이름을 기입하고, 역으로 돌아가는 도중에 조지마에게 전화를 걸었다. 수업이 끝난 쉬는 시간이었는지 그는 곧 전화를 받아 주었다.

"당신을 속였던 탐정 스기무라입니다."

"다마키 씨는 찾으셨어요?"

그 흥분한 듯한 목소리에 가슴이 아팠다.

"아직이요. 죄송합니다."

스마트폰 맞은편에서 조지마가 낙담하는 기색이 느껴졌다.

"제 쪽에서도 아무것도 알 수가 없어요. 다마키 씨와 동기인 선배나, 같은 세미나에 있었던 사람을 소개받아서 물어봤지만 최근에 다마키 씨와 연락을 한 사람은 없었어요."

그래서──하고 그는 우물거렸다.

"장례식에도 왔던 동기 선배한테 물어봤는데요."

입을 다물고 만다.

"무슨 일이 있었습니까?"

"너 몰랐냐고. 이쿠에 씨, 사고가 아니었다고요."

가능하면 조지마의 귀에는 들어가지 않기를 바랐는데.

"맞습니다. 정말 유감스러운 일이에요."

조지마는 아무 말도 하지 않는다.

"동기는 판명되지 않았습니다. 뭔가 짐작 가는 게 있나요?"

"──있을 리가 없죠. 믿을 수가 없어요."

"다마키 씨의 직속 상사도 똑같이 말씀하시더군요. 당신과 마찬가지로 다마키 씨를 걱정하고 있었어요."

본가에도 없다, 부모도 행방을 모른다고 설명하자 조지마는 또 입을 다물고 말았다.

"당신은 부부와 친했으니까 다마키 씨와 이쿠에 씨에게 추억이 될 만한 장소나, 두 사람의 소중한 기념일이나, 그런 걸 듣지는 못했나요?"

"그런 건······ 하지만 기념일이랄까, 이쿠에 씨는 이제 곧 생일이에요. 16일."

모레 수요일이다.

"그래요? 고맙습니다. 두 가지 더 부탁이 있는데 괜찮을까요?"

하나는 선배인 시게카와 미노루를 아는 사람이 없는지 물어봐 주었으면 좋겠다. 또 하나는,

"새삼스럽지만 다마키 씨의 사진이 있으면 받을 수 있을까요?"

"우리 동아리 여름 합숙 때 찍은 거라면 당장 보낼 수 있는데요."

다마키 고지가 1박 2일로 코치로 참가했다고 한다.

"시게카와라는 선배는, 저는 몰라요. 알아볼게요."

거기에서 전화를 끊을 줄 알았는데 조지마가 나를 불렀다. "스기무라 씨."

"네."

"다마키 씨, 설마 죽은 건 아니겠죠?"

확실하게 '아니다'라고는 말할 수 없었기 때문에 나는 입을 다물고 있었다.

"죄송해요." 조지마는 기어들어가는 목소리로 말했다. "말이 씨가 된다고 했는데."

그 후 스마트폰으로 전송되어 온 사진 데이터를 열어 보니, 합숙에서 저녁을 먹을 때인지 카레 그릇이 놓여 있는 테이블에 마주앉아, 다마키 고지는 숟가락을 한 손에 들고 장난스러운 포즈를

취하고 있었다. 가슴까지밖에 나오지 않아서 키는 알 수 없지만 탄탄하게 마른 몸에, 티셔츠 소매에서 나와 있는 팔에는 단단하게 근육이 잡혀 있다. 햇볕에 그을려 얼굴이 붉다. 소위 말하는 담백한 생김새. 눈을 가늘게 뜨고 웃는 얼굴이 다정해 보인다.

이런 문장이 덧붙여져 있었다.

제가 찍어서 이쿠에 씨한테 보낸 사진이에요.

자택 겸 사무소로 돌아가는 전철 안에서 나는 머릿속을 정리했다. 팀 트리니티의 나머지 멤버 전원을 추궁해 보자. 또 기다와 그의 든든한 하청업자 동료의 힘도 빌려서 정보를 모아 보자. 준비를 갖추고 실제로 얼굴을 마주한다면 꺼림칙한 생각이 있는 사람은 내 용건을 듣는 것만으로도 도망치겠지. 그러면 쫓아가 붙잡고 어금니를 딱딱 마주치며 토해 내게 하고 말리라.

분하지만 다카네자와 데루유키와 사사 도모키, 사사 유비에게 돌격하기에는 아직 이르다. 확실한 증거 없이 부딪쳐 봐야 경계를 살 뿐이다. 그들이 뒤에서 말을 맞추고 중요한 증거를 인멸할 가능성도 있다. 그래서는 죽도 밥도 안 된다.

사무소 달력의 '16일'에 동그라미를 치고 다마키 이쿠에의 영혼에게 빌었다. 당신의 남편을 돕고 싶습니다. 제발 힘을 빌려 주세요. 그의 마음에 호소해서 제게 연락을 취하게 해 주세요. 그가 폭주하거나 스스로의 목숨을 소홀히 하지 않도록.

내 기도가 닿지 않은 것인지, 닿았어도 이미 늦었던 것인지, 어느 쪽인지는 알 수 없다. 사건이 일어난 건 16일 수요일 새벽이었다. 메구로 구에 있는 자택 차고 앞에서 다카네자와 데루유키가 살해된 것이다.

7

이혼해서 혼자 살기 시작하고 나서 나는 라디오를 좋아하게 되었다. 아침에 일어나면 우선 라디오를 켠다. 세수를 하거나 아침을 먹으면서 듣다 보니, 항상 집중해서 듣고 있는 것은 아니다.

그날 아침에도 그랬기 때문에, 당초 오전 6시부터 하는 NHK 제1라디오의 "지금 들어온 뉴스입니다. 메구로 구내 주택지의 길 위에서 머리에 피를 흘리며 사망해 있는 회사원 남성이 발견되었습니다"라는 아나운서의 말도 왠지 모르게 흘려듣고 있었다. 몇 초 후에야 깜짝 놀랐다.

허둥지둥 인터넷의 뉴스 사이트를 검색했다. 처음에는 라디오와 별로 차이가 없었지만, 갱신, 갱신되면서 최신 정보가 업데이트되고 마침내 사망한 남성이 '다카네자와 데루유키 씨, 33세'임을 알 수 있었다. '머리에 피를 흘리고' 있었으니 뺑소니를 당했을 거라는 추측도 나왔다. 하지만 곧 '다카네자와 씨는 새벽에 조깅을 가는 길이었고 들고 있던 스마트폰이 사라진' 것까지 판명되어 강도 살인사건이 아닌가 하는 흐름이 되었다.

나는 하코자키 부인에게 전화를 걸었다. 오전 8시를 지난 참이었다.

"안녕하세요, 스기무라입니다."

부인은 당장은 대답하지 않았다. 전화 맞은편에서 잡음이 들린다. TV 소리다.

"여보세요, 하코자키 씨?"

TV의 음성이 아침 와이드쇼라는 것을 눈치채고 나도 곧 TV를 켰다. 헬리콥터에서 찍은 영상일 것이다. 세련된 주택이 늘어선 거리가 비친다. 도로 앞뒤로 경찰차가 서 있고 순경이 나와서 통행을 막고 있다.

길 위의 피 웅덩이도 보였다. 벽돌을 쌓아 올린 3층짜리 현대식 주택 앞인데, 그 집 차고 바로 앞이었다. 파란색 제복을 입은 감식과 직원이 오가고 있지만 작업은 아직 시작되지 않은 것 같았다. 화면 오른쪽 위로 자막이 보인다.

주택지에서 살인 사건. 회사원 머리를 맞아 숨지다.

가까운 TV의 음성과 전화 맞은편의 음성이 겹쳐지자 그 이외의 잡음이 들렸다. 우는 소리다.

"스기무라 씨?"

하코자키 부인의 목소리가 귀에 들어왔다. 높아져서 뒤집어진 목소리다.

"어떻게 전화를 주신 거예요? 도모키도 살해되고 말 거라면서 유비가 제정신이 아니에요. 저는 어떻게 해야 좋을지 모르겠어서 스기무라 씨한테 상의하려고——."

부인이야말로 완전히 제정신이 아니다.

"유비 씨는 거기 계시는군요?"

"네, 그 후로 계속."

"지금 찾아뵙겠습니다."

라고 대답했을 때 내 자택 겸 사무소의 인터폰이 울렸다. 딩, 동. 느긋한 소리다. 구식 기계라서 카메라 기능은 없다. 나는 스마트폰을 든 채 현관문을 열었다.

바로 코앞에 다마키 고지가 서 있었다.

나보다 훨씬 더 젊었지만 체격은 비슷했다. 키가 거의 같아서 제대로 눈과 눈이 마주쳤다.

거리가 너무 가까웠기 때문에 놀란 듯 한순간 턱을 당겼지만 곧 자세를 바로잡은 그가 내게 머리를 숙였다. 나는 입을 열려고 하는 다마키에게 고개를 가로저으며 스마트폰을 향해 말했다. "하코자키 씨, 죄송하지만 그쪽으로 찾아뵐 수 없게 됐습니다."

왜 그러냐는 둥 무슨 일이냐는 둥 부인이 묻는다. TV는 껐는지 배후의 소음은 사라졌다. 울음소리도 들리지 않게 되었다.

"유비 씨한테 전해 주세요. 걱정하지 않아도 당신은 안전합니다, 목숨의 위험은 없습니다, 라고요. 하코자키 씨는 이대로 따님 곁에 계셔 주시는 편이 좋겠습니다."

부인에게 말하는 내내 나는 다마키 고지의 얼굴을 보고 있다가 한순간, 그의 눈이 멀지 않았나 하고 생각했다. 그 눈이 나를 포함해서 현실의 그 무엇도 비추고 있지 않은 것처럼 보였기 때문이다.

긴장은 전해져 오지 않았다. 오히려 편안해 보였다. 겨우 몇 시간 전에 다카네자와 데루유키를 살해하고 온 것이라면 고요한 태도의 이유는 단 하나.

만족. 아내의 원수를 갚았으니까.

하코자키 부인이 바삐 부른다. "유비가, 도모키랑 연락이 안 된대요."

"언제부터인가요?"

"언제? 언제부터라니, 지금이요!"

"그래요? 제 쪽에서 뭔가 알게 되면 연락드리겠습니다."

통화를 끊고 스마트폰을 무음 모드로 한 뒤에 다마키 고지에게 말했다.

"기다리시게 해서 죄송합니다. 들어오십시오."

그는 아주 약간 눈을 가늘게 떴다.

"저는 다마키 고지라고 합니다."

상쾌한 목소리였다. 육성을 들은 순간에 그가 아직 청년임을 떠올렸다. 24세다. 4반세기도 살지 않았다.

"물론 알고 있습니다."

응접세트 쪽을 가리키자 그는 또 가볍게 목례하고 나서 사무소 안으로 들어왔다. 라운드 넥 셔츠에 면바지, 새것이지만 싸구려인 화학섬유 점퍼를 입고 있다. 이 계절에는 약간 추워 보이는 차림이다.

사진의 얼굴보다 야위었다. 근육도 빠졌을 것이다. 몸 전체가 얇다. 그는 앉으려고 하다가 약간 비틀거렸다.

지쳐 있다. 지칠 대로 지쳐서 온화해 보이는 것이다.

"아까 그 전화는 사사 유비 씨의 어머니한테서 온 겁니다."

그와 마주 앉아 나는 말을 꺼냈다. 관계자의 이름을 꺼내도 다마키 고지의 눈빛은 흔들리지 않는다.

"유비 씨는 지금 친정에 있는데 남편인 사사 도모키 씨와 연락이 되지 않는다는군요."

그러자 그는 말했다.

"그 사람이라면 사가미하라의 맨션에 있어요. 적어도 어젯밤에는 있었습니다."

담담하고 억양이 없는 말투다.

"――가셨습니까?"

"몇 번인가 상태를 보러 가곤 했어요. 어젯밤에는 마지막 점검을 하려고 가 보았는데요."

점검이라는 표현이 웃긴지, 그는 희미하게 입가를 누그러뜨렸다.

"아내가 아닌 여성과 함께 돌아오더군요. 그건 누굴까요."

나는 검지를 세워, 그에게 '잠깐만 기다려 주십시오'라는 신호를 보냈다. 곧 노트북을 켜고 **라 그랑제트 사가미하라**에서 잠복하고 있었을 때 커다란 찬합을 안고 찾아왔던 여성의 사진을 열었다.

"이 사람이었습니까?"

"아, 맞아요."

사사 도모키와 같은 직장에 다니는, 뻔뻔스러운 것 같기도 하고 내성적인 것 같기도 한 여성은 그 후 정말로 불륜 상대로 승격한 모양이다.

"어느 쪽이 끌어들인 건지 쳐들어온 건지, 참 대단도 하네요."

나는 한껏 독기를 담아 말했다고 생각했지만 다마키 고지는 반응하지 않았다. 물건처럼 조용히 앉아 있다.

나는 나 자신도 침착해졌음을 깨달았다. 초조하지 않다. 공포도 없다. 다만 지극히 망가지기 쉬운 정밀기계 앞에서, 이것을 올바르게 움직이려면 우선 어느 스위치를 켜야 할지 알 수가 없을 뿐이다.

마치 내 마음을 꿰뚫어 본 것처럼 눈가에 희미하게 웃음을 띠며 다마키 고지는 말했다. "죄송합니다──."

"하, 뭐가요?"

"물을 한 잔 마셔도 될까요?"

나는 페트병과 잔을 내놓았다. 그러고 보니 겨우 2주 남짓 전에 하코자키 부인에게도 이렇게 물을 내놓았었다.

다마키 고지는 잔에 4/5쯤까지 미네랄워터를 붓고 천천히 다 마셨다.

그리고 잔을 내려놓더니 말했다.

"옷을 갈아입고 왔어요."

나는 그를 바라보았다.

"피가 튄 셔츠와 바지는 차 트렁크 안에 있습니다. 망치도 그대로 비닐에 싸서 던져 넣어 두었어요."

때려죽이는 데 사용한 흉기인 망치라는 뜻일 것이다.

"그놈의 스마트폰은 대시보드에 넣었어요. 저는 방을 뺀 후 줄곧 차에서 살았거든요."

"차는 어디에 있습니까?"

"바로 저 앞에 있는 코인 주차장에요."

"저 모퉁이의? 저도 자주 이용합니다. 실은 그 부근도 이 집의 집주인 땅이지요."

아무래도 상관없는 말을 하고 있는 자신의 목소리가 멀게 들렸다.

기다의 표현을 빌리면, 내 사무소의 응접 소파에 '갓 나온 따끈따끈한 살인자'가 앉아 있다.

"──옷을 갈아입은 다음 곧 자수할 생각이었어요."

억양은 없지만 다마키 고지의 말투는 결코 싸늘하지 않았다.

"오늘 아침까지 그렇게 생각하고 있었습니다."

그는 빈 잔을 바라보면서 담담하게 말을 이었다.

"하지만 목적을 이루고 나니 어깨의 짐이 내려간 듯한 기분이 들더군요. 겨우 평범하게 호흡할 수 있게 되고, 그때부터 신경이 쓰이기 시작했어요. 스기무라 씨라는 사립탐정은 누구한테 무슨 부탁을 받고 팀 트리니티의 관계자를 조사하고 있는 걸까 하고."

그 눈은 유리구슬 같았다. 한 점의 얼룩도 없다. 더 이상 추한 현실을 보고 있지 않기 때문이구나, 하고 생각했다.

"그래서 확인하고 싶어져서──찾아왔습니다. 메일도 메시지도 무시하고 있었는데, 갑자기 찾아와서 죄송합니다."

"당치도 않아요. 잘 와 주셨습니다."

내 목소리도 떨리지는 않는다.

"당신이 이룬 '목적'이란 다카네자와 데루유키를 살해하는 거죠?"

얼굴을 들고 내 눈을 보며 다마키 고지는 고개를 끄덕였다.

"네."

"그 외에도 뭔가 했습니까?"

"시게카와 미노루를 죽였습니다."

이치노 부동산의 '선배'다.

"언제죠?"

"지난주 금요일, 11일 밤입니다. 시게카와의 근무 시간이 끝나기를 기다리다가 돈 문제로 할 얘기가 있다고 하고 차에 태웠죠."

"돈 문제?"

"돈 좀 빌려달라고 했었거든요."

업무 보고처럼 말한다.

"제가 거절할 리가 없다고 믿고 전혀 경계하지 않더군요. 그 자식을 해치우는 건 간단했어요. 시체는 아직 아라카와 강 어딘가에 가라앉아 있을 겁니다. 강에 버릴 때 돌을 매달았으니까요."

호흡이 축축하게 느껴지며 내 가슴이 무거워지기 시작했다.

"실은 14일 월요일에 저도 이치노 부동산에 갔습니다. 창구에 있는 남자분이 시게카와는 전날부터 병가라고 하던데."

"아아, 그건——."

그는 졸린 듯이 눈을 깜박였다.

"13일 아침에, 제가 시게카와 본인의 스마트폰으로 메일을 보내 두었기 때문이에요. 주소록을 보니 상사인 듯한 사람이 누군지 짐작이 가더군요."

"시게카와가 아직 살아 있는 것처럼 위장했다는 뜻이군요."

그는 고개를 끄덕였다. "다카네자와 데루유키를 죽일 때까지는 소동이 일어나지 않게 하고 싶었으니까요."

그렇게 말하더니 다시 물건으로 돌아갔다.

페트병 안쪽에서 미네랄워터의 물방울이 흘러 떨어졌다.

나는 말했다.

"괜찮으시다면 이쪽의 경위를 말씀드릴까요?"

나는 노트북을 꺼내고 메모를 펴서 순서대로 설명했다. 도중에 목이 쉬어서 물을 마셨다.

설명을 다 듣고 나자 다마키 고지는 말했다.

"죄송하지만 컴퓨터를 자세히 좀 볼 수 있을까요?"

"그러시죠."

내가 찍은 사진들을 그는 꼼꼼하게 확인해 나갔다. 사사 도모키와 다카네자와 데루유키가 미드나이트 블루의 에쿠에르에 타고 있는 사진은 뚫어져라 쳐다보았다.

"도모키의 아내는 자살을 시도한 후 왜 몸을 숨기고 있었을까요."

"본인한테서 이야기는 듣지 못했지만 원래의 생활로 돌아갈 수가 없었던 거겠죠. 그녀는 어머니와 사이가 좋아서 늘 문자나 전화로 이야기를 나누곤 했어요. 그걸 완전히 차단해 버리지 않으면 어머니에게 뭔가 흘릴지도 모르니 사사 도모키도 다카네자와 데루유키도 그 부분에 대해 경계하고 있었을 겁니다."

유비는 그들 중에서 가장 무르고 끊어지기 쉬운 사슬이었다.

"친정으로 돌아가고 나서도 아직 어머니에게 고백하지 않았군요."

"네. 자살을 시도한 이유는 사사 도모키의 불륜이라고 설명했습니다."

지금쯤은 무엇을 어떻게 이야기하고 있을까.

——도모 씨도 살해되고 말 거야!

기다에게 부탁해서 이 컴퓨터로도 방범 카메라의 영상을 보내달라고 했다. 다마키 고지는 그것을 몇 번이나 재생하며 쓰레기를 버리고 걸어가는 사사 유비의 옆얼굴을 바라보았다.

"왜 자살 같은 걸 시도했을까요."

그는 혼잣말처럼 중얼거렸다.

"사사 도모키도, 왜 그렇게 야위었을까요. 뭐가 무서웠던 걸까."

"당신 쪽에서 그들에게 압력을 가한 적은 없습니까?"

"압력을 가한다는 건——."

"복수하겠다거나 죽여 버리겠다거나."

"아아, 그런 적은 한 번도 없습니다."

눈은 유리구슬 같은데, 몸은 얄팍하게 야위었는데 그는 날씨 이야기라도 하듯이 말하고 있다.

"오히려 이쿠에의 생일 때까지 할 일을 하자, 그렇게 결심하고 계획을 세우며 그들의 행동을 감시하기 시작하면서부터 결코 이쪽의 움직임을 들키지 않도록 조심했죠."

목적을 이룰 때까지 잠행했던 것이다——.

"다카네자와와 시게카와는 없애기로 결심했습니다. 그렇게 해야 한다고, 그게 내 의무라고 생각했어요."

내 귀에 들리는 것은 인간의 육성인데 거기에는 희미한 온기조차 없었다. 다마키 고지의 체온은 '할 일을 하자'고 결심했을 때부터 절대 영도_{절대 온도의 기준 온도. 영하 273.15℃}가 된 것이다.

"하지만 사사와 그의 아내는 처음부터 내버려 둘 생각이었습니다. 그놈들이 한 짓의 산 증인도 필요하니까요."

나는 이해했다. '없애야' 할 자와 단죄받아야 할 자의 역할 분담이다.

"두 사람은 오래 살아 주었으면 좋겠어요. 서로 미워하고 죄를 떠넘기고, 세상에서 손가락질을 당하고 생지옥을 맛보면서."

야위었어도 겁먹었어도 자살 같은 걸 시도했어도, 전혀 소용없다. 용서하지 않을 거니까.

갑자기 제정신으로 돌아온 것처럼 다마키 고지는 유리구슬 같은 눈으로 나를 보았다.

"저는 사형될까요?"

"그렇지는 않을 겁니다."

그는 싱긋 웃었다.

"그렇겠죠. 언젠가는 저도 출소할 테니, 두 사람 다 살아 있는 기분이 들지 않겠죠."

얼마나 환한 웃음인가. 얼어붙은 태양이다.

"다마키 씨" 하고 나는 말했다. "9월 30일 밤에 무슨 일이 있었습니까?"

다시 그가 입을 열기까지 오랫동안 침묵이 흘렀다.

몹시 먼 곳에서 굉장히 무거운 무언가를 끌고 와서 도저히 인간으로서 들어 올릴 수 없는데도 불구하고 머리 위까지 들어 올리려고 하는 것처럼 다마키 고지는 내내 몸에 힘을 주고 있었다.

"──저는 그놈들이 누군가의 집에 쳐들어가서 술을 마실 때 참석한 적이 없었어요."

회식 자체에서도 멀리 떨어져 있었다고 한다.

"처음에 실수로 참석한 적이 있는데 악평 그대로 저열한 회식이었기 때문에 구역질이 났거든요."

팀 트리니티에서도 멀어지고 싶었다.

"하지만 제게는 좋은 게 좋은 거라는 생각이 있어서요."

좀처럼 단호하게 잘라 낼 수가 없었다고 한다.

"그놈들이 불러내거나 우리 집에서 술을 마시겠다고 말할 때마다 변명을 늘어놓으며 피할 뿐이었지요."

다카네자와 데루유키는 후배들의 집에서 술을 마시자고 강요할 때 '너희 집에서 좀 마시면 안 되냐'거나 '집에서 마시자'고 말하지 않았다. '너희 집에서 마실 거야'라고 말했다. 마치 당연한 권리인 것처럼.

"그때마다 이쿠에한테는 전부 이야기했습니다. 아내는 저보다 야무진 사람이라서 그놈들이 하는 일은 상식을 벗어난 정도가 아니라 범죄나 마찬가지라고 어이없어하거나 화를 내곤 했어요."

──가능한 한 빨리 인연을 끊어.

"저도 그렇게 하겠다고 약속했지만."

7월 중순의 토요일 오후, 그가 아내와 집에서 쉬고 있는데 사사 도모키에게서 전화가 걸려왔다.

"지금부터 너희 집에서 술을 마실 거니까 준비하라는 겁니다. 저는 참석하지 않았지만 그날은 연습이 있었죠."

다마키 고지는 딱 잘라 거절하고 만약을 위해 아내를 밖으로 내보냈다.

"쇼핑을 하든 영화를 보든 좋으니 밖에 있어 달라고. 내 쪽에서 연락할 때까지는 문자도 보지 말고 전화도 받지 말아 달라고 했어요. 아내는 저를 걱정해 주었지만."

부인이 나가자 그는 맨션 밖에서 기다렸다. 약 한 시간쯤 지나서 다카네자와 데루유키를 선두로 사사 도모키, 시게카와 미노루, 그 외 두 명의 팀 트리니티 멤버가 쳐들어왔다.

"항상 몰려다니면서 누군가의 집에서 술을 마시는 놈들이죠. 다카네자와 데루유키와 유쾌한 친구들이요."

집에 들여보내 달라고 소란을 피우는 그들을 밀어내며 아내는 외출했다, 밖에서 마시자고 그는 말했다.

"결국 저도 같이 가게 되고 말았지만요."

이상하게도 이들이 누군가의 집에서 술을 마실 때는 '뜯어내지' 않았다. 다카네자와 데루유키는 돈을 내는 데 대해서는 늘 인심이 좋았다.

아니, 역시 뜯어낸다고 해야 할까. 다른 사람에게서 **빼앗는** 건 돈이 아니라 복종이라는 점만이 다를 뿐이니까.

"그날도 사 주겠다고 했지만 저는 거절하고 만 엔을 냈습니다. 어떤 형태로든 그놈들에게 빚을 져서는 안 된다고 이쿠에한테서도 충고를 들었거든요."

──정 없는 놈이네.

──마누라한테 꼼짝도 못하는 거겠지.

──세 살이나 연상이라며? 할망구잖아.

"술에 취한 그놈들이 실컷 이쿠에의 험담을 늘어놓았어요. 아무리 좋은 게 좋은 거라고 생각하는 저도 인내의 한계를 넘었기 때문에, 팀 트리니티를 그만두겠다, 이걸로 인연을 끊겠다면서 자리를 박차고 돌아왔습니다."

그것을 끝으로 연락이 끊겼기 때문에 안심하고 있었다.

그러나──.

"9월 초에, 이번에는 사사의 아내한테서 전화가 걸려왔습니다."

——사사 도모키의 안사람이에요.

"그녀는 제가 팀 트리니티를 그만둔 걸 알고 있고 남편도 그만 두게 하고 싶다고 했어요."

——저도 그 사람들이 너무 싫어요. 어떻게든 남편을 설득해서 빠져나오게 하고 싶어요.

"그러니 상담을 좀 하고 싶다는 거였죠."

더 이상 상관하고 싶지 않다며 그는 거절했다. 하지만 유비는 두 번, 세 번 계속 연락해 왔다.

"곤란해져서 아내에게 이야기했더니 도와주자고 했습니다."

——남의 일 같지 않아.

"그 후로는 아내가 사사의 아내와 전화로 이야기하게 되었습니다."

——유비 씨의 설득이 효과가 있어서 사사 씨도 팀에서 빠지는 게 좋겠다는 말을 하기 시작했대.

"30일 금요일에 부부가 함께 우리 집에 상의하러 오기로 했습니다. 저는, 그럴 거면 나 혼자서 사사의 집을 찾아가겠다고 말했지만."

——저희 집은 멀어서 미안하니까요.

"사사 유비라는 사람은 좋은 집안 출신이죠?"

"명문가나 귀족가는 아니지만 친정이 유복하고 자타가 모두 인정하는 공주님이었나 보더군요."

"아내도 그렇게 말했어요."

——이야기해 보면 정말로 세상 물정을 모르는 아가씨야. 그러니까 남편한테 꼼짝도 못하는 수밖에.

"이쿠에는 남을 돌봐 주는 걸 좋아했어요. 세 자매의 장녀인데 어머니가 병약해서 어릴 때부터 집안일도 했고 동생들도 돌봐 왔거든요."

사사 유비는 30일 오후 4시에 다마키 부부를 찾아왔다.

"오자마자, 한 시간쯤 지나면 남편도 올 거예요, 두 분한테 상담하고 싶다고 자기 입으로 말해 주었어요, 라면서."

셋이서 이야기를 나누며 유비와 사사 도모키가 사귀게 된 계기나 대학 시절부터 그녀가 그의 동아리 관련으로 불쾌한 기분을 맛보았던 것 등을 듣고 있는데 인터폰이 울렸다.

——도모키 씨가 왔어요.

"그렇게 말하면서 부인이 현관으로 나갔습니다. 아내도 따라갔는데."

여기에서 처음으로 다마키 고지의 말문이 막혔다.

나는 기다렸다.

"도모키는 혼자가 아니었고 다카네자와와 시게카와가 함께 있었습니다."

셋이서 이쿠에 부인을 내몰다시피 하며 거실로 들어왔다고 한다.

——이제야 다마키네 집에서 마실 수 있겠네.

"아내는 겁을 먹었고, 저는 화가 치밀어서 도모키의 아내에게 따져 물었습니다. 처음부터 이럴 계획이었냐고."

유비는 남편의 등 뒤에 숨어 버렸다.

──모처럼 왔는데 접대 좀 해.

──다마키의 마누라는 요리도 못 하나?

──너도 불행한 놈이다. 우리가 마누라를 다시 교육시켜 주지.

"승강이를 해 봐야 상대는 세 명이나 되니까 저 혼자서는 쫓아 낼 수 없었어요. 그놈들은 캔맥주나 하이볼을 잔뜩 사들고 와서 자기 집인 양 마시려고 하더군요."

──알겠어요. 그럼 같이 마시죠. 안주는 아내한테 만들어 달라고 할 테니까 장을 보러 가게 해 주세요.

"신호하지 않았어도 아내에게는 제 의도가 전해졌던 것 같습니다."

빨리 도망치라고.

"놈들은 냉장고에 사다 놓은 것도 없냐, 네 마누라는 형편없구나, 하며 떠들어 댔지만 아무래도 상관없으니 저는 아내를 밖으로 내보내고 싶었어요. 맞습니다, 저도 곤란하다니까요, 하며 분위기를 맞추었죠."

그러나 잘 되지 않았다. 사사 유비가 장이라면 내가 보러 가겠다고 말했기 때문이다.

"이쿠에는 이미 얼굴이 창백해져 있었지만 그럼 집에 있는 걸로 어떻게든 하겠다고, 그 전에 손을 씻고 오겠다면서."

거실을 나가 세면실 쪽으로 갔다.

"사사의 부인이 아내 뒤를 쫓아갔어요."

나는 내심 기도하고 있었습니다――.

"저 사람도 무력한 여자다. 저 사람도 무서울 거다. 모처럼 이쿠에가 기회를 만들었으니까 둘이 같이 밖으로 나가겠지. 분명히 그렇게 될 거야."

그 귀에, 무정한 목소리가 울렸다.

――도모 씨, 부인이 도망쳐!

"아내는 현관에 있었습니다. 문을 열려고 하는 것을 사사 유비가 막고 있었어요."

부탁이에요, 부탁이에요, 부탁이에요. 이쿠에는 필사적으로 호소하며 사사 유비를 뿌리치려 하고 있었다.

"저는 아내를 도우려고 뛰쳐나갔습니다. 처음에는 시게카와와 옥신각신하다가 그놈을 떠밀었을 때 뒤에서 머리를 얻어맞고."

정신을 잃었다.

말없이 이야기를 듣고 있던 나는, 정상적인 목소리를 낼 수 있을지 자신이 없었다. 그래서 헛기침을 하며 호흡을 가다듬고 말했다.

"이렇게 말하고 싶지는 않지만 많이 해 본 솜씨군요."

유리구슬 같은 눈으로 나를 바라보던 다마키 고지가 느릿느릿 고개를 끄덕였다.

"지금 생각하면 그러네요. 일이 끝난 후에 저도 아내도, 병원에 갈 필요가 있을 정도의 상처는 입지 않았었고요."

그가 의식을 되찾았을 때는 이미 두 시간 정도가 지나 있었다.

"저희 집의 거실 옆은 다다미방인데, 그 사이는 미닫이문으로 되어 있습니다. 거기가 10센티 정도 열려 있더군요. 불이 켜져 있고 아내의 신음 소리와 놈들의 웃음소리가 들렸어요."

다마키 고지는 케이블 밴드와 비닐 테이프로 이중삼중 묶여 있어서 꼼짝도 할 수 없었다. 입에는 수건으로 재갈이 물려 있었다.

"테이블 위는 빈 캔이나 안주 봉지로 어지럽혀져 있었어요."

그 테이블 밑에서 무릎을 끌어안은 사사 유비가 새파란 얼굴로 울고 있었다고 한다.

"발버둥쳤지만 저는 어떻게 하지도 못한 채 쓰러져 있었어요. 그러다가 아내는 신음 소리조차 내지 않게 되고, 놈들의 바보 같은 웃음소리와 저속한 대화밖에 들려오지 않게 되었습니다."

시간 감각이 없어졌다——고, 그는 말을 이었다.

"사사의 아내는 계속 울고 있었지만."

이윽고 미닫이문이 활짝 열리며 다카네자와, 시게카와, 사사가 나왔다. 세 사람 다 반라에, 비린내 나는 땀을 흘리고 있었다.

——정신이 들었어?

"다카네자와가 제 머리 옆에 쪼그리고 앉아서 스마트폰을 들어 보여 주었습니다."

——네 마누라를 다시 교육시켜 줬다. 동영상도 잘 찍어 뒀어.

——경찰에 신고하면 이걸 인터넷에 뿌려 버릴 거야.

"왜인지 모르겠지만 도모키는 히스테릭하게 웃고 있었습니다.

시게카와는 배가 고프다면서 우리 집 냉장고를 뒤졌고요."

다카네자와 데루유키는 사악하지만 시게카와 미노루는 탐욕스럽다. 그런 놈이니, 나중에 동영상을 무기로 다마키 고지에게 돈을 뜯어내는 후안무치한 짓도 할 수 있었던 것이다.

"도모키의 아내에게 뭔가 만들어 달라고 하더군요."

유비는 방구석에서 떨면서 아무것도 하지 않았다.

떠날 때, 도모키는 허둥거리면서 끊임없이 그녀를 달랬다고 한다.

——이제 울지 마. 왜 그렇게 우는 거야. 괜찮아. 이런 건 아무것도 아니야. 화장 고쳐.

"생각해 보면 그놈은 다카네자와의 딸랑이였지만 허세만 부리는 근성 없는 놈이었으니까요."

공포에 질려 우는 유비를 보며 자신이 가담한 일의 무게를 서서히 깨닫게 되었으리라. 현실감을 되찾았다고 해야 할까.

"그놈들은 저를 그대로 방치하고 갔기 때문에 아내가 구속을 풀어 주었습니다."

기다시피 다다미방에서 나왔을 때 이쿠에 부인은 아무것도 몸에 걸치고 있지 않았다고 한다.

"얻어맞았는지 얼굴이 부어 있었어요. 입술이 찢어져서 피투성이였습니다."

그때 갑자기 떠올린 듯이 그는 숨을 들이쉬었다. 질식할 뻔한 후처럼 격렬하게 호흡하기 시작했다.

그러고 나서 부들부들 떨리는 손을 들어 올려 얼굴을 덮으며 말을 이었다.

"잊자고, 아내가 말했어요."

──나는 잊을 거야. 없었던 일로 해 줘.

"그날 출근한 것도, 이쿠에가 부탁했기 때문입니다."

──계속 일을 쉬면 당신 회사 사람들한테 폐가 되잖아.

평범하게 해. 원래의 생활로 돌아가. 당신이 그렇게 해 줘야 나는 편해져.

"하지만 아내가 정말로 편해지려면 죽을 수밖에 없었던 거예요."

그의 호흡은 아직도 거칠다. 천식 발작 같다. 온몸이 떨리고 야윈 등이 오르락내리락한다. 손으로 덮고 있어도 이를 악물고 있음을 알 수 있었다.

나는 말없이 지켜보았다. 아무 말도 하지 않았고, 아무것도 하지 않았다. 어떻게 해도 그를 위로할 수는 없을 테니까.

무음 모드로 해 둔 스마트폰의 착신 램프가 격렬하게 깜박거리고 있었다. 문자나 전화가 산더미처럼 들어와 있을 것이다. 지금은 눈앞에 있는 이 남자──스물넷이라는 나이에 인생이 파괴되고 만 남자의 말밖에 듣고 싶지 않다. 그 외의 무엇도 들을 필요가 없었다.

"다마키 씨."

내가 이름을 부르자 그는 약간 몸을 굳혔다. 그러고 나서 깊이 호흡했다.

"사정이 있어서 헤어졌지만 제게도 아내가 있었고 열 살짜리 딸이 있습니다."

거기까지 말했을 때, 목이 메었다.

"당신의 기분을 생각하면 할 말이 없어요."

칠칠치 못하게도 나는 울고 있었다.

"한 가지만 말씀드리겠습니다. 이쿠에 씨는, 이제 평화롭고 청정한 곳에서 편히 쉬고 있을 거예요. 그것만은 잊지 말아 주십시오."

다마키 고지는 몸을 일으켰다. 그의 눈은 충혈되어 있었지만 눈물은 없었다.

나는 울고 있는데, 그는 침착함을 되찾아 간다.

"스기무라 씨는 좋은 분이군요."

그는 온화한 목소리로 말했다.

"연장자한테 이런 말은 실례겠지만 이렇게 착한 분이 사립탐정 같은 걸 해도 괜찮을까 싶네요. 분명히 이쿠에도 똑같은 말을 할 겁니다. 걱정된다고요."

나는 팔을 들어 얼굴을 북북 문질렀다.

사무소 어디에선가 시계가 울린다.

"수고를 끼쳐서 죄송하지만 이렇게 만나 버린 이상, 제가 지금부터 자수하겠다고 말해도 스기무라 씨의 입장에서는 그러십니까, 네, 안녕히 가세요, 라고 할 수는 없으시겠죠."

"네."

"메구로 경찰서까지 같이 가 주시겠습니까?"

물론 갈 거다.

또 눈과 눈이 마주쳤다.

"증거품은 전부 차 안에 있죠?"

"네."

"일단 옷을 갈아입어 버렸으니 더 이상 신경 쓸 필요는 없습니다. 제 양복과 셔츠를 입고 가지 않을래요? 사이즈는 맞을 겁니다."

잠깐 생각하고 나서 그는 고개를 저었다.

"그렇게까지 폐를 끼칠 수는 없어요."

"그럼 뭔가 먹고 가지 않을래요? 위가 텅 비어 있죠? 이 근처에 핫샌드를 잘하는 가게가 있습니다. 배달도 빨리 되니까."

권하는 것이 아니라, 나는 부탁하고 있었다. 그를 위해 뭔가 하고 싶었다.

"당신은 지금부터 경찰을 상대로, 이쿠에 씨를 위해 사실을 밝힌다는 싸움을 시작하는 겁니다. 배가 고프면 싸움을 못 하잖아요."

나를 바라보며 그는 부드럽게 미소 지었다.

"핫샌드, 좋아해요."

나는 와비스케에 전화했다. 아주 급하다고 부탁했기 때문에 커피를 끓이는 중에 배달이 도착했다. 여차할 때 도움은 되지만 캐

묻는 걸 좋아하는 구석이 있는 마스터가 아니라 아르바이트생이었다.

"감사합니다. 맛있게 드세요~."

핫샌드는 따끈따끈했다. 다마키 고지가 내 딸에 대해 알고 싶어 하기에 먹으면서 사진을 보여 주고 이런저런 이야기를 했다. 이름은 모모코. 초등학교 4학년으로, 이 세상에서 제일 좋아하는 생물은 누나 부부가 키우는 시바견 겐타로. 현재 장래 희망은 요리연구가나 식물학자.

"둘 다 되어도 좋겠네요" 하고 그는 말했다. "멋있어요."

그의 차는 코인 주차장에 둔 채 택시를 타고 메구로 경찰서로 갔다. 택시 기사가 수다 떠는 것을 좋아해서, 최근에 방사능은 어떠냐, 도쿄의 수돗물은 정말로 괜찮을까, 정치가는 믿을 수 없다, 자민당도 형편없지만 민주당은 더 형편없다는 둥 열변을 토했다.

다마키 고지에게는 취조 단계에서부터 변호사가 붙었다. 그 머리가 희끗희끗한 상사가 그의 부모와 상의하며 동분서주해서 실력 있는 형사 변호사를 찾아냈다고 들었다.

나도 매일같이 진술조사에 불려나갔기 때문에 그 변호사와는 메구로 경찰서에서 만났다. 옛날 법정 드라마에 조연으로 등장했을 법한 분위기의 사람이었다. 다마키 고지는 접견이 금지되지는 않았지만 나는 사건 관계자 중 한 사람이라서 면회가 허락되지 않았다. 변호사에게 들으니 그는 침착하며, 구치소의 독방에서 잘 먹고 밤에는 잘 자면서 막힘없이 진술하고 있다고 한다.

조지마도 면회를 가고 싶어 했지만 변호사를 통해 거절당하고 말았다. 대신 아내 이쿠에게 꽃을 바쳐 달라는 부탁을 받았다고 한다.

증거인 동영상과 사사 유비의 증언이 있어서 사사 도모키는 집단강간 혐의로 지명 수배가 되었다. 다마키 고지가 자수하고 나서 열흘 후의 일이다. 유비가 스스로 진술한 것은 그렇게 함으로써 자신의 몸을 지키려는 의도였는지, 남편도 도우려는 생각이었는지, 그 심정은 알 수 없다.

그녀 자신은 신병이 구속되지 않고 임의로 진술조사를 받고 있었다. 그 환경 덕분인지 미디어를 통해서 새어나오는 그녀의 진술 내용은 반성이나 사죄보다 변명이 더 많았다. 자살을 시도한 이유는 남편에 대한 자신의 신뢰가 배신당한 것에 절망했기 때문이고, 경찰에 신고하지 않고 가족에게 사정을 털어놓지 않은 까닭은 그래도 남편에 대한 애정이 있어서 다시 시작하고 싶다는 생각을 했기 때문이라고.

──남편은 자신이 한 짓을 후회하고 있었고 선배들을 무서워하고 있었어요. 그 사람들은 범죄자다, 빨리 인연을 끊고 싶다며 울었고 밤에도 악몽에 시달리곤 했어요. 볼품없이 야위고 만 것도 그래서예요.

TV 뉴스쇼에서는 유비의 이러한 진술이 여성 아나운서의 목소리로 낭독되었는데, 나는 그녀가 '남편은'이라고 말했을 리는 없다고 생각한다. '도모 씨는'이라고 말했을 것이 틀림없다. 도모 씨는 선배들을 무서워하고 있었어요. 도모 씨는 나쁜 사람이 아니에요.

사사 유비는 다마키 이쿠에가 자살한 사실을 몰랐다. 진술조사 때 처음으로 알고 정신없이 울었다고 한다. 다카네자와와 시게카와도 몰랐는지, 알면서 유비한테는 숨기고 있었던 건지, 그 부분은 아직 확실하지 않다. 다만 이러한 사실들로부터 사사 유비의 자살 미수도 사사 도모키가 초췌해진 것도, 두 사람의 죄책감 때문이라기보다는 '무서운 범죄에 휘말리고 말았다'는 피해자 의식에 가까운 감정 때문이었음을 엿볼 수 있다.

나도 기분이 나빴지만 가사이 이즈미는 더 불쾌했을 것이다. 어느 날 밤, 나에게 장문의 메일을 보내 왔다. 사사 부부에 대한, 욕설을 뛰어넘어 저주 같은 글이었다. 이튿날 아침, 어젯밤의 메일을 삭제해 달라는 정중한 사죄문이 왔기 때문에 둘 다 지우고 나도 잊기로 했다.

숨어 있던 지방 호텔에서 체포되었을 때 사사 도모키는 젊은 여성과 함께 있었다. 아니나 다를까 찬합을 들고 있던 여성이었다.

그녀는 스스로 기자의 질문에 답하기를,

"도모키 씨한테서 전화를 받았어요. 돈도 갈아입을 옷도 없으니 도와달라고요."

부탁받은 것을 가져가서 옆에 있었을 뿐이라고 말했다. 도망친 게 아니에요.

"부인이 있는 건 알고 있었어요. 하지만 좋아하니까 도와주고 싶었어요. 그게 잘못된 일인가요? 법률에 저촉되나요?"

체포되다니 이상하다, 도모키 씨는 휘말렸을 뿐이라고 호소했다.

하코자키 부인으로부터는 사위가 체포된 후에 딱 한 번 전화가 왔다. 왜 전화한 건지 본인도 모르는 것 같았다.

"유비도 피해자예요."

부인은 몇 번이나 그렇게 되풀이했지만 나는 잠자코 들으며 동의도 반론도 하지 않았다. 예의 바르고 성실한 다케시가 어떻게 지내고 있는지는 모른다.

시게카와 미노루의 시체는 12월 중순이 되어서야 도쿄 만에서 어선의 그물에 걸려 발견되었다. 누름돌이 풀려서 떠내려가고 있었던 것이다.

11월 15일을 마지막으로 업데이트가 멈춰 있던 마리의 일기는 그 후 템파라에서 사라지고 말았다.

오피스 가키가라에서 매년 열리는 크리스마스 파티에서는 친한 조사원인 미나미가 산타로 분장하고 참가자들로부터 모은 선물을 나누어주었다. 나는 프루트칵테일 담당이 되어, 너무 달다는 둥 맛이 없다는 둥 알코올이 너무 세다는 둥 너무 약하다는 둥, 꽤나 까다로운 주문을 받았다.

가키가라 소장은 매년 크리스마스 전후가 되면 다친 다리의 상태가 나빠진다며 휠체어를 타고 참가했다. 함께 프루트칵테일을 마시고 있는데 소장이 말했다.

"힘드셨죠."

고용주인데도 내가 연장자라는 이유만으로 존댓말을 쓰는 사람이다.

"좀 더 일찍 개입했으면 좋았을 텐데 싶어서 후회가 많습니다."

"그건 무리예요. 전세계를 혼자서 짊어지려는 거나 마찬가지죠."

그럴까요——하고 나는 말했다.

"공판이 시작되면 방청하러 갈 생각입니다."

"증인으로서 출정을 요청받지는 않을까요?"

"아직 모르겠어요. 그런 일이 있다고 해도 피고인이 자수했을 때의 분위기를 설명할 뿐인 정상情狀증인이겠죠. 제가 자수하도록 설득한 게 아니라는 건 이미 몇 번이나 말했으니까, 그 진술서가 있으면 출정할 필요는 없을 것 같습니다."

흠흠 하고 고개를 끄덕이더니 소장은 물었다. "크리스마스인데 따님은요?"

"전처와 유럽 여행을 갔어요. 지금은 파리에 있지 않을까요."

프루트칵테일 때문에, 나는 취했던 모양이다. 그날 밤 스카이프로 이야기를 해 보니 모모코가 있었던 곳은 로마의 호텔이었다.

나는 지금 살고 있는 동네 자치회의 방범 담당인데 임원 중에서는 가장 젊기 때문에 연말의 떡 찧기 행사에도 불려나갔다. 다음날은 근육통으로 죽을 뻔했다. 섣달 그믐날은 와비스케의 마스터와 함께 보내고, 새해 첫날 집주인인 다케나카 가家에 신년 인사를 하러 갔다가 가족의 성대한 연회 자리에 초대받아 말석에 앉았다. 시끌벅적하고 즐거웠지만, 이 집의 셋째 아들이자 상당히 유니크한 그림을 그리는 미대생 도마, 통칭 토니가 스키 여행을 가서 집에 없었던 것이 유감이었다.

고맙게도 오피스에서는 끊이지 않고 일이 들어왔지만 내 사무소에는 손님이라곤 전혀 없었다. 전화와 인터폰이 고장난 게 아닌가 하고 진심으로 걱정이 되었다.

2월 초의 어느 날, 간신히 초인종이 울렸다. 힘차게 문을 열어보니 둥근 단추가 달린 오버코트에 부드러운 재질의 중절모자를 쓴 남성이 서 있었다.

"안녕하세요."

가볍게 모자를 들어 올리며 그 남성은 말했다.

쇼와昭和 일본의 연호. 1926~1989년까지 사용되었다 시대 사람처럼 클래식한 차림새고 모자 밑의 머리는 숱이 상당히 적다.

하지만 목소리를 듣고 별로 나이가 많지도 않음을 알 수 있었다. 40대 후반쯤일까.

"스기무라 사부로 씨 되십니까?"

"네, 제가 스기무라인데요."

남성은 오버코트의 단추를 하나 풀고 품에 손을 집어넣더니 꽤 고생해 가며 무언가를 꺼냈다.

경찰관 배지였다.

"경시청 형사부 수사1과 계속수사반의 다테시나라는 사람입니다."

그는 다시 한번 고생해 가며 명함집을 꺼내더니 한 장 주었다. 풀네임은 다테시나 고로. 계급은 경위다.

"다마키 고지와 이야기해 보고 당신이 어떤 탐정인지 흥미가 생겨서요. 근처에 올 일이 있어서 그 김에 들러 보았습니다."

나는 다테시나 경위를 훑어보았다. 이 나이에 경위라면 국가공무원시험 1종 합격자는 아닐 텐데. 아니, 그 이전에 의문이 있다.

"제 빈약한 지식으로는 계속수사반이라는 건 미해결 사건이 전문인 줄 알았는데요."

"맞습니다."

"왜 다마키 씨를 만난 겁니까?"

형사는 의문에 의문으로 답한다.

"당신의 사무소에는 의자가 없나요? 손님은 전부 현관 앞에 서서 이야기를 합니까?"

나는 되물었다. "가택수사 영장을 가져오셨습니까?"

다테시나 경위는 웃었다. 얼굴이 갸름하고 이마도 뺨도 매끈매끈하다. 그런데도 웃으면 단숨에 주름진 얼굴로 바뀌었다. 게다가 눈은 전혀 웃지 않는다.

"십삼 년 전 7월, 하치오지 시내에서 열아홉 살짜리 여대생이 폭행을 당하고 목이 졸려 죽었는데요."

지금껏 미해결이었습니다——.

"그 시체에서 검출된 지문 중 하나가 다카네자와 데루유키의 것과 일치했지요."

내가 놀라는 것을 곱씹듯이 경위는 입을 우물거렸다. 버릇이라면 참 특이하다.

"다카네자와 그의 사이좋은 동료들은 당시에도 용의자로 지목되었지만 알리바이가 확실해서 무너뜨릴 수가 없었어요. 놈들이 뒤에서 입을 맞췄던 거겠지요."

십삼 년 전이라면 다카네자와 데루유키는 스무 살이나 스물한 살이다. 하치오지에는 쇼에이 대학의 일반교양 과정 캠퍼스가 있다.

"저로서는 다카네자와를 죽이지 않기를 바랐기 때문에 다마키한테는 불평을 하고 싶어서요."

불평이라니. 나는 발끈했다.

"당신들이 십삼 년 전에 다카네자와를 체포했다면 다마키 부부는 지금도 행복하게 살고 있었을 겁니다."

호오, 하고 굵고 탁한 목소리를 내며 다테시나 경위는 또 웃었다. 눈만은 화가 나 있다.

"한 방 먹었네요. 확실히 당신은 재미있는 사람이군요."

"그거 고맙습니다."

아침 일기예보에, 수도권에서도 눈이 흩뿌릴 거라고 했었다. 오버코트와 모자로 무장한 경위는 괜찮겠지만 나는 추웠다.

"이제 됐습니까?"

"오늘은 인사만 드리려고 했으니까요."

내일 이후에는 다른 무언가가 있다는 뜻일까.

"아, 맞다, 다마키가 그러더군요. 자수하기 전에 당신과 먹은 샌드위치가 엄청 맛있었다고요. 어느 가게입니까?"

나는 가르쳐주고 싶지 않아서 "잊어버렸는데요"라고 말했다.

"그래요. 그럼 찾아볼까요. 맛집 리뷰 사이트에 따르면 와비스케라는 카페인 듯한데 이 근처에 있을 테니까요."

다 조사하지 않았는가.

"샌드위치에, 오늘은 따뜻한 코코아가 좋겠네요. 뜨거운 우유도 좋고요."

그는 또 주름진 얼굴이 되어 웃더니 모자를 살짝 들어 올렸다.

"그럼 실례하겠습니다. 다음에 뵈면 아는 척해 주십시오."

다테시나 경위가 사라지고 나서도 나는 그대로 우두커니 서 있었다. 정말 눈이 조금씩 내리기 시작했기 때문에 허둥지둥 실내로 들어왔다.

명함을 다시 보아도, 무언가에 홀린 것 같은 기분이 들어 견딜 수가 없었다.

화촉

1

타지에서 불쑥 나타나 집을 빌려 정착한 독신답지 않게, 나는 이 지역에서 열리는 각종 행사에 초대받을 때가 많다. 집을 빌려 준 집주인 다케나카 부부가 자산가이며 인근의 유력자인 데다가, 나 자신도 동네 자치회의 방범 담당 임원을 맡고 있기 때문일 것이다.

하기야 후자도 사립탐정이라는 (그것 자체로는) 아무래도 수상쩍은 직업이니만큼, 다케나카 부부가 신원보증을 서 주어서 가능했다.

2012년의 시작은 우선 신년회로 오가미마치와 인근 동네 자치회의 임원들이 구區 커뮤니티 홀의 한 방에 모였다. 나는 도시락과 음료를 나르고 모임이 열리는 동안 다케나카 부부의 소개를 받아 참석자들에게 인사를 하며 돌아다녔다. 끝난 후에는 뒷정리를 돕다가 선물로 받은 남은 도시락을 들고 와비스케로 갔다.

마스터는 도시락 대신 핫샌드를 내 주었다.

"○○의 사장님은 왔어요?"

"그 루프 타이를 맨 사람이요?"

"그쪽은 △△의 회장님이고. 잘 지내시나 보네. 연말까지 입원해 있더니."

이 사람도 타지에서 혼자 들어와 카페를 시작했는데 동네 일이라면 모르는 게 없다.

"모두 우리 단골이에요. 할아버지 할머니가 많다고 해서 얕잡아보면 안 돼."

"잘 압니다. 다들 다케나카 씨의 지인이고요."

그 후로 일주일쯤 지나서 이번에는 오가미마치의 집회소에 불려갔다. 동네에 있는 우키하치만이라는 신사에서 열리는 절분節分

^{입춘·입하·입추·입동의 전날. 특히 입춘 전날에는 '도깨비는 바깥, 복은 안'이라고 말하면서 콩을 뿌리고, 나이만큼 콩을 먹는 액막이 행사를 한다} 행사를 준비하기 위해서다. 콩을 뿌릴 거니까 신참인 당신이 도깨비 역할을 해, 라고 할까 봐 조마조마했는데 매년 동네 콩 뿌리기에서 도깨비 역할을 맡는 것은 동네 자치회 회장으로 정해져 있다고 한다.

나는 당일에 주차장 정리를 하라는 분부를 받았다. 경내에서 사람들을 안내하는 일이나 경비는 프로가 할 테니 그쪽은 맡겨 두어도 된다. 다만 콩 뿌리기를 기대하고 인근의 가족이나 아이들이 대거 몰려와 당일에는 자전거 지옥이 펼쳐진다고 한다.

"도난도 있으니까 잘 지켜보고 계세요."

"알겠습니다."

회의가 끝나고 집회소를 나와 사무소 겸 자택 쪽으로 걷기 시작했을 때 누군가가 말을 걸었다.

"실례합니다, 다케나카 씨 댁에 사시는 스기무라 씨 맞죠?"

낮에는 햇볕이 따뜻해서 실수로 상의를 입지 않고 나왔다. 해가
지자 스웨터 한 장으로는 춥다. 목을 움츠린 채 팔짱을 끼고 있던
나는 당황하며 얼굴을 들었다. 조금 떨어진 곳에서 기모노 차림의
부인이 나를 보고 있다. 자주색 미치유키_{기모노 위에 입는 코트 같은 겉옷}가 해
질 녘의 거리에 선명하게 떠올라 보였다.

"네, 그런데요."

어딘가 낯익은 얼굴의 부인인데, 하다가 깨달았다. 신년회에서
만났다. 그때도 기모노 차림이었고 머리 모양은 모던한 단발이었
다. 어느 모로 보나 기모노를 일상적으로 자주 입는 분위기여서
인상에 남았던 모양이다.

하지만 이름이 생각나지 않았다. 허둥거리고 있자니 부인 쪽에
서 말해 주었다.

"고사키라고 해요. 역 앞에 있는 '고사키 모터바이크' 사장이 제
남편이죠."

그 말에 기억이 딱 소리를 내며 들어맞았다. 고사키 모터바이
크는 수입 오토바이 전문점이다. 유리벽이 쳐진 넓은 점포 안에는
언제나 몇 대의 기계가 전시되어 있다. 나는 이륜차에는 전혀 흥
미도 지식도 없지만, 마니아들 사이에서는 유명한 가게라는 얘기
를 바로 그 연회 자리에서 들었다. 당사자인 고사키 사장과도 명
함을 교환했다. 그때 그의 옆자리에 부인이 있었다.

"남편이 신년회 때 인사를 드렸죠."

고사키 부인은 얼핏 집회소 출입구 쪽을 신경 쓰는 것 같더니 내게 가까이 다가왔다. 나이는 40대 후반쯤일까. 그림으로 그린 것 같은 미인은 아니지만 품격과 관록이 있어 보인다.

"여기에서 딱 마주치다니 짠 것 같아요."

왠지 희미하게 쓴웃음을 띠고 있다.

뭐가 '짠' 것일까——하고 생각하는 나를 위에서 아래까지 찬찬히 살펴보더니,

"실은 방금 전까지 다케나카 부인을 만나고 있었거든요."

하며 상의할 것이 있다고 말해 주었다.

"집에 가시면 스기무라 씨한테도 부인께서 그 일로 이야기를 하실 거예요."

"네에."

"이상한 이야기라 당혹스러울지도 모르겠지만 잘 부탁드려요."

수수께끼 같은 말을 들은 나야말로 지금 여기에서 당혹스러워해야 할 테지만, 사실은 기뻤다.

일거리가 왔으니까!

음력 섣달부터 지금까지 내 사무소에는 손님이라곤 전혀 없었다. 오피스 가키가라에서 청부하는 일로 간신히 먹고사는 상태였다. 살림살이는 물론이고 독립한 사립탐정으로서의 내 자존심도 위기에 처해 있다.

"제가 도움이 될 수 있는 일이라면——."

내 말을 가로막은 고사키 부인이 이번에는 뚜렷하게 쓴웃음을 지었다.

"그렇게 정중하게 굴지 마세요. 부끄러운 일이니까요."

빠르게 깜박이는 상대방의 눈 속에 날카로운 빛이 있었다. 무언가로 화가 났거나 초조해하는 것 같다.

"정말, 우리 애도 한 번 말을 꺼내면 다른 사람 말은 듣지를 않아서요. 죄송해요."

부인은 그렇게만 말하고는 도망치듯이 목례하더니 내 옆을 지나쳐 빠른 걸음으로 가 버렸다.

──우리 애.

그렇다면 아이가 얽혀 있는 일일까.

사무소 겸 자택으로 돌아가 광고지조차 들어 있지 않은 텅 빈 우편함을 살펴보고, 부재중 전화도 메일도 오지 않았음을 확인하자 아무것도 할 일이 없어서 우선 앉았더니 노크 소리가 났다.

"스기무라 씨, 계세요?"

다케나카 집안의 셋째 도련님, 도마의 목소리다. 나는 곧 문 쪽으로 갔다. 현관이 아니라 다케나카 집안의 저택과 내가 빌린 이 공간을 연결하는 문이다.

"있어요. 열어도 됩니다."

이 문은 다케나카 저택 쪽에서만 열 수 있다.

"안녕하세요."

얼굴을 내민 도마는 오늘도 티셔츠에 청바지를 입었다. 슬리퍼도 없는 맨발이다. 미대생인 그의 방(아틀리에)은 바로 위층에 있는데, 가끔 이 최단 루트를 이용해 내게 놀러 온다. 아메리칸 뉴 시네마의 등장인물 같은 장발에 느끼한 생김새로 통칭은 토니. 미술대학을 몇 년인가 유급하고 난해한 추상화를 그리며, 다케나카 집안의 가장인 아버지로부터는 '히피'라고 불리면서 표표하게 살고 있는 재미난 젊은이다.

"좀 오랜만이네요."

토니의 생활 패턴은 랜덤 그 자체로 일주일이나 집을 비우는가 하면 방에 틀어박혀 며칠씩 나오지 않기도 한다. 낮에는 집에 있다가 밤에 나갈 때도 있다. 정월에는 스키 여행을 가서 집에 없었고, 돌아왔나 싶더니 또 본인 왈 '합숙'을 하러 가서는 내내 들어오지 않아, 확실히 한동안 얼굴을 보지 못했다.

"잘 지냈어요?"

"그럭저럭이요. 어머니가 스기무라 씨가 돌아오면 식당으로 좀 와 달라고 전해 달라던데요."

벌써 부르심이 왔나.

"방금 전까지 고사키 씨네 사모님이 와 있었어요. 어머니한테 뭔가 부탁한 것 같으니까 그거랑 상관있을지도 몰라요."

마이페이스인 생활을 하는 토니지만 가족의 움직임에 무관심하진 않다.

"도마 씨는 고사키 씨를 아세요?"

그는 고개를 크게 끄덕였다. "전에 바이크를 스케치하러 간 적이 있어서요."

영화 〈이지 라이더〉에서 피터 폰다가 탔던 바이크의 정교한 레플리카였다고 한다. 고사키 사장이 고객의 의뢰로 입수했는데 납품하기까지 며칠 시간이 있어서 그리게 해 주었단다.

그 스케치를 바탕으로 토니는 괴물을 그렸다. 반쯤 드래곤화한 아이언호스였다.

"완성품을 보여 주었더니 고사키 씨가 마음에 들어 하셔서 살 사람을 찾아 주었고 과거의 제 작품 중에서 제일 비싼 값에 팔렸어요."

나는 사무소를 닫고 토니와 함께 안쪽 문을 지나 다케나카 저택을 찾아갔다. 삼대가 동거중인 이 저택은 증축을 되풀이해서 미로처럼 되어 있지만, 다이닝 키친만은 처음부터 넓게 설계되어 한번에 십여 명의 식사가 가능한 커다란 테이블이 한가운데에 떡하니 놓여 있다.

다케나카 부인은 그 한쪽 모퉁이의 의자에 앉아 다리를 꼬고 한쪽 턱을 괸 채 담배를 피우고 있었다. 이 집의 흡연자는 부인뿐이다.

"오시라고 해서 미안해요."

부인은 담배를 손가락에 끼운 채 말했다.

"도마, 커피. 그 참에 스튜가 어떤지 좀 봐 줘."

"네네."

그리고 보니 부엌에서 좋은 냄새가 풍겨 왔다.

토니가 커다란 전기냄비의 뚜껑을 열고 나무주걱으로 안을 휘젓는다. 크림스튜다. 화이트소스의 달콤한 냄새가 끝내준다.

"좋은 냄새가 나요."

"그럼 타이머 좀 해 놔. 앞으로 10분."

토니는 나갈 때 복도로 이어지는 문을 꼭 닫고 갔다. 그것만으로, 나도 지금부터 나올 이야기가 얼마나 민감할지 짐작할 수 있었다. 여럿이서 떠들썩하게 살고 있는 이 집 사람들은 평소 공유 공간에서는 문을 활짝 열어 두고 다니기 때문이다.

다케나카 부인의 머리 모양은 단발이지만 고사키 부인 같은 현대풍이 아니라 레트로한 스타일이다. 8할쯤이 백발이라서 남아 있는 검은 머리가 오히려 역으로 브리지를 넣은 듯 보인다. 쪼글쪼글한 비단으로 만든 돌먼 슬리브 블라우스에 검은 바지. 고블랭직 실내화. 은으로 된 반지와 귀걸이를 하고 있는 것은 찾아온 손님이 있었기 때문이리라.

"요즘은 어때요? 바쁘세요?"

"파리가 날려서 아주 정신이 없지요."

한 박자 쉬고 나서 부인은 웃었다.

"그렇다면 이 이야기를 환영해 주실 것 같네요."

부인의 말이 이어지기 전에 나는 아까 고사키 부인과 만났던 일을 털어놓았다. 그러자 부인은 재미있다는 듯이 한쪽 눈썹을 치켜올렸다.

"사키코 씨가 그렇게 말하던가요? 그럼 납득해 주신 거군요."

고사키 부인의 이름은 사키코. 50세라고 한다. 다케나카 부인과
는 십오 년 정도 알고 지냈다.

"차 선생님 댁에서 만났어요. 저는 벌써 그만뒀지만 그 사람은
지금도 계속 다니고 있죠. 오늘도 연습을 하고 돌아오는 길이라고
했어요."

"기모노가 잘 어울리시더군요."

"남편이 그 사람한테 사치를 부리게 하는 걸 좋아해서요. 오늘
입고 있던 사라사도 이백만 정도 하지 않을까요?"

인생의 어느 시기에는 헤어진 아내 덕분에 고급 의류와 장신구
를 가까이 했던 나지만, 아내가 거의 입지 않았기 때문에 기모노
에 대해서는 감식안이 없다. 고사키 부인에게서 품격과 관록을 느
낀 것은 기모노의 무게 탓도 있었던 걸까 하는 생각이 들었다.

블랙커피를 홀짝이다가 새 담배에 불을 붙인 다케나카 부인이
말했다.

"3월 3일에 사키코 씨네 조카가 결혼식을 올리는데요."

거기에 고사키 부부의 외동딸이 참석한다.

"가나라고 해요. 4월부터 중학교 3학년이 되는 여자애. 영리하
고 착한 애죠."

얼굴도 예쁘고, 라고 말을 잇는다.

"그게 참 묘한 일인데……."

약간 의미심장한 말투다.

"그래서 내가 같이 가 달라는 부탁을 받았는데 원래 고사키 씨

부부와 가나, 세 사람한테 초대장이 온 거라 자리가 하나 남으니까 스기무라 씨가 기사 겸 짐꾼으로 같이 가 줬으면 좋겠어요."

나는 2초쯤 침묵했다. 제안의 내용 사이사이에 몇 군데 건너뛴 사정이 있어 보이는데 무엇부터 물어봐야 할지 망설여졌던 것이다.

"그건 그러니까, 저도 참석한다는 뜻입니까?"

"맞아요."

"──전혀 모르는 사람인데, 그래도 되나요?"

"나도 남인데요, 뭐. 하지만 사키코 씨한테 부탁을 받고 대리로 가는 거니까."

부인은 깊이 빨아들인 연기를 코로 내뿜으며 말했다.

"하지만 가나랑 같이 가는 사람이 나 혼자면 불안하잖아요. 이제 늙었고 무릎도 안 좋고."

무릎에 물이 차서 아프다며 다케나카 부인은 종종 지팡이를 짚고 다닌다. 추운 시기에는 꽤 고생하는 모양이다. 딸 1호와 2호가 교대로 정형외과 통원에 따라다니는 것을 나는 알고 있다.

나는 몹시 상식적인 제안을 했다.

"짐꾼이든 기사든 저는 기꺼이 맡을 수 있지만 예식이나 피로연에 참석하는 건 남편분이 좋지 않을까요?"

"우리 남편은 안 돼요. 여차할 때 전혀 도움이 안 되니까."

여차할 때?

"아까 도마 씨한테 들었는데 그는 고사키 씨 부부와 아는 사이

224

인 것 같더군요."

다케나카 부인은 코웃음치듯이 말했다.

"도마는 더 안 돼요. 무슨 일이 있으면 재미있어하느라 가나를 지킬 수 없을 거예요."

나는 또 2초 정도 침묵했다.

결혼식을 하는데 '여차할 때'라거나 '무슨 일이 있으면'이라는 말을 쓰는 것은 꽤 불온하지 않은가.

"여러 가지 사정이 있는 모양이군요."

"있죠."

지긋지긋할 정도로——라고 말하며 다케나카 부인은 담배를 눌러 껐다. 씁쓸한 얼굴을 하고 있지만 왠지 눈가는 웃고 있다.

흠. 이러니저러니 해도 다케나카 부인 역시 (조금은) 재미있어하는 눈치다. 그렇지 않다면 친한 동네 친구의 일이라 해도 남의 결혼식에 대리 출석 같은 것을 할 리가 없다.

"아까 제가 고사키 부인을 뵈었을 때, '우리 애도 한번 말을 꺼내면 다른 사람 말은 듣지 않는다'고 하셨는데, 그건 그러니까 본래 같으면 그 '사정' 때문에 결석해야 하지만 가나가 참석하고 싶어 하니까 같이 가 줄 사람이 필요해진 거라고 해석해도 될까요?"

"역시 스기무라 씨는 이해가 빨라요."

그때 부엌 쪽에서 타이머가 땡 하는 소리를 냈다.

"결혼하는 건 사키코 씨 여동생의 딸인데 말이죠. 내내 인연을 끊고 살았어요. 동생뿐만 아니라 사키코 씨는 자기 부모님과도 인연을 끊었죠."

그 정도면 심각하다. 자매 싸움의 수준이 아니다.

"어지간히 큰일이 있었나 보군요."

다케나카 부인은 또 미간에 주름을 지었다. 이번에는 눈이 웃고 있지 않다.

"그렇죠."

고개를 끄덕일 뿐 더 이상은 이야기해 주지 않는다. 적어도 이 자리에서 캐물어서는 안 된다는 것을 나도 눈치챘다.

"초대장 같은 걸 보낸 걸 보면 그쪽은 화해하고 싶은 거겠죠. 고사키 씨의 돈 씀씀이가 커서 그럴지도 모르지만."

고사키 부인 쪽은 화해할 생각이 전혀 없는데 딸인 가나는 어떻게 해서라도 참석하고 싶다고 주장한다.

"사키코 씨도 사정을 이야기하고 가나를 설득했대요. 하지만 뭐, 예민한 나이의 여자애니까요. 시즈카가 잘못한 게 아니니까 축하해 주고 싶다, 아빠도 엄마도 싫다면 혼자라도 가겠다면서."

"시즈카 씨라는 분이 신부로군요."

"아, 맞아요, 시즈카靜香라고 해요. 미야사키 시즈카. 스물네 살."

고사키 가나에게는 이모의 딸, 사촌이다.

"신부와 가나는 면식이 있나 보군요?"

시즈카라고 이름으로 부를 정도니까.

"네. 아이러니하게도 학교가 같거든요."

세이에이 학원이라는 미션계 사립학교로, 중학교부터 대학교까지 있다고 한다.

"가나는 재작년에 시험을 쳐서 중등부에 들어갔어요. 그랬더니 곧 친구들 사이에서 소문이 났대요."

──고등부 사무국에 고사키 가나 씨랑 얼굴이 꼭 닮은 사무원이 있어.

"중학교랑 고등학교는 건물이 하나라서 사무실도 같이 쓴다는군요."

흥미가 생긴 가나는 문제의 사무직원을 만나러 갔다가 깜짝 놀랐다.

"정말 많이 닮았더래요."

어머니의 결혼 전 성과 이름을 확인해 보니 일치해서, 그렇다면 혹시 친척이 아닐까 하고 각자 부모에게 물어보았다가 또 서로 깜짝 놀랐다고 한다.

과연, 그래서 '참 아이러니'한 것이다.

"시즈카 씨라는 사람은 세이에이 학원의 대학을 나와서 그대로 직원이 됐다는 거예요."

고사키 부인이 먼저 알았다면 가나가 세이에이에 시험을 치게 하지 않았을 거라며 한탄했다고 한다.

"그쪽은 알면서 가나가 입학하기를 기다렸던 거라고까지 했지만 아무래도 지나친 생각이겠죠."

다케나카 부인은 흐흥 하며 웃었다.

"세상에 이런 정도의 아이러니한 우연이라면 얼마든지 있으니까."

나는 "예에" 하고 말했다.

"가나가 그쪽 집 딸과 사이가 좋은 것도 속아서 그런 거라면서 화를 내고 있어요. 어머니가 시끄럽게 난리를 치니까 가나 쪽은 더 발끈해서."

──시즈카 언니한테는 평생에 한 번 축하받을 일이니까 꼭 참석할 거야!

"하지만 사키코 씨는 두 번 다시 부모님과도 동생과도 만나고 싶지 않다, 죽어도 소식을 전하지 마라, 장례식에도 가지 않을 거라며 인연을 끊었다고 하니까요."

남편인 고사키 사장도 부인의 마음을 존중해 아내의 친정과는 교류를 끊고 지냈다. 다행히 그의 본가나 친척들과 고사키 부인의 관계는 양호했다.

"덕분에 가나는 할아버지 할머니도, 삼촌, 숙모, 사촌들도 친가 쪽밖에 모르고 자라 왔어요. 그런데 이제 와서 외가 쪽 사촌이 나타난 데다가 자신과 자매처럼 많이 닮았으니 조금 흥분한 게 아닐까요?"

나는 미지근해져 버린 커피에 입을 댔다. 크림스튜 냄새에 배가 꼬르륵거리려고 한다.

"그쪽한테는 소중한 딸의 결혼식이니까 무슨 분쟁을 일으키겠나 싶긴 하지만."

다케나카 부인이 어깨를 으쓱하며 말했다.

"중2짜리 여자애랑 이 할머니 2인조로는 불안하니까 같이 가 줬으면 좋겠어요. 물론 고사키 씨의 양해는 얻었고요."

"알겠습니다. 같이 가지요. 저는 어떤 입장으로 할까요?"

동네 자치회의 방범 담당 임원입니다, 라고 할 수는 없지 않을까.

"우리 남편이 고용한 사람이라고 하면 어떨까요? 비서 같은 거라고요. 축의금은 고사키 씨가 세 사람 몫을 한꺼번에 준비하겠다고 했으니까 정말 몸만 가면 돼요."

고사키 사장도 아내와 딸 사이에 끼어서 곤란할 텐데 화도 내지 않는 걸 보면 관대한 사람이다.

식장은 만안 지구에 1월 중순쯤 개업한 도쿄 베이 글로리어스 타워. 33층짜리 초고층 빌딩 안에 있는 호텔이다.

"예복에 벌레가 먹지 않았는지 잘 살펴 두겠습니다."

"새로 맞춰야 되면 경비로 지불할게요."

내가 빌려 살고 있는 공간으로 돌아와 3월 달력에 표시했다. 자, 그럼 저녁은 어떻게 한다. 완전히 크림스튜 사양이 되어 버린 위장을 달래려면 와비스케에 가는 것이 간단하지만 지갑 사정을 생각하면 자중해야 한다.

레토르트로 참을까, 찬밥을 찻물에 말아서 위장을 속일까. 구구하게 고민하고 있는데 토니가 냄비 하나분의 크림스튜와 프랑스 빵을 가져다주었다.

"어머니가 갖다 드리래요. 저도 같이 먹어도 돼요?"

빵에 바를 마가린은 내가 텅 빈 냉장고에서 꺼냈다.

2

우키하치만의 콩 뿌리기 행사는 평판대로 시끌벅적했다.

콩은 낱알이 아니라 작은 삼각추 모양의 종이봉투에 담겨 있었다. 그것을 신관과 동네 자치회의 임원들이 신사의 제사 음악 연주 무대에서 던지는데, 경내에 모인 사람들이 우르르 움직이기 때문에 프로 경비회사의 관리가 필요해지는 것임을 곧 납득했다.

"왜 이렇게 열광하는 걸까요."

함께 자전거 정리를 하던 옆 동네 방범 담당 임원에게 묻자,

"몰랐어요? 이곳의 콩은 '승리의 콩'이라고 해서 입시에 반드시 붙는 부적이 된다고요."

라는 대답이 돌아왔다. 다만 한번 땅바닥에 떨어진 것을 주워 들어서는 안 되고 직접 낚아채야 한다.

"오후 3시라는 어중간한 시간에 하는 이유도 수험생이 방과 후에 올 수 있게 하기 위해서래요."

콩 던지기는 오랫동안 이 지역의 소소한 행사로 이어져 왔지만 요즘은 SNS를 통해 유명해져서 외부에서도 사람들이 오게 되었다.

"초등학생 아이와 어머니 일행이 눈에 띄는 것도 그만큼 중학교 입시를 치는 아이들이 늘었다는 뜻이겠죠."

대학 수험생이나 재수생도 많지만 자격시험 합격을 기원하는 사회인도 늘었다. 직장인이 오후에 반차를 내고 올 때도 있다고 한다.

"콩 뿌리기 자체는 30분 정도면 끝나지만."

사전에 장소를 잡기 위한 경쟁이 있으니까요.

"그러고 보니 연주 무대 맨 앞자리에 세련된 여자들 그룹이 진을 치고 있던데 그 아가씨들은 미용사 시험 합격을 기원하는 걸까요?"

"그거, 그럴 수 있어요."

지역 케이블 TV에서 취재를 하러 오는 바람에 우리의 자전거 아수라장도 촬영당하고 말았다.

모였던 사람들이 흩어지고 자전거도 거의 사라진 후, 임시 주차장을 청소하고 있는데 누군가의 시선이 느껴졌다. 돌아봤다가 호리호리하고 피부가 하얀 여자애와 눈이 마주쳤다. 더블버튼 재킷에 체크무늬 플리츠스커트의 교복 차림이다. 무릎 아래가 늘씬하니 길고, 하얀 양말을 신은 모습이 건강해 보였다.

얼굴 생김새는 닮지 않았지만 보이시한 짧은 커트가 잘 어울리는 머리 모양이 꼭 닮아서 짐작할 수 있었다. 고사키 부인의 딸, 가나가 아닐까.

내가 목례하자, 여자애는 내 얼굴에서 눈을 떼지 않은 채 목을 움츠리다시피 마주 인사해 왔다. 수줍은 듯한 웃음을 띠고 있다.

하지만 말을 걸려고 하자 아기 사슴처럼 몸을 휙 돌려 가 버렸다. 하늘색 머플러에 달린 방울 모양의 술이 그녀의 등에서 가볍게 튀어 올랐다.

이미 시험에 붙었으니 저 아이에게 '승리의 콩'은 필요 없을 텐데. 동네 친구들을 따라왔을까.

──한번 말을 꺼내면 다른 사람 말은 듣지를 않는다.

고집 센 아가씨일지도 모르지만 내 딸 모모코도 저런 중학생이되어 주면 좋겠다는 생각이 들었다. 그만큼 인상이 좋았다.

2월은 세상 사람들이 대개 한가로이 지내는 달이지만 내 사무소에는 뜻밖에 의뢰인이 찾아왔다. 누군가의 소개를 받은 것이 아니라 타운지에 실은 작은 광고를 보았다고 한다. 쉰 살 정도 된 남성으로 이마가 넓고 보기 좋은 복귀를 가지고 있었다. 유명 자동차 메이커의 도쿄 본사에서 근무한다는데 받은 명함에는 긴 직함이 적혀 있었다. 엔지니어가 아니라 사무 쪽 일을 하는 사람 같다.

조사회사라면 얼마든지 연줄이 있을 만한 사회적 지위를 가진인물이라서 "실례지만 왜 저희 사무소를 찾아오셨습니까?" 하고물어보았다.

"부끄럽지만 예산에 한도가 있어서요."

살림은 전부 아내에게 맡기고 있기 때문에 은밀하게 조사를 하려면 의뢰인의 용돈으로 비용을 지불할 수밖에 없다. 그러나 대충시장 조사를 해 보고 도저히 큰 규모의 조사 사무소에는 의뢰할수 없겠다고 짐작했단다.

성실한 아버지구나, 하고 생각했다. 꽤 많은 연봉을 받고 있을 텐데 자신의 용돈은 얼마 되지 않는 것이리라.

"저한테는 감사한 의뢰군요."

"아니, 아니, 정말 부끄럽습니다. 광고에서 '착수금 오천 엔'이라는 문구를 보고 달려든 거니까요."

의뢰 내용은 신변 조사였다.

의뢰인에게는 스물네 살인 딸이 있고 정월에 남자친구를 집에 데려왔다. 지난 몇 년 동안 교제해 왔는데 슬슬 결혼하고 싶으니 정식으로 부모님의 허락을 얻고 싶다는 것이다.

"남자는 제 딸보다 세 살 위인데 괜찮은 청년입니다. 학벌도 좋고 직장은 제약회사고요. 탄탄한 곳이에요. 아내는 매우 기뻐하고 있습니다. 벌써 예물을 교환할 날짜까지 생각하고 있을 정도로. 하지만 저는 왠지……."

스스로도 이유를 알 수 없다. 다만 정말로 왠지 모르게, 그가 괜히 마음에 들지 않는다고 한다.

"아버지의 감이라고 말하고 싶지만 설령 아버지의 질투로 치부된다 해도 할 수 없겠지요."

딸 아래로는 남동생이 둘. 그들도 누나의 약혼자(후보)와 곧 허물없이 친해졌다. 가족들은 둘의 혼담을 대환영하고 있다. 단 한 사람, 의뢰인을 제외하고.

"그는 딸에게 프러포즈할 때 이력서와 호적 등본을 내놓았다고 합니다."

──이런 건 확실하게 해 두어야 하니까.

"딸이 건네주었기 때문에 저도 아내도 봤습니다. 호적은 깨끗했어요."

그는 초혼이고, 서류에 혼외 자녀가 실려 있지도 않다.

"확실히 똑 부러지고 훌륭한 자세임에 틀림없는데……. 실제로 아내는 감탄했고요. 하지만 저는 왠지 모르게 엄청 용의주도하구나, 라는 생각이 들더군요."

"숨기고 싶은 게 있기 때문에 더더욱 조사당하지 않도록 선수를 쳤다, 라는 뜻일까요?"

"네에, 그런 거지요."

대화를 나누던 의뢰인의 넓은 이마에 땀방울이 송글송글 맺히기 시작했다.

"딸이 좋아하는 남자친구의 결점을 찾으려고 눈에 불을 켠 듯한 제 모습이 약간 혐오스럽기도 합니다."

아버지란 성가신 생물이다.

"그렇게까지 부담을 느끼실 필요는 없을 것 같습니다. 동성끼리가 아니면 확 와닿지 않는 감각도 있으니까요."

의뢰인은 구원이라도 받은 듯한 얼굴을 했다. 작은 리액션이지만 이런 순간에 나는 보람을 느낀다.

"혼담이 막힘없이 진행될 것 같으니 조사 포인트를 줄여서 스피디하게 움직여야겠는데요. 지금은 자기혐오를 일단 접어두고 남자친구의 무엇이 신경 쓰이는지 찬찬히 생각해 봐 주실 수 없을까요?"

단정하게 다림질이 된 청결한 손수건으로 땀을 누르며 의뢰인은 생각에 잠겼다.

"옷차림도 말쑥하고 걱정할 만큼 엉터리 같은 분위기는 전혀 없습니다. 일이 바빠서 야근이 많은 것 같지만 딸과는 매일 연락을 주고받고 있고 휴일에는 찰싹 달라붙어 함께 지낸다나요."

"두 분은 SNS를 이용하고 계십니까? 페이스북이나 트위터 같은 것 말인데요."

"남자친구는 트위터를 좋아하고 딸도 계정을 갖고 있어서 대화를 주고받는다고 들었습니다. 데이트 얘기는 매번 페이스북에 올리나 보더군요."

그것을 아내가 보고 있고요──라며 땀을 닦는다.

"두 사람의 사적인 이야기를 올리다니 저는 좀 이상한데 요즘 세대는 신경 쓰지 않는 걸까요."

"남자친구는 혼자 사나요?"

"아뇨, 가족들이랑 같이 삽니다."

의뢰인은 또 거북한 듯이 목을 움츠렸다. "딸은 남자친구 집에 자주 놀러 가곤 하는데 벌써 그쪽 부모님 마음에 든 모양이에요."

빈틈이 없다. '왠지 모르게 괜히 마음에 들지 않는' 의뢰인은 실로 고립무원이다.

"남자친구한테 형제는 있습니까?"

"외아들이에요. 그래서 결혼하면 남동생이 둘이나 생긴다며 좋아하더군요."

마음이 따뜻해지는 홈드라마의 대사다.

"따님은 걱정거리가 있으면 부모님과 상의하는 편입니까? 아니면 혼자서 끌어안고 있는 타입입니까?"

"저는 어떨지 몰라도, 엄마와는 무엇이든 서로 이야기합니다. 지금까지 사귀어 온 남자친구에 대해서도, 이번 남자친구처럼 정식으로 소개받지 않았는데도 아내는 잘 알고 있더군요."

작년 가을에 다룬 사건에서는 공주님 같은 딸이 교제 상대이자 나중에 남편이 된 남성에 대한 불만과 불신을 숨기고만 있었기 때문에 후에 그것이 최악의 형태로 드러나게 되었다. 내 뇌리에 얼핏 그 일이 스쳤다.

"이런 경우 남자친구의 무엇을 조사해야 할까요?" 하고 의뢰인은 마음 약한 태도로 물었다.

"일반적으로는 우선 여자관계겠죠. 아니면 경제 문제든가요. 거액의 대출을 받았다거나 낭비벽이 있다거나."

"그는 요즘 말하는 초식남이라고나 할까요. 차도 없습니다. 흥미조차 없는지, 이야기해 봐도 전혀 못 알아듣는 눈치였어요."

자동차 메이커에 근무하는 사람의 말이니까 확실하겠다.

"옷차림도 단정하기는 하지만 딱히 비싼 것 같지는 않고……."

"도박은 어떨까요?"

의뢰인이 고개를 갸웃거린다. "저는 경마를 조금 합니다. 중상重賞 레이스일본중앙경마회가 분류한 레이스 체계 중 상금이 높은 레이스뿐이지만 경주마를 좋아해서요."

그쪽 화제를 꺼내도 남자친구는 예의상 웃음을 띠며 듣고 있을 뿐이었다고 한다.

"연구직인 데다가 내성적인 부분도 있는 사람이라고 나중에 딸이 감싸 주더군요."

"남자친구의 아버지 직업은 아십니까?"

"역시 제약회사에 다닌다고 들었습니다. 그의 회사와 같은 계열사에."

이내 서둘러 말을 이었다. "하지만 아버지의 연줄로 입사한 건아닙니다. 아버지의 회사 쪽이 자회사 같은 곳이라 입장이 더 약하거든요. 그건 딸도 강조하더라고요."

——나는 그 사람이 취업하느라 고생하는 걸 줄곧 봐 왔어. 엄청 노력했다고.

"좋은 젊은이 같군요."

그렇게 코멘트할 수밖에 없다.

"네에, 그렇습니다."

의뢰인도 한숨을 쉬었다. 한심한 느낌으로 눈썹이 내려간다.

"우선 이력서 기재에 거짓이 없는지 조사해 볼까요?"

"역시 거기서부터 해야 할까요."

의뢰인은 상의 품에서 봉투를 꺼냈다.

"호적 등본과 이력서입니다. 일목요연한데 글씨도 잘 써요."

나는 보관증을 썼다. 볼펜 끝을 바라보면서 의뢰인은 괴로운 듯이 말했다.

"한심한 아버지라 미안합니다."

나는 얼굴을 들고 미소를 지었다. "방금의 사죄는 조사가 헛수고로 끝나고 웃을 수 있게 되었을 때, 마음속으로만 따님과 남자 친구한테 해 주십시오."

결혼이나 취직을 할 때의 신상조사는 오피스에서 하청으로 들어오는 일 중에도 많기 때문에 나도 어느새 익숙해졌다.

이번에는 처음부터 개인 정보가 손 안에 있으니 한결 편했다. 그래도 꼼꼼하게 조사했지만 결론부터 말하자면 이력서의 기술에 거짓은 없었다. 그의 대학 시절 선배와 친구들을 만날 수 있었는데,

"형식적인 거니까 불쾌하시겠지만 협력해 주시면 감사하겠습니다."

하며 신상조사라는 것을 털어놓자 모두 거리낌 없이 응해 주었다.

"그 녀석한테라면 제 여동생을 소개해 줄 수도 있어요. 말수가 적어서 음침해 보일 때도 있지만 속은 정말 착한 놈이에요."

"조사? 우리가 취직할 때도 당했으니까 신경 안 써요. 게다가 그 사람이라면 확실하죠. 아무것도 걱정할 거 없어요."

내친 김에 여자관계도 찾아보았지만 의뢰인의 딸과 진지하게 교제하고 있다는 정보밖에 나오지 않았다.

호적 등본을 바탕으로 그의 친척이나 현 주소지의 이웃을 돌아보아도 평판은 좋았다.

초등학교 6학년 때 교통사고를 당해 세 달 정도 입원한 적이 있다는 토픽이 나오고, 병원도 알아낼 수 있었기 때문에 찾아가 보니, 그는 '옛날에 신세를 졌다'는 이유로 1년에 몇 번인가 그 소아병동에서 자원봉사를 하고 있었다. 장기입원 중인 아이들을 휠체어로 산책하러 데리고 나가거나 동화를 읽어 주는 모임을 하거나 핼러윈과 크리스마스 때 장식을 하거나.

너무나도 선량하고 완벽해서 오히려 수상쩍은 느낌이 드는 것일까.

혹시 사이비 신흥종교에 푹 빠져 있다거나, 다단계에 걸려들었다거나, 자기계발 세미나에 빠져 있다거나——하고 의심을 품어 보았지만 그쪽도 깨끗했다.

사무소에서 의뢰인에게 보고서를 건네자 그는 또 땀을 뻘뻘 흘리면서 그것을 훑어보더니,

"괜히 소란을 피워서 미안합니다."

하며 그 자리에서 조사료를 지불하고 돌아갔다.

그런데 일주일쯤 지나서 또 전화가 걸려 왔다. 뭔가 있었던 걸까 하고 철렁했지만 다른 의뢰인을 소개해 준 것이었다.

"직장 동료의 어머니가 돌아가셨는데, 내내 혼자 살다가 갑자기 돌아가신 거라 자산이나 보험 관계에 대해서 전혀 알 수가 없다네요."

살고 있던 방 두 개짜리 맨션은 깨끗하게 정리되어 있었고 통장이나 보험증서, 집문서 등이 전혀 눈에 띄지 않았다. 은행 대여

금고의 카드키가 두 장 나왔지만 그것만으로는 어떻게 할 수도 없다.

동료도 격무 때문에 시간을 낼 수 없는 데다가,

"그의 아내는 외국계 기업의 관리직이라 지금은 해외 부임 중이라서──."

섣불리 친척한테 부탁하거나 했다가는 다툼이 일어날지도 모르니 차라리 제삼자에게 정리해 달라고 부탁하면 어떨까 하더란다.

"괜찮은 방법이긴 하지만 사립탐정보다는 세무사나 변호사한테 상담해 보시면 어떨까요?"

"아는 사람이 없고 지금부터 찾아보기도 귀찮대요. 제가 스기무라 씨에 대해서 이야기했더니 신뢰할 수 있는 사람인 듯하니까 부탁하고 싶답니다."

그리하여 동료 본인을 만나 조금 더 자세한 이야기를 들었다. 돌아가신 어머니는 외아들인 그가 취직하자, 애인을 만들고 가정을 돌보지 않던 남편과 이혼하고 재산 분할로 받은 삼백만 엔을 밑천으로 주식 투자를 시작했다고 한다. 지난 십 년 정도는 인터넷 거래가 중심으로, 소위 말하는 데이 트레이더였다.

"장부가 산더미처럼 들어 있고 주식 매매의 상세한 기록도 컴퓨터에 남아 있지만 저는 기술자라서 이런 숫자는 못 읽어요."

나도 재무의 프로는 아니다. 상담한 결과 오피스 가키가라에서 공인회계사를 소개받아, 내가 조수를 맡는 형태로 의뢰를 받아들이게 되었다.

2월 후반은 이 일을 하느라 금방 지나갔다. 나는 유품 정리와 각종 신고, 공적 서류의 열람, 취득 등의 잡무를 하느라 뛰어다녔을 뿐이지만, 회계사의 말에 따르면 의뢰인의 돌아가신 어머니는 우수한 데이 트레이더였던 모양이다. 남아 있던 주식과 예금을 합하면 유동자산은 오천만 엔 남짓. 자택 외에 아카사카의 고급 맨션에 방 네 개짜리 집을 갖고 있었고, 이미 대출금은 변제 완료, 거기에서 나오는 임대 수입이 연간 약 천만 엔.

두 개의 대여금고에는 현금 오백만 엔과 골드바 세 개.

"굉장한 어머님이네요."

회계사는 끊임없이 감탄했다.

의뢰인은 돌아가신 어머니로부터 '파트타임으로 일하고 있다', '시급이 높으니까 용돈은 안 보내 줘도 된다', '주식은 취미로 하고 있을 뿐이니까 걱정하지 마라'는 말을 듣곤 했다고 한다. 큰 유산에, 그는 글자 그대로 눈을 희번덕거렸다.

"어머니는 아버지랑 결혼하기 전에 은행에서 일했지만 고졸이었고 지극히 평범한 직장인이었을 거예요. 주식 같은 걸 대체 언제 공부하신 건지……."

깔끔하게 정돈된 골방에도 옷장에도, 값비싼 옷이나 명품은 눈에 띄지 않았다.

"어머님은 주식 투자 자체가 삶의 보람이었고 취미이기도 했던 게 아닐까요? 돈을 벌어서 사치를 하려는 생각은 없으셨을 거예요."

욕심이 없는 사람에게는 사념邪念도 없기 때문에 냉정한 판단이 가능하다. 수익이 나서 종자돈이 늘면 여유가 생기니 한층 더 탄탄하고 유리하게 운용할 수 있다.

여기까지는 일이 매끄러웠는데 고인의 전남편과 재혼 상대 사이에서 태어난 아이들이 '우리한테도 상속할 권리가 있다'며 소란을 피우기 시작하면서 변호사가 개입해야 하는 사태가 되고 말았다.

전남편 일가는 장례식 때부터 상속권 운운하는 말을 꺼냈다. (그들에게 권리라고는 조금도 없지만) 의뢰인은 "제 아버지라고 생각해서 어머니를 보내는 자리에 부른 건데, 실수였습니다"라며 후회하고 있었다.

유품과 자산 정리를 마친 단계에서 내 할 일은 끝났기 때문에 이후의 일은 모른다.

다만 그가 놀라울 정도로 고액의 보수를 제시하는 바람에,

"복권이 당첨됐다고 생각하고 받아 주십시오."

"안 됩니다. 저희들의 직업윤리라고 하면 거창한 것 같지만 상식에서 벗어납니다."

라는 대화가 오갔고, 결과적으로 통상의 두 배 정도 되는 요금을 받았다. 솔직히 바싹 마르기 직전이었던 저수지가 가득 찼다고 느낄 만큼 큰 도움이 되었다.

2월 말일, 나는 도심에 있는 백화점에 갔다. 하지만 올해 열한 살이 되는 딸의 옷을 사려면 아동복 매장으로 가야 할지, 여성복

매장으로 가야 할지 알 수가 없었다. 딸이 좋아할 것 같은 가방이나 구두, 포니테일에 달 리본이나 머리끈 매장도 도무지 모르겠다.

깨끗이 포기하고 가전제품 매장으로 발길을 돌렸다. 그러고는 지금 가장 잘 팔린다는 전자사전을 사서 선물용으로 포장해 달라고 했다. 다음에 만날 때 건네줘야지.

딸이 살고 있는 전 아내의 본가에는 작은 동네 도서관만 한 양의 책이 있다. 모두 전 장인의 장서인데 사전도 백과사전도 갖추어져 있을 테니 전자사전이 끼어들 자리는 없지 않을까. 뭐, 어디까지나 떨어져서 사는 (자신의 생계가 빠듯한) 아버지의 쩨쩨한 오기로 보일 가능성이 다분하지만.

여튼 나는 2월을 무사히 보내고, 대리 참석하게 된 화촉의 자리를 맞이하게 되었다.

"좋은 정장이네요."

다케나카 가의 객실에서 다행히 벌레도 먹지 않고 얼룩이나 곰팡이도 생기지 않은 내 예복을 힐끗 보고 다케나카 부인은 말했다.

"스기무라 씨의 전 인생이 남겨 준 선물이군요."

"네, 한 벌뿐입니다."

부인은 양장 차림이었다. 공들인 짜임새로 미루어 이탈리아제일까. 즉시 칭찬을 해야 하겠지만 압도되고 말아서 적절한 말이

나오지 않았다.

그 자리에 있던 다케나카 며느리 1호(장남 부인)가 즐거운 듯이 웃으며 말했다.

"데비 부인데비 스카르노Dewi Sukarno. 일본에서 태어난 인도네시아 국적의 탤런트. 군사 쿠데타로 실각한 인도네시아 스카르노 전 대통령의 세 번째 부인. 통칭 '데비 부인'이라고 불린다 같죠?"

너무나 적절한 비유여서 나는 더욱 말이 나오지 않게 되었다.

고맙게도 부인은 기분이 좋았다.

"발에 익은 구두가 아니면 넘어질 것 같아서 그래. 조리를 못 신으니까 기모노는 무리지."

구두는 굽이 낮지만 매끈매끈한 에나멜제다. 악어가죽 파티 백. 바로크 펄 귀걸이와 목걸이, 반지 세트에 다이아몬드 장식이 달린 손목시계.

"어머니, 가발 조심하세요. 잡아당기면 모양이 망가지니까요."

평소 다케나카 부인의 레트로한 보브 머리보다도 '공들인' 느낌인 것은 가발의 효과일까.

"귀찮구나. 이런 거 필요 없지 않을까?"

"필요해요. 이 드레스를 입고 머리가 납작하면 균형이 안 맞으니까요."

거기에 다케나카 며느리 2호(차남 부인)도 왔다. 칠흑 같은 캐시미어 롱코트의 소매 부분을 포개 반으로 접어서 팔에 걸치고 있다.

다케나카 부인은 곧 말했다. "어머나, 코트는 없어도 되는데. 어차피 차로 갈 거니까."

북풍이 약간 세지만 맑고 푸른 하늘에 태양이 빛나는 좋은 날씨라 햇볕은 따뜻하다. 예식은 오전 11시 시작, 피로연이 12시 반부터이니 날이 어두워지기 전에 돌아올 수 있다.

"그럼 만약을 위해 기사님한테 맡겨 둘게요."

나를 말하는 건가 싶어 손을 내밀었다.

"스기무라 씨는 됐어요. 기사 딸린 차가 올 거니까."

"제가 운전하는 게 아닙니까?"

"말이 그렇다는 거죠. 같이 가 주는 것만으로도 충분해요."

자백하자면 이 말에 긴장의 절반 정도가 풀렸다. 다케나카 집안에서 소장하고 있는 3넘버일본의 자동차 번호판의 윗줄에는 자동차 명의인의 본적 소재지와 세 자리의 숫자가 들어가는데, 이 숫자가 3으로 시작하면 3넘버, 5로 시작하면 5넘버 차량이라고 한다. 길이 4.7미터 이하, 폭 1.7미터 이하, 차고 2미터 이하, 배기량 2000cc 이하인 차량이 5넘버에 해당하며, 이 기준 중 어느 하나라도 5넘버의 기준을 초과하면 3넘버 차량이 된다의 고급차를 운전한다고 생각하니 벌벌 떨려서 전날 밤에는 잠자리가 편하지 않았을 정도다.

이야기하고 있는 사이에 기사 딸린 차가 도착했다. 다케나카 부인을 에스코트해 현관 앞으로 나가자, 검게 선팅된 크라운의 뒷좌석 앞쪽에 그 여자애가 앉아 있었다. 승리의 콩 뿌리기 때와 똑같은 교복 차림이다.

"고사키 씨 댁에 들러서 와 달라고 했어요. 안녕, 가나."

고사키 가나는 직접 문을 열고 차에서 내리더니 꾸벅 머리를 숙였다.

"차를 보내 주셔서 고맙습니다. 오늘 잘 부탁드려요."

"천만에. 나야말로 잘 부탁한다."

다케나카 집안의 부인들이 다같이 활짝 웃는다. 새삼 가까이에서 보니 얼굴 생김새가 단정하고 귀여운 아가씨다. 미용실에 갔다온 지 얼마 안 되었는지 짧게 자른 머리카락 끝이 가지런하다.

"이쪽은 스기무라 씨. 오늘의 보디가드란다."

가나는 나를 보며 장난스럽게 눈을 굴렸다.

"우키하치만 신사에서 만났었지" 하며 나는 미소를 지었다.

"네. 사립탐정은 어떤 사람일까 싶어서요. 죄송해요."

다케나카 부인이 운전수 뒤쪽 자리에 앉으며 가나를 옆에 앉으라고 불렀다. 부인의 가방과 코트를 싣고 나서 나는 조수석에 앉았다.

"그럼 다녀오마."

십여 년의 결혼 생활 동안, 나는 몇 번이나 다양한 조합의 기사 딸린 차를 탄 적이 있다. 전처와 뒷좌석에 나란히 앉을 때가 있었는가 하면 장인을 모시고 가느라 조수석에 앉을 때도 있었고 부부가 나란히 딸을 사이에 두고 앉을 때도 있었다. 행선지도 제각각이었다.

오늘의 조합은 당시의 인생 속에서는 상상도 하지 못했던 면면이다. 나 혼자 사는 집의 집주인과 집주인의 친한 동네 친구의 딸과 셋이서 생판 남의 결혼 피로연에 참석하려 하고 있다.

지금까지 이혼 후 본가 생활, 다시 상경해서 사무소 개업이라는 변화를 경험해 왔지만 새로운 생활을 궤도에 올리는 것만으로도 힘에 겨워서 일일이 감개에 빠져 있을 여유는 없었다.

지금 만안 지구를 향해 미끄러지듯이 달려가는 검은 자동차 안에서, 나는 처음으로 이제까지의 여정을 돌아보았다. 내 인생도 마침내 일변했구나 하는 실감이 가슴을 쳤다.

다행히 후회는 없다. 될 대로 되어서 여기까지 왔지만 나름대로 재미있었다. 이걸로 괜찮다――고는 아직 생각할 수 없지만 틀렸다고 여기지도 않는다.

다케나카 부인과 가나는 조용히 축의금 봉투를 꺼내어 서로 상의하더니(부인도 다케나카 가의 이름으로 봉투를 만들어 지참했다), 부인이 맡아 접수대에 내기로 이야기가 정리되자 전혀 다른 수다에 열을 올리기 시작했다. 나이상으로는 할머니와 손녀 같은 두 사람이지만, 가나는 다케나카 부인을 이름으로 부른다. 다케나카 마쓰코이니 '마쓰코'다.

조수석에서 잠자코 귀를 기울이기만 해도 그녀와 고사키 집안의 상황을 알 수 있었다. 학교에서 배드민턴부에 들어 있다는 것. 복식에서 페어를 짜고 있는 애가 친한 친구라는 것. 어머니인 고사키 부인은 가나가 다도를 배우길 바라고 배드민턴 같은 건 그만 둬 버리라며 잔소리가 심하다는 것. 아버지 고사키는 젊은 시절부터 바이크를 좋아해서 마음이 내키면 혼자 어디론가 투어링을 떠나곤 했는데 한겨울의 홋카이도 들판에서 사고를 일으켜 동사할 뻔했을 때 부인이 울며 설교하자 실제 바이크를 타고 나가는 일은 그만두었다는 것. 대신 지금 역 앞에 있는 가게를 냈다는 것. 부인과는 재혼이고 가나에게는 배다른 오빠가 있다는 것. 고사키 사장의 전처와 사는 오빠와는 최근에도 자주 문자를 주고받았지만 고사키 부인에게는 비밀로 하고 있다는 것 등등.

나는 가나의 소녀다운 달콤한 목소리를 홀린 듯이 들으면서, 딸 모모코가 자신의 신상에 대해 누군가에게 이야기하는 순간은 언제쯤일지 어떤 모습일지 무슨 내용일지 상상해 보았다.

도쿄 베이 글로리어스 타워에는 11시 전에 도착했다. 이 초고층 빌딩은 1층에서 3층까지는 쇼핑몰, 4층에서 20층까지는 사무실로 운영한다. 호텔 프런트는 21층에 있다.

우리가 갈 '시나다家 · 미야사키家 결혼 피로연'장은 25층의 볼룸 **프레지덴셜**. 교회식 식장은 22층, 신전식 식장은 23층, 연회장은 크고 작은 여러 규모로 22층부터 25층까지 마련되어 있고 **프레지덴셜**은 그중 가장 넓은 곳이었다.

"25층에는 **프레지덴셜**이랑 **이그제**밖에 없나 봐요."

가나가 초대장에 동봉되어 있던 안내도와 엘리베이터 홀에 표시되어 있는 관내 안내도를 번갈아 쳐다본다. **프레지덴셜**과 **이그제**의 신랑 신부나 친지 대기실도 같은 층에 있고, 이 두 개의 연회장에 대해서는 초대 손님 전용 웨이팅 라운지도 있었다.

"저 배가 고파지기 시작했어요."

"시간이 있으니까 차라도 마시자. 나도 목이 칼칼해."

둘이서 내내 수다를 떤 탓이다.

"전용 웨이팅 라운지에서 하이티high tea를 즐길 수 있어."

"스기무라 씨, 여기에 와 보신 적 있으세요?"

"인터넷에서 조사했지."

"뭐야아."

26층부터는 객실이고 맨 위층에는 스카이하이 레스토랑과 바가 있다. 그곳의 로스트비프 샌드위치도 일품인 것 같다고 말하자 가나가 눈을 빛냈다.

"그쪽이 더 좋겠어요!"

"하지만 피로연 때 식사가 나올 텐데."

"프렌치 풀코스래요. 이탈리안이 더 맛있는데. 시즈카 언니도 파스타를 좋아하는데 말이에요."

"피로연에 파스타는 좀 그렇지 않나?"

웃고 있는 사이에 직통 고속 엘리베이터가 프런트에 도착했다. 고층에서 내려다보는 풍경이 자랑거리인 티 라운지 입구에 십여 개의 계단이 설치되어 있다. 히나 인형도 장식해 두었다. 커다란 화분에 꽂혀 있는 복숭아와 유채꽃을 곁눈질하며 우리는 전용 엘리베이터를 타고 **프레지덴셜**로 올라갔다.

그리고 우리가 탄 엘리베이터의 문이 열린 순간부터 오늘의 놀라운 일이 연속으로 벌어지기 시작했다.

3

25층 웨이팅 라운지에 예복을 입은 사람들이 모여 있다.

우리는 신부의 친척이자 대리인이니까 만에 하나라도 지각해서
는 안 된다는 생각에 충분히 여유롭게 도착했다 싶었는데 요즘 결
혼 피로연에는 일반 초대 손님도 이렇게나 빨리 오는 건가.

"와아…… 너무 많네."

가나가 중얼거리고, 다케나카 부인은 순식간에 기분이 나빠진
모양이다.

"꼭 만원 전철 같잖니."

실제로 사람이 넘쳐났다. 가엾게도 핀 힐을 신은 젊은 여성들이
빈자리가 없어 서 있다. 엘리베이터 홀에 있는 소파와 오토만까지
꽉 찼다.

"분위기가 이상하네요."

모여 있는 사람들은 하나같이 불안해 보이고 불쾌한 것 같기도
하다. 여기저기에서 머리를 맞댄 채 소곤소곤 대화를 나누고 식장
담당자인 듯한 정장 여성 두 명이 바삐 그 사이를 오가고 있다.

그중 한 사람을 예복 차림의 노인이 불러 세워 무언가 물었다.
그 모습을 보며 내가 말했다.

"죄송합니다, 두 분은 여기 계세요. 좀 물어보고 올게요."

인파를 헤치고 다가가던 내 귀로 노인의 화난 목소리가 날아 들어왔다.

"도대체가 어떻게 된 거야."

식장 담당 여성은 얼굴이 굳어 있다.

"죄송합니다. 잠시만 더 여기에서 기다려 주십시오."

"잠시만, 잠시만 하더니 벌써 한 시간이나 기다렸다고!"

"죄송합니다."

인 이어 마이크로 뭔가 연락이 들어왔는지 식장 담당 여성은 귓가에 손가락을 대면서 빠른 걸음으로 멀어져 갔다. 나는 노인에게 가볍게 머리를 숙이며 물었다. "실례지만 **프레지덴셜**의 피로연에 참석하시는 분이십니까?"

코 옆에 커다란 사마귀가 있는 노인은 나를 노려보았다. "뭐? 당신 뭐야."

"저도 초대 손님입니다. 너무 혼잡해서요."

노인은 화가 난 듯이 콩나물시루 같은 라운지 쪽으로 손을 흔들었다.

"계속 이래. 식이 시작되질 않는다고."

시나다家와 미야사키家의 예식은 11시에 시작되니, 피로연 초대 손님이 지금 단계에서 한 시간이나 기다렸을 리는 없다.

"**이그제** 쪽의 결혼식 말이군요."

"다 외국어라 알기도 어려워!"

노인은 이제 모든 게 마음에 들지 않는 모양이다.

이그제의 입구 옆에는 접수대가 세팅되어 있지만 아무도 없었다. 방명록은 물론 그곳이 접수대라는 사실을 나타내는 표시도 숨겨져 있다.

주위를 둘러보니 인파 맞은편에 또 하나의 세팅이 보였다. 시나다家·미야사키家의 접수대다. 그쪽은 그쪽대로 기모노 차림의 젊은 여성과 예복 차림의 젊은 남성이 방명록 앞에 어색한 표정으로 우두커니 서 있다. 여성 쪽은 반쯤 울 것 같은 얼굴이다. 사람을 헤치고 거기까지 가서야 간신히 사정을 알 수 있었다.

예식 개시가 늦어지고 있다. 예식 때부터 참석해야 했던 양가의 친척이나 초대 손님은, 왠지 대기실에서도 쫓겨나 라운지에서 기다리는 중이다. 한편 신랑 신부와 그 가족은 각자의 준비실이나 대기실에 틀어박혀 보이지 않는다.

"우리도 영문을 모르겠는데요."

울 것 같은 얼굴의 상대를 곁눈질하며 헤실거리는 엷은 미소를 띠고 있는 남성이 "뭔가 문제가 생긴 모양이에요"라고 말했다.

"양가 친척들이 이렇게나 많나요?"

내 물음에 그는 한층 더 실실 웃었다.

"이쪽의 친척들은 서른 명 정도로 예정되어 있으니까, 이 인파는 저쪽의 초대 손님이 밖으로 쫓겨난 탓일 거예요."

저쪽이란 역시 **이그제** 쪽이다.

"10시부터 시작될 예정이었는데 아직 시작하지 않느냐면서, 아까부터 엄청 싸우고 있어요. 노성도 마구 오가고."

안내도에서 본 바로는 **이그제도** 상당히 넓은 연회장이다. 그곳에 들어가야 했던 초대 손님이 그대로 쫓겨났으니 라운지가 가득 찬 것도 무리는 아니다. 게다가 이대로 시간이 지나다 보면 **프레지덴셜** 쪽의 피로연 초대 손님도 이곳에 모이게 된다.

다케나카 부인과 가나를 일단 피난시키자. 무릎이 안 좋은 부인은 멀리서 보아도 계속 서 있기가 힘들어 보인다. 나는 인파를 헤치고 두 사람 곁으로 돌아갔다.

"무슨 일이에요?"

"이유는 아직 모르겠지만 예식 시작이 늦어지고 있다는군요."

가나가 "네?" 하며 눈을 부릅떴다. "시즈카 언니, 무슨 일 있는 걸까요."

교복 재킷의 주머니에서 폴더식 휴대폰을 꺼내더니 탁 연다.

"문자는 안 왔는데……."

"시즈카 씨랑 문자할 수 있어?"

"네. 단문 메시지지만요."

다케나카 부인은 눈썹을 찌푸리고 있다. "레알 분란이 일어난 거라면 너한테 연락할 만한 여유는 없지 않을까?"

우리 집주인 다케나카 부인이 '레알'이라고 말하다니 놀랍다. 지금은 마쓰코 모드인가 보다.

"하지만 일단 문자가 오는지 신경 쓰고 있어 주겠니? 여기에 있어도 힘만 들 뿐이니까 위층 레스토랑으로 이동하죠."

좀처럼 오지 않는 엘리베이터를 초조하게 기다리다가 이동해 보니 레스토랑은 만석에 긴 줄이 생겨 있었다. 외부에서 온 손님들이다. 토요일 점심 가까운 시간, 개업한 지 얼마 안 된 화제의 고층 호텔 최상층에 있는 레스토랑. 이 또한 무리도 아닌 일이었다.

"아아, 진짜!"

다케나카 부인의 불쾌 게이지가 쭉쭉 상승해 간다.

"티 라운지는 어떨까요?" 하고 가나가 말을 꺼냈다.

"비슷비슷할 것 같아."

"스기무라 씨." 다케나카 부인이 결연한 말투로 말했다. "프런트에 가서 방을 잡아 와요."

"네?"

"어떤 방이든 좋아요. 요금도 신경 안 써도 되니까 잡아 와요. 잡히면 내 휴대폰으로 전화하고."

아이디어로는 나쁘지 않지만 가능할까. 돈은 아끼지 않겠다고 말해 봤자 예약 손님으로 꽉 차 있으면 어떻게 할 수도 없다.

그러나.

우리가 운이 좋았던 건지, 다케나카 부인의 분노가 하늘을 움직인 건지, "방금 전에 캔슬이 나서요"라는 대답과 함께 기적처럼 딱 방 하나가 비어 있다는 얘기를 들었다. '스카이하이 싱글'이라는 28층의 방이다. 기본요금이 칠만 엔, 낮에 사용하시는 거라서 어쩌고저쩌고 하는 말을 가로막고, 나는 얼른 수속을 하며 다케나카 부인에게 연락했다. 10분쯤 후에는 셋이서 입실할 수 있었다.

"알아서 할 테니까 그만 가요."

설비를 설명하려고 하는 벨보이를 귀찮다는 듯이 쫓아내고 다케나카 부인은 신음 소리를 내면서 세미더블 사이즈의 침대에 걸터앉았다. 가나는 실내를 빙글빙글 (정말로 양손을 펼치고 빙글빙글 돌면서) 둘러보고 있다.

"가나, 그쪽 책상 위에 룸서비스 메뉴가 있지? 한번 봐."

빙글빙글. 딱. "네에!"

호화로운 자수 커버가 씌워진 세미더블 침대와 가죽 소파와 대리석 테이블의 응접세트, 스탠드가 놓여 있는 책상(컴퓨터용 잭도 달려 있다)과 등받이가 높은 의자, 커다란 화면의 TV와 오디오 세트, 내가 길게 엎드려 누울 수 있을 것 같은 사이즈의 욕조가 있는 욕실과 샤워부스가 딸린 싱글 룸. 대체 어떤 사람이 이런 곳에 혼자 묵으면서 칠만 엔을 지불할까.

"이 호텔, 피부 관리랑 미용 마사지 코스가 있으니까 그것 때문에 묵는 여자가 있는 거 아닐까요."

정신을 차려 보니 다케나카 부인은 내선 전화로 룸서비스를 주문하는 중이고 가나는 책상에 앉아 두꺼운 호텔 안내 파일을 넘기고 있었다.

"삼만 엔이지만 숙박이랑 세트면 조식이 서비스된대요."

그 경우는 1박에 십만 엔을 내는 셈이다. 어지간한 비즈니스호텔이라면 오천 엔짜리 방이라도 무료 조식이 제공되는데.

뭐, 좋다. 어디 사는 어떤 사람이든 캔슬해 준 것에 감사할 수밖에 없다. 단지 안도하고 나서 깨달았는데 이 방의 경관만은 그저 그랬다. 옆에 있는 초고층 맨션에 시야가 막혀 있다.

파일을 넘기면서 가나가 소리를 지른다. "와아~! 결혼 전 피부 관리나 탈모, 집중 다이어트 숙박 플랜이라는 것도 있어요. 열흘 에 마이너스 3킬로에서 5킬로라니 빡세겠다."

다케나카 부인이 코웃음을 쳤다. "큰돈을 내고 그런 짓 하지 않 아도 결혼해서 고생하면 빠지는데. 그렇죠, 스기무라 씨?"

엉뚱한 쪽으로 튄 불똥을 피할 겸 나는 자리에서 일어나며 말했 다.

"두 분은 쉬고 계십시오. 저는 라운지로 돌아가서 상황을 물어 보고 오겠습니다."

나는 룸 키를 집어 들었다. 이것을 갖고 있지 않으면 엘리베이 터나 계단은 지날 수 있어도 객실 통로에 출입할 수는 없다. 자동 으로 잠기는 자동문이 있기 때문이다.

"그런 건 신경 쓰지 않아도 돼요. 룸서비스가 올 거니까 당신도 앉아요."

"하지만——."

"12시 반에 **프레지덴셜**로 가면 뭐가 문제였는지 알 수 있겠죠. 그때까지는 내버려 두면 돼요. 뭘 할 수 있는 것도 아니고."

나는 가나를 보았다.

"하지만 역시 언니가 걱정되니까 라운지에 가고 싶어요."

라고 말하지 않을까 생각했는데 뜻밖에도.

"우리 엄마들은 결혼식에 대해서는 저주받은 것 같은 기분이 들어요."

라며 혼잣말이 아니라 다케나카 부인을 향해 말했다. 분명히 동의를 구하는 표정이다.

부인은 떫은 감을 씹은 것 같은 얼굴을 했다. "그런 말 하는 거아니야."

고사키 부인이 결석하는 데에는 지긋지긋할 만한 사정이 있다고 한다. 집회소 앞에서 딱 마주쳐 대화를 나누었을 때 부인의 눈속에는 분노와 초조함이 있었다.

유치한 구경꾼 노릇을 해서는 안 된다——는 생각에 폼을 잡고 잠자코 있는 내게 웃음을 지으며 가나는 말을 이었다.

"엄마들이라는 건 우리 엄마랑 시즈카 언니네 엄마, 그러니까 우리 이모를 말하는 거예요. 다섯 살 차이의 자매죠."

"동생은 사에코 씨라고 해요."

다케나카 부인이 말을 보탠다.

"스기무라 씨, 우리 엄마를 만나셨죠?"

"응. 길가에서 인사만 했을 뿐이지만."

"남자같이 생겼죠? 딱딱한 느낌이고. 장기 말처럼."

이 소녀는 표현력이 좋다.

"사에코 이모는 전혀 달라요. 젊을 때의 사진을 봤더니 아나운서 같았어요. 지금도 예쁘세요. 마흔다섯 살로는 전혀 안 보여요."

"너는 이모님과도 교류가 있니?"

어머니 쪽은 자신의 친정과 통째로 인연을 끊은 모양인데.

"언니랑 사이가 좋아지고 나서 몇 번인가 그쪽 댁에 놀러 간 적이 있어요. 엄마가, 내가 계속 그러면 가출하겠다고 화를 내서 그만뒀지만."

"그렇구나……"

"아빠한테도 엄마의 마음을 이해해 주라고 잔소리를 들었어요. 저지른 쪽은 잊어버리는 일도 당한 쪽은 수십 년이 지나도 잊을 수 없는 일이라는 게 있다면서."

가나는 동그란 눈동자를 또 데굴 굴렸다.

"사에코 이모가 우리 엄마한테 말을 전해 달라고 부탁한 적도 있지만."

──언니는 지금 행복하고, 이십오 년이나 지난 일이니까 슬슬 흘려보내자.

"'흘려보내자'니, 가해자 쪽에서 할 말이 아니죠. 그런 말을 할 수 있는 건 피해자 쪽뿐이라면서 엄마는 또 화를 냈고 아빠도 고개를 끄덕였어요."

무기도 없이 이렇게까지 다가오는 것은 쏴 달라는 요청이다. 내 쪽에서 사정을 들려 달라고 요구하는 편이 좋겠다──고 생각했을 때 차임이 울리고 룸서비스가 왔다. 하이티 세트와 로스트비프 샌드위치, 모듬과일, 커피와 홍차 포트.

"잘 먹겠습니다아!"

덕분에 숨을 돌릴 수 있었다. 사이좋은 할머니와 손녀 같은 두 여성의 시중을 들며 나는 커피를 마셨다.

딸기 쇼트케이크를 먹으면서 가나가 매끄럽게 말을 꺼냈다.

"우리 엄마가 스물다섯 살이고 사에코 이모가 스무 살이었을 때 엄마의 약혼자를 이모가 빼앗은 거예요."

나는 하마터면 커피를 뿜을 뻔했다.

"그것도 결혼식 당일에 약혼자랑 도망쳐서, 신부 의상을 입은 어머니는 식장에서 바람을 맞았죠."

내가 기침을 하면서 다케나카 부인의 얼굴을 살피자 부인은 태연하게 말했다.

"게다가 사에코 씨는 임신 3개월이었어요. 그게 시즈카 씨죠."

커피 컵을 컵받침에 내려놓고 나는 로스트비프 샌드위치를 먹었다. 섣부른 말을 하지 않도록 입을 막아 두기 위해서.

"태어날 아이한테 죄는 없다면서, 부모님도 사에코 씨 편을 들었대요. 그래서 사키코 씨는 가족과 인연을 끊은 거죠."

그렇다면 아직까지 화가 풀리지 않는 것도 무리는 아니다.

"사에코 씨는 졸업이 얼마 남지 않았던 전문대를 중퇴하고 그 남자랑 결혼해서 시즈카 씨를 낳았지만 그런 노상강도 같은 결혼은 역시 잘 되지 않는단 말이죠. 이 년도 못 가서 이혼하고 시즈카 씨가 세 살 때 미야사키 씨와 재혼했대요."

미야사키 씨는 '평범한 월급쟁이 같은 느낌의 아저씨'라고 하는데,

"계속 사택에서 살았고 세이에이의 학비도 내기 힘들었다고 이

모가 투덜댔었어요."

——지금 와서 보면 언니가 여자의 인생으로는 승리자야. 이제 옛날 일은 용서해 줘도 되잖아.

가나는 이야기하면서 계속 먹고 있다. 다케나카 부인은 슬라이스 레몬이 놓여 있던 작은 접시를 멋대로 재떨이 삼아 (이 방은 아마 금연일 것이다) 담배를 피우면서 '실력을 한번 보겠다'는 표정으로 나를 바라보고 있다.

나는 간신히 목소리를 냈다.

"시, 시, 시."

부끄럽다. 헛기침을 하고 나서 다시.

"시즈카 씨한테 형제는 있니?"

"남동생이 있지만 대학에서 야구를 하느라 기숙사에 있대요. 나는 만난 적 없어요."

오늘은 물론 참석할 테니 처음으로 만날 수 있겠다고 생각했단다.

"만날 수 있을 거야. 뭔가 사고가 있어서 예식이 늦어지고 있을 뿐이지."

"그렇죠, 분명 괜찮을 거예요. 이런 경사스러운 날에 저주받았다는 말을 하면 안 되는 거죠."

다케나카 부인의 말에는 전혀 영혼이 담겨 있지 않았다.

진동 소리가 나고, 가나가 휴대폰을 꺼냈다. "친구한테 온 거예요."

"슬슬 상황을 보러 다녀오겠습니다."

내가 일어서자 그녀도 황급히 의자에서 내려왔다. "같이 갈래요. 잠깐만요."

가나가 넓은 욕실로 사라지고 문이 찰칵 하며 닫히자 다케나카 부인은 코에서 연기를 내뿜으며 말했다.

"예식이 늦어지고 상황이 저렇게 되었는데 괜찮을 리가 있어요? 어머니가 옛날에 저지른 일이 딸한테 돌아온 거예요. 부모의 인과가 자식에게 미친 거죠."

"부인의 입장에서 그렇게 부추기는 듯한 말을 하시면 곤란할 것 같은데요."

"어머나, 혼잣말이에요."

"부인은 고사키 부인뿐만 아니라 가나하고도 사이좋게 지내시는 모양이군요."

어쨌거나 '마쓰코'라고 불릴 정도이니.

"저 애가 태어났을 때부터 알고 지냈는걸요. 고사키 씨는 가게를 내기 전부터 우리 동네에 살았으니까."

20세기 말까지 우리 동네에는 고사키 일족이 경영하는 공장이 있었다고 한다.

"엔진 부품 전문의, 엄청나게 기술력이 있는 회사였어요. 전쟁 중에는 전차나 어뢰 같은 걸 만들었나 봐요. 버블이 붕괴한 후에 외자계 동업자한테 매각되어 버려서 공장이 있었던 곳에는 지금 병원이 서 있지만."

나도 구區에서 하는 건강 검진 때 신세를 진 적이 있는, 건물만 해도 거의 한 블록을 차지하고 있는 종합병원이다. 한때 그곳에 있었던 공장의 규모도 거기에서 추측할 수 있다.

"고사키 씨도 다케나카 씨와 비슷한 자산가로군요."

다케나카 부인은 눈을 깜박거리며 웃었다.

"우리하고는 비교도 안 되죠. 고사키 일족은 메이지 시대 때부터 실업가였고, 창업자는 시부사와 에이이치1840~1931. 일본의 실업가로 막부에 출사했다가 메이지 유신 이후 대장성大藏省에서 근무했다. 사직 후에는 다이이치 국립은행을 경영하면서 제지 · 방적 · 보험 · 운수 · 철도 등 많은 기업 설립에 관여했으며 은퇴 후에는 사회사업 · 교육에 힘을 쏟았다랑도 아는 사이였대요."

나는 대기업의 총수인 아버지를 둔 여자와 헤어지고 아라카와 강가의 서민 동네에서 소박하게 살고 있지만 왠지 또 이런 부르주아와 마주쳤다. 이것도 일종의 저주라고 말할 수 있으려나.

엘리베이터가 계속 지체되어 나와 가나는 계단으로 25층에 내려갔다. 라운지는 여전히 붐비고 있고 엘리베이터가 도착할 때마다 더욱 사람이 늘어 간다. '시나다家 · 미야사키家'의 접수대는 그대로였으나 이그제의 양가 접수대는 완전히 철수한 상태였다.

가나가 내 상의 소매를 잡아당겼다.

"기모노를 입은 여자가 없어졌어요."

쳐다보니 확실히 실실 웃는 젊은이가 혼자 의자에 앉아 다리를 꼬고 있을 뿐이다.

"미야사키 가의 하객인데요, 상황은 어떤가요?"

그러자 명랑함과는 거리가 먼 분위기로 술렁거리는 예복 차림의 사람들을 비스듬히 바라보면서 그는 대답했다. "신부도 신랑도, 친척 분들도 아무도 나오지 않았어요."

"예식은 아직이고요?"

"글쎄요."

그는 진저리가 나는 모양이었다.

"꼭 좀 해 달라는 부탁을 받아서 접수대를 맡은 건데."

"기모노를 입은 사람은 어디 갔어요?" 하고 가나가 물었다.

"화장을 고치러 가더니 안 오네요. 그분도 한껏 차려입고 왔을 텐데. 신부도 참 너무하죠."

"너무하다니, 시즈카 언니한테 무슨 일 있나요?"

"무슨 일 있냐니, 내가 묻고 싶어요."

방명록은 덮여 있고 축의금 봉투를 올려놓아야 할 옻칠이 된 쟁반은 텅 비어 있다.

"접수를 안 하는 건가요?"

"방금 전에 신부 아버지가 오셔서 더 이상 축의금을 받지 말라던데요. 이미 받은 사람들 건 돌려주라고 해서 나 혼자 엄청 바빴어요."

축의금을 돌려주다니! 다시 말해서 예식은 취소된 것이다.

나는 예복을 입은 무리를 둘러보았다. "이그제 쪽은 어떻게 됐을까요?"

"어떻게 됐는지는 모르겠지만 손님들은 연회장에서 먹고 마시고 있어요."

접수 담당은 말투까지 거만해지기 시작했다.

"그럼 여기 있는 분들은 시나다 가와 미야사키 가의 하객들뿐이 겠군요. 식을 취소할 거라면 왜 기다리게 하는 걸까요."

"화가 나서 돌아가 버린 손님도 있긴 해요. 이쪽도 사과의 표시로 식사만이라도 대접하겠다고 하고요. 음식이 남아 버리겠어요. 나도 빨리 맥주나 마시고 싶은데."

가나가 또 내 소매를 꾹꾹 당겼다.

"스기무라 씨, 가요."

라운지의 오른쪽 안으로 향하는 통로 바닥에 융단이 깔려 있다. 안내도에 따르면 신랑 신부의 준비실과 친지 대기실이 이 통로를 따라 모여 있는 듯하다.

앞쪽에 '시나다家·미야사키家 준비실·친지 대기실'이라고 인쇄되어 붉게 칠한 틀로 둘러싸인 팻말이, 막다른 곳에 '이시카와 家·스가노家'의 팻말이 나와 있다. 후자의 표시는 '→'가 붙어 있으니 복도를 따라 꺾어 들어가면 나오려나. 이 양가가 **이그제** 쪽이다.

둘이서 앞쪽에 있는 팻말 옆으로 가니 노성이 들려왔다. 사람들이 몰려들어서인지 문이 완전히 닫히지 않아 틈이 벌어져 있다. 예복이 얼핏 보인다. '시나다家 친지 대기실' 쪽이다.

"그만 좀 해요! 거짓말하지 마!"

나는 가나의 어깨에 손을 올려놓았다. "여기에서 기다리고 있어."

발소리를 죽이고 문으로 다가가자 숨 막히는 분위기가 전해져
왔다. 싸움이 일어나고 있는 것은 분명하지만, 그러면서도 장례식
같다.

"정말 마가 끼었으니까 잘못된 거였다고 말한 거잖아요"라는 여
성의 목소리.

"이렇게 된 건 시즈카 씨 쪽에도 잘못이 있었으니까."

"뭐라고!"

아이고, 아이고. 망설이며 걸음을 멈추자, 기세 좋게 문이 열리
고 식장 담당 여성이 뛰어나왔다. 인 이어 마이크가 구부러져 있
다.

"실례합니다. 미야사키 가 쪽의 하객인데요, 어떻게 된 겁니
까?"

식장 담당자는 젊은 여성인데 눈에 띄게 초췌했다. 영업용 미
소도 더 이상 짓지 못하겠는지, 미소를 지으려는 노력만이 보여서
불쌍하다.

"죄송합니다. 잠시만 더 라운지에서 기다려 주세요."

"접수를 그만두고 축의금도 돌려주고 있다고 들었어요. 식은 중
지되는 겁니까?"

"죄송하지만 지금은 라운지에 계셔 주세요. 마실 것을 내 드리
고 있으니까요."

그녀도 서두르는 몸짓이어서 나는 길을 비켰다. 식장 담당자는

엘리베이터 홀로 뛰어가더니 역시 느린 엘리베이터를 버리고 계단을 뛰어 내려갔다.

"파혼이야! 시즈카를 데리고 돌아가겠어!"

남성의 고함소리가 들려서 나는 나도 모르게 목을 움츠렸다. 가나를 돌아보니 그녀는 좌우의 검지를 입 양쪽 끝에 대고 그것을 쭉 잡아당겨 이상한 얼굴을 해 보였다.

"방으로 돌아가서 기다리자."

내가 재촉하자 가나는 고개를 끄덕이더니 작은 목소리로 말했다.

"들어 버렸어요. 저 목소리, 미야사키 씨예요."

신부의 아버지다.

"파혼이라니, 결혼을 취소하겠다는 뜻이죠?"

"……응."

우리도 엘리베이터를 무시하고 계단 쪽으로 향했다.

"시즈카 언니는 이십오 년 전의 우리 엄마랑 똑같아지는 걸까."

"아직 알 수 없어."

"만일 그렇다면, 언니는 불쌍하지만 우리 엄마는 조금쯤 속이 후련할지도 몰라요. 그렇게 생각하는 건 잘못된 일일지도 모르지만."

나는 잠자코 있었다. 가나는 가벼운 발걸음으로 계단을 올라간다. 눈빛은 침착하고 표정도 평온하다. 아까 해 보인 이상한 얼굴은 이 아가씨가 나름대로 표명하고자 했던 당혹스런 기분이었으리라.

"너는 시즈카 씨와 사이가 좋지?"

"아마도요. 얼굴이 꼭 닮았으니까, 나도 어른이 되면 저렇게 되려나 싶어서요. 언니는 세련되었고."

아마도……라.

"사실을 말하면 내가 언니를 좋아하는지 아닌지 스스로도 확실하지 않아요. 그래서 결혼식에 오고 싶었던 거예요. 진심으로 축하한다고 말할 수 있으면 그걸로오오아아아헉?"

그녀가 먼저 괴성을 질러 준 덕분에 나는 소리를 지르지 않을 수 있었다.

28층 계단실 구석에 신부가 쪼그리고 앉아 있다. 웨딩드레스를 입고 틀어올린 머리카락에 생화를 장식하고 호화로운 진주 귀걸이와 목걸이를 하고 긴 장갑을 끼었으니, 어디 사는 누구인지는 모르겠지만 일단은 신부가 틀림없다. 이런 곳에 쪼그리고 있는 것만으로도 이상하지만, 나일론으로 된 보스턴백을 가슴에 끌어안고 울고 있었는지 뺨에 눈물 자국과 함께 눈화장이 번진 모습은 단순히 이상함을 뛰어넘어 기괴하다.

눈이 마주치자 신부는 한층 더 몸을 굳히고 구석에 달라붙었다. 그 목에서 딸꾹, 하고 딸꾹질이 튀어나왔다.

내 머릿속에서 1 더하기 1이 2가 되었다. 나중에 생각하면 실례되는 일이었지만 신부를 가리키며 가나에게 물었다.

"이 사람이 시즈카 씨?"

뭔가 어쩔 수 없는 이유가 생겨 신부가 준비실에서 도망쳐 나와 모습을 숨기자 가족들이 허둥거리며 싸우고 있다. 지금의 사태는 그런 게 아닐까. 우리는 도망친 신부를 발견한 것이 아닐까.

하지만 가나는 고개를 저었다. "아니에요."

뭐, 아니야?

"왜 그러세요?"

가나가 앞으로 나서서 몸을 굽히고 물은 목소리에 뒤이어 정체불명의 신부가 모깃소리만 한 목소리로 이렇게 호소했다.

"──도와주세요."

4

다케나카 부인은 왠지 몹시 좋아했다.

"스기무라 씨, 아무리 홀아비가 외로워도 그렇지, 함부로 신부를 주워 오면 안 돼요."

계단실에 숨어 있던 신부는 스카이하이 싱글의 세미 더블 침대에 드레스 자락을 펼치고 걸터앉아 있다. 얼룩덜룩해진 화장을 물수건으로 닦았지만 본격적인 신부 화장은 좀처럼 지워지지 않았다.

"아니에요, 마쓰코, 내가 주워 온 거예요. 다쳤는데 내버려 둘 수는 없어서."

신부는 오른쪽 발목을 다친 상태였다. 그녀의 웨딩드레스는 길게 옷자락이 끌리는 타입이 아니라 튤립 꽃을 거꾸로 뒤집은 형상의 디자인인데, 10센티는 되는 하이힐을 신고 계단을 오르내리다가 넘어지고 말았다고 한다.

"……폐를 끼쳐서 죄송해요."

모깃소리만 한 사죄다. 붙인 속눈썹의 한쪽이 떨어져 덜렁거리고 입술 끝에 립스틱이 번져 있다.

"당신, **이그제**의 신부죠?"

그 외의 경우는 생각할 수 없다. 2 빼기 1은 1이다. 이번에는 나도 계산을 틀리지 않았다.

담배를 피우면서 묻는 다케나카 부인에게 신부는 몸을 굽히며 머리를 숙였다.

"정말 실례했습니다. 숨겨 주셔서 살았어요. 저는 스가노 미즈키라고 해요."

신부 화장 때문에 실제 나이를 짐작하기가 어렵다. 그래도 스물다섯 살을 넘은 것으로는 보이지 않지만 적어도 이 말투를 들어 보면 제대로 된 어른 같기는 하다.

"10시부터 **이그제**에서, 인전人前 결혼식_{결혼 맹세를 신이나 부처에게 하는 대신 하객 전원을 결혼 증인으로 삼는 형식의 결혼식. 종교나 격식에 구애되지 않아도 되기 때문에 결혼식 장소나 진행, 연출 등을 자유롭게 할 수 있는 것이 장점이다}이라서 결혼 맹세랑 피로연을 이어서 할 예정이었어요."

"어째서 결혼식 직전에 도망친 거죠? 준비까지 다 해 놓고."

신부의 눈빛이 흔들리고 입이 어중간하게 벌어졌다. 사람은 서툰 거짓말을 하거나, 당장은 믿기 어려운 사정을 이야기할 때 이런 표정을 짓는다. 적어도 내 경험으로는 그렇다.

잠시 혼자서 고민하던 신부가 말했다. "저는 스물한 살이고 상대는 예순두 살이에요."

돌직구다. 하물며 10대인 여자아이에게는 가장 이해하기 쉬운 도망 이유일 것이다. 가나의 표정이 프라이팬에 얻어맞은 듯 평평해졌다.

"······최악이야."

저주 같은 신음 소리를 낸다. 한편 다케나카 부인은 태연하다.

"당신은 후처라는 뜻인가요?"

"네. 제가 세 번째예요."

부인은 담배를 비벼 끄며 "호색한 영감이네" 하고 코멘트했다.

"우리 아빠보다 더 나이가 많아요!"

가나가 제정신으로 돌아와서 소리쳤다. "그런 사람이 이렇게 젊은 신부를 얻어도 되는 거예요? 언니는 왜 승낙한 거예요?"

스가노는 가나를 바라보더니 도움을 청하듯 다시 다케나카 부인을 돌아보았다. 이런 귀여운 여자애에게 추한 세상의 일면을 알리고 싶지 않아요——.

"뭔가 이유가 있겠지. 부모님의 빚?"

입가를 일그러뜨리며 스가노가 고개를 끄덕였다.

"제가 호색한 영감이랑 결혼하면 아버지가 경영하는 회사의 부채를 갚아 주겠다고 약속했어요."

순간 가나가 벌떡 일어섰다.

"너무해! 그건 인신매매나 마찬가지잖아요? 경찰에 신고하면 될 텐데."

짧게 자른 머리카락 사이로 보이는 귓불이 새빨갰다. 나는 그녀의 재킷 팔꿈치를 가볍게 잡아당겼다.

"진정해. 앉는 게 좋겠어."

다케나카 부인도 말했다. "가나, 이 사람한테 커피 좀 줘. 아직 포트에 남았지?"

컵을 받아 드는 스가노의 손이 떨리고 있었다. 당장의 긴장이 풀려서 피로가 몰려온 것이리라. 그녀가 식은 커피를 한두 모금 마시기를 기다려 다케나카 부인이 입을 열었다.

"그렇다고 해도 이상하네. 오늘까지 한 번도 도망칠 기회가 없었을 리는 없을 텐데."

마쓰코, 질문.

"그건 그렇지만……" 하며 도망친 신부는 고개를 떨어뜨렸다.

"그렇지만, 뭔가요?"

마쓰코, 다시 질문.

가나와 나는 도망친 신부를 지켜보았다.

"대답할 수 없나요? 그럼 아웃이네."

마쓰코, 비정 모드 발동. 포기가 빠름.

"귀찮은 일에 휘말리는 건 사양이에요. 스기무라 씨, 프런트에 전화해요."

"잠깐만요!"

스가노가 벌떡 일어나려다가 다리가 아픈지 얼굴을 일그러뜨렸다. 가나가 감싸듯이 그녀 옆에 앉았다.

"마쓰코, 좀 더 다정하게 대해 줘요. 언니가 떨고 있잖아요" 하며 도망친 신부의 등을 쓰다듬는다.

"미안해요. 고마워."

스가노는 목소리도 떨리기 시작했다. 그것을 열심히 억누르면서 다케나카 부인에게 말했다.

"그냥 도망치기만 해서는, 이 결혼을 완전히 취소할 수 없겠다고 생각했기 때문이에요."

발견되어 도로 끌려갈 위험이 있다.

"호색한 영감, 끈질긴가 봐요?"

"당신의 부모님도 전혀 의지할 수 없나요?"

짙은 화장이 얼룩덜룩해진 스가노의 얼굴에 돌멩이로 조각한 것 같은 웃음이 떠올랐다.

"십 년만 참으면 호색한 영감은 죽어 버릴 테고 아내가 되면 유산을 받을 수 있다, 넌 아직 젊으니까 그 후에 진짜 인생을 다시 시작하면 된다, 지금은 참아 달라고밖에 말하지 않았어요."

그게 사실이라면 너무하고, 제멋대로고, 악착같다. 이런 표현들을 모두 합해서 2를 곱해도 모자랄 정도다. 딸을 뭐라고 생각하는 걸까, 이 부모는.

"그런 건 죽어도 싫어요."

도망친 신부는 입술을 깨물었다.

"전부 다 산산이 부숴 놓으려면 가능한 한 많은 관계자들에게 알려지도록──아무것도 숨기거나 꾸밀 수 없는 타이밍에, 나는 이 결혼이 싫어! 라고 보여 줄 수밖에 없다고 생각했어요."

그녀의 등에 손을 대고 가나가 몇 번이나 고개를 끄덕인다.

"엉성하네" 하고 다케나카 부인은 말했다. "인전 결혼식이라면서요? 그 자리에서 그렇게 말해 주는 게 제일 확실했을 거예요. 가족들과 초대 손님이 모여 있는 바로 앞에서."

맹세할 수 없어요! 질색이에요 하고.

"하지만 그러면 도망치기가 어려워집니다." 나는 말했다. "결혼식은 망칠 수 있어도 그대로 붙들려 버리면 상황은 오히려 나빠져요. 결혼식 직전에 도망치는 게 정답이었을 겁니다."

마쓰코, 납득해 준 것 같다. 도망친 신부뿐만 아니라 가나도 나도 안도했다.

"사실은 더 매끄럽게 도망칠 수 있었는데."

잘 되지 않아서…… 하며 스가노는 작게 한숨을 쉬었다.

"준비실에서 도망친 후에 지금까지 어떻게 했나요?"

"어쨌든 숨어서, 어디에선가 옷을 갈아입으려고 어슬렁거리고 있었어요."

오늘은 모든 연회장이 다 차 있는지, 호텔 종업원이나 식장 담당자, 준비하기 위해 각자의 대기실로 향하는 신랑 신부들이 복도나 홀에서 바쁘게 스쳐 지나갔다. 여자 화장실에도 누군가 이용자가 있어서 수상하게 여겨질까 봐 오래 있을 수가 없었다.

"준비가 끝난 신부가 시중 드는 사람도 없이 화장실에 온다는 건 확실히 이상하니까요."

내가 말하자 다케나카 부인은 웃었다.

"바보스러울 정도로 성실하네. 태연한 얼굴을 하고 있으면 아무도 이상하게 생각하지 않을 텐데."

22층으로 내려와 보니 웨딩 플랜을 상담하러 몇 번 (끌려)왔던 부스가 있고, 아무도 없기에 그곳에 숨었다.

"주위가 유리로 둘러싸여 있어서 책상 밑에 숨었어요."

하지만 내선 전화가 울리거나 가까이에서 바삐 움직이는 사람들이 있어서 무서워졌다.

"그 후에는 도구 창고나 종업원 휴게실이나 숨을 수 있을 만한 곳에 들어갔다 나왔다 했어요."

어디에서도 오래 있을 수는 없었다. 결국에는 복도나 계단실을 전전하는 상태로 돌아가고 말았는데 지쳐서 넘어지는 바람에 다리를 다쳤다.

"객실층에 올라가면 한숨 돌릴 수 있지 않을까 했지만 열쇠가 없으면 복도에도 들어갈 수가 없더라고요."

계단 구석에서 웅크리고 있다가 가나와 나에게 발견되었다는 것이다.

"부스에 있을 때 드레스를 벗어 버렸으면 좋았을 텐데."

"그렇게 좁은 곳에서는 무리예요."

"그럼 화장실도 무리예요. 당신, 처음부터 혼자서 도망칠 생각이었을 텐데요."

그때 내 머리에 떠오른 생각을 가나가 물어봐 주었다. "혹시 누군가 도와줄 사람이 있는데 예정이 어긋나서 연락이 안 됐던 건 아닌가요?"

10대 여자아이의 상상력은 나보다 한 수 위다. "혹시 남자친구?"

"그런 사람은 없어요. 제 주위에 제 편은 없었어요."

아픔으로 가득 찬 중얼거림이다. 그녀가 백 퍼센트 진짜 사정을 털어놓고 있다고는 생각되지 않지만, 지금까지의 말에 거짓이 있어 보이지도 않는다.

스가노가 매달리듯이 소중히 끌어안고 있던 나일론제 보스턴백은, 지금은 발밑에 놓여 있다. 검은 바탕에 오망성 같은 모양의 도트무늬, 전체적인 모양도 풍선 같아서 이렇게 보니 개성적인 물건이었다.

나는 가방을 가리키며 물었다. "그 안에 갈아입을 옷이나 신발이 들어 있습니까?"

그녀는 조금 놀란 듯이 눈을 깜박였다. "네? 네."

"현금은 있으시고요?"

"잠시 동안 지낼 수 있을 정도는 있어요."

"누구의 도움도 받을 수 없다면 갈 곳도 없는 건 아닙니까?"

"그건, 저어, 직장 때문에 지방에 가 있는 친구를 찾아가려고 했어요. 관광지라 전부터 놀러 오라고 권해 주곤 했으니까 분명히 재워 줄 거예요."

관광 여행과, 마음에 들지 않는 결혼에서 도망쳐 굴러 들어가는 것은 사정이 다르다.

나는 다케나카 부인을 돌아보았다. "어떻게 하시겠습니까?"

담배가 든 종이 팩을 들여다본 부인이 비었다는 것을 알자 움켜쥐어 구기며 말했다.

"옷을 갈아입고 나가 주면 좋겠어요."

가나가 또 벌떡 일어난다. "그럴 수가! 마쓰코, 이 사람 다리를 다쳤어요. 도망치지 못하고 붙잡힐 거예요!"

"그러면 댁과 상대방의 가족이나 관계자가 포기하고 돌아갈 때까지, 여기서 시간을 죽이든지?"

스가노와 가나의 얼굴이 램프를 켠 것처럼 밝아졌다.

"그래도 되나요!"

"그렇구나아!"

뭐, 그렇게 되려나. 주워 와 버린 이상은 어쩔 수 없다.

"그 머리 모양은 평상복이랑 어울리지 않네요. 화장도 제대로 지워요."

"고맙습니다!"

스가노는 양손을 모으고 몇 번이나 머리를 숙였다. 갑작스러운 움직임에 덜렁거리던 한쪽 속눈썹이 떨어져 흔들린다.

"우리는 당신을 모르고 상관도 없어요. 그러니까 웨딩드레스를 여기에 두고 가지는 말아요. 어디, **프레지덴셜**에 가 볼까."

드레스 자락을 치우며 다케나카 부인은 영차 하고 일어섰다.

프레지덴셜에는 벌써 연회가 끝난 후 같은 광경이 펼쳐져 있었다.

신랑 신부가 앉아야 했을 메인 테이블은 물론이고 초대 손님용의 둥근 테이블에도 대부분은 사람이 없다. 테이블의 생화나 캔들, 식기, 잔도 철거되었다.

다만 본래는 친지석이 되어야 했을, 메인 테이블에서 가장 먼 테이블 세 개만이 묘하게 시끌벅적했다. 20대 후반에서 서른 정도로 보이는 남녀 십여 명이 앉아 있었는데, 물어보니 모두 신랑 신부의 친구였다.

결국 시나다家·미야사키家의 결혼 피로연은 '갑작스러운 사정에 의해' 취소되었다. 그것을 신랑의 부모가 설명하고 축의금도 돌려주었지만,

──귀중한 시간을 내어 모여 주신 분들께 음식과 음료만이라도 대접하고 싶다.

고 해서 식사가 시작된 것이 30분쯤 전의 일이라고 한다.

"친지들이나 신랑 신부의 직장 동료들은 대부분 돌아가 버렸어요."

"우리도 그래야 했는데 신랑 부모님이 붙잡으셔서……."

"뿌리치고 돌아가려니 미안할 것 같아서요."

하지만 남자들은 신이 났고 여자들은 하나같이 기운이 없다. 그것을 남자들이 위로하려고 샴페인이며 와인을 열심히 권하고 있었다.

위풍당당하고도 털털한 아줌마 캐릭터로 완벽하게 변신한 다케나카 부인이 말했다.

"나랑 이 사람(나다)은 미야사키 씨 쪽의 하객이에요. 같은 동네에 살거든요. 우리도 좀 끼어도 될까요?"

앉으세요, 앉으세요, 하며 젊은이들이 자리를 비워 주려고 했

다. 부인은 그들을 제지하며 빵이 담긴 바구니를 들고 온 보이에게 명령했다.

"저쪽 테이블을 여기에 붙여 줘요. 음식, 3인분 추가."

"알겠습니다."

그렇게 좌석이 늘고 우리도 테이블을 향해 앉았다. 조심조심 걸터앉는 가나를 보고 여성들이 술렁거린다. 다케나카 부인이 즉각 말했다.

"이 애, 신부랑 닮았죠? 사촌이에요. 시즈카 씨 어머니의 언니 되는 사람의 큰딸."

"아, 그럼 세이에이 중등부에 있는……."

"맞아요."

"우리도 세이에이 졸업생이에요."

"우리는 신랑의 대학 동아리 친구예요."

"저는 직장 동기입니다. 안녕하세요."

자기소개가 시작되고, 다케나카 부인이 차례차례 보이에게 지시해 와인을 추가하게 하거나 접시를 바꾸게 하는 등의 일을 맡아서 자리의 분위기는 나름대로 편안해졌다. 식장 측도 빨리 끝내고 싶은지, 패스트푸드급의 속도로 계속해서 나오는 프랑스 요리를 남자들이 먹어치워 간다. 호화롭기는 하지만 복잡+자포자기의 뷔페다.

"우리는 일에 관여할 수 없는 입장이라 무슨 일이 있었는지 전혀 모르는데, 여러분은 아시나요?"

부인의 물음에 친구들은 서로 양보하듯이 얼굴을 마주보았다. 신랑의 동기라는 보스턴 타입의 안경을 쓴 남자가,

"우리 남자들은 들어갈 수가 없었기 때문에——."

하고 대답하며 세이에이 졸업생이라고 했던 여성 쪽으로 재촉하는 듯한 시선을 보냈다. 그녀는 음식에도 와인에도 손을 대지 않고 어깨를 축 늘어뜨리고 있다. 심플한 검은 드레스에 골든펄 목걸이가 잘 어울리지만 표정에는 생기가 없고 눈가가 붉다.

"당신, 신부를 만났나요?"

다케나카 부인의 하문에 여성은 망설이듯이 고개를 끄덕였다.

"우리는 2차 모임의 간사예요." 보스턴 안경이 말했다. "직전까지 확인해야 할 것도 있고 해서 이 친구는 신부 준비실에도 들어갔으니까요, 그렇죠?"

다시금 재촉을 받은 2차 모임 간사는 고개를 숙이고 말았다.

"물론 갑자기 중지된 거니까 신부의 기분을 생각하면 입이 무거워질 만도 하죠. 미안해요, 함부로 물어봐서."

밀어서 안 된다면 당겨 봐라.

"시즈카가 불쌍해서……."

속삭이듯이 말하며 간사는 냅킨으로 눈가를 눌렀다. 옆에 앉은 세이에이의 졸업생 중 한 사람이 그 어깨를 껴안으며 울 것 같은 얼굴을 한다.

"그렇다면 신랑 쪽에 무슨 일이 있었나 보군요."

당겼으면 이번에는 파고들어 봐라.

"전 여친이 쳐들어왔어요." 신랑의 동아리 친구가 말을 꺼냈다. 갈색 머리, 한쪽 귀에 피어스를 한 혼혈 같은 생김새의 젊은이다.

"그걸 또 신랑이 딱 잘라 밀어내지 못하고 뭔가 꾸물거렸나 봐요. 그래서 신부 측이 화가 난 거죠."

꾸물꾸물이라. 친지 대기실에서 새어나온, 신랑 측 (아마 어머니일 것이다) 여성의 발언.

──정말 마가 끼었으니까.

나는 그것이 신경 쓰였지만.

"딱 잘라 밀어내지 못했다는 건, 신랑이 붙들려서 전 여친이랑 도망치려고 했다거나 그런 겁니까?"

테이블을 둘러싼 일동은 그렇게까지 구체적인 내용은 모르는 것 같았다. 다만 2차 모임 간사만은 다르다. 내 물음에서 도망치듯이 아래를 향하고 말았다.

"그 자리의 소동은 비교적 빨리 수습되었고, 전 여친은 얌전히 돌아간 모양이에요." 보스턴 안경이 말했다. 그 말꼬리를 붙잡듯이 갈색 머리가 말을 이었다.

"뭐, 전 여친이라고 해도 완전히 헤어진 게 아니라 말하자면 양다리였으니까요."

"그런 식으로 말하지 마세요."

세이에이 졸업생이 날카롭게 호소했지만 갈색 머리는 눈썹을 치켜 올리며 대꾸했다.

"그런 식이고 자시고 사실인걸요. 전 여친은 신랑이랑 같은 세미나에 있었기 때문에 우리도 아는 사이예요. 모두 양다리라는 걸 알고 있었죠. 진짜로 이 결혼식 얘기에 조마조마했어요. 아니나 다를까라는 기분이라고요."

보스턴 안경이 눈썹을 찌푸렸다. "그만해."

그러더니 변명하듯이 덧붙인다. "신랑은 전 여친하고는 확실하게 헤어졌어요. 오늘의 결혼식 예정도, 신랑이 여러 번 부탁해서 전 여친한테는 새어나가지 않도록 모두 조심하고 있었는데 어떻게 알려져 버린 건지……."

세이에이 졸업생인 다른 여성이 고개를 끄덕인다. "게다가 망설이지도 않고 곧장 준비실까지 쳐들어왔죠. 수상한 사람인데, 식장 측도 전혀 제지해 주지 않다니 너무해요."

"누군가 전 여친 편이 있는 거겠지."

갈색 머리가 얼굴을 일그러뜨리며 내뱉는다.

"전 여친이 신랑한테 희롱당하고 버려져 불쌍하다면서 데려와 준 거 아닐까? 그 녀석, 의외로 지금 여기에 태연한 얼굴로 앉아 있을지도 몰라."

일동의 얼굴이 굳어진다. 보스턴 안경이 거친 목소리로 말했다. "그만 좀 해!"

"시끄러워! 너야말로 고상한 소리나 늘어놓지 마."

"접수하는 사람은요?"

갑자기 울리는, 방울을 흔드는 것 같은 소녀의 목소리. 가나다. "여러분의 친구 아닌가요?"

세이에이 졸업생이 어색하게 대답했다. "아, 그 두 사람은 신랑 신부의 친구지만 학교가 달라서 우리는 면식이 없어. 여자 쪽이 충격으로 몸이 안 좋아져서 남자가 데려다주고 오겠다던데."

빨리 맥주를 마시고 싶다며 불평을 늘어놓던 헤실헤실 청년은 의외로 친절했던 걸까.

"그래서 새 커플이 한 쌍 생긴다면 그나마 마음이 좀 낫겠지만."

"여자는 뚱땡이고 남자는 경박하던데, 글쎄."

갈색 머리는 끈질기다. 빠른 페이스로 너무 많이 마신 것이다. 나는 온화하게 끼어들었다.

"2차 모임도 취소일 텐데 그쪽은 어떻게 됐나요?"

보스턴 안경이 나를 보았다. "연락은 끝냈습니다. 꽤 비싼 취소 요금이 발생해서 신부 아버님이 가게에 직접 찾아가 주시겠다더군요."

"그럼 다행이네요."

"전 집에 갈래요."

테이블의 은그릇 소리를 내며 2차 모임 간사가 일어섰다. 얼굴이 새하얗다. 일행인 졸업생 두 명도 뒤따랐다. 분위기가 어색해지고 보스턴 안경도 허둥지둥 자리에서 일어선다.

"데려다줄게."

그는 그녀들과 **프레지덴셜**을 나가 버렸다. 이를 계기로, 나도 가나를 재촉했다.

"와인밖에 없어서 마실 수 있는 게 없네. 티 라운지로 가죠. 여러분은 천천히 놀다 가세요."

다케나카 부인은 떡하니 앉은 채, 얼굴 옆에서 손을 팔랑팔랑 흔들었다.

"그럼 나중에 봐요. 여기 재떨이가 없을까? 와인이 전부 비었네요. 메인인 고기 요리가 올 테니 레드와인으로 하죠."

둘이서 홀로 나가자, 아까는 몰랐는데 **프레지덴셜** 옆의 작은 방에 답례품을 담는 커다란 종이봉투가 그대로 남아 있는 살풍경한 광경이 눈에 들어왔다.

"**이그제**는 어떨까요."

가나는 머뭇거리는 느낌으로 발소리를 죽이고 걸었다. 그쪽은 출입구의 쌍바라지 문이 닫혀 있었다. 가나는 거기에 귀를 대더니 말했다.

"──아무 소리도 안 들려요."

나는 쓴웃음을 지으며 문을 잡아당겼다. 무겁다. 10센티 정도 열고 들여다보는 것만으로도 충분했다. 아무도 없다. 식기나 장식품, 생화는 치워지고 바닥에 쓰레기가 흩어져 있었다.

"역시 가시 돋친 식사 자리였으려나."

"아무리 좋은 와인이라도 뒤끝이 안 좋을 것 같네."

신랑 신부의 준비실과 친지 대기실 쪽으로 갔다. 융단이 깔린 통로에는 인기척이 없다. **프레지덴셜**에서는 나름대로 흥겨운 식사가 이어지고 있는데, 이곳은 공허하고 쥐 죽은 듯 조용하다.

표시는 아직 그대로 있었다. 시나다家 친지 대기실, 아무도 없음. 신랑 준비실, 아무도 없음. 미야사키家 친지 대기실, 텅 빔. 신부 준비실, 아무도 없음. 다만 문 옆의 긴 의자 위에 짐이 놓여 있다. 직사각형의 보따리(기모노가 들어 있는 듯하다)와 가죽 보스턴백과 커다란 종이봉투 하나.

"아직 누군가 남아 있어요."

가나는 준비실 한가운데 서더니, 스카이하이 싱글에서 그랬을 때처럼 빙글빙글 회전하며 둘러보았다. 그 모습이 삼면거울과 전신거울에 비친다. 메이크업 용품 등도 전부 치워지고 티슈와 화장솜 상자가 오도카니 남겨져 있었다.

"스가노 쪽을 보고 올게."

그런 말을 남기고 나는 일단 통로로 나갔다. 막다른 곳에는 비상계단이 있고 그 표시가 일본어와 영어로 걸려 있다.

안쪽 준비실과 대기실도 텅 비어 있었다. 이쪽은 표시도 없어지고 희미하게 룸 스프레이 냄새가 났다.

이 통로에 면해 있는 공간은 벽이 아니라 가동식可動式 칸막이로 나뉘어 있는 부분이 많다. 두 개의 볼룸에서 열리는 연회의 규모와 종류에 따라 쓰임새가 달라지기 때문일 것이다. 칸막이에는 문이 달려 있는 부분도 있어 마음만 먹으면 한쪽에서 다른 쪽으로 나갈 수 있다.

시나다 가·미야사키 가의 소동으로 스가노 측에 영향이 있지는 않았을까. 오늘 이 층에서 예정되어 있던 두 개의 예식과 피로연은 스케줄이 한 시간 정도 엇갈려 있었다. 스가노 측이 먼저고, 시즈카 측이 나중이다. 하지만 준비를 해야 하기 때문에 신랑 신부는 일찍 식장에 들어온다(나도 경험으로 알고 있다). 신부가 결혼식 세 시간에서 네 시간 전, 신랑이 두 시간 전쯤일까. 먼저 사진 촬영이 있는 경우에는 더 빨라진다. **프레지덴셜**과 **이그제**의 신랑 신부는 분명히 가까이에 있었을 것이다.

그런가. **프레지덴셜** 커플의 무대 뒤에서 발생한 사고가 결과적으로 **이그제** 신부의 도망을 도왔을 수도 있다. 스가노가 아직 스카이 하이 싱글에 있는 동안 그 부분을 물어봐 두는 게 좋을지도 모른다. 아니, '좋다'는 건 무엇을 위해서일까? 오늘 내 임무는 결혼식에 함께 오는 것이고, 이 두 개의 트러블에 대해서는 방관자에 지나지 않는데.

그렇다 해도 호텔 입장에서는 무척 성가신 우연이었다. 같은 층에 있는 두 개의 식장에서 예정된 두 쌍의 커플의 결혼피로연에서 한쪽 신부는 도망치고, 다른 한쪽은 신랑 측에 트러블이 생겨서 양쪽 다 당일 취소인 것이다. 개업한 지 얼마 되지 않았는데 운이 나빴다. 엄청난 우연이 가져온 재난——.

가볍게 한숨을 쉬고 발길을 돌렸을 때 고함치는 것 같은 여성의 노성이 귀에 꽂혔다.

"네가 여기서 뭘 하는 거야!"

앞쪽 준비실로 뛰어 돌아가 보니 전신거울 옆에 가나가 우두커니 서 있었다. 그 앞에 버티고 서듯이 여성 두 명이 있다. 한 사람은 차콜그레이 색깔의 정장을 입은 중년 여성이고, 다른 한 사람은 하얀 원피스에 검은 에나멜 하이힐을 맞춰 신은 젊은 여성이다.

"실례합니다."

나도 강한 목소리로 말하자 두 여성은 깜짝 놀란 듯이 돌아보았다. 젊은 쪽의 얼굴을 보고 금방 알 수 있었다. 시즈카다. 정말로 연하의 사촌동생과 매우 닮았다. 키와, 밤색으로 물들인 세미롱의 헤어스타일만이 다를 뿐이다.

그렇다면 옆에 있는 중년 여성은 어머니 사에코일 것이다. 이곳에 남아 있던 짐은 미야사키 모녀의 것이었다. 결혼식도 피로연도 중지되어 신부는 웨딩드레스를, 신부의 어머니는 기모노를 벗고, 달리 어떻게 하지도 못한 채 귀가하려는 참이었으리라.

나는 서둘러 목례하며 미야사키 부인에게 말했다. "마음대로 끼어들어서 죄송합니다. 가나 씨가 신부를 걱정해서 아직 여기 계시는 건 아닐까 하고 와 본 겁니다."

그러자 시즈카가 가나를 바라보고는 양손을 내밀며 다가갔다.

"미안해, 고마워."

가나도 그 손을 잡았다. 시즈카는 껴안으려고 했지만, 가나는 거기에 응하지 않고 사촌언니의 손을 움켜쥘 뿐이었다.

미야사키 부인의 안색이 바뀌었다. 눈꼬리가 내려가고 입가가 부들부들 떨리고 있다. 가나가 말한 대로 미인이지만 딸과 함께 있어서인지 오늘의 마음고생 때문인지 그렇게 젊어 보이지는 않는다.

"당신은?"

"스기무라라고 합니다. 고사키 부인의 의뢰로 가나 씨를 모시고 왔습니다."

"모시고 왔다고요?"

부인의 목소리는 쉬어 있었다. 트러블을 수습하는 동안 큰 소리를 계속 질렀나 보다.

"뭔지 모르겠지만 돌아가 주세요."

가나와 손을 마주 잡은 채 시즈카가 작게 말했다. "엄마, 그러지 말아요."

"넌 조용히 있어!"

목소리가 무참하게 갈라진다. 시즈카는 그 목소리에 얻어맞은 듯이 얼굴을 숙였지만 가나는 한층 더 크게 눈을 부릅떴다.

"나가. 빨리 나가."

미야사키 부인은 몸부림을 치며 목소리를 쥐어짠다. 호흡이 거칠어지고 얼굴에서 핏기가 가신다.

"──고소하다고 생각하고 있지?"

준비실의 공허한 공기가 얼어붙었다.

"시즈카가 이런 일을 당해서 인과응보다, 꼴좋게 됐다고."

"무슨 소릴 하는 거예요" 하고 시즈카가 속삭인다.

"넌 조용히 있어!"

부인은 고함칠 생각이겠지만 비명으로 들렸다. 충혈된 눈이 번

들거리며 가나를 노려본다.

"집에 가서 언니한테 일러. 나랑 시즈카를 웃음거리로 삼고 싶잖아? 좋아, 그렇게 해. 배를 잡고 웃으면 되잖아."

가나는 눈도 깜박이지 않는다. 호흡조차 멈추어 실물 크기의 소녀 인형 같다.

"실컷 웃어. 나는 지지 않을 거니까. 자, 나가. 나가라고 했잖아!"

미야사키 부인은 클러치백을 들고 있었다. 장지갑보다 조금 더 큰 검은색 악어가죽 가방이다. 무슨 생각을 했는지 갑자기 그것을 가나를 향해 집어던졌다. 가방은 옆으로 빗나가 전신거울에 부딪혔다. 요란한 소리가 나고 거울에 잔물결이 인다.

"엄마!"

시즈카가 소리치고 가나의 손을 놓더니 어머니에게 다가갔다. 미야사키 부인은 비틀거리며 뒷걸음질 쳐서 통로로 뛰쳐나갔다. 그 어깨가 내 팔에 부딪혔다.

시즈카는 많이 쫓아가지는 않았다. 방금 전까지 어머니가 서 있던 곳에서 걸음을 멈추고, 힘이 빠진 듯 늘어졌다. 그녀가 어깨에 메고 있던 숄더백이 발치에 떨어졌다. 검은 바탕에 도트무늬가 있는 둥근 가방은 융단이 깔린 바닥에 부딪혀 가벼운 소리를 냈다.

오늘 이곳에 온 후 경험한 일 때문에 표정을 전부 다 써 버린 모양이다. 울지도 않고 화도 내지 않았다. 미야사키 시즈카는 그저 닳아 해어져 있었다. 그 눈빛은 어머니가 뛰쳐나간 쪽을 향하고는 있지만 아무것도 보고 있지 않은 것 같았다.

우두커니 서 있는 그녀의 뒤쪽에서 가나가 천천히 쪼그려 앉아 미야사키 부인의 클러치백을 주워 들고 잠시 망설이더니 가까운 테이블 위에 내려놓았다.

나는 가나에게 다가가 어깨를 안았다.

"그만 가자."

말없이 고개를 끄덕인 가나가 비틀거리지도 않고 걷기 시작했다.

"안녕."

가나가 시즈카 옆을 지나치며 속삭이듯 말했다. 홀로 나갈 때 쳐다보니 시즈카는 아직도 우두커니 선 채 양손으로 얼굴을 덮고 고개를 숙이고 있었다.

이그제의 도망친 신부는 28층의 스카이하이 싱글에서 사라지고 없었다. 보스턴백도 없어졌다. 다기의 은쟁반 끝에 호텔의 메모장과 함께 접은 만 엔짜리 지폐가 끼워져 있었다.

반으로 접은 메모를 펴 보니 동글동글한 글씨로 휘갈겨 쓴 문장이 적혀 있다. "고맙습니다."

세면대가 젖어 있고 샴푸와 드라이어를 사용한 흔적이 보였다. 쓰레기통에는 잘라 낸 태그와 가격표가 몇 개 들어 있다. 235라는 표시가 있는 것으로 보아 옷뿐만 아니라 신발도 있었던 모양이다.

가나는 입을 다문 채 침대에 앉는가 싶더니 그대로 똑바로 쓰러져서 천장을 올려다보고 있다.

나는 방의 포트로 물을 끓이고 미니바에 마련되어 있던 티백으로 호지차_{일본 녹차의 한 종류. 찻잎을 볶아서 달여 마시는데, 독특한 향이 있고 쓴맛이나 떫은맛이 거의 없어 산뜻하게 즐길 수 있다}를 끓였다.

"따뜻한 걸 마시지 않을래?"

가나는 움직이지 않았다.

"──신경이 쓰이겠지만 이모님이 하신 말씀은 잊어버려."

갈색 머리의 젊은이가 힐난했던 대로 이것은 고상한 소리다. 그래도 말할 필요가 있다고 생각했다.

"스기무라 씨."

"응?"

"결혼하셨어요?"

"했었지. 과거형."

"왜 헤어지셨어요?"

가나는 양손을 좌우로 벌리고 턱끝을 천장으로 향하고 있다.

"여러 가지 일이 있었어."

"아이는 있으세요?"

"딸이 하나. 올해 초등학교 5학년이 돼. 헤어진 아내와 함께 아내의 본가에서 살고 있지."

가나는 나를 곁눈질로 보았다.

"가끔 만나세요?"

"면회일이 있으니까. 문자나 스카이프는 자주 해."

292

"스기무라 씨는 좋은 아빠인가요?"

"그렇게 되고 싶어서 노력하고 있다고는 생각하지만, 글쎄."

흐음, 하더니 가나는 침묵했다. 나는 호지차를 마셨다.

"──우리 엄마는요."

그녀가 천장을 올려다본 채 말했다.

"스물다섯 살 때 결혼식 직전에 바람을 맞고 남성공포증 같은 게 생겨서 내내 누구하고도 사귈 수가 없었대요. 그래서 우리 아빠랑 결혼한 건 서른다섯 살 때."

마음의 상처가 낫기까지 십 년이 걸렸다.

"아는 사람의 소개로, 정식은 아니지만 맞선 같은 거였대요. 아빠는 한 번 이혼한 전적이 있지만 다른 조건이 좋았어요. 엄마가 미인은 아니지만 경박하지 않아서 좋았대요. 전 부인은 엄청 화려한 걸 좋아하고 집안일도 못 해서 이혼하게 된 거라, 아빠는 재혼할 거라면 수수하고 야무진 사람이 좋겠다고 생각했는데 두 사람의 이해관계가 일치한 거죠."

"맞선이라도 이해관계만으로 결혼할 수 있는 건 아니야. 궁합이 맞고 서로 마음에 들어야지."

가나의 옆얼굴에 지금까지 보인 적 없는 완고한 선이 그려져 있었다.

"엄마는 부자랑 결혼하고 싶었던 거예요. 이모한테 복수하기 위해서."

나는 굳이 반론하지 않았다.

"지금도 분하대요. 이모가 한 짓 때문에 결혼이 늦어지고 출산도 늦어져서, 나를 낳았을 때도 키울 때도 체력적으로 힘들었거든요. 그래서 둘째는 포기했고요. 내가 어른이 되고 결혼해서 아이를 낳을 때쯤이면 엄마는 정말로 할머니일 테고, 어쩌면 그 전에 죽어 버릴지도 몰라요. 그게 너무 분해서 견딜 수가 없대요."

——내 십 년을 돌려줘.

"아기가 불쌍하다, 아기를 생각하라고, 이모를 감싸며 꾸짖으려고도 하지 않았던 외할아버지 외할머니도, 절대로 용서할 마음이 들지 않았대요. 두 분 다 이미 돌아가셨는데. 엄마는 장례식에 가지 않았고 성묘도 하지 않아요."

단조로운 음성에 말투는 조용하다.

"외할아버지는 엄마가 결혼하기 전해에 돌아가셨지만 외할머니는 죽을 때까지 몇 년을 앓아누워 계셨거든요. 그런데 우리 아빠가 부자라는 걸 알고 이모가 몇 번인가 돈을 달라고 했대요. 간병이 힘드니까 도와달라고."

순수하게 알고 싶었기 때문에 나는 물었다. "어머님은 도와주셨니?"

"아빠가 했어요."

——아내의 어머니 일이니까 내버려 둘 수는 없다.

"오늘의 결혼식, 제대로 할 수 있었다면 엄청 호화로웠겠죠?"

"그럴 거야. 테이블 수로 보아 초대 손님도 많았던 것 같고."

"이모한테는 그런 돈이 없을 테니까, 결혼 상대가 부자였던 걸까요? 그렇다면 더더욱 이모는 분하겠네요."

"결혼식은 중지되었지만 결혼 자체가 백지가 되었는지 아닌지
는 아직 알 수 없어."

가나는 작게 웃었다. "설마요. 미야사키 씨가 파혼이라고 소리
지르고 있었잖아요."

시즈카를 데리고 돌아가겠어! 뭐, 그렇긴 하지.

"이번에는 이모네가 위자료를 받는 쪽이니까 상대가 부자인 건
행운이지만."

내 눈에 보이진 않지만 이 방의 천장에는 뭔가 있는 걸까. 뭔가
역겨운 것. 더러운 것. 불길한 것. 가나는 그것을 응시하고 있을
까.

차임이 울렸다. 문을 열자 벗은 구두를 한 손에 들고 옆구리에
지팡이를 낀, 한잔 걸친 듯한 다케나카 부인이 서 있었다.

"너무 많이 마셔서 다리가 부었어요. 자, 돌아갈까요."

5

다케나카 부인과 가나의 에스코트를 무사히 마쳤으니 내 일은 끝났다. 꽤 많은 보수도 받았다. 나는 아무것도 묻지 않았기 때문에 미야사키 시즈카의 파혼 사정을 알게 된 것은 한 달쯤 지난 뒤의 일이었다.

일요일 오후, 오피스에서 의뢰한 일의 보고서를 쓰고 있는데 다케나카 부인에게서 전화가 걸려 왔다.

"시즈카 씨가 일부러 인사하러 와 주었어요. 스기무라 씨도 잠깐 와 줘요."

현관으로 돌아가 다케나카 가를 방문하니, 며느리 2호가 손님용 거실로 안내해 주었다.

식당을 지나갈 때 또 좋은 냄새가 났다. 그것이 내 얼굴에 드러났는지 며느리 2호가 생긋 웃었다.

"어묵을 조리고 있어요. 저녁 같이 드세요."

나는 얼굴이 빨개졌다. "결식아동 같아서 죄송합니다."

오늘의 다케나카 부인은 기모노 차림이었다. 묵직한 느낌의 오시마 명주_{가고시마 현 남쪽에 있는 오시마 섬의 전통공예품으로 생산되는 직물. 독특한 흑갈색을 바탕으로 하는 섬세한 무늬가 특징이며, 일본의 견직물 중에서도 고급품으로 알려져 있다}다. 그 부인이 내뿜는 연기 너머로 미야사키 시즈카의 얼굴이 보였다. 야위어서 턱이 뾰

296

족해지고 머리 모양은 짧게 자른 쇼트커트로 바뀌었다. 취업 준비생 같은 수수한 정장 차림이지만 교복으로 갈아입는다면 가나와 분간하기 어려울 것 같았다.

그녀는 소파에서 일어서더니 내게 깊이 머리를 숙였다. 나는 당황해서 그것을 제지했다.

"저 같은 사람한테 머리를 숙이실 필요는 없습니다."

"아뇨, 일전에는 부끄러운 모습을 보였네요."

전체적으로 건강해 보……일 리는 없지만 목소리는 야무지다.

"가나한테도 불쾌한 경험을 시키는 바람에, 사실은 얼굴을 보고 사과하고 싶지만 사키코 이모한테 미안해서요."

학교에서 만날 수 없을까 하고 속으로 생각하는데 다케나카 부인이 끼어들었다. "시즈카 씨는 그 후로 세이에이 학원의 일을 그만뒀대요."

"결혼해도 아이가 생길 때까지는 일할 생각이었지만요."

주위에서 신경을 쓰고 조심스럽게 대하는 것이 불편해서 퇴직을 결심했다고 한다.

"……여러 가지로 힘드셨겠군요."

멍청이 같은 말이지만 그 말밖에 할 수 없었다.

"뭐, 위자료를 듬뿍 뜯어냈으니까 당분간 느긋하게 지내면 되잖아?"

금전적인 보상은 순조롭게 결정된 것일까. 다행이다.

"외람되지만 이 경우에는 '뜯어낸' 게 아닙니다. 미야사키 씨의 정당한 권리니까요."

"성가신 소리를 하네요."

다케나카 부인과 내 응수에 시즈카는 미소를 지었다. 색깔이 옅은, 모노크롬 같은 미소다.

"기분전환 삼아 세계일주 여행이라도 하면 어때요?"

"그러게요. 이런 돈은 써 버리는 게 액막이가 될지도 모르겠네요."

담담하게 말하는 그녀는 이제 벚꽃도 활짝 필 시기를 지났는데 혼자만 묘하게 추워 보였다.

함께 살아가기로 맹세하고 애정과 신뢰를 기울여 왔던 파트너에게 나도 배신당한 경험이 있다. 이런 상처는 아마 영원히 낫지 않을 것이다. 출혈이 멈추고 아픔이 사라지고, 눈에 띄지 않게 되는 일은 있어도 낫지는 않는다. 다친 곳이 오히려 튼튼해지는 일도 없다. 잊을 수도 없다.

익숙해지거나 잘라 내거나. 사람에 따라 대처 방법은 다를 것이다. 내 경우는 딸이 있으니 완전히 잘라 내기란 불가능해서 반쯤은 익숙해지고 반쯤은 잊은 척한다는 길을 선택했다. 하지만 미야사키 시즈카는 나이도 젊고 인생의 진짜 무대는 이제부터 시작이다──라는 생각을 하다 보니 어느새 이런 말을 하고 있었다.

"내연녀한테 딱 달라붙어 있는 남편에게 지쳐서 황혼 이혼을 한 여성이 재산 증여로 받은 삼백만 엔을 밑천으로 주식 투자를 시작해서 성공했다는 케이스를 알고 있습니다. 훌륭한 데이 트레이더가 되어서 돌아가셨을 때는 아드님의 눈이 휘둥그레질 만한 자산을 남겼지요."

두 여성이 나를 똑바로 쳐다보아서 거북해졌다.

"뭐, 그, 인생만사 새옹지마라고 하지 않습니까."

"교훈이군요" 하며 다케나카 부인이 연기를 내뿜는다.

시즈카는 거의 혼자서 그날의 중요한 손님들에게 사과를 하러 다니고 있다고 한다. 이 말에는 놀랐다. 당사자가 혼자서 그런 일을 하다니.

"하지만 아버지 쪽 친척들은 아버지한테 맡겼고, 친한 친구들은 저를 위해서 모여 주기도 하고, 오히려 격려해 주니까요."

"사에코 씨는 뭘 하고 있나요?"

약간 나무라는 듯한 말투로 다케나카 부인이 물었다. "당신 어머니는 사랑하는 딸이 가장 괴로울 때에 내팽개쳐 두고 있는 건가요?"

시즈카가 대답하기 어려운 듯이 우물거리자, 더욱 따져묻는다.

"난 사키코 씨로부터 옛날 일을 들어서 사정은 알고 있어요. 그렇기 때문에 더더욱, 이번에는 옛날의 언니 입장이 된 당신을 위해서 사에코 씨가 마음을 다해야 하지 않을까요? 그런데 뭘 하는 거예요, 당신한테만 사과하러 다니게 하고."

나는 옛날에 대기업 총수인 장인 밑에서 사보 편집을 담당했고 직함은 홍보였다. 하지만 진짜 홍보맨으로서의 일을 배우지는 않았기 때문에 이런 때에는 어떻게 말을 거들어야 할지 몰라서 굳어 있을 뿐이다.

시즈카는 표정을 흐리지도 않았다. 아주 조금, 그 눈동자 깊은 곳이 흔들렸을 뿐이다.

"엄마는 아주 약한 분이라서."

그녀는 온화한 목소리로 말했다.

"마음을 어떻게든 다잡아도 몸이 따라오지 못해서 금방 앓아누우시고 말아요. 억지로 바깥을 돌아다니시게 했다간 걱정될 테니까요."

자신 혼자 다니는 편이 낫다고 한다.

"이번 일로 옛날 기억도 되살아나서 엄마는 완전히 우울해지셨어요. 자신이 저지른 인과응보에 제가 휘말려 버린 거라면서 우시기만 했어요."

흥분해서 클러치백을 던지고 가나를 욕하던 미야사키 부인의 얼굴을 떠올린다. 인과응보. 그때도 그렇게 소리쳤었다.

"그건 아니에요!" 다케나카 부인은 더욱 노기를 띠었다. "엄마는 엄마, 당신은 당신이죠."

"네."

고개를 끄덕인 시즈카의 눈동자가 조금 밝아졌다.

"그 말씀이 맞아요. 하지만 엄마는 어떻게 해도 그 생각에서 벗어날 수가 없는 것 같아서 제가 말했어요."

──그럼 인과응보인 걸로 쳐요. 그러니까 이걸로 끝난 거죠?

"엄마가 과거에 저지른 짓의 대가가 나한테 돌아왔다. 이걸로 없던 일이 되었다. 이참에 그렇게 정리하자고."

——엄마, 이제 과거에 얽매이는 건 그만해요.

"사키코 이모를 심하게 상처 입히면서 억지로 빼앗은 결혼인데 오래 가지도 못했어요. 우리 아빠와의 재혼에도, 솔직히 만족하지는 않았죠. 아빠는 엄마가 원했던 정도의 유복한 생활을 누리게 해 줄 수 없었고, 고사키 씨 같은 사회적 지위도 없으니까요. 하지만 그런 아빠를 재혼 상대로 고른 건 엄마예요. 누구한테 강요당한 게 아니라 여자 혼자 몸으로 절 키울 자신이 없어서, 싱글맘으로 남고 싶지 않아서 엄마가 재혼을 원한 거예요."

시즈카는 냉혹할 정도로 딱 잘라 말했다.

"엄마의 인생은 원하는 대로 되지 않는 일투성이였어요. 하지만 전부 엄마가 스스로 선택한 거예요."

언니에 대한 반발. 그것과는 정반대의 죄책감. 언젠가 대가를 치를 날이 오지 않을까 하는 공포. 그런데도 솔직하게 사과할 수는 없었다. 따라다니는 후회와, 언니와 자신의 인생을 비교할 때마다 가슴을 잡아 찢는 질투와 초조감.

누구의 말이었을까. 나는 떠올렸다. 사람은 모두가 혼자서 배를 저어 시간의 강을 나아가고 있다. 따라서 미래는 항상 등 뒤에 있고 보이는 것은 과거뿐이다. 강가의 풍경은 멀어지면 자연히 시야에서 사라져 간다. 그래도 사라지지 않는 것은, 눈에 보이는 무언가가 아니라 마음에 새겨져 있는 무언가라고.

"우리 엄마는 불행한 사람이에요. 스스로 자신을 불행하게 만들어 왔어요. 엄마가 분명히 자각하고 마음을 다잡아 준다면 제 파혼은 차라리 좋은 기회라고 할 수 있지 않을까요."

인과응보를 받아들임으로써 과거를 청산할 수 있는 거니까.

흥분하는 기색도 없이 시즈카는 온화하게 말을 이었다. "그렇다고 해서 사키코 이모한테까지, 이걸로 없던 일이 됐으니까 이제 괜찮지 않느냐고 밀어붙일 수는 없어요. 그거랑 이건 별개니까, 언젠가는 이모한테 제대로 사죄해 줬으면 좋겠어요. 용서를 받을 수 있을지 없을지는 모르지만 엄마는 자신이 한 행동에 책임을 지는 의미로 사죄해야 한다고 생각해요."

다케나카 부인은 입을 시옷자로 구부리고 있다. 손끝에 끼운 담배가 짧아지고 말았다.

"그건…… 그러네요. 맞는 말이에요."

시즈카와 눈이 마주쳤기 때문에 나도 크게 고개를 끄덕였다.

"고맙습니다. 몇 번이나 이야기를 나누어서 겨우 엄마도 이해해 준 것 같은데——."

"그래서 앓아누운 거군요."

허둥지둥 담뱃재를 떨어뜨리며 부인이 쓴웃음을 지었다. "지혜열 같은 걸까요?"

"아, 그러네요."

여기에서 마주 보고 처음으로 미야사키 시즈카가 웃음을 지었다.

"이 기회에 저도 부모님으로부터 독립하기로 했어요. 직장을 구하면서 살 곳도 찾고 있어요."

"위자료가 도움이 되겠네요."

다른 어떤 방법보다도 긍정적인 사용법이다.

"보안이 잘 되는 곳으로 해요. 뭔가 곤란한 일이 있으면 언제든지 스기무라 씨한테 상담하고. 이 사람, 이래 봬도 사립탐정이니까."

사립탐정과 해결사를 혼동하고 있다.

"많이 곤란하면 의지하겠지만 저는 도쿄를 떠날 거라서……."

사촌오빠가 고베에서 가정을 꾸리고 살고 있고 시즈카 씨는 그의 부인과도 친하기 때문에 거기서 살 생각이라고 한다.

"좋은 생각이네. 고베는 좋은 도시죠."

"자리를 잡으면 가나한테는 편지를 쓸 거예요. 일전에 이모부한테는 우선 전화로 사과드렸는데, 가게로 보내면 가나한테 전해 주시겠다고 해서요."

──사실을 말하면 내가 언니를 좋아하는지 아닌지 스스로도 확실하지 않아요.

가나는 그렇게 말했었다. 이 사촌자매의 교류가 계속될지 끊기고 말지, 아직 알 수 없다. 지금 확실히 해야 하는 일도 아니다. 시간이 해결해 주리라.

"여러 가지로 걱정과 폐를 끼쳐서 정말 죄송했어요. 저는 심기일전해서 새로운 인생을 살아갈 거예요."

선언이라고 할 정도로 기운이 넘치는 건 아니었지만 물이 흐르

듯 자연스럽게 미야사키 시즈카는 말했다.

연애가 파국에 이르렀을 때, 막상 마음이 정리되고 나면 여성은 남자들보다 회복이 빠르다. 걸핏하면 울면서 과거를 질질 끌지 않는다.

그런 점은 잘 알고 있다고 생각하지만 그 부분을 빼더라도 내 마음에는 희미한 의문이 남았다. 이것은 성격일까, 아니면 신출내기일지언정 탐정의 근성일까. 그래서 돌아가려고 하는 시즈카를 전송할 때 나는 나도 모르게 묻고 말았다.

"도쿄 베이 글로리어스 타워의 웨딩 플랜에는 피부 관리 같은 여러 가지 옵션이 붙어 있었는데요, 미야사키 씨도 이용하셨습니까?"

시즈카의 움직임이 갑자기 멈추었다.

"네, 여러 가지를 권하셔서요."

이 대답만은 담담한 게 아니라 교과서를 읽는 느낌에 가까웠다.

"그럼 가령 같은 날짜에 식을 올리는 다른 신부와 아는 사이가 될 기회도 있었겠군요?"

나는 그녀의 얼굴을 바라보았고 그녀도 나를 마주 바라보았다. 그 표정은 아무것도 말하지 않았다. 의도를 알 수 없는 질문에 놀라지도, 당혹스러워하지도 않는 것 자체가 대답이 된다고 나는 생각했다.

"그렇군요. 아, 죄송합니다. 옛날에 제가 결혼했을 때가 생각나서요. 제 아내는 같은 날 시간차를 두고 식을 올린 커플과 사이가 좋아져서 서로 축전을 보내더라고요. 그 부부와는 지금도 친하게 지냅니다."

"전前 아내지만요." 다케나카 부인이 즉시 주석을 달았다. "스기무라 씨는 이혼 전적이 있어요. 나름대로 파란만장한 인생이죠."

미야사키 시즈카는 눈을 살짝 크게 떴다. 가나를 꼭 닮은 눈동자는 나라는 인간을 확인하려는 듯이 가늘게 빛나고 있었다.

"지금은 마음 편하게 살고 있습니다" 하고 나는 말했다. "일은 보람 있고 딸의 성장도 기대되고요. 미야사키 씨도 행복하시기 바랍니다. 모쪼록 건강하세요."

그녀의 시선이 부드러워지더니 내 얼굴에서 떠났다. 우아하게 머리를 숙이고는 등을 돌린다.

다케나카 부인은 현관까지 전송하러 나가고 나는 거실에 남아 있었다. 아니나 다를까, 혼자서 돌아올 때의 부인은 요란스럽게 슬리퍼 소리를 냈다.

"아까 그거, 뭐예요?"

부인이 콧김을 거칠게 내뿜으며 재촉해 온다.

"다른 신부가 어쩌니 저쩌니, 당신 뭔가 생각해 낸 거예요?"

"자, 앉으십시오."

다른 신부라니, 달리 누가 있을 리도 없다. **이그제**의 스가노 미즈키를 말하는 것이다.

"같은 날 같은 호텔의 같은 층에서 거의 같은 시간에 화촉을 밝히게 된 두 명의 신부가, 한쪽은 직전에 도망치고 한쪽은 신랑 측의 잘못으로 파혼을 당한다. 심한 우연입니다. 아마 우연에 지나지 않겠죠. 하지만 사실은 어떨까 싶어서 내내 마음에 걸리더군요."

뒤에 뭔가 있을 것 같은 기분이 들었다.

"근거는 대단하지 않았지만요. 하나하나는 사소한 것이었습니다."

근거 ①은 스가노 미즈키가 신부 의상을 입은 채 28층 객실층으로 통하는 계단에 숨어 있었던 것이다.

"갈아입을 옷까지 준비해 도망칠 작정이었다면서 꽤 이리저리 헤매고 있었잖아요."

막다른 곳에 부딪혀 부스에 숨거나, 통로와 계단을 우왕좌왕하거나.

"좁은 곳에서는 혼자서 웨딩드레스를 벗을 수도 없다고 말했었죠. 그렇다면 애초에 화장실 칸에서 옷을 갈아입겠다는 계획 자체가 이상해요."

실제로는 다른 계획이 있지 않았을까.

"그때 가나가, 도와줄 사람이 있는데 예정이 어긋나서 연락이 잘 안 된 거 아니냐고 물었지요. 스가노 씨는 부정했지만, 실은 그게 정답이었지 않을까요."

"누군가가 안내해서 신부의 옷을 갈아입히고 몰래 도망시키려 했다는 건가요?"

"맞습니다. 하지만 잘 되지 않았기 때문에 이리저리 헤매고 말앗죠."

다케나카 부인은 떫은 얼굴로 생각에 잠겼다가 소파 팔걸이에 손을 짚고 일어서더니 자단 캐비닛으로 다가갔다.

"3시가 넘었고 일요일이니까 괜찮겠죠."

그러고는 브랜디 병과 잔을 두 개 꺼냈다.

"그래서요? 계속해요, 계속해."

잔에 호박색 액체가 부어지자 향긋한 향이 피어오른다.

"증거 ②는 미야사키 시즈카 씨 측의 문제입니다. 이쪽도 '안내'가 키워드가 되죠. 그날 엄청나게 텐션이 높았던 식사 자리에서 신랑 신부의 친구들이 이야기했었죠."

신랑이 전 여자친구와 헤어지지 않은 것을 그들 중 많은 사람들이 알고 있었다. 그래서 결혼식 날짜도 식장도 알려지지 않도록 모두 주의하고 있었는데 왠지 정보가 다 새어나갔다고.

"더구나 전 여친은 어정버정 헤매다가 식장 담당자의 눈에 띄는 일도 없이 곧장 신랑 준비실로 쳐들어갔어요. 그건 전 여친 편을 드는 친구가 있어서 몰래 안내해 주었기 때문이 아닐까 하고."

부인이 잔을 건네주었다. 고급 글라스의 무게가 손바닥에 기분 좋게 전해진다.

"저도 그럴 가능성은 있다고 생각했습니다. 그래서 그 후에 가나와 준비실에 갔다가 시즈카 씨와 미야사키 부인을 만나서——."

"어머나, 그건 못 들었어요."

마쓰코는 의외, 라는 얼굴을 했다.

"죄송합니다. 유쾌한 만남이 아니었기 때문에 말씀드리지 않았어요. 게다가 문제는 두 사람을 만난 게 아니라 그때 시즈카 씨가 갖고 있던 숄더백 쪽에 있었거든요."

도망친 신부 스가노가 꼭 껴안고 있던 나일론제 보스턴백과 같은 무늬였던 것이다.

"검은 바탕에 오망성 같은 도트무늬로 풍선처럼 둥그스름한 디자인, 꽤 특징적인 물건입니다. 같은 브랜드의 숄더백과 보스턴백, 이것도 우연이 아니라 세트로 되어 있는 건 아닐까 하고 생각했죠."

여행용 가방 중에서 흔히 볼 수 있는 구성이다.

"게다가 28층의 스카이하이 싱글로 돌아가 보니 스가노 씨는 떠나고 보스턴백도 사라지고 없었지만, 쓰레기통에 몇 개인가 태그와 가격표가 버려져 있었습니다. 옷이나 신발에서 나온 거였죠."

"전부 새것이었단 말이에요?"

"맞습니다. 스가노 씨 본인이 그렇게까지 해야 했을까요? 가지고 있던 것들을 가방에 담으면 끝일 텐데."

코앞에서 브랜디를 흔들면서 다케나카 부인은 고개를 갸웃거렸다.

"변장하고 싶었던 거 아닐까요?"

"그럴 가능성도 있지만——."

도망칠 때 평소의 그녀와는 다른 패션이면 찾으러 오는 사람들에게 잘 들키지 않게 된다는 효과는 있을 테니까.

"당일에 스가노 씨가 직접 여분의 짐을 가지고 들어오기는 어려웠을 거라는 패에, 저는 칩을 걸겠습니다."

악착같고 비정한 그녀의 부모도 어느 정도까지는 도망칠까 봐 눈을 빛내고 있었을 테니까.

"그 여자, 현금도 갖고 있었죠."

방의 테이블에 감사 인사와 함께 만 엔이 남겨져 있었다.

"그렇군, 돈도 보스턴백 속에 들어 있었던 거군요. 그리고 그 가방의 무늬가 시즈카 씨 거랑 똑같은────."

1 더하기 1이 겨우 2가 된 건지, 부인은 말문이 막혔다. "그렇다면 시즈카 씨가 그 보스턴백을 준비했다는 거예요?"

그렇다. 자신의 것을 스가노에게 제공했다.

"있는 그대로 생각하면 그렇게 됩니다."

"어째서? 세 번째 결혼인 호색한 영감한테서 신부를 도망시켜 주려고요?"

"실제로 우리도 동정해서 숨겨 줬죠. 시즈카 씨도 마찬가지였던 게 아닐까요?"

"그래서 아까 물었던 거군요. 피부 관리 같은 것 때문에 호텔에 가서 다른 신부와 알게 될 기회가 있었던 거 아니냐고."

"질문은 무시당했지만 부정당하지는 않았죠."

마쓰코 감탄! 이라는 얼굴을 해서 나는 기뻤다.

"다만 시즈카 씨는 스가노 씨를 동정했기 때문에 도와준 것만은 아닐 겁니다."

그녀 쪽에도 이점이 있었다. 따라서 그 보스턴백의 내용물은, 정확하게는 '보수'라고 불러야 한다.

"무슨 보수? 시즈카 씨가 그 여자한테 뭔가 부탁했다는 건가요?"

"모르시겠습니까?"

뺨을 부풀리고 혀로 뺨 안쪽을 더듬는 것 같은 얼굴을 하고 나서 다케나카 부인은 입을 둥글게 벌렸다.

"설마."

"그 설마입니다."

"하지만──아무리 그래도 그건 이상해요."

부인이 잔을 손에 든 채 기세 좋게 몸을 내밀었기 때문에 브랜디가 흔들렸다.

"시즈카 씨가 그 여자를 통해서 전 여자친구에게 정보를 흘렸다는 거예요? 결혼식을 방해하게 하려고?"

나는 의미심장하게 말을 고쳤다. "남자친구와의 결혼을 멈추기 위해서 스가노 씨한테 부탁해서 전 여자친구에게 결혼식 정보를 흘렸다. 그 김에 몸으로 부딪쳐서 남자친구를 붙들면 아직 늦지 않을 거라고 부추겼을 가능성도 아주 많습니다."

마쓰코, 넋이 나간다.

"바보 같아요! 어째서 그런 번거로운 짓을 해야 하는 거죠? 헤어지고 싶으면 본인이 그렇게 말하면 될 뿐──이랄까, 그 여자, 애초에 헤어지고 싶었던 걸까요?"

"전 여자친구의 존재에 주위 친구들까지 조마조마해했던 결혼입니다. 남자친구가 양다리임을 눈치챈 시즈카 씨가 각오를 하고 있었다고 해도 이상하지는 않죠."

나 자신은 전처에게 고백을 받을 때까지 전혀 눈치채지 못했던 멍청이지만 이런 일에는 여성이 더 민감할 거라고 변명해 두겠다.

마쓰코, 넋이 나간 채 화낸다. "그렇다면 결혼식 당일까지 기다리지 말고 얼른 파혼했으면 될 일이에요!"

부인은 일단 입을 다물더니,

"아, 그러면 시즈카 씨 쪽이 위자료를 지불해야 되나요?"

하고 물었다.

"아뇨, 아뇨, 파혼의 원인은 남자친구와 전 여자친구의 관계니까, 시즈카 씨 쪽이 확실하게 뜯어낼 수 있습니다."

"그럼 아무 문제도 없잖아요."

나도 그 점이 의문이어서, 이 가설은 성립하지 않는다고 생각했다. 방금 전에 미야사키 시즈카의 이야기를 듣기 전까지는.

"시즈카 씨는 남자친구와의 결혼을 막음과 동시에 어머니의 저주를 풀어 주고 싶었던 겁니다."

딸에게 어머니가 과거에 저지른 짓의 대가가 돌아왔다. 미야사키 사에코가 그렇게 생각해 버릴 상황을 일부러 만들었던 것이다.

──이걸로 없던 일이 되었다.

"사에코 씨의 마음을 리셋해 주고 싶었던 겁니다. 아까 본인이 분명히 말했잖아요."

다케나카 부인은 아연실색했다. 나는 약간 의기양양한 기분이 되었다. 이런 순간도 지금 하는 일의 보람 중 하나다. 아니, 이건 일이 아니지만.

"스가노 씨가 당일에 도망치는 신부가 되어야 했던 것처럼, 시즈카 씨도 당일에 배신당하는 신부가 되고 싶었어요. 양쪽 신부 모두, 그 타이밍에 파혼하는 게 반드시 필요했던 겁니다."

상대의 필요를 만족시키기 위해 불행한 신부 두 사람이 몰래 서로 도운 것이다.

"어쩌면 플로어나 시간대까지 똑같아진 것도 단순한 우연이 아니라 그녀들의 미묘한 컨트롤 때문일지도 모릅니다."

잔을 든 채 다케나카 부인은 가죽 소파에 털썩 등을 기댔다. 나는 테이블 위의 술병을 집어 들었다.

"따라 드릴까요?"

"가득 채워 줘요."

잠시 동안 둘이서 말없이 브랜디를 맛보았다.

이 객실에는 토니의 작품이 장식되어 있지 않다. 네가 그리는 건 뭐가 뭔지 모를 기분 나쁜 그림이라서 안 된다며 다케나카 씨가 화를 냈다고 한다. 벽을 장식한 작품은 아라카와 강가의 풍경을 그린 수채화다. 부인은 멍하니 그것을 바라보고 있었다.

부인이 그대로 말을 꺼냈다. "저기."

"네."

"그 후에 이틀쯤 지나서 고사키 씨한테서 전화를 받았어요. 사키코 씨가 아니라 남편 쪽 말이에요."

——인사가 늦었지만 가나가 신세 많이 졌습니다.

"그리고 건너건너 들은 거긴 하지만 사정을 좀 알아냈어요. 시즈카 씨의 남자친구, 쳐들어온 전 여자친구한테 붙들려서 무슨 짓을 했는지 아세요?"

전 여자친구와 사랑의 도피를 벌일 작정은 아니었다. 전 여자친구도 결혼식장에서 울며 소리를 지르거나 신랑에게 매달려 난리를 치거나 신부에게 싸움을 걸지도 않았다.

"——신랑 준비실에서 하고 있었대요."

이번에는 내가 넋이 나갔다. "예?"

"그러니까, 분위기가 왜 그쪽으로 흘러갔는지 모르겠지만 일을 치르고 있었던 거예요. 그 현장을, 경사스러운 날의 신랑 얼굴을 보러 온 미야사키 씨한테 들켰대요."

브랜디의 술기운이 돌기 시작한 건지 나는 어질어질했다.

——정말 마가 끼어서.

그 말은 거기에 대한 변명이었을까.

"바보로군요."

"바보죠."

다케나카 부인이 웃음을 터뜨렸다.

"이제 알겠어요. 전 여자친구가 울거나 소리치거나 날뛴 게 아니라 어이없는 짓을 저지르는 바람에 시즈카 씨가 기대하고 있었던 타입의 소동은 일어나지 않았고, 스가노 씨의 도망도 잘 되지 않았던 게 아닐까요? 아닌가요?"

과연, 나도 알겠다.

시즈카의 남자친구와 전 여자친구가 '역시 헤어질 수 없어' '둘이서 나가겠습니다' '나를 버리지 마!' '나는 역시 널 사랑해' 같은 아수라장을 일으켰다면 놀란 친지와 관계자들이 모여들었을 것이다. 바로 옆에 있는 스가노 쪽도 무슨 일인가 하여 주의를 기울였으리라. 그 혼란을 틈타 스가노는 웨딩드레스를 벗어던지고, 당일 사전에 시즈카한테서 받아 둔 (아니면 시즈카가 준비실에 몰래 가져다 둔) 보스턴백에 들어 있던 옷으로 갈아입은 다음 막다른 곳의 비상계단으로 도망친다──,

라는 계획이었는데 실제로는 시즈카의 남자친구와 전 여자친구가 오히려 많은 사람들이 모여들면 곤란할 만한 짓을 저지르자 목격하고 대처하는 쪽의 움직임도 예상과 달라지는 바람에 스가노는 웨딩드레스를 입은 채 도망칠 수밖에 없었던 것이다.

"뭐, 우리가 도와줘서 그 여자는 운이 좋았네요."

"부인의 도량이 컸기 때문이지요."

호색한 영감은 용서할 수 없다는 가나의 지원도 컸다.

"두 신부 모두, 앞으로는 괜찮을까요?"

스가노에 대해서는 이제 알 길이 없다. 행복하기를 기원할 뿐이다.

"스가노 씨가 우리한테 완전히 거짓말을 했을 가능성도 없지는 않지만요."

"그만해요, 내 감동에 찬물 끼얹지 말고."

다케나카 부인도 취했다. 시즈카 씨한테 당했네요, 하고 투덜거리며 크게 딸꾹질을 한다.

"하지만 잠깐만요. 전 여자친구한테 정보를 흘릴 때는 메일을 이용했을 텐데, 그건 남잖아요? 나중에 조사를 당하지는 않을까요?"

무료 메일의 1회용 주소를 사용하면 문제없을 것이다.

"그래도 만에 하나 저쪽에서 조사할 경우를 대비해 시즈카 씨도 직접 위장 메일을 보내지 않고 스가노라는 생판 남에게 부탁한 거겠죠."

결혼식과 피로연 비용, 게다가 거액의 위자료가 얽혀 있으니 바보 신랑의 친지들이 조사하지 않으리라는 보장은 없다. 신중하게 해 두어서 나쁠 일이 뭐 있나.

"저는 스가노 씨가 웨딩드레스와 하이힐을 어디에 두고 갔는지 신경 쓰입니다."

"그것만은 알 수 없죠. 호텔에 물어봐도 가르쳐주지 않을 거예요."

은폐예요, 은폐──하며 부인은 또 웃었다.

"스기무라 씨, 더 마셔요. 오늘밤에는 저녁식사를 대접할 테니까. 그때까지 여기 누워 있어도 돼요."

"그럼 신세 좀 지겠습니다."

그날 밤, 다케나카 가에서 넓은 테이블을 둘러싸고 얻어먹은 어묵은 위 구석구석까지 스밀 정도로 맛있었다.

그 후로 며칠 지나서 사무소에 전화가 걸려 왔다. 불행한 두 신부와는 아무런 관계도 없지만, 결혼이 얽혔다는 점은 공통되어 있는 그 의뢰인——딸의 남자친구가 왠지 모르게 마음에 들지 않는다는 남성으로부터였다.

수수께끼가 풀렸습니다, 하고 그는 분명하게 말했다.

"딸의 남자친구에게 문제가 있었던 게 아니에요. 제 문제였습니다."

그 남자친구는, 완전히 남인데 우연히 닮은 것이기는 하지만 어떤 인물과 많이 닮았다고 한다.

"삼십 년도 더 전에, 제가 신입이었을 때 저를 엄청 괴롭혔던 직속 상사와 꼭 닮았어요."

지금이라면 상사에 의한 직장 내 괴롭힘으로 회사 윤리실에 제소할 수 있을 정도의, 그야말로 악질적인 구박과 괴롭힘이었다.

"첫 번째 이동이 있기까지 삼 년 정도는 어쨌든 꾹 참았고, 그 후로 잊고 있었습니다. 너무 괴로운 나머지 기억을 잘라 내서 봉인한 거죠. 그런데 아내와 옛날 일을 이야기하면서 앨범을 넘겨보다가 당시 사원여행의 스냅사진을 보고 갑자기 생각났습니다."

재미있게도 부인에게 그것을 털어놓자 부인은 의아해했다고 한다.

——당신이 말하는 것만큼 닮지는 않았어.

"그래서 저도 더 이상 신경 쓰지 않기로 했습니다. 딸은 좋은 사람을 만난 거라고 믿기로 했어요."

배를 젓자. 저어서 내일로 나아가자.

"축하드립니다."

"감사합니다. 수고 많으셨어요."

따님의 결혼식장은 지금부터 정하시겠지만 도쿄 베이 글로리어스 타워는 별로 터가 좋지 않은 것 같습니다──라는 쓸데없는 말은 하지 않고 나는 전화를 끊었다.

어제가 없으면
내일도 없다

1

내가 빌려 살고 있는 다케나카 가家는 삼대가 동거하는 대가족이다. 왜 함께 사는지 이유나 사정을 물어본 적은 없다. 이쪽에서 묻는 것은 무례한 일이고 지금까지 그런 질문을 할 기회도 없었다.

다케나카 부부에게는 장녀, 장남, 차남, 차녀, 삼남 순서로 자식이 다섯 명 있다. 부부는 슬슬 고희를 맞이하지만 그 세대에도 자녀를 다섯이나 두는 것은 드문 일이다.

다섯 남매 가운데 위의 세 명이 결혼해서 아이가 있다. 그들이 차례차례 동거를 시작했고 그때마다 집을 증개축했기 때문에 현재의 다케나카 가는 미궁 같은 저택이 되었다. 다케나카 부인의 말에 따르면 삼 년쯤 전, 지금의 구조와 외관이 완성되었을 때 어느 서브컬처 계열 잡지의 취재를 받은 적이 있다고 한다.

"그게 말이죠, '도쿄 기경奇景 100선'이라는 특집이었어요. 무례하죠?"

라고 말하면서도 부인은 꼭 싫지만도 않았나 보지만 부군인 다케나카 씨가 격노했기 때문에 게재되지는 않았다. 나는 아쉬운 일이라고 생각한다.

다케나카 부부 밑으로, 장녀 부부는 40대 후반에 아이가 둘, 장남 부부가 나와 같은 마흔 전후에 아이가 셋, 차남 부부가 30대로 아이가 하나. 이 멤버에 미대생이자 몇 년 유급한 삼남이 더해지고 거기에 출퇴근하는 가정부가 두 명 있다. 차녀는 삼남과는 우호적인 관계지만 그 외의 가족과는 여러 가지 이유로 부딪치고 있는지, 지금은 집을 나갔기 때문에 만나기가 어렵다. 나도 예전에 한 번 인사한 적이 있을 뿐이다.

삼남인 도마, 통칭 토니는 복잡하게 얽혀 있는 다케나카 저택 안에서 나와 가장 가까운 곳에 살며 가끔 내 일을 도와준 적도 있어서 친하게 지내고 있다. 가족의 일원인 그가 아버지 다케나카 씨를 '초호初號', 큰형을 '1호', 둘째 형을 '2호', 그들의 부인을 '며느리 1호' '며느리 2호'라고 부르는 바람에 나도 그만 알기 쉽다는 이유로 이 호칭을 쓰고 말았다(물론 본인을 향해서 말하지는 않습니다). 그러나 예의 바른 호칭은 아니기 때문에 최근에는 조심하며 고치고 있다.

덧붙여 말하자면 다케나카 부인은 만화 〈원피스〉의 등장인물에 비유해서 '빅 맘'인데 어떤 캐릭터인지 나는 모르지만 이 호칭에 한해서는 마음속으로도 결코 사용한 적이 없다.

대지진 이후, 가족의 유대가 재조명되면서 핵가족이 아니라 할아버지 할머니와 함께 사는 편이 아이의 정서교육에도 좋다는 이

322

야기가 퍼지게 되었다. 다케나카 집안의 삼대 동거는 그런 흐름과는 상관없이 시작되어 계속되고 있고 가끔 싸움도 있는 것 같지만 (차녀를 제외하면) 잘 지내고 있다. 자산가 일족이라 생활에 여유가 있다고는 해도 이렇게 많은 사람들이 한 지붕 밑에서 살다 보면 보통은 좀 더 투닥거릴 법도 한데 궁합이 좋은 사람들이 모인 것이리라. 제삼자인 내게는 찾아보기 드문 행복으로 보여 부럽기도 하고, 그만큼 거기에서 떨어져 있는 차녀의 심중을 생각하면 안타까운 기분도 들지만 아마도 쓸데없는 참견일 것이다.

어느새 대지진으로부터 일 년이 지나고 졸업과 입학의 시즌이 찾아왔다. 원자력발전소 사고가 절박했을 때는 다케나카 집안이 살고 있는 도내 북부의 이 근처에서도 일 년 후에 아무 일도 없었던 것처럼 졸업식이나 입학식을 치를 수 있으리라고는 생각되지 않았다. 목숨을 걸고 수습해 준 사람들에게 새삼 감사드리며 나는 토니와 둘이서 다케나카 집안의 손자를 위해 카메라맨 역할을 맡았다. 1호 부부 장녀의 초등학교 졸업식과 2호 부부 외아들의 초등학교 입학식으로 토니가 사진 담당이고 내가 동영상 촬영 담당이다.

처음에는 1호 부부 장녀의 졸업식 당일, 다케나카 1호가 출장이라 1호 부인만으로는 촬영까지 할 수 없다며 헬프 콜이 왔지만 그 일에 대해 의논하던 중 2호 부부로부터도 (토니의 말에 따르면) 참석 요청이 왔다.

"우리는 카메라도 비디오도 잘 못 찍어서요."

1호 장녀가 졸업하는 초등학교와 2호 외아들이 입학하는 초등학교는 같은 공립이다. 1호 장녀는 사립 시험에 떨어져서 공립으로 진학했지만 다녀 보니 좋은 학교여서 2호 외아들은 처음부터 망설임 없이 그곳으로 갔다고 한다. 다만 두 아이를 유치원 때부터 사립에 보낸 다케나카의 장녀로부터 상당한 간섭이 들어온 데다가 말투에 독기가 있어서 한때 토니가 분개했었다.

"우리 누나(장녀)는 악마예요. 자신을 따르지 않는 상대한테는 악의밖에 보이지 않거든요."

다행히 2호 부인은 담백하고 밝은 기질의 사람이라 시누이인 장녀에게 무슨 말을 들어도 네네 하며 흘려 넘겨서 아무 일 없이 끝났다. 2호 외아들은 활짝 웃는 얼굴로 입학식을 마치고 무사히 초등학교 1학년이 되었다.

내게는 딸이 하나 있다. 헤어진 아내와 살고 있기 때문에 정해진 면회일에 만나거나 가끔 문자와 스카이프로 대화를 주고받는 것이 즐거움이다. 이름은 모모코. 올해 봄에 초등학교 5학년이 되었다.

모모코가 다니는 사립학교는 다케나카 1호 장녀가 시험에 떨어진 곳이다. 따라서 1호 장녀를 위해 카메라맨 역할을 맡을 때는 실수로라도 내 딸 이야기가 화제에 오르지 않도록 그럭저럭 신경을 썼다. 그러나 2호 외아들 때는 그럴 필요가 없었고 반짝반짝하는 1학년들 앞에서 모모코의 추억이 차례차례 떠올라 비디오를 든 채 몇 번인가 눈물을 짓고 말았다.

2호 외아들은 쓰바사라고 한다. 짧게 자른 동그란 머리에 천사의 고리가 있는, 눈이 또렷하고 귀여운 아이인데 사람을 잘 따른다. 삼촌인 토니와 사이가 좋고 이번 일이 계기가 되어 나와도 제법 친해졌다.

다케나카 2호 부인이 미스터리를 좋아하는 탓인지 쓰바사는 '사립탐정'이라는 내 수상쩍은 직업을 호의적으로 여겨 주었다.

"사립탐정, 멋있어요!"

아니, 아니, 학교에서 새로 생긴 친구한테 그 이야기를 하면 안 된다…… 하고 걱정하면서 그의 1학년 생활을 지켜보고 있었는데, 4월 말쯤 되어 다케나카 저택의 현관 앞에 서서 다케나카 부인과 대화하고 있자니 쓰바사가 친구들과 함께 귀가했다. 남자아이가 셋, 여자아이가 둘인 그룹이다. 요즘 유행하는 책가방은 색깔도 세부 디자인도 바리에이션이 풍부하다. 하지만 1학년에게 너무 크다는 것만은 예나 지금이나 변함이 없다. 노란색 모자를 쓰고 책가방에 짓눌린 듯한 아이들의 모습에 나는 또 눈물샘이 느슨해지기 시작했다.

쓰바사와 아이들은 무슨 게임에 관한 화제로 뭐가 어떻게 하면 무엇으로 진화한다는 둥 열을 올리는 중이었다.

그 모습을 보며 다케나카 부인이 "쓰바사, 어서 오렴" 하고 말을 걸었다.

쓰바사는 "할머니, 다녀왔습니다" 하며 인사했다.

그런데 친구들이 쓰바사와 헤어질 때는

"잘 가, 던전."

"던전, 내일 또 만나" 하며 손을 흔드는 게 아닌가.

쓰바사도 손을 흔들며 "또 봐~."

다케나카 부인은 "다들 조심해서 가라" 하며 자연스럽게 작별 인사를 했다.

놀란 사람은 나뿐이었던 듯하다.

"쓰바사, 친구들이 널 던전이라고 부르니?"

쓰바사는 천사의 고리를 빛내며 고개를 끄덕였다.

"응!"

"어째서?"

"우리 집이 던전 같으니까요."

더부살이 사립탐정보다 그쪽이 더 화제가 된 것이다.

"저 애들이 우리 집에 놀러 왔을 때 깜짝 놀라면서 막 좋아하더라고요. 다 함께 꺄악꺄악 소리를 지르면서 탐험을 하던데요" 하며 다케나카 부인도 웃는다. "유령의 집이라는 말을 듣지 않아서 다행이에요."

나도 함께 웃었지만 방으로 돌아오니 눈물이 멈추지 않았다. 나의 모모코는 지금 사이좋은 친구들에게 어떤 별명으로 불리고 있을까. 내 귀로, 딸이 그 별명으로 불리는 것을 들어 보고 싶다.

2012년의 황금연휴는 요일 배치가 좋아서, 직장인의 경우 5월 1일과 5월 2일에 휴가를 쓰면 9일간의 휴일을 보낼 수 있게 된다.

장차 누군가 아버지의 자산 관리 회사를 물려받을지도 모르지만 현재 회사에 다니는 세 사람(다케나카 장녀의 남편, 다케나카 1호, 다케나카 2호)은 전부터 연휴를 어떻게 보낼지 가족들과 상의해 왔다. 다케나카 부부도 둘이서 해외여행을 계획하고 있고 토니는 미대 친구들과 합숙을 갈 예정이다.

왜 그런 것을 알고 있느냐면 다케나카 집안이 텅 비게 될 경우 세 들어 사는 내가 경비원이 되기 때문이다. 하루에 한 번, 건물 바깥을 순찰하고 마당을 청소하고 우편물과 신문을 걷어다가 보관하고 택배가 오면 맡아 두고 회람판回覽板 동네 자치회 등에서 연락용으로 회람하기 위한 문서판. 연락 문서 등을 판에 끼워 고정하고 동네의 각 집에 순서대로 돌려서 연락 사항을 전달한다. 대부분 지역 생활에 관한 정보로, 동네 자치회나 이벤트 개최 소식, 안전이나 방범, 방재에 대한 정보, 자치회의 결정사항 등이 전달된다이 돌아오면 옆집에 전달한다. 보수는 냉동 카레나 스튜, 밑반찬 등이다. 겨우 먹고사는 나로서는 이 현물 지급이 정말 감사하다.

다케나카 집안의 여성들은 모두 요리를 잘해서 나는 가끔 1인 미식 생활을 즐기곤 한다. 작년 9월의 3일 연휴 기간에 처음으로 이 경비원 일을 맡았을 때는 "그럼 이거 받으세요" 하며 건네받은 냉장 팩 안에 몇 종류의 반찬과 마블링 스테이크 고기가 들어 있었다. 어찌나 기쁘고 미안하던지 다케나카 사람들이 다 함께 떠난 홋카이도 리조트를 향해 깊이 머리를 숙였을 정도다.

독립된 공간을 빌린다고는 해도 생판 남인 나를 한 지붕 밑에 살게 해 주는 것이니, 입주할 때 다케나카 부부에게는 내 신상에 대해 설명했다. 대학 졸업 후에는 아동서 편집자였다는 것. 연애 결혼을 한 상대가 이마다 콘체른이라는 거대기업 회장의 외동딸(다만 정부의 아이지만)이어서 나도 장인의 회사로 전직했다는 것. 이혼은 아내에게 유책 사유가 있으며 내게는 (부부간의 커뮤니케이션이 부족하긴 했지만) 큰 잘못이 없었다는 것. 딸 모모코는 엄마와 살아야 한다고 생각했기 때문에 친권을 포기했다는 것 등이다.

다케나카 씨는 잠자코 듣고 있었지만 다케나카 부인은 단도직입적으로 물었다.

"당신, 위자료 안 받았어요?"

상당한 액수를 제시해 왔지만 전부 모모코의 양육비로 주고 왔다.

"앞으로 제가 다달이 양육비를 끊기지 않게 지불할 수 있을지 어떨지 자신이 없었으니까요."

다케나카 부인은 "바보로군요" 하며 웃음을 터뜨렸다. "이마다 콘체른이 뒤에 붙어 있다면 천지가 뒤집혀도 모모코가 돈에 쪼들리진 않을 텐데요. 당신이 양육비를 지불할 필요는 없었는데."

그러자 다케나카 씨가 말했다.

"필요해서 지불하는 게 아니야. 아버지니까 지불하고 싶은 거지."

이 말에 전혀 반론하지 않는 부인을 보며 두 사람이 어떤 부부인지 짐작하는 한편으로 다케나카 씨의 인품도 가늠할 수 있었다.

4월 28일부터 황금연휴가 시작되자 다케나카 사람들은 차례차례 바캉스를 떠났다. 하지만 1호 일가만은 세 아이들이 아무도 학교를 쉬고 싶어 하지 않았기 때문에 9일 연휴를 포기했다. 29일과 30일을 도쿄 디즈니 리조트에서 1박, 후반 4일 동안 하코네의 온천 여행이라는 분할 바캉스다. 따라서 경비원인 내가 완전히 혼자서 집을 보는 것은 29일 밤과 5월 3일부터 6일 오후까지로 한정되었다. 그런데 5월 2일 오후, 다케나카 1호 부인으로부터 인터폰으로 연락이 왔다.

"스기무라 씨, 죄송하지만 오늘 저녁, 아마 5시쯤 될 것 같은데요, 시간을 좀 내 주실 수 없을까요?"

나에게 다케나카 집안의 장녀와 며느리들은 거래처의 사모님 같은 존재다. 항상 예의 바르게 대해 왔다. 그래서인지, 그들이 나를 꺼리는 느낌은 들지 않는다. 그러나 1호 부인이 다케나카 부인을 거치지 않고 직접 내게 이런 말을 건넨 건 뜻밖이었다.

무슨 일일까 싶었지만 그렇기 때문에 더더욱 거절할 수도 없었다. 다행인지 불행인지 당장은 의뢰받은 일도, 오피스 가키가라에서 하청받은 일도 없었기 때문에 곧 승낙했다.

1호 부인은 허스키한 목소리로 말했다.

"고맙습니다. 그럼 아리사가 돌아오면 다시 인터폰으로 연락 드릴게요."

아리사는 내가 카메라맨을 맡았던 초등학교 졸업식의 주인공인 1호 장녀다. 중학교부터는 1지망인 사립학교에 진학했다.

1호 부부에게는 아리사 밑으로 초등학교 5학년인 남동생과 3학년인 여동생이 있다. 남동생과 여동생은 아리사가 시험에 떨어진 사립학교에 합격해서 다닌다. 여기서부터는 다케나카 부인의 정보인데 이 때문에 아리사는 상당한 좌절감을 느끼고 있었던 모양이다.

그녀가 다닌 공립 초등학교는 좋은 곳이다. 학교생활도 즐거웠다. 선생님이나 같은 반 친구들과 얼마나 친했던지 졸업식이 눈물바다가 됐을 정도다. 하지만 집으로 돌아오면 동생들과 자신을 비교하며 번번이 시험에 떨어진 기억을 떠올리고 만다. 또한 거기에 박차를 가하는 것 같은 싫은 소리나 놀리는 말이 종종 (토니의 말에 따르면) '악마'인 다케나카 장녀——아리사가 보기에는 고모의 입에서 나오기 때문에 스트레스가 많은 육 년이었던 모양이다.

중학교는 희망하던 사립학교에 들어가 겨우 스트레스에서 해방되었다. 제삼자인 나조차 다행이라고 생각한다.

그런 아리사가 '돌아오면'이라고 하는 걸 보니 1호 부인의 용건은 아리사나 그녀의 학교에 얽힌 일일 것이다. 연휴의 푸른 하늘한 모퉁이에 작지만 검은 구름이 나타난 듯하여 나는 조마조마하게 인터폰이 울리기를 기다렸다.

연락이 온 것은 5시 10분이 지나서였다. 1호 부인과 아리사가 이쪽으로 오겠다고 했다. 불려갈 거라고만 생각했던 나는 당황해서 좁은 사무소 겸 저택을 대충 치웠다. 청소기만은 매일 돌리고 있어서 다행이었다.

1호 부인인 다케나카 준코는 늘씬한 미인이다. 도저히 중학생 딸이 있는 학부모로 보이지 않는다. 테니스 학원에 다닌 덕분인지 피부가 검게 그을려 있다. 이 또한 다케나카 부인으로부터 정보라기보다는 불평으로,

"준코도 팔꿈치를 다칠 정도로 테니스를 하다니 제정신이 아니에요."

라는 말을 들은 기억이 난다.

아리사는 엄마 준코의 미니어처 같은 소녀다. 약간 긴 보브 커트 헤어스타일까지 흉내내는 것은 모녀 사이가 좋다는 증거이리라. 초등학교 졸업식 때, 중학교에 가면 테니스부에 들어갈 거라고 했었으니 좋아하는 스포츠도 똑같다.

준코는 심플한 면 원피스, 아리사는 교복 차림이었다. 플리츠스커트에 블라우스의 둥근 목깃이 귀엽다. 두 사람은 사무소의 손님용 소파에 나란히 걸터앉았다.

"갑자기 죄송해요."

1호 부인이 가볍게 고개를 숙이며 말했다.

"원래는 어머님께 상의하고 나서 스기무라 씨한테 이야기해야 하겠지만……."

"일정대로라면 오늘은 런던 시내를 관광 중이실 테니까요."

다케나카 부부는 대영 박물관 견학과 잉글랜드·스코틀랜드 명소를 도는 투어를 하고 있다.

"할머니가 스톤 서클에서 사진을 몇 장이나 보내 주셨는데,"

아리사가 웃으면서 말한다.

"전부 초점이 어긋났더라고요. 이상하다고 문자를 보냈더니 사진이 흐릿한 건 이곳에 불가사의한 힘이 가득 차 있기 때문이래요."

현실주의자인 줄로만 알았던 다케나카 부인에게도 그런 일면이 있었나.

나는 두 사람 앞에 아이스티 잔을 놓았다. 잔도 새로 바꾼 지 얼마 안 되어서 다행이었다.

"죄송한데요, 스기무라 씨, 최근에 이상한 여자로부터 의뢰가 들어오지 않았나요?"

준코가 신중한 말투랄까, 당혹스러워하는 기색으로 말을 꺼냈다.

이상한 사람이고 이상하지 않은 사람이고 4월 초부터 지금까지 내 사무실에는 파리만 날리고 있다.

"없었던 것 같은데요. 어떻게 이상한 여자냐에 따라 다르겠지요."

준코가 아리사의 얼굴을 보자 중학교 1학년인 딸은 과감한 눈빛이 되었다.

"답답하니까 엄마는 잠깐 조용히 있어요."

"뭐? 하지만……."

아리사는 테이블 너머로 몸을 내밀었다. "죄송해요, 스기무라 씨. 제가 얘기할게요."

그 표정이나 동작에 나는 놀랐다. 졸업식 때는 아직 초등학생 같은 어린 구석이 있었는데 중학생이 된 지 겨우 한 달 만에 확실히 10대로 성장했다.

"제가 6학년 때, 같은 반에 문제아가 있었어요. 구치다 사자나미라는 이름의 여자앤데요."

나는 허둥지둥 업무용 메모지를 펴고 볼펜을 들었다.

"구치다는 입 구口에 밭 전田?"

"아뇨, 썩을 후朽예요. 사자나미는 흔히 쓰는 작을 소小에 물결 파波가 아니라 물놀이 연漣. 그래서 본인은 렌漣이라고 불리고 싶어 했어요. 아무도 그렇게 안 불렀지만."

구치다 사자나미朽田漣. 첫 조회 시간에 한자를 어떻게 읽어야 할지 담임선생님을 고민하게 만들었을 특이한 이름이다.

"문제아라니?"

내 물음에 아리사는 교과서를 읽듯이 대답했다.

"반의 비품을 훔쳐요. 반 아이들의 물건도 훔치고. 거짓말쟁이고요. 괴롭힘을 당했다며 이야기를 지어내서 울고요. 그런 일 때문에 선생님한테 주의를 받으면 엄마가 학교에 쳐들어와서 고래고래 소리를 질러요. 좋아하는 남자애를 따라다니고 싫어하는 여자애의 악담을 트위터에 쓰고요. 전부 가게에서 물건을 훔친다는 식의 거짓말뿐이지만."

아리사는 얼굴을 찌푸린 채 숨을 한 번 내쉬었다.

"그리고 급식비를 계속 내지 않았어요. 본인이 자랑했으니까 틀림없어요."

나는 순수하게 흥미가 생겼다. "내지 않았는데 왜 자랑하는 거지?"

"왜일까요. 내는 사람이 바보라고 말하곤 했어요."

흐음, 가정교육에 문제가 있는 걸까.

"걸핏하면 꾀병으로 학교를 쉬어요. 그게 교실은 평화로우니까 좋긴 한데 졸업식에는 왔어요."

그랬구나. 나는 빼곡하게 가득 차 있던 초등학교 체육관을 떠올렸다.

"졸업식이 시작되기 전에 교실에서 내내, 아리 혼자 사립 중학교에 가다니 치사하다, 교복이 예쁘니까 빌려 달라고 치근거려서 정말 성가셨어요."

아리사는 친구한테 '아리'라고 불리나 보다.

"구치다는 어느 중학교에 가는데?"

"지방 공립이요."

"그럼 네 교복을 빌려도 입을 일이 없겠네."

"기념사진을 찍겠대요."

무슨 의미가 있는 건지 잘 모르겠다.

"그런 멘탈을 가진 애예요" 하고 준코가 끼어들었다. "어머니도 비슷하달까, 한 술 더 뜬달까."

"성가시군요."

네, 정말 그래요, 하며 준코는 한숨을 쉬었다. "학부모 교사 연합회나 보호자회에서도 여러 가지 에피소드가 있었답니다."

"엄마, 그건 나중에요."

"그래, 그래."

끈질기게 치근거려도 아리사는 상대하지 않고 참았지만, 이윽고 구치다 사자나미가 이런 말을 꺼냈다고 한다.

——아리네 집은 탐정을 하고 있다면서?

"우리 집은 탐정업 같은 거 안 한다고 대답했지만 타운지에서 광고를 봤다, 아리네 집 주소였다는 거예요."

나는 몸 둘 바를 몰랐다. "미안하구나. 분명히 내가 타운지에 광고를 냈어."

그때 사무소의 소재지는 다케나카 저택과 똑같이 했다. 실제로 그러니까 어쩔 수 없다. 하지만 명칭은 '스기무라 탐정 사무소'로 분명히 적었고 광고를 내기 훨씬 전부터 빌린 방의 한쪽 모퉁이 출입구에 간판도 내걸었다. 보통은 다케나카 집안의 사업이라고 오해하지 않을 것이다.

"신경 쓰지 마세요. 구치다는 누군가한테 관심을 받을 수만 있다면 뭐든 상관없는 거니까. 그보다——."

정말 불쾌한 듯이 아리사는 자신의 팔을 문질렀다.

"저는 그런 애한테 아리라고 불릴 이유가 없어요. 딱히 사이가 좋지도 않아요."

진지하게 분노하며 온몸으로 혐오하고 있다.

"어쨌든 저는 모른다, 모르는 일이라고 딱 잘라 말했고 졸업식이 끝났어요. 자, 엄마 차례예요."

배턴을 넘겨받은 1호 부인이 손에 들고 있던 아이스티 잔을 내려놓았다.

"졸업식 후에 선생님들과 보호자들이 모인 사은회에서 이번에는 구치다의 어머니가 저한테 말을 걸었어요."

이야기의 내용은 똑같았다. 다케나카 씨네 집은 탐정업을 하고 있다면서요. 광고를 봤어요.

"저는 제대로 설명했어요. 타운지 광고에 나와 있는 사무소는 시댁에서 임대해 주고 있는 방에 입주했을 뿐이고 사업에 대해서는 모른다고요."

하지만 말귀를 못 알아들었다고 할까.

"뭐, 그런 사람이겠지만요."

"말도 똑같아요."

다케나카 모녀가 똑같은 얼굴로 진저리를 친다.

"무슨 일이 있을 때는 편리해서 좋겠다, 다케나카 씨의 소개니까 싸게 해 주겠죠, 그런 말까지 하더라니까요."

강하게 부정해 두었다고 한다.

"구치다의 어머니는 지금까지도 학교 관련으로…… 뭐라고 하면 좋을까, 앞뒤 가리지 않는 말을 해서 트러블을 일으켜 왔던 사람이군요."

"네. 저나 아리사한테 직접적으로 그런 건 이번이 처음이지만, 거짓말은 몇 번 들었어요."

준코는 눈썹을 찌푸렸다.

"구치다는 5학년 때 전학을 온 학생이에요. 그러니까 겨우 이 년밖에 안 됐는데."

거짓말을 몇 번이나 했다니.

"선생님에 대해서 불만이 많을 뿐만 아니라 금전 문제나 남녀간의 싸움도 일으킨 모양이었어요."

나는 놀랐다. "다른 보호자와 말입니까?"

아리사가 말했다. "스기무라 씨, 큰길에 있는 '도리桃里'라는 중화요리 가게 아세요?"

몇 번인가 점심을 먹으러 간 적이 있다. 탄탄멘이 명물이다. 점심시간에는 적당한 가격이지만 저녁 코스 요리는 메뉴만 보았을 뿐 지금의 내게는 사치스러운 가격이다.

"그 가게 사장님의 아이가 저랑 같은 학년이에요. 걔도 시험에 떨어져서 왔는데."

남자아이로 5학년 때 아리사, 구치다 사자나미와 같은 반이었다고 한다.

"축구를 잘하고 잘생겨서 여자애들한테 인기가 많았어요. 구치다가 엄청 집요하게 따라다녔죠. 부르지도 않았는데 집에 들어온다면서 곤란해했었어요."

몇 번을 거절해도 멈추지 않아서 부모가 학교에 상담하자 구치다의 어머니는 '괴롭힘'이라며 교육위원회에 신고했다.

"그걸 어떻게든 대화로 해결하려던 중에 구치다네 가족이 쳐들어와서 요리를 엄청 주문해 먹어치우더니 돈을 내지 않겠다고 하더래요."

──당연하잖아요. 괴롭힘에 대한 위자료예요.

업무용 메모지에 상황을 적던 나는 입이 반쯤 벌어지고 말았다.

"그거, 해결됐습니까?"

준코가 고개를 끄덕였다. "교장선생님이 사이에 끼어서 꽤 고생하셨던 모양이지만요."

먹튀죠, 하고 아리사가 내뱉는다.

"경찰에 신고했으면 좋았을 텐데."

나는 그녀에게 아이스티를 권했다. "레몬은 없지만 우유는 있어."

"이대로도 괜찮아요."

잘 마시겠습니다, 라고 말하고 나서 잔에 입을 댄다. 그런 딸을 옆에서 바라보며,

"남녀 싸움이라는 건" 하고 준코가 목소리를 낮추어 말했다. "교생 실습을 하러 온 젊은 남자 선생님이 상대라고 하는데."

"보나마나 구치다네 엄마가 멋대로 찰싹 달라붙어 있었던 거라니까요."

모녀가 하는 짓이 똑같아요. 좀 이상해요. 스토커죠. 아리사는 소리 내어 잔을 내려놓았다.

"6학년 때는 다들 그랬어요. 구치다네 엄마는 재혼 상대를 잡고 싶어서 학부모 교사 연합회에 나오는 거라고."

잡는다, 라.

"이름은 아니? 구치다——."

"미키. 아름다울 미美에 근본 희姬라고 써요."

아리사는 손가락으로 테이블 위에 글씨를 써 보였다.

"사실은 석 삼三에 벼리 기紀인데 마음대로 바꿔 버렸다고 구치다가 반에서 자랑한 적이 있어요."

——우리 엄마는 미인이니까 이 글자가 더 어울려.

"우리가 '미키美姬'는 겐지나源氏名 겐지 모노가타리 54첩의 제호를 따서 궁중의 궁녀나 무가의 하녀들에게 붙여졌던 별명. 근세 이후에는 유녀나 게이샤, 근대에는 바의 호스티스 등의 예명이라는 뜻이 되었다 아니냐고 했었는데."

준코와 나는 동시에 같은 포인트에서 놀랐다.

"겐지나?"

"너, 그런 말을 어떻게 아니?"

아리사는 태연하다. "할머니한테 배웠어요. 물장사를 하는 사람이 가게에서 쓰는 이름을 말하는 거잖아요."

약 10초 정도, 어머니가 아니라 며느리의 얼굴이 되어서 (우리 시어머니도 참 쓸데없는 짓을 하셔)라는 듯 조용히 분개하는 준코의 모습을 나는 못 본 척했다.

"재혼 상대 운운하는 걸 보니 구치다 미키 씨는 싱글맘인가 보군요."

"맞아요. 본인도 사자나미도 대놓고 말하고 다녀요."

"그럼 '도리'라는 중화요리 가게에 쳐들어간 '가족'이라는 건요?"

"미키 씨랑 사자나미를 포함해서 아이가 셋, 그 외에 남자가 두 명 있었다는데 어떤 관계인지는 알 수가 없었나 봐요."

"사자나미 외에도 자녀분이?"

이 물음에는 아리사가 먼저 고개를 끄덕였다. "지금도 있는지 전에 있었던 건지 확실하지 않지만 남동생이랑 여동생이요. 둘 다 초등학생인 것 같은데 같은 초등학교는 아니에요. 구치다는 시끄러울 정도로 수다쟁이지만 그 애들에 대해서는 거의 아무 말도 하지 않았어요."

"상대의 아이라서 그래." 준코가 말하더니 서둘러 덧붙였다. "도리에서의 소동은 일 년도 더 전에 있었던 일이에요. '가족'이라고 했던 두 남자 중에서 당시 미키 씨와 교제하던 사람의 아이가 아니었나 싶어요. 어디까지나 짐작이지만요."

내가 업무용 메모지 위에 볼펜으로 적어 내려가는 모습을 다케나카 1호 모녀가 지켜보고 있다.

"구치다 미키 씨라는 사람은 꽤…… 다이내믹하고 성가신 여성이군요."

"스기무라 씨, 표현이 재미있네요."

이 모녀는 웃는 법까지 닮았다.

"스물아홉 살이에요."

"네?"

"미키 씨의 나이 말이에요."

"열여섯 살 때 구치다를 낳았대요."

이것도 본인들이 자랑이라는 듯 떠들어 대는 사실이고 구치다 미키가 보여 준 운전면허증을 확인한 선생님도 있다고 한다.

"죄송해요, 얘기가 딴 길로 새서."

보브 커트의 머리를 귀 뒤로 넘기며 준코가 내 얼굴을 보았다.

"실은 오늘 오전에 슈퍼에서 미키 씨와 딱 마주치고 말았는데 또 말을 걸더라고요."

——다케나카 씨네 탐정 사무소에 진짜 부탁하고 싶은 일이 생겼어요. 예약 좀 해 주지 않을래요?

"다시 한번 우리는 상관없으니까 직접 연락하시라고, 바쁜 사무소라 맡아 줄지 어떨지는 모르겠다고 얘기해 두었어요."

"마음 써 주셔서 고맙습니다."

"하지만 역시 제 말은 한 귀로 듣고 한 귀로 흘리더군요."

게다가 신경 쓰이는 대목이 있었다고 한다.

——우리 애의 목숨이 걸린 문제니까 제대로 된 사무소라면 틀림없이 맡아 줄 거예요.

"아이의 목숨이 걸려 있다고요?"

"네. 저도 깜짝 놀랐지만 깊이 알고 싶지 않아서 그렇게 큰일이라면 탐정 사무소보다 구청이나 경찰에 상의하는 게 어떠시겠냐고 했어요."

그러자 구치다 미키는 준코를 바보 취급했다.

——경찰 따위는 도움이 안 돼요. 다케나카 씨는 정말 세상 물정을 모르는군요. 전업주부라서 편하게만 사니까 머리가 텅 빈 거

아니에요?

토씨 하나 틀리지 않고 그대로 말했다고 한다.

"불쾌한 일을 당하셨군요."

준코가 가볍게 입을 삐죽거렸다. "달걀을 던져 버릴까 생각했어요."

"던지지 않으셨죠?"

"직전에 멈췄어요."

다행이다.

"내가 같이 있었다면 머리가 텅 빈 건 당신 아니냐고 말했을 텐데."

아리사도 없어서 다행이다.

"어머 그러냐고, 실례했다고 말하고 얼른 집으로 돌아왔지만, 어쩌면 구치다 씨가 벌써 스기무라 씨한테 전화를 하거나 쳐들어온 게 아닐까 걱정이 돼서요."

"아직까지는 연락이 없습니다. 앞으로 오려나요?"

"우리가 없는 사이에 올 가능성도 있으니까 전해 두는 편이 낫겠다고 생각했어요."

크게 도움이 되었다. 구치다 미키가 오지 않으면 괜찮지만 일단 나도 마음의 준비를 해 두는 것이 좋겠다.

"스기무라 씨, 만일 의뢰가 와도 절대로 맡지 마세요. 잘 거절하세요."

아리사는 매우 진지했다.

"구치다는 우리랑 전혀 감각이 달라요. 우주인 같아요. 반 아이들의 물건을 훔쳤을 때도 버려져 있어서 주웠을 뿐이라느니, 이름이 쓰여 있지 않은 건 누가 써도 괜찮다느니, 이 정도 일로 화내는 사람이 잘못이라느니, 믿을 수 없는 변명을 했다니까요."

"상식이 없구나. 주의하겠습니다. 저는 이 일에서는 신참이지만 회사원 시절에 비슷한 사람과 다툰 경험이 있으니까 괜찮을 거예요. 만만하게 보지 않을게요."

실은 '다투었는데 졌'지만 거기까지 말할 필요는 없겠지. 1호 가족이 안심하고 온천 여행을 즐겼으면 좋겠다.

모녀가 돌아간 후, 와비스케에서 저녁을 먹으려던 계획을 취소하고 내내 전화 옆에 있었다. 날짜가 바뀔 시간이 되어 잠자리에 들 때까지 벨은 울리지 않았다.

하지만 이튿날, 5월 3일 오전 11시가 지나서, 전화가 아니라 출입구의 인터폰이 요란하게 울리기 시작했다.

2

실제 나이가 젊은 것과 젊어 보이는 것은 다르다.

눈앞의 구치다 미키는 스물아홉 살로는 보이지 않았다.

마흔 살 정도의 여성이 스물아홉 살 여성인 척을 하는 듯한 모습이다. 게다가 란제리 펍_{호스티스 여성이 속옷 차림으로 접객하는 가게}에서 아르바이트로 일하던 중에 살짝 빠져나왔나 싶은 옷차림을 하고 있다.

왜 란제리 펍이라고 한정하는가. 그녀의 복장이 내 감각으로는 한없이 속옷에 가까웠기 때문이다. 아리사가 대놓고 '겐지나'라는 말을 쓴 것은 지극히 정상이었다.

여성이 나이를 먹으면서 용모가 변하는 걸 '열화劣化'라고 표현할 때가 있다. 무신경하고 불쾌한 말이라서 나는 입에 담지 않지만 구치다 미키에 한해서는 이 단어가 어울린다고 생각하고 말았다. 아직 스물아홉 살인 여성이 어떤 인생을 보내면 이렇게까지 볼품이 없어질까? 단순히 용모의 문제가 아니라 건강 상태를 걱정하고 싶어질 정도로 시들어 있다.

화장은 꼼꼼하고 어디 하나 흠 잡을 데 없어 보인다. 그래도 숨길 수 없는 눈 밑의 그늘과 거칠어진 피부. 턱 주위에는 수많은 뾰루지. 금발에 가까운 갈색 머리는 높이 틀어 올렸고 이마와 귀 옆에 몇 가닥을 늘어뜨렸다. 복장은 가장자리에 비즈가 달린 캐미솔에, 슬릿이 들어간 무릎 위 20센티 이상의 미니스커트. 그 위에 시스루의 긴소매 재킷을 걸치고 있다. 발에는 커다란 장식이 달린 뮬을 신었는데 7센티는 될 것 같은 힐이 언밸런스하게 닳았는지 구두 전체가 바깥쪽으로 비틀려 있다. 그녀가 선 자세도 비뚤어져 있었다.

"스기무라 탐정 사무소라는 데가 여기 맞죠?"

소위 말하는 애니메이션 목소리였다. 무턱대고 부정적으로 생각해서는 안 된다. 스물아홉 살의 여성이라면 이런 목소리라도 이상하지는 않다. 다만 그 용모와 대조해 보면 정말 어울리지 않는다.

"다케나카 씨한테 소개를 받았어요. 저는 구치다 미키라고 해요."

프라다 숄더백에서 메탈릭한 카드케이스를 꺼낸 그녀가 명함을 한 장 뽑아서 내게 주었다.

이름과 주소와 휴대폰 번호와 메일 주소. '엄마 명함'^{직장에서 사용하}_{는 명함이 아닌 사생활에서 사용하는 명함 중에서 다른 엄마들과의 교류를 목적으로 만드는 명함}일 것이다. 우아한 장식 폰트로 인쇄되어 있다.

"일을 부탁하고 싶은데 지금 괜찮으세요?"

강한 향수 냄새가 났다. 너무 많이 뿌렸고 낮 시간에는 맞지 않는 농후한 향기다.

절대로 맡지 말라고 아리사로부터 조언을 들었다. 원만하게 문전박대하는 스킬이라면 나도 가지고 있다. 그럼에도 사무소 안으로 안내한 이유는 우선 그녀가 혼자가 아니었기 때문이다.

구치다 사자나미는 전체적으로 풍만한 어머니의 몸 뒤에 숨듯이 서 있었다. 머리는 부수수한 세미롱, 맨얼굴이라서 딸 쪽은 혈색이 나쁘다는 것을 그대로 알 수 있었다. 어머니와 색깔만 다른 캐미솔을 입고 데님 상의를 손에 들고 있었다. 상박이 늘어져 있고 등이 굽었으며 비쩍 말랐다. 쇼트팬츠에서 뻗어 있는 두 다리만은 왠지 살집이 있어서 검은색 타이츠가 터질 것 같다. 나도 여자애의 아버지라서 본인은 (다리가 굵다고) 신경 쓰고 있겠구나 하고 생각했다.

모녀 둘이라는 사실뿐이라면 역시 생각을 고쳐먹고 돌아가 달라고 할 수도 있었다. 내가 어쩔 수 없이 두 사람을 손님용 소파로 안내했던 까닭은 구치다 사자나미가 방금 전까지 울고 있던 것 같은 모습이었기 때문이다. 눈꺼풀이 붓고 눈이 빨개져 있었다.

구치다 미키는 앉자마자 고고하게 다리를 꼬았다. 오른쪽 발목 부분에 정교한 꽃무늬가 보인다. 스타킹 무늬인가 했더니, 타투다. 비슷한 꽃무늬와 여성의 옆얼굴을 조합한 것이 왼쪽 어깨에도 있었다.

나는 늘 사용하는 업무용 메모지와 볼펜을 들고 앉다가 그녀가 꺼낸 담배와 라이터를 보고 부엌에서 재떨이용 접시를 가져왔다.

"고마워요."

하고 말하며 구치다 미키는 눈을 치뜨고 웃음을 지었다.

"요즘은 어딜 가나 다 금연이라서 싫다니까."

긴 손톱에 정교한 네일아트를 했지만 시술을 한 지 며칠이 지났는지 일부가 벗겨져 있었다. 그녀가 자신의 담배 연기에 눈을 가늘게 뜨자 눈꺼풀에 바른 섀도의 펄이 번쩍 빛났다.

"상의를 안 입었는데 안 춥니?"

나는 사자나미에게 물었다. 혈색이 나쁜 중학교 1학년 학생은 내가 뭔가 집어던지기라도 한 것처럼 움찔하며 몸을 뒤로 뺐다. 데님 상의는 무릎 위에서 구깃구깃하게 뭉쳐져 있다.

"아까 저기 있는 패밀리레스토랑에서,"

딸이 아니라 어머니 쪽이 말한다. 그녀가 엄지를 세워 어깨 너머로 가리키는 방향에는 분명히 패밀리레스토랑이 있다.

"브런치를 먹었는데, 찬물을 엎질러 버렸어요."

"상의가 젖었니?"

또 물어도 사자나미는 눈을 피하며 대답하지 않았다.

"옷걸이에 걸어 둘까?"

사자나미가 이쪽을 봐 주지 않아서 나는 미키에게 물었다. "따님한테 걸칠 것을 빌려 드릴까요?"

"그래도 되나요? 고마워요."

올해 여름, 모모코와 수영장에 (갈 수 있다면) 갈 때 쓰려고 큼직한 배스타월을 사 두었다. 세일용품이지만 원가는 꽤 비싸다. 그것을 꺼내다가 미키에게 건네자 그녀는 딸에게 "자" 하고 내밀었다.

사자나미는 느릿느릿 배스타월을 펼쳐 어깨에 걸쳤다. 나는 안

심했다. 사실을 말하자면 어머니 쪽도 뭔가 걸쳐 주었으면 싶었다. 구치다 미키는 글래머러스하고 특히 가슴이 풍만하다. 거기에 이런 패션이니 눈 둘 곳을 찾기가 힘들다.

"미안해요. 이 애, 둔하고 낯도 가려서요."

미키는 불쾌함을 숨기려고도 하지 않고 말했다.

"소중한 남동생의 일이니까 꼭 같이 가겠다기에 데려왔는데 인사도 못 하고. 렌이라고 해요."

다리를 꼰 채 상반신을 내밀어 담배를 비벼 끈 그녀가 입 끝을 끌어 올리며 또 내게 웃음을 보였다.

"중학생이 된 지 얼마 안 됐어요. 어려운 나이죠."

어머니도 딸을 사자나미라고는 부르지 않는 모양이다. 그런데 소중한 남동생이라니.

"자제분에 관한 문제로 찾아오셨나요?"

그녀는 턱끝만 끄덕였다. 눈은 내 사무소 겸 자택 안을 둘러보고 있다.

"스기무라 씨는 다케나카 씨의 친척이나 뭐 그런 건가요?"

"아뇨, 방을 빌렸을 뿐입니다."

"흐음. 굉장한 저택인 줄 알았는데 안은 의외로 싸구려네요. 방의 모양도 이상하고 풍수적으로 좀 별로인데."

나는 사자나미를 보았다. 배스타월 앞을 여민 채 고개를 숙이고 있다.

"제가 가지고 들어온 가구나 비품이 싸구려라서 그럴 겁니다."

"연휴에도 다 함께 여행을 간다더군요. 부자는 좋겠어요."

그녀가 새 담배에 불을 붙인다.

"우리도 작년에는 괌에 갔어요. 사람으로 붐비고 일본인밖에 없더군요. 지긋지긋해서, 다음에는 하와이나 푸켓으로 갈까 해요."

미키는 연기를 내뿜으면서 물었다.

"스기무라 씨, 아이가 있나요?"

대답하고 싶지 않아서 나는 말했다.

"솔직히 말씀드려서 학교 관련 트러블에는 거의 경험이 없습니다."

이것은 사실이다. 반년쯤 전, 상급생 무리에게 큰돈을 뜯기던 중 2짜리 남자애에게 IC 녹음기를 들려 보내 증거가 될 만한 대화를 녹음시키려고 할 때, 그가 녹음기를 잘 작동시킬 수 있도록 연습 상대가 되어 준 적은 있다. 하지만 이것은 오피스 가키가라가 맡은 사건이었다. 총 이백만 엔 이상을 뜯긴 악질적인 케이스였기 때문에 경찰이 개입했다고 들었다.

"우리 트러블은 학교랑은 상관없어요."

구치다 미키는 방금 불을 붙인 담배를 끄려다가 기세가 넘쳤는지 부러뜨리고 말았다.

"내 아이가 살해될 것 같아요. 꾸물거리고 있을 수 없어요."

갑자기 어투가 강해지고 눈빛이 날카롭게 뾰족해졌다.

"그 애가 아까 말씀하신, 여기 있는 렌의 남동생이군요."

"그래요. 뻔하잖아요."

"동생은 초등학생이니? 같이 오지 않았네."

두 번째 물음은 사자나미에게 던진 것이지만 여전히 입을 꾹 다물고 있다.

"류세이는 집에 없어요. 지금은 입원해 있다고요! 제 곁에 있었으면 그런 일을 당하지 않았을 거예요."

구치다 미키는 팔짱을 끼고 소파 등받이에 기댔다.

"초등학교에 들어간 지 일주일도 안 돼서 등교를 하고 있는데 노망 난 할망구의 차가 돌진해 왔어요. 다친 아이가 몇 명이나 있어서 TV 뉴스에도 나왔죠."

나는 양해를 구하고 노트북을 가져왔다.

"사고가 일어난 건 언제인가요?"

"지난달 13일 금요일."

두꺼운 인조 속눈썹을 들어 올리며 미키는 눈을 크게 떴다. "깜짝 놀랐어요. 나쁜 일이 일어난다는 건 정말이네요."

뉴스 사이트를 검색해 보니 비슷한 정보가 나왔다.

등교 중인 초등학생 행렬에 자가용차 돌진

두 명 중상

운전자인 72세 여성을 업무상 과실치상 혐의로 체포

시즈오카 시내의 주택지에서 일어난 사고다. 운전자 여성은 병원에 가는 길에 액셀과 브레이크를 혼동해 잘못 밟은 모양이다.

사망자가 없어서 다행이라고 우선 생각했다. 중상자는 초등학교 1학년 남자아이와 3학년 여자아이다. 요추 골절과 전신 타박, 대퇴골 골절 등. 처음 열람한 종합 기사에는 이름이 나오지 않았지만, 다른 종합 기사에는 '우노 류세이 6세', '가와다 아카리 8세'라고 되어 있었다.

"이 사고로군요?"

모니터를 보여 주자 구치다 미키는 고개를 끄덕였다. 초조한 듯이 말투가 빨라졌다.

"사고가 아니에요, 사건이에요. 틀림없이 살인미수라고 겐쇼도 말했어요."

"겐쇼는 누구입니까?"

그녀는 왜 모르는 거죠? 라는 눈빛으로 나를 보았다.

"내 남편이에요."

그때, 겨우 얼굴을 들고 사자나미가 입을 열었다. "지금 같이 살고 있는 남자예요."

생기가 없다. 어제 저녁, 똑같이 어머니와 나란히 앉아 있던 다케나카 아리사와는 눈의 생기도 목소리도 몸에 두른 분위기도 너무나 다르다.

이 아이는 확실히 문제아일 테고 학교에서 친구와 잘 지내지 못하는 원인도 본인 쪽에 (그것도 산더미처럼) 있을 것 같다. 그러나 아직 중학교 1학년이 되었을 뿐인 아이다. 아이를 이런 얼굴로 만든 가정환경을 떠올리자 슬픔이 밀려왔다.

구치다 미키는 옆에 앉아 있는 딸을 노려보았다. 노골적으로 드러난 분노에 눈꼬리가 치켜 올라간다.

"무슨 이상한 말을 하는 거야. 겐쇼는 네 아빠잖니."

나는 그녀를 달랜 후에 약 한 시간에 걸쳐 현재 구치다 집안의 상황을 들었다.

그런데 하나를 물으면 열이 돌아온다. 자기 이야기를 하고 싶어서 견딜 수가 없는 모양이다. 결과적으로 나는 거의 그녀의 반생을 듣는 처지가 되고 말았다.

구치다 미키는 사이타마 현 사이타마 시에서 태어나 자랐고 부모와 여동생이 하나 있다. 다케나카 모녀가 준 정보대로 열여섯 살에 장녀 사자나미를 출산했다. 상대는 친구 무리 중 한 명으로, 당시 열일곱 살의 고교 중퇴·무직 소년이었다. 10대 커플에게 아기를 양육할 힘은 없어서, 사자나미는 구치다 미키의 부모가 우선 맡아서 돌보았다.

임신과 출산으로 다니던 사립 고등학교를 그만둔 미키는 미용학교에 들어가기 위해 편의점이나 부티크 점원 등의 아르바이트를 하며 본가에서 살았다.

본인은 딱 부러지게 말하지 않지만 사자나미의 양육은 부모에게 계속 맡겼던 모양이다.

"너무 어려서 젖이 나오지 않았어요."

라는 발언은 있었지만 구체적인 육아 이야기는 거의 들을 수 없었다.

사자나미의 아버지와는 곧 헤어지고 말았다. 이 커플이 아기에게 해 준 것이라면 '사자나미'라는 보기 드문 이름을 붙인 것뿐이다.

"아르바이트하던 곳의 손님들이 아이가 있다고는 믿을 수 없을 만큼 예쁘다고 칭찬해 주며 도전해 보라고 격려해 줘서."

탤런트나 잡지 모델 오디션을 몇 번 봤다고 하는데, 보다 현실적인 미용학교에는 결국 가지 않은 모양이다. 질문해도 곧장 대답하지 않고 얼버무려서 해 본 추측일 뿐이지만.

말하고 싶지 않아서 얼버무리는 것은 아니다. 그런 화술이 없다. 구치다 미키의 이야기는 화제가 툭하면 산으로 가 버린다. 집중력이 부족하고 차분함이 없는 탓이리라. 대화 사이사이에 몇 대나 담배를 피우고는 비벼 끄고, 가끔 다리를 꼰 채 무릎을 달달 떨기도 했다.

감정의 기복도 심해서 기분 좋게 웃는가 하면 금방 뾰족해진다. 화났나 하면 토라져서 어리광을 부리는 것 같은 눈빛을 한다. 구치다 미키는 아직 다 성장하지 않은 어린애로, 지극히 기본적인, 보통은 초등학생 때 제대로 익혔어야 할 예의범절이나 매너가 많이 부족했다.

다만 이런 타입의 여성이 발산하는 독특한 매력이랄까, 자력磁力 같은 것은 있다. 나에게는 기쁘지 않은 자력이지만 거기에 끌리는 남성이 있는 것도 이해가 간다. 실제로 미키의 이야기 속에서는 남자친구들이나 교제 상대의 이름이 거침없이 나왔다.

방금 전까지 생판 남이었던 내게, 서로 잘 아는 인물에 대해 이야기하듯이 '겐지가 ○○해서'라든가 '그 왜 미쓰오하고는 ○○니까'라든가 '이자키 씨는 ○○랑 아는 사이잖아요, 그러니까'라는 말을 한다. 일일이 이야기를 멈추고 그건 누구냐고 되물으면, 또 '왜 모르는 거죠?'라는 표정을 짓는다. 별 수 없이 단기간이나마 그녀와 함께 살았거나, 아이들의 아버지가 된 남성에 한해서만 메모를 해 나가기로 했다.

'늘 예쁘다고 칭찬해 주던' 남성 A(아르바이트를 하던 부티크에 상품을 공급한 업자인 듯하다)의 구애를 받고 교제하다가 A가 도쿄 시내의 회사로 전직하자 그와 살기 위해 사자나미를 데리고 상경했을 때 구치다 미키는 열여덟 살, 사자나미는 두 살이었다.

이 생활은 일 년도 못 가서 끝났지만 "역시 살아 보니까 엄청 재미있었어요."라고 한다.

도쿄를 떠나고 싶지 않던 미키는 A와 동거했던 아다치 구의 아파트에서 딸과 함께 살았다. 즉 A가 아파트에서 나간 셈인데 이 때 모종의 사정으로 그는 꽤 큰돈을 미키에게 건넸다. 이 '모종의 사정'이 또 (그녀의 이야기가 애매해서) 미묘한데 아무래도 유산이나 중절 중 하나인 것 같다. 아기를 낳네 마네, 결혼을 하네 마네 하는 문제로 다투던 A가 지불한 위자료가 '큰돈'의 정체인 듯하다.

곧 미키는 A와 동거 중일 때부터 일하던 음식점(이야기의 분위기로 추측해 볼 때 걸스 바^{바텐더가 모두 여성인 쇼트바. 카운터석에 손님이 앉고, 여성 바텐더가 접객을 한다} 같다)의 경영자 B와 교제를 시작했다. 스무 살 연상의 기

혼자였던 그는 경제적으로 넉넉했기 때문에 미키와 사자나미를 주오 구의 맨션으로 옮겨 주고 가끔 드나들며 관계를 이어나갔다.

미키가 스물한 살, 사자나미가 다섯 살이 되었을 때, 사자나미가 다니던 유치원의 운동회에서 미키는 우노 가즈야라는 남성과 알게 된다. 그는 사자나미의 친구의 삼촌, 마침 일전의 토니 같은 입장이다. 조카의 운동회를 보러 와 있던 그에게, 키가 크고 패션 센스도 좋아서 눈에 띄었다며 미키 쪽에서 말을 걸었다고 한다.

"원아의 아버지인 줄 알았는데 삼촌이고 독신이라고 해서 운이 좋다고 생각했죠."

우노 가즈야는 당시 스물다섯 살. 이과계 대학원을 졸업한 회사원으로 화학약품 전문 상사商社에 다녔다. 미타카 시내에서 부모와 함께 살았는데 조카는 누나 부부의 아이였다.

두 사람은 교제를 시작했다. 우노 가즈야는 다정한 성격으로 미키가 사자나미를 데이트에 데려가도 싫은 얼굴을 하지 않았다. 오히려 적극적으로 아버지 대신 귀여워해 주었다. 미키와의 교제에도 처음부터 진지하고 긍정적이었고 곧 결혼을 입에 담게 되었다.

그러나 미키는 B와 양다리를 걸치고 있었고, 게다가 그쪽은 불륜이었다. 위험한 줄타기는 미키의 스물두 살 생일을 셋이서 축하한 직후에 (그렇기 때문에 더더욱 선명하게 기억하고 있다고 했다) 파탄에 이르렀다. 아들로부터 미키를 소개받은 우노 가즈야의 부모가 오피스 가키가라 같은 곳에 그녀의 신변조사를 부탁한 것이다. 미키의 경력과 연령(스물네 살로 현립 고등학교 졸업, 사자나미의 아버지와는 사별이라고 말했었다), B와의 불륜 관계가 드러나자 우노의 부모님은 맹렬하게 결혼을 반대했다. 이 불티는 B에게도 튀어 그의 부인이 불륜 사실을 알게 되면서 소동은 더욱 커졌다. B의 부인은 곧 변호사를 세웠다. 이때 미키가 임신 3개월이라는 사실이 판명되었지만 배 속의 아이가 B의 아이인지, 우노 가즈야의 아이인지도 알 수 없었다. B와 이혼할 생각이 없었던 부인은 그저 위자료를 뜯어내고 미키를 쫓아내 버리면 충분하다고 생각했지만 상황은 그렇게 쉽게 흘러가지 않았다.

과거에 한 번 출산을 포기했던 (A와의 사이에서 생긴 아이로 중절 또는 유산) 미키가 아기를 꼭 낳겠다고 주장한 것이다. 놀랍게도 의절하겠다고 화를 내는 부모의 반대를 무릅쓰고 우노 가즈야도 미키의 출산과 그녀와의 결혼을 희망했다.

그리하여 마침내 류세이가 태어났다. 이 보기 드문 이름도 미키가 지었다. 혈액형으로 보아 B의 아이가 아닌 것은 확실했지만,

──그렇다고 해서 네 아이라는 보장도 없잖니!

라는 어머니의 의견을 물리치고 우노 가즈야는 미키와 결혼했다. 신혼집은 그의 본가 근처에 있는 아파트로, 이미 주오 구내의 공립 초등학교에 들어갔던 사자나미는 전학을 했다.

아내에게 들키자 B는 선뜻 미키를 내팽개치고 도망쳤기 때문에, 후환은 없었던 모양이다. B의 부인이 청구한 위자료가 어떻게 되었는지는 알 수 없다. 적어도 미키는 낸 기억이 없다고 한다.

우노 부모의 강한 반대는 여전해서 가즈야와 미키는 결혼식을

올리지 않았(못했)다. 미키가 졸랐고 가즈야 자신도 마음이 있었지만 사자나미를 그의 호적에 올리려던 계획은 부모의 맹렬한 반대로 무산됐다.

우노 부모가, 그토록 싫어하는 미키와 그녀가 데려온 아이를 가까운 곳에 살게 한 이유는 어떻게 사는지 감시하다가 조금이라도 이상한 일이 있으면 당장 헤어지게 할 생각이었기 때문이다.

"얼굴만 보면 그 얘기뿐이었어요."

하고 미키는 웃으며 내게 말했다.

"아들의 행복을 망치려고 하다니 가즈야의 어머니는 불쌍한 사람이라고 생각했죠."

의외로(라고 하면 실례가 되겠지만) 가즈야와의 결혼 생활은 잘 이어져 나갔다. 가족 넷이서 무탈하게 살았다고 한다. 미키가 이 무렵의 에피소드를 몇 개 이야기했을 때, 내내 무표정했던 사자나미가 몇 번인가 작게 고개를 끄덕였다. 그래서 나는 물어보았다.

"렌은 가즈야와 사이가 좋았고 류세이를 귀여워했니?"

사자나미는 고개를 끄덕이며 "즐거웠어요" 하고 대답했다. 생기 없는 눈동자에 그때만은 작은 빛이 켜진 것처럼 보였다.

그러나 류세이가 세 살이 되자 가정에 파탄의 징조가 나타나기 시작했다. 이번에는 경제 문제였다. 결혼해서 전업주부가 된 미키가 가즈야의 월급으로는 생활을 꾸려 나가지 못하고, 그에게는 비밀로 현금 서비스나 카드론 변제를 연체시키다가 신용대출에까지 손을 댄 것이다. 가즈야가 알아차렸을 즈음에 빚은 수백만 엔으로 부풀어 있었다.

이 빚을 갚아 주는 대신 우노 부모는 가즈야에게 이혼을 명령했다.

"정말 너무하다고 생각하지 않아요?"

구치다 미키는 침을 튀기고 울상을 지으며 내게 호소해 왔다.

"돈 때문에 가족을 뿔뿔이 흩어 놓으려는 거예요. 어떻게 그런 잔혹한 짓을 할 수 있을까요. 나는 지금도 믿을 수가 없어요."

이 말이야말로 '너무하다'고는 전혀 느끼지 않는 모양이다.

가즈야도 나름 저항했겠지만 그의 벌이로 아이 둘을 키우면서 이렇게 큰 빚을 갚는 것은 도저히 불가능했다. 그가 다니는 직장은 딱딱한 회사라서 빚이 있다는 걸 알면 해고될 수도 있었다.

그는 부모의 설득에 꺾여 이혼을 승낙했다.

구치다 미키는 처음부터 류세이를 맡지 않겠다고 선언했다.

"왜냐하면 가즈야가 아버지니까요. 남자애한테는 꼭 아빠가 필요해요. 헤어져도 우리 네 사람은 계속 가족이고 할아버지나 할머니한테도 귀여움을 받아야죠."

——나도 류세이를 포기하고 싶지 않아.

하고 가즈야도 대답했다. 부부는 각자 한 명씩 아이를 데리고 서로의 본가로 돌아갔다.

"당신과 렌도 이번에는 도쿄에 남지 않고 부모님 집으로 돌아갔습니까?"

내 물음에 미키는 포동포동한 어깨를 으쓱해 보였다.

"우리 부모님이 난리여서요. 내버려 두면 내가 또 빚을 질 게 분명하다나 하면서."

내게는 당연한 걱정으로 여겨졌다. 입 밖에는 내지 않았지만 이전에도 그녀의 낭비벽으로 인한 빚 문제가 있었을지 모른다고 생각했다.

사자나미는 두 번째로 전학했다. 미키는 본가에 살면서 아르바이트를 하는 생활로 돌아갔다.

"가즈야와는 계속 연락하고 있었어요. 류세이가 엄마의 얼굴을 잊지 않도록 사진을 주고받고 목소리도 들려주곤 했죠. 엄마는 류세이를 사랑한다는 게 전해지도록."

하지만 본가에 살기 시작하면서부터 미키에게는 또 다음 만남이 생겼다. 구시모토 겐쇼, 31세. 중학교 친구의 선배의 친구라는 그와 교제하면서 겐쇼의 집이 있는 이곳 학구로 주소를 옮길 무렵, 사자나미는 5학년이 되었다. 세 번째 전학이고 다케나카 아리사와 같은 반이 된 것이다.

구시모토는 물류회사의 트럭 운전수라고 한다. '벌이는 가즈야보다 훨씬 낫'지만 그도 이혼한 전적이 있고 전처와의 사이에서 태어난 두 아이에게 양육비를 지불하다 보니 지갑에 여유는 없었다. 따라서 이번에는 결혼하지 않았고 당장은 할 생각도 없다. 공적으로 구치다 미키는 싱글맘이다.

"겐쇼는 나를 사랑하고 나도 사랑해요. 같이 살 수는 없지만 행복해요."

구시모토는 사원 기숙사에서 살고, 미키와 사자나미가 사는 맨션의 집세를 내며 드나들고 있다. 생활비는 미키가 번다.

"아는 사람의 네일 살롱을 돕고 있어요. 돈을 모으고 조만간 나도 학교에 가서 네일리스트가 될 생각이에요."

한부모가정에 대한 지자체의 지원이나 각종 원조는 제대로 수속을 해서 받고 있다고 한다. 그래서 구시모토와는 '같이 살 수 없다'고 할까, 그 편이 경제적으로 이득일 것이다.

여기까지 이야기를 듣는 동안 내 좁은 사무소 겸 자택은 미키가 내뿜는 담배 연기로 꽉 찼고 작은 접시에는 꽁초가 산처럼 쌓였다.

"류세이의 교통사고는 시즈오카 시내에서 일어났죠. 우노 가즈야는 본가인 미타카에서 그쪽으로 이사한 겁니까? 전근이나 전직이나, 아니면 그도 재혼을 했다거나──."

구치다 미키와 이야기를 하고 있으면 분노나 눈물이나 웃음의 스위치가 갑자기 켜졌다 꺼졌다 한다. 이때는 분노였다. 그녀는 내 말꼬리에 달려들듯이 앞니를 드러내며 소리쳤다.

"가즈야가 나 이외의 여자랑 사귈 리 없잖아요!"

역시 당황한 나는 입을 다물었다. 그러자 아양을 떠는 듯한 웃음을 지으며 그녀가 상반신을 배배 꼬았다.

"미안해요. 난 좋아하는 사람을 나쁘게 말하는 걸 들으면 금방 화가 나 버려서요."

전근도 전직도 재혼도 '나쁜' 일은 아닌 것 같은데.

"가즈야는 엄청 순수한 남자라서 지금도 나밖에 몰라요. 직장도 바뀌지 않았어요."

다만 류세이를 친척 집에 맡겼다고 한다.

"이혼했을 때는 가즈야 혼자서 류세이를 돌볼 수 없으니까 어머니와 누나가 함께 키워 주겠다고 약속했었어요. 누나 부부도 본가 옆에 살고 있었거든요."

하지만 남편의 전근으로 누나 부부가 지방으로 이주하자 가즈야의 어머니 혼자서는 류세이를 양육하기가 어려워졌다. 그래서 친척에게 맡긴 것이다.

"친척이라고 해도 사촌이나 그런 게 아니에요. 한 번 들은 것만으로는 기억할 수가 없었어요."

먼 친척이라는 뜻일까.

"그게 언제입니까?"

"내가 겐쇼랑 사귀기 시작했을 때. 이혼하고——일 년이 안 되었으려나."

아까 이야기를 들었을 때는 구시모토와의 만남이 언제였는지 확실하게 대답하지 않았다. 우노 가즈야와 '헤어졌어도 여전히 가족이다'라고 주장하면서, 자신은 얼른 다음 연애를 시작했다고 하기가 거북했으리라. 하지만 벌써 그런 감정은 잊고 자백해 준다.

"그때, 류세이를 그 친척의 양자로 삼고 싶다는 얘기를 들었어요. 말도 안 된다고 거절했지만."

"여전히 가족이니까요."

나는 부드럽게 비아냥을 담아서 말했지만 미키는 크게 고개를 끄덕였다.

"장래에는 유산 상속 같은 것도 있잖아요. 가즈야의 아버지는 좋은 회사에 다니고 있고 본가의 집도 커요. 류세이가 손해를 보면 불쌍하잖아요?"

가계를 꾸리지 못해서 빚을 지는 한편으로, 이렇게 계산이 빠른 면도 있다. 설마 '유산 상속'이라는 말이 나올 줄은 몰랐지만 '돈'이나 '재산'은 중요한 키워드다.

"가즈야의 아버지와 어머니는 자기네 집에서 류세이를 쫓아내고 싶은 거예요."

자기네 집이라는 것은 '우노 집안의 가계'라는 뜻이리라.

"그래서 양자로 줘 버리려고 했는데 내가 반대하는 바람에 실패하고——."

그 눈이 침착해지면서 빛이 깃들었다.

"귀찮아져서 죽이려는 거예요. 교통사고도 그래요. 웬 노망 난 할망구의 운전 실수 같은 게 아니에요."

이 말도 안 되는 주장을 어떻게 받아들이고 있는 건지 알고 싶어서 나는 사자나미의 얼굴을 보았다. 중학교 1학년 여자아이는 무표정으로 돌아가 있었다. 자신의 안쪽에 틀어박혀 있다.

"당신이 류세이를 맡아야겠다는 생각은 없었습니까? 아니면 우노 집안에서 그런 제안은?"

"가즈야는 그런 식의 부탁을 한 적도 있지만 겐쇼가 싫어했어

요. 자기 아이가 아니어도 여자애는 얌전하니까 괜찮지만 남자애
는 귀찮다고."

"그 시점에서 이미 겐쇼 씨와는 아이들 이야기까지 하는 사이였
던 거군요."

"우리는 둘 다 부모니까요. 자기 생각만 할 수는 없어요. 책임이
있죠. 아이가 없는 사람은 모르겠지만요."

나는 대꾸하지 않았다. 이 여성에게는 절대로 딸에 관해 가르쳐
주면 안 되겠다고 생각했다. 모모코에 대해 그녀가 뭔가 말한다면
참을 수 없게 될 것 같다.

"대충 알겠습니다."

분위기를 정돈하기 위해 나는 한 번 숨을 내쉬었다.

"지난달의 교통사고 외에도 류세이가 생명이 걸린 위험에 노출
된 적이 있습니까?"

구치다 미키가 어안이 벙벙하다는 표정을 지었다.

"무슨 소리예요? 내가 알고 있을 리 없잖아요. 그러니까 조사해
달라는 거예요."

나도 어안이 벙벙하고 싶었다.

"이 사고에 대해서 좀 더 자세한 사정을 조사해 볼 수는 있습니
다. 하지만 그 이상은──."

"류세이의 목숨이 걸려 있는데."

비난의 눈빛으로 나를 본다.

"구치다 씨는 우노 씨의 부모님이 류세이를 집안에서 배제하려

한다고 생각하시죠?"

"배제?"

"유산 상속 등의 권리를 없애려 한다고."

"아아, 맞아요."

"이 일에 대해서 우노 가즈야 씨와 이야기를 나눈 적은 있습니까?"

"류세이의 사고가 있은 후로 가끔 통화하고 있어요. 걱정되니까."

"만나지는 않았고요?"

"네."

다시 말해서 류세이의 문병을 가지 않은 것이다.

"이혼한 후에도 가즈야 씨와는 계속 연락을 취하고 계셨죠?"

"요즘은 그렇게 자주는 아니었나? 사고가 일어나기 전까지는요."

새로운 연인과의 생활에 열중해서 그럴 때가 아니었을 것이다. '여전히 가족'이라면서.

구치다 미키가 말하는 '가족'이나 '사랑'은 종잇장처럼 얇고 표면적인 말뿐이다. 적어도 내게는 그렇게 느껴진다.

"당신의 걱정에 대해서 가즈야 씨는 뭐라고 하십니까?"

"전혀 의지가 안 돼요. 우리 엄마가 그런 짓을 할 리 없다는 둥."

정상적인 반응이라 안도했다.

"저도 여기까지 들은 바로는 구치다 씨의 기우인 것 같다는 생각이 듭니다."

내 말의 뜻을 이해하지 못했는지 그녀는 고개를 갸웃거렸다.

"무슨 뜻인가요?"

"누군가가 류세이의 목숨을 노리고 있다는 건 당신의 지나친 생각이 아니냐는 말씀을 드린 겁니다."

짙은 화장 밑에서 구치다 미키의 뺨이 홍조를 띠었다.

"지나친 생각이 아니에요. 이혼할 때 가즈야의 어머니가 몇 번이나 나한테 말했어요. 류세이는 필요 없다고, 우노 집안의 아이로 키우고 싶지 않다고."

"그건 구치다 씨가 아직 건강하신 우노 씨의 부모님 앞에서 유산 상속 운운하는 말을 했기 때문이 아닐까요? 폭언에 폭언으로 대답하는."

"하지만 류세이의 권리잖아요. 겐쇼도 그렇게 말했어요!"

미키는 새된 목소리로 소리치며 주먹을 쥐고 테이블을 내리쳤다. 사자나미가 놀라서 움찔했다.

"진정하십시오. 물을 가져다 드릴까요?"

"필요 없어요."

그러고는 프라다 백을 움켜쥐더니 구치다 미키는 일어섰다.

"화장실이 어디죠?"

내가 가르쳐 주자 뮬의 뒷굽을 울리며 좁은 실내를 활보해 큰소리를 내더니 곧 세면실 안으로 들어갔다.

단둘이 남았기 때문에 나는 사자나미에게 말을 걸었다. "아까 여기 오기 전에 울고 있었지?"

구치다 사자나미는 눈을 크게 떴다. 칙칙한 얼굴에 여자애다운 수치의 빛이 떠오른다.

"엄마가 초조해하면 슬퍼지지. 류세이도 걱정되고."

사자나미는 잠자코 있다. 나는 내 명함을 꺼냈다.

"뭔가 이야기하고 싶은 게 있으면 전화든 메일이든 괜찮으니 연락해."

내가 내민 명함을 손끝으로 집듯이 받아 든 사자나미가 서둘러 반바지의 주머니에 넣었다.

세면실 문이 열리고 구치다 미키가 나왔다. 립스틱을 다시 바르고 온 것 같았다.

"조사는 맡겠습니다."

나는 선수를 쳐서 말했다. 미키는 고자세로 턱을 내밀며 "흐음" 하고 말했다.

"단, 현 시점에서 제가 맡을 조사 내용은 다음의 세 가지뿐입니다. ① 류세이가 당한 교통사고의 자세한 상황. ② 류세이의 현재 건강 상태. ③ 우노 가즈야 씨를 포함한, 류세이가 생활을 함께하고 있는 분들의 상황. 가즈야 씨에게 연락해서 가능하면 뵙고 싶으니 전화번호나 메일 주소를 가르쳐 주십시오."

구치다 미키는 씩 웃었다. "오천 엔이면 되죠?"

타운지의 광고에는 '착수금 오천 엔'이라고 강조되어 있다.

"그건 착수금이라고 해서, 계약금입니다. 조사가 종료된 시점에 경비와 수수료를 청구합니다."

실실거리던 웃음이 사라졌다. "그건 얘기가 다르잖아요!"

"우노 가즈야 씨와 이야기하는 것만으로 ①에서 ③의 사항을 알 수 있으면 오천 엔으로 끝날 겁니다."

남의 말을 듣지 않는 인간에게는 흔히 있는 일이지만 자신에게 유리한 말은 귀에 잘 들어온다. 구치다 미키는 '역시 오천 엔이면 되는구나'라고 생각했는지 시원시원하게 지갑을 열고 오천 엔을 지불했다.

"아이가 없는 사람은 모르겠지만 어머니란 아이를 위해서라면 어떤 일이든 할 수 있어요."

내가 그 자리에서 컴퓨터로 세 가지 조사 사항을 조목조목 쓴 조사 의뢰서를 만드는 동안 구치다 미키는 혼자서 열변을 토했다.

"류세이한테는 최고의 치료를 받게 해 주고 싶고 트라우마 같은 게 남지 않도록 케어해 주고 싶어요."

따라서 가해자 측이나 '류세이를 지키지 못한 무책임한' 우노 씨와 양육자들과 싸워서, 류세이를 위해 일 엔이라도 높은 위자료를 받고 싶다고 한다.

"나도 죽을 만큼 걱정했단 말이에요. 확실하게 배상을 받지 않으면 속이 후련하지 않아요."

조사 의뢰서의 내용을 읽어 주고 나서 구치다 미키에게 사인을 받고, 오천 엔의 수령증과 함께 한 부를 건넸다.

"제대로 하시는군요" 하며 그녀는 기분 좋은 표정을 지었다.

구치다 모녀를 출입구에서 전송하고 헤어질 때 나는 말했다. "집주인인 다케나카 집안 분들은 제 사무소의 업무에는 전혀 관여하고 있지 않습니다. 이번 조사 의뢰에 관해서는 아무리 사소한 일이라도 다케나카 씨의 귀에 들어가지 않도록 해 주십시오."

구치다 미키는 코웃음을 쳤다. "하지만 렌이랑 아리사는 친구인 걸요. 자식의 친구 관계에 대해서 부모는 참견할 수 없어요."

사자나미는 여전히 입을 꾹 다물고 있었다.

구치다 모녀가 떠나자 나는 지쳐서 축 늘어졌다. 모모코에게 메일을 보내고 싶었지만 지금처럼 감정이 뒤틀린 기분으로 그래서는 안 되겠지.

이혼하고 나는 한동안 고향 야마나시에 돌아가 있었다. 본가가 아니라 누나 부부의 집에 얹혀 사는 동안 그 집에서 키우는 개 겐타로와 사이가 좋아졌다. 당시에는 꼬리가 단단히 말린 이 시바견의 동영상을 찍어서 모모코에게 보내는 것이 일과이자 유일한 즐거움이었다.

혼자 살게 되고 나서도 누나나 매형이 가끔 겐타로의 동영상을 보내 준다. 그걸 모아서 음악과 자막을 입히고 모모코에게 보내는 일이 지금의 즐거움이다.

좋아, 그 작업을 하자.

겐타로의 산책이나 유쾌한 수영 동영상을 편집하는 동안, 모모코는 이번 연휴를 가루이자와의 호텔에서 보내고 있다는 것과, 매

년 해외로 가는 것이 상례인데,

　——올해는 할아버지의 건강이 별로 좋지 않아서.

　가루이자와로 가게 되었다는 사실도 떠올렸다.

　그러자 손이 멈추고 말았다. 모모코의 할아버지, 한때 내 장인이었던 이마다 요시치카는 올해 여든여섯 살이 된다. 언제 무슨 일이 일어나도 이상하지 않다.

3

3일 오후와 4일 오전을 이용해 뉴스를 꼼꼼하게 검색해서 다시 읽고 근처 도서관에서 신문 기사도 체크해 보았다.

우노 류세이와 가와다 아카리가 중상을 입은 교통사고는 '원인이 고령 운전자의 과실' '다친 것이 집단 등교 중인 초등학생들'이라는 두 가지 포인트로 상세히 보도되어 있었다. 그 지역의 지방지에서는 속보뿐만 아니라 특집 기사도 실었다. 꼼꼼하게 취재한 기색이 엿보인다.

류세이 일행이 다니고 있는 곳은 그 지역의 시립 초등학교인데, 지난 십 년 동안 아동의 수가 계속 줄어들어 인접한 다른 학교와의 통합이 예정되어 있다고 한다. 류세이 일행도 새로 들어온 1학년부터 6학년까지 합해서 다섯 명밖에 없었다. 같이 있던 보호자는 가와다의 어머니로 그날이 마침 당번이었던 모양이다.

아동의 집단 등교는 아이를 수상한 사람으로부터 지킨다는 점에서는 유효하다. 그러나 이번과 같은 타입의 교통사고가 일어나면 여러 명의 아이들이 한꺼번에 휘말린다는 난점이 있다. 실제로 이 초등학교에서도 일 년 내내 집단 등교를 하는 것은 중지되었고 새로 입학한 1학년이 학교에 익숙해질 때까지, 4월 말까지만 기간 한정으로 집단 등교가 시행되고 있었던 것이다.

류세이의 양육자는 기사에 등장하지 않았지만 가와다 아카리 부모의 이야기는 몇 개 발견되었다. 어머니 쪽은 눈앞에서 딸이 폭주한 자동차에 치이는 것을 목격하는 바람에 정신적으로 불안정한 상태라고 한다. 전신타박인 가와다 아카리는 구급차에 실려 갈 때까지 의식 불명이었다.

류세이의 상처는 요추 균열 골절과 오른쪽 대퇴골 골절. 의식은 뚜렷했고 사고 직후에는 가와다를 부르면서 울고 있었다고 한다. 두 아이는 집이 가깝고, 3학년인 가와다가 류세이를 살갑게 보살펴 주었으며, 등교할 때는 자주 손을 잡곤 했다. 차가 돌진하자 가와다가 류세이를 감싸다가 순간적으로 치어 날아갔다는 사실도 알게 되었다. 가와다가 재빨리 움직이지 않았다면 류세이는 즉사했을지도 모른다.

요즘의 나는 안 그래도 어린아이에 관한 화제가 나오면 쉽게 눈물이 난다. 여덟 살짜리 여자아이의 용기에, 눈시울이 뜨거워졌다. 사고 발생 지점이 넓은 길이라서 그나마 다행이었다. 아이들이 폭주한 자동차와 건물의 벽이나 담 사이에 끼지 않아서 천만다행이다.

사고를 일으킨 여성 운전자는 시모사카 도시에, 72세. 가벼운 당뇨병으로 투약 치료 중인데 류세이 일행의 학교 근처에 있는 종합병원에 정기적으로 통원하고 있었다(이날도 진료일이었다). 치매 증상은 없고 시력이나 청력도 정상이며 일상적으로 운전을 하는 동안 한 번도 사고를 내지 않았다. 가족과 본인 사이에서 운전면허 반납이 화제가 된 적도 없다. 류세이의 집이나 가와다의 집과도 주소지는 떨어져 있다. 사고 원인은 단순한 '실수로' 액셀과 브레이크를 혼동해 잘못 밟은 것이다. 본인도 인정했고 경찰에 의한 검증으로도 확인되었다.

이러한 사실들은 사고 발생을 처음으로 알린 기사를 뒤쫓듯이 차례차례 보도되었다. 사고가 과실이 아니라 고의임을 짐작하게 하는 재료는 하나도 없다. 그렇게 오해·곡해하려면 아크로바틱한 사고思考가 필요하다.

구치다 미키도 사실은 알고 있지 않으려나. 그저 이 사고를 계기로 우노 집안에 트집을 잡아 돈을 얻어 내려는 게 아닐까.

하지만 그녀가 이렇게 치밀한 연극을 할 수 있는 타입은 아니라고 생각한다. 말을 고르지 않고 한다면, 그 정도의 두뇌는 없다. 우노 가의 양친(특히 모친)이 류세이를 꺼렸다 해도 '방해가 되니 죽이려 한다'고까지 생각을 비약시키려면 혼자가 아니라 누군가의 도움이 필요하리라.

"겐쇼도 그렇게 말했어요!"

라는 발언이 사실이라면 현재의 교제 상대인 구시모토 겐쇼가 부추겼을 가능성이 높다. 센 척하는 언동과는 반대로 구치다 미키는 남성에게 금방 의존해 버리는 유형인 듯하다. 다정한 남성이라면 뻔뻔스럽게 이기적인 말을 하고, 가르치려는 남성이라면 시키는 대로 한다.

있지도 않은 일을 주장해서 얼마쯤 뜯어낼 수 있다면 횡재고,

해 봐서 손해 볼 것은 없다——고 하면, 내게 의뢰를 가져오기 이전에 우노 가나 류세이의 양육자와 이미 분쟁을 일으켰어도 이상하지 않다.

우노 가즈야와 이야기하고 싶지만, 그도 바캉스 중일지 모른다. 지금은 연휴니까 4일 정오까지는 기다릴 생각이었다. 그러나 사무소의 시계 바늘이 11시를 지났을 때 전화가 울렸다. 딱 어제 구치다 모녀가 찾아온 시각이다. 그리고 디스플레이에 표시되어 있는 숫자는 구치다 미키에게서 들은 우노 가즈야의 휴대폰 번호였다.

"죄송하지만 구시모토 씨와 미키 씨가 살고 있는 곳에 가까이 가고 싶지 않아서요."

라는 요청이 있어, 내 쪽에서 지정된 장소로 찾아가게 되었다. 이다바시 역 근처의 카페로 2층의 모퉁이에 있는 별실이다. 가구라자카를 제외하면 이 주변은 일종의 비즈니스 단지라서 황금연휴 중에도 별로 붐비지 않는다.

우노 가즈야는 제대로 정장을 갖춰 입고 넥타이를 매고 있었다. 은테 안경을 썼지만 예리한 인상은 없고, 통행인들이 자주 길을 물을 것 같은 분위기의 남자다.

"불러내서 죄송합니다."

처음부터 저자세에 가엾을 정도로 몸을 움츠리고 있다.

"어젯밤에 미키 씨가 전화했습니다. 사립탐정을 고용했다, 당신 어머니가 류세이를 죽이려 했다는 증거를 잡아서 경찰에 신고해 줄 테니까 각오해 두라면서."

홍분해서 마구 떠드는 미키를 간신히 달래서 내 연락처를 알아
냈다고 한다.

"고생하셨군요. 제 쪽에서 빨리 연락을 드려야 했는데. 사과드
립니다."

나는 자기소개를 한 후에 어제 구치다 미키로부터 들은 이야기
를 설명했다. 내가 그녀로부터 의뢰를 받아 조목조목 작성한 ①에
서 ③의 내용도 보여 주었다.

"보도된 내용만 읽어 보아도 구치다 미키 씨의 주장이 아무 근
거가 없다는 건 알 수 있습니다. 류세이의 사고에 그녀가 말하는
음모가 있었다고는 생각되지 않아요. 의뢰를 거절해도 좋았겠지
만 함께 왔던 따님의 분위기가 심상치 않은 데다 저 같은 제삼자
가 끼어드는 편이 미키 씨를 진정시키는 데 도움이 되지 않을까
싶어서 조사를 세 가지 항목에 한정한다는 조건으로 맡았습니다."

고개를 끄덕이면서 듣고 있던 가즈야가 곧 이렇게 말했다. "실
은 어제 오전 중에──아마 미키 씨가 스기무라 씨를 찾아가기 직
전인 것 같은데, 저도 사자나미와 전화로 이야기를 했거든요."

가즈야는 렌이 아니라 '사자나미'라고 부르고 있었다. 사자나미
는 그와 통화하다가 울음을 터뜨렸다고 한다.

"엄마가 탐정을 고용할 거라고요. 구시모토 그놈도 같은 생각이
니까, 아빠나 할아버지 할머니한테 또 폐를 끼치게 될 거라면서."

내 사무실에 왔을 때 울고 난 후인 듯한 얼굴을 하고 있었던 이

유가 밝혀졌다.

"'또 폐를 끼치게 된다'는 건 과거에도 트러블이 있었기 때문이군요."

"몇 번이나 있었어요. 여러 가지 얘기를 하지만 따지고 보면 항상 돈을 요구하는 거죠."

사자나미의 생활비나 교육 비용을 원조하라면서.

"당신은 미키 씨와 이혼했고 사자나미는 미키 씨가 데려온 아이잖아요. 당신의 호적에 올리지도 않았고요. 그런 의무는 없을 텐데요."

은테 안경 안쪽에서 가즈야가 심약하게 눈을 깜박였다.

"미키 씨한테 그런 논리는 통하지 않아요. 사자나미는 지금도 당신을 아빠라고 생각한다, 그러니까 아빠답게 해 주라고만 주장하죠."

딸을 방편으로 삼고 있는 것이다. 어제는 내 앞에서 '겐쇼가 네 아빠다'라고 말했으면서.

"사자나미와 류세이는 남매니까 내가 류세이를 위해서 해 주는 만큼 사자나미는 받을 권리가 있다고도 합니다."

기가 막힐 수밖에 없는 주장이다.

"그럴 때마다 저는 늘 류세이와 사자나미를 똑같이 양육할 의무는 내게도 내 부모에게도 없다고 정중하게 설명해 왔습니다. 하지만 들어 주질 않아요."

──몇 년 동안은 부모자식 사이였으니까. 부모자식의 인연은

부부가 이혼해도 끊을 수 없는 거니까.

"변호사를 중간에 둔 적은 없으십니까?"

"이혼할 때는 변호사를 두었습니다. 조정이나 재판이 아니라 합의 이혼이었지만, 빚 문제도 있어서 불안했기 때문에 이혼의 조건에 대해서도 확실하게 문서로 정리해 두었죠."

물론 구치다 미키에게는 통하지 않았다.

"하지만 미키 씨가 무슨 말을 해도 저는 괜찮습니다."

가즈야는 안경을 벗고는 손가락으로 콧등을 주물렀다.

"사자나미가 조르는 게 괴롭죠. 어제도 그것 때문에 울고 있었으니까요."

다시 아빠랑 같이 살고 싶어. 이제 엄마랑 있는 건 싫어. 데리러 와 줬으면 좋겠어.

"이혼하고 구치다 씨의 본가로 돌아갈 때도 비슷한 말을 했지만 점점 뜸해지고는 있었습니다. 그런데 미키 씨가 구시모토 씨와 사귀기 시작하고 나서 또 그런 말을 하게 되었어요."

성장기의 여자아이가 자신의 생활권 내에 엄마의 연인일 뿐 생판 남인 남자가 들어오는 것을 싫어하는 마음은 이해가 간다. 하지만 도와달라고 가즈야에게 요구하는 것은 사리에 맞지 않는다. 가즈야에게 자신의 양육비를 요구하는 엄마의 행동이 '폐를 끼치는' 일임을 인식하고 있으면서, 자기 자신은 가즈야에게 '다시 같이 살고 싶다'고 울며 조르는 사자나미의 가족상도 일그러져 있다.

"미키 씨와 결혼했을 때는 제 나름대로 사자나미를 귀여워했다고 생각합니다. 진짜 가족이 되고 싶어서 노력했거든요."

바로 그 마음이 사자나미에게 통했기 때문에 지금의 문제가 일어났다. 얼마나 아이러니한가.

"연락은 휴대폰으로 하시나요?"

"네."

"번호를 바꾸거나 착신을 거부하시면 어떻습니까?"

고뇌하는 표정으로 가즈야는 고개를 가로저었다.

"미키 씨라면 모를까 사자나미가 불쌍해서……."

아아, 착한 사람이다.

"게다가 그쪽에는 제 본가도 직장도 알려져 있습니다. 전화 연락을 할 수 없게 되면 사자나미는 어떨지 몰라도 미키 씨가 무슨 짓을 할지 알 수 없어요. 저쪽의 동향을 알 수 있게 연락이 되는 라인을 하나만 남겨 두라고, 이혼할 때 신세를 졌던 변호사님도 권하셨고요."

전문가의 조언이라면 그야 그렇겠지만.

"이혼할 때는 당시 사자나미가 다니던 학교의 선생님이 도와주셨습니다. 그래서 어제 전화로도 말했어요. 담임선생님이나 양호 선생님한테 상담해 보라고요."

그러나 사자나미는, 학교가 싫다며 울기만 했다고 한다. 내 가슴에도 씁쓸한 무언가가 치밀어 올랐다.

"사자나미는, 구시모토 씨와 미키 씨와의 생활에서 어떤 점이 싫다고 호소하던가요?"

"자신을 성가시게 여긴다고 합니다. 금방 소리를 지르거나 때리거나. 구체적인 이야기는 해 주지 않아서 정말로 폭력이 있는지 없는지는 알 수 없어요."

가즈야는 한숨을 쉬었다.

"저는 더 이상 개입해서 어떻게 해 주고 싶다는 마음이 들지 않아요……."

당연합니다, 하고 나는 말했다. 사자나미가 엄마의 교제 상대로부터 폭력이나 변덕스런 질책을 받고 있다면, 상담해야 하는 것은 학교와 아동 상담소. 겨우 사 년 정도 양부모 관계에 있었던 남성이 아니라.

"사자나미는 당신의 부모님을 아직까지 '할아버지, 할머니'라고 부르는군요."

"네."

가즈야의 시선이 아련해졌다.

"제 부모님은 애초에 미키 씨와의 결혼을 크게 반대하셨어요. 저는 어떻게든 서로 타협하게 하고 싶어서 부모님이 미키 씨와 사자나미를 만날 기회를 만들었고요. 게다가 사자나미는 외로움을 많이 탄다고 할까, 관심을 받고 싶어 하는 아이라서."

그럴 것이다.

"으음, 부모님이 싫어했기 때문에 잘 되지 않았지만요. 다만 류세이가 태어났을 때는 부모님도 조금 누그러지셨어요. 그러다가 빚 문제가 나왔을 때 어머니가 다시,"

——이제 그만 정신 좀 차려.

"울면서 저를 꾸짖으셨어요."

지당한 충고다. 내가 그의 삼촌이나 형이라고 해도 같은 말을 했으리라.

현재 우노 가즈야는 어느 정도까지 '정신을 차렸'을까. 손가락이 길고 아름다운 그의 손에는 반지가 없다.

"실례지만 상황을 이해하기 위해서 좀 외람된 질문을 드리겠습니다. 우노 씨는 재혼하시지 않은 겁니까?"

그도 자신의 왼손으로 힐끗 시선을 떨어뜨렸다.

"좀처럼 그럴 마음이 들지 않았는데, 9월에 혼인신고를 할 예정으로 지금 새로운 생활을 준비하는 중입니다."

재혼 상대는 회사 후배인데 가즈야에게 이혼 경력이 있는 것도, 류세이의 존재도 알고 있다고 한다.

"류세이는 시즈오카의 친척 댁에서 양육하고 있지요?"

"네. 이혼하고 열 달 정도는 우리 어머니와 본가 근처에 살던 누나가 돌봐 주었지만."

가즈야에게 해외부임 사전 통보가 있었던 것과, (어제 구치다 미키도 이야기했지만) 누나 부부가 전근으로 이사해 버린 것, 우노 가에 류세이가 있다는 구실로 구치다 미키가 자주 돈을 달라고 요구해 오는 것, 류세이의 양육에도 참견해 오는 것 때문에 한계가 왔다.

"어머니는 류세이가 미운 건 아니라고 했어요. 아들의 자식이니까 원래 같으면 귀여운 손자죠. 하지만 유감스럽게도, 도저히 귀엽다는 마음이 들지 않는대요. 류세이가 이 집에 있는 한 그 여자와의 인연이 끊어지지 않는 게 무섭다면서요."

구치다 미키는 어제, 말은 그럴듯하게 했지만 분명히 우노 집안에 달라붙기 위해 류세이를 가즈야에게 넘겼다고 자백했었다. 당하는 쪽도 잘 알고 있었을 것이다.

"저는, 그렇다면 본가를 나가서 저 혼자 류세이를 키우려고 해외 부임을 거절했습니다. 전직도 생각했어요."

하지만 직장 상사가 타일렀다.

——이번에는 거절해도 돼. 또 일로 만회할 기회는 오겠지. 하지만 자네는 부모님의 말을 잘 곱씹어 보아야 해. 한 번 결혼에 실패했다고 해서 남은 인생까지 망칠 작정인가?

"제가 신입이던 시절부터 지도해 주신 분인데, 결혼할 때도 이혼할 때도 상담을 받아 주셨기 때문에 사정은 잘 알고 있었습니다."

——분명히 말하겠는데 자네가 결혼한 여성은 형편없는 인간이고 주위의 선의나 노력 위에 떡하니 앉아서 요구만 하는 나태한 인간이기도 해. 자네 자신이 다시 일어서기 위해서도, 류세이를 형편없는 어머니로부터 떼어놓기 위해서도, 여기에서 잘 버텨야 해.

"부모님의 설교와 달리…… 뭐랄까요, 정이라는 쿠션 없이 던져지는 말 같은 기분이 들었습니다."

아니, 충분히 정이 있는 설교라고 생각한다. 훌륭한 상사 아닌가.

"부모님은 전부터 류세이를 양자로 보낼 생각을 하고 있었던 모양이에요. 여기저기에 상담하다가, 꼭 맡고 싶다면서 나서 준 사람이 시즈오카에 사는 먼 친척 부부였습니다."

가즈야의 아버지의 사촌의 아내의 여동생이 시집간 집이라고 하니 먼 친척은 먼 친척이고 혈연관계도 없다.

"하마모토 씨 부부인데, 두 분 다 마흔 살이 넘었습니다. 결혼한 지 이십 년 가까이 아이를 원했지만 생기지 않았죠. 류세이를 양자로 삼고 싶다, 외아들로서 소중히 키우겠다고 말해 주셨어요."

그러나 구치다 미키는 하마모토 부부가 류세이를 양자로 들이는 것을 고집스럽게 인정하지 않았다.

"우리 집의 무엇에 집착하고 있는 건지 모르겠지만, 류세이는 우노 집안의 아이다, 언젠가 유산도 받을 권리가 있다고 기세 좋게 따지더군요."

가즈야는 문득 쓴웃음을 지었다.

"그 얼굴을 보고 저도 정말로 정신을 차렸습니다. 마음도 식었어요."

고개를 끄덕이면서 나도 그에게 미소를 지었다.

"고민이 싹 사라졌군요."

"네. 하지만 이상한 이야기예요. 미키 씨는 우노 집안의 재산이, 유산이 어쩌고저쩌고 하며 떠들지만 저희 아버지는 평범한 회사원이고 재산이라곤 지금 살고 있는 집밖에 없거든요. 그 외에는 퇴직금과 연금뿐입니다."

한편 하마모토 부부는 지주이고 광대한 차밭과 귤밭을 가지고 있는 농업법인의 대표라고 한다. 훨씬 자산가다.

"미키 씨는, 시골 농가 따위는 사양이라고 했습니다."

사물의 겉면만 보는 그녀다운 착각이다. 좋은 쪽으로 해석하자면 뼛속까지 극악하거나 탐욕스러운 것은 아니라고 말할 수 있을까.

"그래서 류세이는 지금도 하마모토 성이 아니라 우노 성을 쓰고 있군요."

"네. 하지만 그건 얼마쯤은 제 이기심이기도 했습니다."

자신이 친아버지임을 잊지 않아 주었으면 좋겠다.

"하지만 저도 재혼할 예정이고, 류세이가 같이 살고 있는 하마모토 씨와 성이 다른 건 불쌍한 일이죠. 겨우 그렇게 생각할 수 있게 되었습니다."

가즈야 측과 하마모토 부부는 가정재판소에 조정을 신청하는 것을 검토하고 있다고 한다. 다만 구치다 미키를 지나치게 자극하면 '류세이를 데려가겠다'고 말할지도 모른다.

"저로서는 그게 제일 곤란합니다. 미키 씨도 알고 있어서 몇 번인가 저를 동요시키려고 했어요."

——사실은 내가 친권을 얻어야 했어. 친어머니가 반대하는데 양자로 보내다니, 그게 될 것 같아? 재판소도 내 편을 들 거야.

"이렇게 말하기는 싫지만 류세이를 방패로 삼고 있는 거나 마찬가집니다."

압니다, 하고 나는 말했다.

"그래서 허둥거리지 않고 천천히 시간을 들여서 류세이가 하마모토 씨 댁에서 행복하게 살고 있다는 실적을 만들려던 차에 교통사고가 일어나 버린 겁니다."

가해자 측과의 합의는 하마모토 부부가 의뢰한 변호사에게 일임했다.

"원래 하마모토 씨네 농업법인의 고문 변호사세요. 이노 선생님이라는 분입니다. 저도 인사를 드렸는데 베테랑인 데다 좋은 선생님인 것 같더군요."

류세이는 순조롭게 회복하고 있고 외과 입원병동의 인기인이 되었다고 한다.

"휠체어를 탈 수 있게 되어서 자주 가와다의 병실에 문병을 가곤 해요."

사고 소식을 듣고 가즈야는 곧장 류세이가 실려간 시즈오카 시내의 구급 병원으로 향했다. 이때는 굳이 구치다 미키에게는 알리지 않았다,

"저와 그녀의 친정에만 연락했습니다. 미키 씨의 부모님에게도 류세이는 손자니까요."

가즈야는 갑자기 뭔가 생각난 듯한 얼굴을 하며 말을 이었다.

"죄송합니다, 제가 멋대로 판단한 거지만 오늘 이 자리에 미키

씨의 친정 사람도 있어 주는 편이 좋을 것 같아서 불러 버렸어요."

약속 시간을 한 시간 다르게 해 두었으니 슬슬 올 거라고 한다.

"저는 상관없지만 그럴 필요가 있을까요?"

가즈야는 거북한 듯이 어깨를 움츠렸다.

"미키 씨는 그쪽에서도──일부러 집에 가서까지 이러쿵저러쿵 큰 소란을 피우고 있어서, 사정은 전부 알고 계시고 어떻게 될지 걱정하고 계세요. 미키 씨의 가족은 상식적인 사람들이니까 또 우리 집이나 하마모토 씨에게 폐를 끼치지나 않을까 불안하실 거예요. 스기무라 씨에 대해서 말했더니 꼭 만나고 싶다더군요."

우리가 시킨 커피는 손을 대지 않은 채 싸늘하게 식고 말았지만 구치다 집안의 사람이 온다면 다 모였을 때 다시 주문하는 편이 좋겠다.

나는 조금 목소리를 낮추었다. "이것도 실례가 되는 질문이 아닐까 싶은데요, 괜찮으시면 가르쳐 주십시오. 우노 씨는 구치다 미키 씨의 어떤 점에 끌려서 결혼하셨습니까?"

어떻게 꾸밀 수가 없는 물음에 기분이 상해도 어쩔 수 없지만 가즈야는 정말로 '정신을 차린' 모양이다. 약하게 미소를 짓더니 또 은테 안경을 벗고 손수건으로 렌즈를 닦기 시작했다.

"글쎄요."

천천히, 구석구석까지 렌즈의 얼룩을 닦는다.

"저는 고등학교 때까지 남학교에 다녔고 대학도 이과 계열로 가서 여성과 접할 기회가 없었습니다."

인기도 없었고——라고 중얼거리고는 은테 안경을 다시 코 위에 올려놓으며 웃었다.

"순진했던 거겠죠. 미키 씨와는 처음 만난 장소도 특이했고요."

"조카분의 운동회였다고 하더군요."

"네. 그때 미키 씨는 발랄했습니다. 제가 품고 있던 싱글맘의 이미지와는 동떨어져 있었고, 미인에 매력적인 데다가 사자나미에게도 좋은 어머니인 것 같아서 저는 단번에 나가떨어지고 말았달까요."

첫 여자였기 때문에 앞뒤를 잊고 정신없이 빠져들고 말았다고 한다.

"남녀로서 사귀는 이상 결혼을 생각하고 있었으니까 사자나미의 아버지가 될 것도 각오하고 있었어요."

성실한 사람이다.

"그 무렵의 사자나미는 좀 특이하지만 본성은 착한 아이였습니다. 아까도 말했다시피 관심을 받고 싶어 하고 외로움을 많이 타는 애죠. 미키 씨가 사자나미의 아버지와는 사별했다는 게 거짓말임을 알고도, 모든 도금이 벗겨진 후에도, 어떻게든 버텨서 그 애가 밝게 웃을 수 있는 가정을 만들고 싶다고 생각했으니 저는 정말 어리석은 놈입니다."

"아뇨, 다정하신 겁니다."

다정함은 종종 사람의 눈을 가린다. 나도 남의 말을 할 수 있는 처지는 아니다. 일종의 자계自戒라고 해야 할까.

별실의 문을 노크하는 소리가 나고, 웨이터가 얼굴을 내밀었다.

"손님이 오셨습니다."

안내를 받으며 젊은 여성이 들어왔다. 어깨에 닿는 길이의 검은 머리카락, 라운드 넥의 하얀 블라우스에 베이지색 치마. 통근용인 듯한 검은 가죽 가방을 어깨에 멨고 자연스러운 화장에 향수 냄새도 나지 않는다.

그래도 한눈에 알 수 있을 정도로 구치다 미키와 많이 닮았다. 얼굴 생김새도 그렇지만 키와 체격이 똑같다. 유일한 차이는 그녀가 신고 있는 3센티 힐의 펌프스가 얌전한 디자인이고, 이상하게 비뚤어져 있지도 않고, 그래서 자세도 비뚤어져 있지 않다는 점이다.

나도 가즈야도 의자에서 일어섰다. 젊은 여성은 가즈야의 얼굴을 보고 안도한 듯이 미소를 짓더니 내게 꾸벅 머리를 숙였다. 귓가의 진주 피어스가 빛난다. 액세서리는 그것밖에 하고 있지 않았다.

"미키 씨의 여동생인 구치다 미에 씨입니다."

가즈야의 소개에, 나도 명함을 내밀며 인사했다. 우리는 마실 것을 주문하고, 음료가 나올 때까지 날씨나 연휴의 인파 이야기를 나누었다. 조금 목소리가 작지만 구치다 미에는 거동도 말투도 차분했다. 그 점이 언니와는 크게 다르다.

"동생분 혼자 오셨군요."

내가 말을 꺼내자 그녀는 미안한 듯이 또 머리를 숙였다.

"바로 그저께, 어머니가 디스크로 입원을 하셨어요. 지금은 진통제를 맞고 안정을 취하고 계세요."

주택 건자재 회사의 공장에서 근무하는 아버지는 이번 연휴의 초반부는 쉬었지만 후반부에는 출근하는 중이라고 한다.

본인도 회사원인데 직장은 자택 근처에 있는 의류 도매상이라서 매일 자전거로 통근하고 있단다.

확실히 구치다 미키와 체격은 비슷하지만 그녀는 탄탄하게 살이 찐 체형이라 건강해 보인다.

마실 것이 테이블에 놓이고, 웨이터가 문을 닫고 나가자 미에의 얼굴에서 부드러운 미소가 사라졌다.

"우노 씨한테는 언니 때문에 계속 폐를 끼쳐서 죄송할 뿐이에요."

미에는 미키와 연년생인 자매다. 지금까지의 분쟁은 전부 실시간으로 보아서 알고 있다고 한다. 나는 그녀에게도 구치다 미키로부터 받은 의뢰 내용과, 그녀가 내게 했던 이야기를 들려주었다. 굳은 표정으로 그것을 듣고,

"정말——무슨 소릴 하는 건지."

낮게 중얼거린 미에를 위로하듯이 가즈야가 쓴웃음을 짓는다.

"정말 곤란하게 되긴 했지만 류세이는 순조롭게 나아 가고 있으니까 안심하세요. 친구가 문병을 와 주어서 이번 연휴는 즐겁게 보내고 있나 봐요."

그 말에 미에는 한 손을 가슴에 댔다. "정말 다행이네요……."

그녀도 그녀의 부모도 류세이의 문병은 가지 않았다고 한다.

"친권은 우노 씨한테 있고 이제 전부 맡겼으니까 우리는 터치하지 않는 게 좋겠다고 생각해서요."

그녀가 살짝 눈썹을 찌푸렸다.

"괜히 저나 부모님이 관여했다가 언니가 나댈 구실을 주면 안 되죠."

가즈야가 말하기 곤란한 듯 우물거린다. "미안해요. 우리 부모님도 고집이 세서."

"지금까지 미키 씨도 류세이의 병원에 가지 않은 것 같던데요."

"가겠다는 걸 부모님이랑 제가 말렸어요. 언니의 목적은 문병이 아니니까요."

돈이 필요할 뿐이에요——하고 미에는 말했다.

"류세이가 사고를 당한 건 애초에 우노 씨의 부모님이 무책임해서 멋대로 하마모토 씨한테 맡겼기 때문이라는 둥, 등굣길에 따라갔던 가와다의 어머니를 고소하겠다는 둥."

여러 가지 말을 늘어놓았으나,

"어쨌든 위자료! 배상금! 이에요. 우리 아버지가, 네가 그렇게 화내는 건 도리에 어긋난다, 류세이에 대해서는 네게 의무나 책임도 없는 대신 아무런 권리도 없다고 하나하나 알기 쉽게 타일렀더니."

——도리 같은 건 아무래도 상관없어. 난 류세이의 엄마니까 받을 걸 받지 않으면 속이 후련하지 않아!

──차라리 류세이가 죽어 주었으면 좋았을걸. 그럼 당장 큰돈이 나오지 않았겠어?

"아버지는 언니의 뺨을 때렸어요."

저도 때려 줄까 했죠, 라고 말했다.

"정말 미안하고 부끄러웠지만 우노 씨한테 전화해서 언니가 이렇게 난리를 피우고 있다고 사정을 알렸어요."

가즈야가 고개를 끄덕인다. "그래서 제가 하마모토 씨 부부한테 연락했고 이노 선생님한테 도와 달라고 했습니다."

구치다 미키는 류세이의 친모이니 배제할 수는 없다. 그야말로 도리에 맞게, 그녀의 이상한 요구를 막아야 한다며 이노 변호사는 신속하게 움직였다.

"사고가 보도되고 나서 이삼일 후였죠?"

가즈야의 확인에 미에가 고개를 끄덕인다.

"TV 뉴스에서 다루어질 때까지, 우리는 사고에 대해서 언니한테 숨기고 있었어요. 이렇게 될 거라는 걸 잘 알고 있었으니까요."

실제로 만 이틀 가까이, 미키는 사고 뉴스를 알아채지 못했다고 한다.

"구시모토라는 남자랑 여행을 가 있었거든요."

구시모토는 연휴 중에도 일을 해야 해서, 그보다 앞당겨 4월 중순에 휴가를 받았다.

"사자나미 혼자 집을 보게 하고 둘이 놀러 다니고 있었던 거예요. 그래서 사고 보도도 늦게 알아챘고요."

"사자나미는 어땠나요?"

"TV 뉴스를 보고 곧 제게 전화해 왔습니다."

"저한테도요. 그래서 그 애가 혼자 집에 남겨져 있다는 사실을 안 거예요."

가즈야도 미에도 사자나미에게 "사고에 대해서는 엄마한테 알리지 마"라고 타일렀다.

"먼저 해야 할 일이 있으니까 엄마 쪽에서 뭔가 물어볼 때까지 모르는 척하고 있어 달라고 부탁했습니다. 사자나미는 이해해 주었지만, 류세이가 불쌍하다, 죽어 버리면 어떡하냐고 울더군요."

어쨌거나 이렇게 해서 미키가 하마모토 집안이나 병원, 가해자 측과 직접 접촉하는 것만은 막을 수 있었다.

"이노 선생님이, 친모인 당신이 상식적인 행동을 하지 않으면 해결될 일도 해결되지 않는다고 타일러 주셨어요."

시즈오카는 멀지는 않지만 일단은 신칸센을 타야 하는 거리다. 그것도 다행이었던 모양이다.

"언니는 돈에는 악착같지만 귀찮은 일은 싫어해요. 그래서 이걸로 어떻게든 수습되었다 여겼는데."

이번에는, 그건 살인이다 운운하며 난리를 피우기 시작했다는 것이다.

"변호사님이 가해자와 교섭하려면 시간이 더 걸릴 테니 초조해져서, 손쉽게 가까운 우노 씨의 부모님 쪽으로 공격의 방향을 바꾼 거겠죠."

미에는 어금니를 악물면서 말했다.

"그게 사고가 아니라 우노 씨의 어머니가 류세이를 죽이려고 한 거라니 바보 같은 망상이에요. 언니가 신문기사를 하나라도 제대로 읽었다면 그 정도는 알 텐데."

——증거를 모아서 경찰에 신고할 거야. 류세이랑 나한테 상처를 입혔으니까, 이번에야말로 가즈야의 어머니가 머리를 숙이게 하고 큰돈을 뜯어내 주겠어.

과연.

'이번에야말로' '머리를 숙이게 하고' '뜯어내는' 것이, 구치다 미키에게는 중요한 것이다.

"터무니없는 트집이라는 건 본인도 알고 있지 않을까요" 하고 나는 말했다. "거의 즉흥적으로 벌였다는 느낌도 들고요."

어제 내가 "지난달의 교통사고 외에도 류세이가 생명이 걸린 위험에 노출된 적이 있습니까?"라고 물었을 때 구치다 미키의 멍한 표정을 잊을 수가 없다.

——내가 알고 있을 리 없잖아요. 그러니까 조사해 달라는 거예요.

그런 말을 태연하게 내뱉을 수 있는 것은 깊이 생각하지 않았기 때문이다.

"그래요…… 그렇군요."

어깨를 축 늘어뜨리는 미에에게 가즈야가, 내가 어제부터 생각하고 있던 것을 말해 주었다.

"곡해일지도 모르지만 구시모토 씨의 영향도 있지 않을까요? 미키 씨는 사귀는 상대에게 쉽게 좌우되는 구석이 있으니까."

그러자 미에는 애처로운 웃음을 지었다.

"우노 씨는 휘두르곤 했지만요."

"그야 뭐, 제가 한심해서."

"가족의 수치를 드러내는 것 같지만 언니는 전형적인 골빈 여자예요."

미에의 눈빛이 딱딱해진다.

"초등학교 5, 6학년 때부터 멋내는 거나 외모에만 신경을 썼고 입만 열면 남자애 얘기였어요. 수업 중에도 손거울을 보고 있고 선생님 말씀 같은 건 제대로 듣지도 않았고요."

당연히 성적은 초저공비행이었다.

"중학교 때는 어머니가 몇 번이나 생활지도 교사한테 불려가곤 했어요. 한 살 터울이라 저는 한 학년 아래의 같은 학교에 다니고 있었죠. 성이 특이하고 얼굴도 닮았다 보니 언니가 뭔가 저지르면 금방 저한테도 영향이 돌아와요. 부끄러워서 견딜 수가 없었어요."

토해 내듯이 단숨에 말한다.

"죄송해요."

조용한 카페의 별실 안에 그녀의 사죄가 약하게 울렸다.

"어쨌든 지금 당장은 이 문제에 어떻게 대처할지 방법을 찾아보죠" 하고 나는 말했다.

"하마모토 씨의 변호사님 말대로 미키 씨는 류세이의 친모이니 이 안건에서 완전히 내쫓아 버릴 수는 없어요. 그런 짓을 하면 만에 하나 미키 씨가 친권 변경 신청을 했을 경우, 우노 씨 측이 불리해질 가능성도 없지는 않습니다."

내 얘기에 가즈야는 고개를 끄덕였지만 미에는 씁쓸한 얼굴을 했다. "어떤 인간이든 어머니는 어머니니까요."

부조리하지만…… 하며 목소리를 낮추었다.

"그러니까 이참에, 이쪽으로서는 이 의뢰를 이용하면 된다고 생각하는 겁니다."

①에서 ③까지 면밀하게 조사하고 보고서를 만들어서 앞으로 구치다 미키가 두 번 다시 관계자에게 트집을 잡을 수 없게 하는 것이다.

"아까 하신 말씀으로는 미키 씨가 집단 등교 때 따라갔던 가와다 씨의 어머니까지 고소하겠다며 소란을 피웠다고 하니, 아무리 난센스로 보이더라도 사고 상황을 분명히 해 두어서 나쁠 것은 없습니다."

"그 말은 제정신이라고 생각할 수 없지만 언니는 진심이었으니까요." 미에가 말했다. "가와다 아카리는 류세이를 감싸 주었는데 감사하지는 못할망정──."

거기에서 목소리가 막히고 말았다.

"알겠습니다" 하고 가즈야가 말했다. "그런 거라면 오히려 제 쪽에서 이 조사를 부탁드려야겠는데요. 저희 어머니가 결백하다는 것도 증명할 수 있고요."

"죄송해요. 언니의 중상모략인데."

"그러니까 더더욱 확실하게 부정할 수 있도록 해 두어야죠."

격려하듯이 그녀에게 웃음을 짓고 나서 가즈야가 내게 얼굴을
돌렸다.

"조사의 프로인 스기무라 씨에게 이런 말씀을 드리는 건 실례일
지도 모르지만, 저도 도와 드리면 안 될까요?"

이노 변호사나 병원 측, 하마모토 부부, 류세이와의 면회 등을
중개하고 싶다는 것이다.

"감사한 일이지만 시간을 빼앗기시게 될 텐데요."

"류세이를 위해서니까 괜찮습니다."

연휴는 앞으로 이틀이 더 있고 유급 휴가도 쌓여 있고요——라
며 콧등을 살짝 긁적였다.

"결국 이혼 소동으로 출세 코스에서는 떨려나고 말아서……. 지
금은 자회사에 나가고 있습니다. 결코 한가하지는 않지만 쉰다고
해서 당장 영향이 생길 만한 업무를 맡고 있지는 않은 입장이죠."

또 만회할 기회가 올 거라는 상사의 말에 희망을 갖고 싶은 기
분이다.

"류세이와 하마모토 부부의 생활에 대해서는 직접 만나시는 방
법도 있지만 그것 말고 그렇게 되기까지의 과정도 기록으로 남아
있습니다."

류세이가 우노 가에 있었을 때 다니던 유치원, 시즈오카로 이사

하고 나서 다닌 유치원, 취학한 초등학교, 양쪽의 지역 아동 상담소, 시청의 담당 각 과와의 상담 내용, 제안받은 사항 등이 전부 문서화되어 있다고 한다.

"다행히 양쪽 지자체에서 좋은 담당자들을 만났는데, 조만간 가정재판소에 조정을 신청할 때를 대비해서도 우리가 류세이를 위해 대화를 계속해 왔다는 사실을 확실하게 기록으로 남겨 두자고 제안해 주었거든요."

그 기록을 전부 제공해 주겠다고 한다. 더욱 고마운 일이다.

"그럼 그렇게 해 주시면 감사하겠습니다."

이야기가 정리되고, 그 자리에서 가즈야의 휴대폰으로 우노 가의 부모님, 하마모토 부부와 이노 변호사에게는 연락이 닿았기 때문에 대략적인 스케줄을 짰다.

"혹시 저도 해야 할 일이 있으면 언제든지 말씀해 주세요" 하고 미에가 말했다. "사실은 류세이의 문병을 가고 싶지만 참을게요. 아마 류세이는 저를 기억하지 못하겠지만 언니랑 닮았으니까 섣불리 가까이 가지 않는 편이 좋겠지요."

가즈야는 잠자코 있었다.

미에의 눈빛이 밝아졌다.

"대신 선물하고 싶은 게 있어요. 류세이 쪽은 알지만 우노 씨, 가와다 아카리의 생일을 아세요?"

가즈야는 잠시 의아한 듯한 눈을 했지만 곧 무언가 눈치챈 듯하다.

"아아, 물어보고 알려 드리겠습니다. 가능한 한 빠른 게 좋겠죠?"

"부탁드려요."

뭡니까, 하고 나는 물었다. 두 사람은 얼굴을 마주 보고 싱긋 웃었다.

"미에 씨는 취미로 스노 돔을 만들거든요."

유리나 플라스틱으로 만든 공 안에 인형이나 조화, 디오라마를 넣고 물을 채워서 거꾸로 들면 눈이 내리거나 자잘한 은박지가 춤추게 만든 장식물이다. 관광지의 선물가게에서 흔히 볼 수 있고 크리스마스 시즌에는 산타나 트리를 넣은 것이 선물가게 앞쪽에 진열된다.

"수집가가 있다는 건 알고 있었지만 직접 만드시나요?"

"네. 키트를 파는 전문점도 있고, 그렇게 어려운 건 아니에요."

보틀 쉽보다 간단하다고 한다.

"우리 결혼 선물로도 만들어 주었죠. 저랑 미키 씨 별자리의 상징을 넣고, 은하의 별들이 춤추는 것 같은 디자인의."

그 '별자리와 은하'가 미에의 오리지널이라고 한다.

"구치다 씨 댁의 거실 장식 선반은 미에 씨의 작품으로 꽉 채워져 있어요. 전부 직접 만든, 하나밖에 없는 물건이죠?"

그 정도는 아니라며, 미에는 부끄러워했다.

"류세이는 염소자리죠? 가와다 아카리의 별자리까지 알아내면 당장 만들게요."

"멋지네요. 분명히 기뻐할 겁니다."

결혼 선물로 받은 스노 돔은 그 후 어떻게 됐냐는 썰렁한 질문은 하지 않고 나는 커피를 마셨다.

4

5월 5일 어린이날, 우선 미타카 시내의 우노 가를 방문하는 데서부터 시작했다.

우노 씨의 부모님, 특히 어머니의 표정은 떨떠름했다. 나는 구치다 미키가 주장하는 '살인 기도'가 헛소리임을 잘 알고 있다고 몇 번이나 말했다.

"미키 씨는 어떤 의미로 노이로제 같은 상태예요. 진지하게 받아들이지 말아 주십시오."

우노 가에서는 가즈야 류세이를 데리고 본가로 돌아온 후에 하마모토 부부와 양자 건을 확정하기까지의 경위에 대해서 자세한 이야기를 들었다.

"하마모토 부부가 몇 번이나 우리 집에 와 주었고 조금씩 류세이와 사이가 좋아졌어요."

함께 유원지나 수족관에 놀러 가거나, 부부가 우노 가에서 묵으며 유치원에 데려다주고 데려오거나, 하마모토 부인이 요리를 해주어서 다함께 식사를 하는 등 세심하게 단계를 밟아 나갔다. 유치원 원장이 수양부모나 양자 입적에 대해서 잘 알고 있어서 여러 가지 조언을 받았다고 한다.

우노 부인은 류세이의 양육 일기를 쓰고 있었는데 거기에는 류세이의 건강 상태나 매일 먹은 반찬까지 기록되어 있었다. 그 일기를 통해 구치다 미키가 상당한 빈도로 간섭해 왔다는 사실을 알수 있었다. 끈질긴 전화, 갑작스러운 방문, 멋대로 유치원에 류세이를 데리러 갔다가 거절당해 화를 내고——.

우노 부인은 우아하고 세련된 '할머니'지만 구치다 미키의 이야기를 할 때는 혐오를 숨기지 못했다.

"변덕스럽게 류세이 앞에 나타나서는 말랐다는 둥, 살쪘다는 둥, 말이 느린 건 제 교육 때문이라는 둥, 원아복에 얼룩이 있다는 둥."

불평을 하는 한편으로 류세이와 헤어져 있는 건 쓸쓸하다, 가즈야와 다시 합치고 싶다, 생활이 힘들다며 우는 소리도 늘어놓았다.

"아무리 형편없어도 어머니니까요, 류세이도 처음에는 엄마, 엄마, 했어요. 하지만 변덕스러운 데다 제멋대로고 기분이 나쁘면 금방 소리를 지르거나 류세이가 뭐라고 말해도 무시하니까 우리와의 생활에 익숙해지고 나서는 그 애도 그 사람을 무서워하게 되었죠."

점차 '엄마'를 화제로 삼지 않게 되고 만나고 싶어 하지 않게 되고 현재는 완전히 잊은 것 같다고 한다.

"미키 씨는 같이 살 때도 내내 변덕스러웠는데" 하고 가즈야가 말했다. "제가 멍청해서 류세이도 어머니도 힘들게 해서 죄송해요."

"이 일기를 미키 씨한테 보여 준 적은 있습니까?"

"아뇨, 없어요."

"그럼 좋은 기회이니 보여 줍시다."

나는 보관증을 쓰고 일기를 빌렸다.

그러고는 오후 일찍 도쿄 역으로 돌아가 가즈야와 함께 신칸센을 타고 시즈오카로 향했다. 하마모토 부부가 차로 역까지 마중을 나왔다가 그대로 자택까지 태워 주었다.

사이좋은 부부는 얼굴도 닮는다더니 하마모토 부부가 바로 그랬다. 수수하고 견실하고 다정해 보이는 커플이다.

부부에게 사고 전후의 상황이나 평상시 류세이의 생활을 듣는데서부터 시작하여 류세이의 방과 부부가 찍은 사진, 동영상을 하나씩 보았다. 입학식 때의 류세이는 조금 긴장한 표정이 귀여웠고, 초등학교 교문 앞에서 하마모토 부부와 찍은 기념사진에서는 새 책가방을 등에 메고 만면에 웃음을 띠고 있었다.

류세이는 가즈야를 '아빠', 하마모토 부부는 '파파' '마마'라고 부른다. 작년 가을, 유치원 운동회에서 준비한 프로그램 '부모님과 함께 공 굴리기'에는 하마모토 부인이 류세이와 함께 참가했다. 그 동영상을 찍으면서 하마모토 씨가 "류 힘내~, 마마 힘내~" 하며 응원하고 있었다.

부부는 유치원이나 아동 상담소에서의 교육 상담 기록이나 류세이의 예방접종 및 검진 기록을 깔끔하게 파일로 보관해 두었다. 류세이는 몇 번의 '시험적인 동거 기간'을 거쳐 4세 10개월 때부터 본격적으로 하마모토 가에서 살게 되었는데, 몇 달 동안은 안정을 얻지 못하고 매일 밤마다 오줌을 싸며 아기로 돌아간 듯한 모습을 보였다. 이때 하마모토 부부가 상담한 아동 클리닉과 나눈 대화 기록이 있어서 그걸 훑어보는 동안 나는 또 눈물샘이 약해질 것만 같아서 곤란해졌다.

나와 아내도 합의 이혼이고 친권으로 다투지는 않았다. 당시 일곱 살이었던 모모코는 일곱 살 나름의 이해력으로 우리의 별거를 받아들여 주었지만 역시 갈등도 스트레스도 있었을 것이다. 그때까지는 없었던 아토피성 피부염 같은 증상이 나타나서 이 년쯤 전문 병원에 다녔다. 만나기 전날에 '연락사항'으로 그 이야기를 듣고 실제로 모모코의 목덜미나 뺨이 접촉성 피부염으로 벌겋게 된 모습을 보았을 때는 그저 미안하고 괴로웠다.

이상하게도 구치다 미키는 지금까지 하마모토 부부에게 직접 액션을 취한 적은 없다고 한다. 정확한 주소도 모른다. 가즈야나 부모님을 물고 늘어져서 알아내려고 한 적도 없다.

"류세이의 사고가 TV 뉴스에 나왔을 때는 학교와 자택이 들통 나지 않을까, 미키 씨가 쳐들어오지 않을까 하고 긴장했지만 그런 기색도 없었어요."

구치다 집안의 사람들이나 이노 변호사가 방어벽이 되었던 탓도 있겠지만, 하마모토 부인은 흥미로운 말을 했다.

"미키 씨가 집착하는 건 가즈야의 어머니뿐일지도 몰라요. 그래서 우리는 표적이 되지 않는 거예요."

집착하고 시비를 거는 이유는 콤플렉스를 버릴 수 없기 때문이라는 것이다.

"어머니한테는 처음부터 가즈야에게 어울리지 않는 여자로 여겨지고 있었어요. 그게 분했겠죠. 하지만 본인도 알아요. 사실이 그렇다는 걸. 몰래 낭비하면서 빚을 졌고 대신 갚아 달라고 할 수밖에 없었으니까요."

세대는 다르지만 여자끼리, 어머니끼리의 빚과 수치. 자신의 실패와 후회와 열등감과, 굴절된 분노와 어리광.

──몇 년 동안은 부모자식 사이였으니까. 부모자식의 인연은 끊을 수 없는 거니까.

그 발언은 가즈야와 사자나미뿐만 아니라 우노 부인과 자신의 이야기이기도 하다고, 구치다 미키는 인식하고 있을지도 모른다.

"양자는 안 된다, 우노 성을 가지고 있지 않으면 싫다고 우기는 것도 그런 마음이 근저에 있기 때문이고, 우노 가의 재산이니 유산이니 하는 말은 그냥 구실에 불과할 뿐이라는 기분이 들어요."

우노 부인에게 감사하고 그 양육을 존중했다면 류세이는 여전히 미타카의 집에 있었을지도 모른다. 하지만 미키는 시끄럽게 난리를 치지 않을 수 없었다. 딸 사자나미가 '관심 받고 싶어 하는 사람'인 것처럼 그녀도 우노 부인과의 관계에서는 채워지지 않는 승인 욕구로 괴로웠으니까.

바로 이웃이라며, 하마모토 부부가 가와다 씨의 집으로 안내해 주었다. 가와다 씨는 농업 기계 판매 관리 회사를 경영하고 있다.

넓은 부지 내에 사옥과 자택과 주차장이 있었다. 아카리, 아카리의 부모, 조부모 삼대가 동거하며 고양이 세 마리를 키운다.

가와다 집안의 며느리인 아카리의 어머니는 원래 이 지역 사람으로 부부가 모두 아카리와 류세이가 다니는 초등학교의 졸업생이라고 한다. 하마모토 가의 경우와는 달리 이쪽에서는 너무 깊은 사정까지 이야기할 수는 없어서 나는 가즈야의 고종사촌이라고 해 두었다.

가와다 부인은 사고의 쇼크에서 회복한 상태였다. 당일의 사고에 관해 묻자 역시 표정이 굳어졌지만, 큰일이 될 수도 있었는데 작은 일로 끝나서 다행이다, 아이들이 목숨을 잃지 않아서 다행이라고 말해 주었다.

"아카리 덕분에 류세이는 살았습니다. 앞으로 평생 가와다 씨 쪽으로 발을 두고 잘 수 없을 거예요."

"앞으로도 사이좋게 지내 주시면 그걸로 충분해요."

가와다 부부의 말에 깊이 머리를 숙이고 나서 가즈야가 말했다. "그리고——지인한테 부탁해서 문병 선물을 좀 만들어 달라고 했는데요, 아카리는 무슨 별자리인가요?"

가와다 씨는 "네?" 하며 눈을 둥그렇게 떴지만 부인이 생긋 웃으며 가르쳐 주었다.

"게자리예요."

가즈야가 그 자리에서 미에에게 문자를 보내는 것을, 나는 지켜보았다.

어느새 해가 기울었다. 입원 중인 아이들의 저녁 식사 시간이라서 하마모토 부부와 가와다 부부는 함께 병원으로 갈 거라고 한다. 나는 스마트폰이 아니라 비디오로 류세이의 동영상을 찍을 생각이었기 때문에 오늘은 사양하기로 했다.

"스기무라 씨를 역까지 바래다 드리고 나서 저도 따라가겠습니다."

가즈야가 불러 준 택시에 둘이서 올라탔다.

"병실에서의 촬영은, 홈 비디오라면 엄격하게 제한하지 않을 것 같은데요. 연휴 중이라서 주치의 선생님도 수간호사님도 안 계세요."

"허가가 필요하면 날을 다시 잡으면 되니까 괜찮습니다."

"내일은 이노 선생님과 약속을 잡아 뒀어요. 선생님의 사무소가 아니라 다시 하마모토 씨 댁에서 만나도 된다고 합니다."

가즈야는 오늘 밤 이곳에서 묵을 예정이라고 한다. 장어를 먹을까, 하며 표정을 누그러뜨린다. 장어라, 좋은데, 나도 역에서 도시락을 살까, 하고 생각했다.

"스기무라 씨."

가즈야가 목소리를 낮추며 나를 보았다.

"저는 이렇게 한심한 아버지지만 주위 사람들을 잘 만나서 류세이는 행복하다고 생각해요."

나는 잠자코 미소를 지었다.

"그에 비하면 역시 사자나미가 불쌍해서."

"그 애에 대해서는 당신이 마음을 쓰시면 안 돼요."

"네. 하지만."

그의 눈에 그늘이 졌다.

"사자나미는 생부 호적에 올라가지 못했어요. 미키 씨한테 들으셨습니까?"

호적 운운하는 이야기는 나오지 않았다.

"아버지도 미성년이었고 당시에는 무직이었다는 얘기는 들었는데요."

"네. 하지만 미키 씨의 부모님은 반듯한 분들이니까 본래 같으면 호적에 올릴 텐데——."

실은, 모릅니다, 라고 말했다.

"뭘 말입니까?"

"사자나미의 아버지가 누구인지, 사실은 모른다고요. 사귀던 남자친구는 분명히 그 소년이었지만."

우리 사이에도 그늘 진 침묵이 흘렀다. 택시 바깥이 저녁 어스름에 휩싸였기 때문은 아니다.

"구치다 가의 어머님 말씀에 따르면 미키 씨는 중학교에 올라간 후로 불량 그룹과 어울리게 되었고 생활이 흐트러지고 말았어요. 늦은 밤에 돌아다니거나 가게에서 물건을 훔치는 바람에 몇 번이나 계도 대상이 되었다고 합니다."

이윽고 거기에 불순한 이성 교제도 더해졌다.

"불량 그룹은 오빠뻘의, 일진이라고 하나요? 양아치 같은 젊은 남자가 이끌고 있었고 나이 어린 멤버는 거역할 수가 없었어요. 그래서 저기, 뭐랄까, 그."

말하기 곤란한 듯 가즈야가 우물거린다.

"결과적으로 사자나미를 임신하고 만…… 그 행위도, 정말로 남자친구하고 한 건지, 미키 씨의 합의가 있었는지 어떤지도 의심스럽다고요. 본인은 확실하게 말하지 않지만."

더 이상 듣고 싶지 않은 이야기다.

"불행한 일이었군요."

"정말 그래요."

가즈야가 차창 밖으로 눈길을 주었다.

"저는 미키 씨와 사자나미를 그 불행 속에서 구해 내고 싶었어요. 경솔하고 오만했죠. 그런 건 저 같은 미숙한 놈이 감당할 수 있는 일이 아니었는데."

신칸센 역에 가까워짐에 따라 길이 몹시 붐비기 시작했다. 끝없이 줄을 짓는 수많은 미등을 바라보면서 우리는 말없이 나란히 앉아 있었다.

이튿날 아침 일찍 나가기 전에 다케나카 가의 현관 앞을 쓸고 있는데,

"다녀왔습니다~."

쾌활한 토니가 커다란 배낭을 메고 패스트푸드 봉지를 흔들거리며 돌아왔다.

"아침 드셨어요? 모닝 버거를 사 왔는데."

후배의 차를 밤새워 운전했다면서도 아침에 들어온 토니는 기운이 넘쳤다.

"올라오는 길은 엄청 막히겠다 싶어서 예정을 앞당겼어요."

나는 경비원 역할을 그에게 맡기고, 예비 전지와 비디오카메라를 챙겨서 도쿄 역으로 향했다.

하마모토 가에서 얼굴을 마주한 이노 변호사는 내가 막연히 했던 짐작보다 더 나이가 많았다. 관록이 넘치는 인물이다. 잘 울리는 바리톤의 목소리에 발음도 좋다. 이 사람이니까 구치다 미키에게 휘둘리지 않고, 필요 이상으로 그녀를 겁박하지도 않고, 그러나 부당한 주장은 받아들이지 않고 억누를 수 있었던 거라고 생각했다.

새삼 내 입으로 이번 경위를 설명하자 이노 변호사는 로맨스그레이 색깔의 머리카락을 가볍게 쓸어 올리면서 쓴웃음을 지었다.

"구치다 씨도, 정말 곤란한 사람이군요."

그 표정은 부드럽지만 눈은 날카롭다.

"제대로 조사해서 보고서를 들이밀어 주는 일이 그 사람한테는 유효하겠지요. 바보 같은 말을 하고 있다고 해서 상대하지 않고 내버려 두면 터무니없는 쪽으로 폭주할지도 모르니까요."

구치다 미키는 한때 이노 변호사에게도 '가와다 씨의 어머니를 고소하고 싶다'는 말을 했었다고 한다. 진심이었던 것이다.

"등굣길에 따라갔으니까 류세이를 지키지 못한 책임이 있지 않느냐면서요."

이노 변호사는 짐짓 허튼 소리로 대꾸해 보았단다.

"당신이 가와다 씨의 어머니를 고소하면 그쪽에서 맞고소할 거예요. 딸인 아카리가 의식불명의 중태가 될 정도로 크게 다친 건 류세이 때문이니까."

그러자 "그럼 집단 등교를 시킨 학교의 책임은 어때요?" 하고 불평을 시작했기 때문에,

"책임은 있을지도 모른다, 하지만 저는 그런 소송은 맡지 않을 거니까 고소하고 싶으면 다른 변호사를 찾으라고 말했더니 얌전해지더군요."

이 말은 가즈야도 처음 듣는지 쥐구멍이 있으면 들어가고 싶은 것 같은 얼굴을 하고 있었다.

"이상하게도 가해자인 시모사카 씨한테는 만나게 해 달라거나 사과하게 하라고 난리를 치지 않는단 말이죠."

──선생님, 돈을 잔뜩 받아내 주세요.

"그것뿐이에요. 아주 쿨하답니다."

"가해자 측에서는 아무것도 하지 않아도 위자료를 받을 수 있는 걸로 정해져 있기 때문이 아닐까요?" 하고 나는 말해 보았다. "사죄를 요청하지 않는 건 류세이가 다쳤다는 사실에는 딱히 마음 아프지 않았으니까──아니, 죄송합니다."

무심코 말해 버렸기 때문에 당황해서 가즈야에게 사과하자 그가 눈을 내리깔며 말했다.

"신경 쓰지 마십시오. 저도 그렇게 생각하니까요."

시모사카 도시에는 그 자리에서 체포되었으나 며칠 만에 풀려 나왔다. 애초에 고령자고, 사고의 충격으로 건강이 안 좋아져서 한때는 입원했었다고 한다.

"그래서 취조에 시간이 걸렸던 모양인데 형사재판까지는 안 가 겠죠. 시모사카 씨의 과실은 명백하지만 단순한 운전 실수일 뿐 음주나 한눈팔기, 속도위반은 없었고, 본인은 진심으로 사죄하고 있으니까요."

셋이서 사고 현장에 가게 되었는데, 현지에서 만날 사람이 있다 고 한다.

"가즈야한테서 이야기를 들었을 때 상의해 두었더니 협력해 주 겠다고 해서요."

이노 변호사와 아는 사이인 지방지 기자다.

"도쿄라면 구區 세 개 정도 넓이의 지역밖에 커버하지 않는 작은 지방지입니다. 하지만 이 사건을 처음부터 취재했죠."

현장은 2차선 도로이고 가드레일은 없다. 갓길에 하얀 선이 그 어져 있고 보행자는 그 안쪽으로 걷도록 되어 있다. 길가에는 농 지와 주택이 뒤섞여 늘어서 있는데 사고가 일어난 지점은 마침 비 닐하우스가 있는 밭이었다. 이것은 정말 다행이었다.

그 비닐하우스 앞에서 셔츠에 바지를 입고 야구모자를 쓰고 배 낭을 멘 50대 남성이 기다리고 있었다.

"《스루가 타임즈》의 기토라고 합니다."

기토 기자는 사고 발생 당시 마침 다른 건으로 근처에 있었기 때문에 사고 직후에 이곳에 올 수 있었다.

"언뜻 봤을 때는 이제 틀린 게 아닐까 생각했었습니다. 아카리가 건강해져서 다행이에요."

여러 가지 이야기를 나누었는데 기토 기자에게 사고 발생 당시의 모습과 그 후의 취재로 판명된 사실의 해설을 들으며 내가 비디오로 촬영하는 방식이 되었다.

"구치다 씨는 제가 설명한 걸로는 믿지 않을 거예요." 이노 변호사가 말한다. "어쩌면 믿지 않는 척을 할 테지요. 기자라면 공평한 제삼자니까 그녀도 이러쿵저러쿵 말할 수 없지 않을까요."

기토 기자는 TV 리포터 못지않게 해설을 잘했다. 아이들의 위치 관계, 류세이와 아카리가 쓰러져 있던 장소, 사고 차량의 타이어 흔적이 있었던 곳(지금도 희미하게 남아 있다). 차가 달려온 방향과 궤적, 정차한 위치. 줄지어 걷고 있던 아이들에게 돌진해 밭으로 올라갔다가 비닐하우스 바로 앞에 멈춰 선 차량의 운전석에서 망연자실해 있던 시모사카 도시에를 인근의 사람들이 달려와 차에서 끄집어냈다는 것.

현장의 동영상을 다 찍었을 때 이노 변호사와는 헤어졌고, 기토 기자가 사고의 목격자나 사고 직후에 현장으로 달려온 사람들을 소개해 주었다. 합해서 세 명, 이미 기토 기자의 취재를 받은 사람들이다.

"몇 번이나 부탁드려서 죄송하지만 이분은 우노 류세이의 친척이라서요."

하고 기토 기자는 우리를 소개했다.

"직접 사고 현장에 와서 당시에 신세진 여러분께 감사 인사를 드리고 싶다고 하셔서 모셔 왔습니다."

이때는 동영상을 찍지 않았고 메모도 하지 않았다. 소개받은 입장의 사람으로서 이야기를 듣고 정중하게 감사 인사를 했다.

"그리고 한 분 더."

기토 기자가 안내해 준 곳은 현장에서 100미터쯤 떨어져 있는 카페 레스토랑이었다. 하얀 벽에 붉은 지붕의 귀여운 건물이다.

"사고가 일어났을 때, 저는 이곳에 취재를 하러 와 있었습니다. 점장이 이 동네의 서민 음식 메뉴를 개발 중이거든요. 가게 문을 열기 전에 몇 개 만들어 달라고 해서 시식을 하고 사진을 찍었어요. 참 느긋했죠."

우리도 거기에서 늦은 점심을 먹고 경영자인 남성의 이야기를 들었다. 이 부근에는 다른 음식점이 없기 때문에 사고가 일어나고 나서 며칠 동안은 TV나 신문의 기자들, 리포터들이 모두 식사를 하거나 화장실을 이용하러 왔다고 한다.

"또 고령 운전자의 사고도 뭐랄까요, 흥분? 그런 것 같았죠. 좋은 기분이 들지 않았어요, 저는."

이 경영자의 이야기가 중요한 것은, 몇 번인가 손님으로 왔던 시모사카 도시에와도 면식이 있었기 때문이다.

"일흔 살이 넘었을 거라고는 생각하지 않았어요. 생기가 넘쳐서

60대 중반 정도로 보였으니까요."

시모사카 도시에는 병원에 갔다가 돌아오는 길에 커피를 마시거나 간식을 먹곤 했기 때문에 당뇨병으로 약을 복용하고 있다는 말도 들었다.

"식사는 조심하고 있었지만 제한이라고 할 정도로 엄격한 건 아니었어요. 샌드위치의 마요네즈를 빼 달라거나, 커피에는 설탕을 넣지 않는다거나, 그 정도죠. 온화하고 상냥해 보이는 부인이고 사고를 낸 건 정말 실수였을 겁니다. 물론 아이들에게는 재난이었지만 시모사카 씨도 불쌍했어요. 그 사람한테도 초등학생인 손자가 있으니까요."

시모사카 도시에는 선량한 노부인이고, 구치다 미키의 공상적인 주장──우노 부인에 의한 손자 류세이 살해 음모 따위에 가담할 만한 인물은 아니며 가담할 이유도 없다는, 이것은 어엿한 상황 증거다.

점심 식사를 끝내자 기토 기자가 말했다.

"경찰 관계자의 얘기도 직접 들어 보고 싶으십니까?"

나는 물었다. "애초에 누군가를 만날 수는 있을까요?"

"뭐, 시골이니까요. 아는 사람한테 부탁해 볼 수는 있지만, 솔직히 류세이의 친어머니가 이런 말도 안 되는 주장을 하고 있다는 얘기를 들으면."

웃을 테고 기막혀 하리라.

"기토 씨 당신 뭐 하는 거냐고 의심할지도 모릅니다. 저도 그건 곤란하니까 당시의 경찰 발표 내용과 제 취재 메모의 일부를 제공하는 걸로 어떠실까요?"

충분하다.

"감사합니다."

"그럼 나중에 문서를 보내 드릴게요. 팩스로 보내면 될까요?"

기토 기자와는 여기에서 헤어지고 나와 가즈야는 류세이와 가와다 아카리가 있는 병원으로 향했다.

류세이의 병실에서는 하마모토 부부가 기다리고 있었다.

"멀리 있는 친척한테 류세이의 건강한 얼굴을 보여 주고 싶다고 부탁해서 비디오 촬영 허가를 받을 수 있었어요."

2인실인데 다른 침대는 비어 있었다. 이것도 행운이었다.

일과 상관없이 동영상을 찍는 것은 즐거웠다. 나는 여자아이밖에 키워 보지 못했는데 남자아이는 체력의 수준이 한 단계 위고 말하는 것도 행동하는 것도 판이하게 달라서 몇 번이나 웃음을 터뜨리고 말았다.

류세이는 아버지를 만나게 돼서 기쁜 것 같았다.

질문은 하마모토 부부에게 맡기고 "사고에 대해서는 억지로 묻지 않아도 괜찮습니다"라고 협의해 두었지만 대화 속에서 몇 가지 정보가 자연스럽게 나왔다.

"나는 아프고 무서워서 울어 버렸는데 차에 타고 있던 할머니도 아카리네 엄마도 울고 있었어. 할머니는 미안해, 미안해, 하면서."

류세이의 다리 깁스는 문병을 하러 온 친구와 선생님이 쓴 글씨나 그림으로 메워져 있었다. 같은 반 친구한테서는 '류'라고 불리는 모양이다. 담임선생님은 '강한 드래곤아_{류세이의 이름을 한자로 '竜聖'라고 쓰는} _{데서 착안}, 빨리 나아서 피구를 하자'라고 적었다.

어릴 때 주변 환경이 몇 번이나 바뀌어 불안한 기분도 느꼈을 텐데 지금의 류세이는 구김살 없이 밝은 남자아이였다. 그의 입에서는 파파, 마마, 할아버지, 할머니, 아빠, 아카리, 그리고 담임선생님이나 같은 반 친구들의 이름이 몇 번이나 나왔지만 '엄마'는 한 번도 나오지 않았다.

류세이를 만나 보니 우노 부인이 자기 힘으로는 이 아이를 키울 수 없다고 생각한 이유도, 그 의향에 구치다 미키가 반발하며 하마모토 부부의 양자 입적에 반대하는 이유도——적어도 이유 중하나는 알게 되었다.

남자아이는 엄마를, 여자아이는 아빠를 닮는 법이라고 흔히 말하는데 류세이는 구치다 미키를 쏙 빼닮았던 것이다. 이목구비도 윤곽도 거의 빼다 박았다. 설령 귀찮은 간섭이나 금전 요구가 없었다고 해도 우노 부인이 '한계다'라고 생각하는 마음은 알 수 있었다.

한편 미키에게는, 우노 부인이 자신의 미니어처 같은 류세이를 거부하는 것은 그녀 자신을 거부하는 것이나 마찬가지다.

나는 하마모토 부인의 발언을 떠올렸다.

——미키 씨가 집착하는 건 가즈야의 어머니뿐일지도 몰라요.

그녀의 통찰은 요점을 정확하게 파악했다고 생각한다.

어제 집으로 돌아가는 택시에서 가즈야한테 들은 이야기와 여동생 미에의 발언만 합해 보아도, 구치다 가에서의 미키가 인생의 이른 시기부터 '문제만 일으키는 장녀'였음은 분명하다. 친어머니와의 관계가 매끄러웠을 거라는 생각은 들지 않는다.

여자아이에게는 롤 모델인 어머니와 사이가 좋지 않았고 인연이 있어 시어머니가 된 여성한테도 미움을 받았다. 구치다 미키는 그것이 불만이어서 '나는 불만이야, 더 인정해 줘, 배려해 줘'라는 기분을 물의를 일으킴으로써 나타내고 있다. 서툴고 어리석고 어린애 같다. 그녀의 알맹이는 아직도 감수성 예민한 소녀인 것이다. 어린 나이에 출산한 여성이 모두 그렇게 되진 않겠지만 구치다 미키는 어머니가 되지 못하고 10대에 시간이 멈춘 채 그대로 서 있다.

그녀가 앞으로의 인생을 다시 시작하려면 상당한 노력과 외부의 서포트가 필요하다. 그 서포트는 사자나미를 위해서도 도움이 된다. 어떻게든 할 수 없을지 계속 생각해 보기로 했다.

류세이를 휠체어에 태우고 함께 가와다 아카리의 병실을 방문한 결과 동영상 촬영의 마무리는 남매 같은 아이들의 웃는 얼굴이 되었다.

"이제 충분합니다. 좋은 조사였어요."

나는 비디오카메라를 가방에 넣고 아이들에게 손을 흔들며 가즈야와 병실을 나왔다.

"다음에 올 때는 두 사람한테 선물을 가져와야겠어요."

가즈야의 발언이 텔레파시로 통한 것처럼, 시즈오카 역의 혼잡한 신칸센 플랫폼에서 구치다 미에로부터 전화가 걸려 왔다.

"네? 벌써 다 됐어요?"

류세이와 가와다 아카리의 스노 돔이 완성되었다고 한다.

"우리는 이제 신칸센을 타려고요. 네, 네——그래도 될까요? 그럼 니혼바시 쪽 신칸센 개찰구에서 만나면 어떨까요?"

전화를 끊더니 가즈야가 내게 말했다.

"미에 씨와 만나기로 했습니다. 스노 돔을 받아서, 시간이 나는 대로 제가 가져다주러 갈게요."

구치다 미에는, 오늘은 머리카락을 묶은 모습이었다. 그런 헤어스타일을 하고 있으니 체격뿐만 아니라 귀에서 턱에 걸친 선도 언니와 닮은 점이 눈에 띄었다. 그러나 앞으로 류세이가 자신과 꼭닮은 어머니와도, 많이 닮은 이모와도 만날 기회는 거의 없으리다. 혈연의 힘이나 신비에 대해서 이야기를 나눌 일도 없을 것이다.

셋이서 카페에 자리를 잡았다. 류세이와 가와다 아카리의 스노돔은 귀여운 선물 상자에 담겨 있었다.

"잘 받았습니다. 정말 고마워요."

"조사는 끝났나요?" 하고 미에가 내게 묻는다.

"네. 우노 씨와 이노 선생님 덕분에 이틀로 충분했습니다."

"확실하니까 안심하세요."

가즈야가 지금까지의 일을 대충 설명하고 나는 비디오카메라의 모니터로 류세이와 가와다 아카리의 동영상을 보여 주었다. 미에는 작은 모니터를 들여다보면서 눈시울을 적셨다.

"저는 이제 시즈오카에 갈 일이 없어져서 류세이와 아카리가 선물을 열어 볼 때 그 자리에 있을 수 없는 건 유감이지만요."

내가 말하자 그녀는 생글생글 웃으며 스마트폰을 꺼내 제작 과정을 촬영한 사진을 보여 주었다.

"그리고 이게 우리 집 장식 선반이에요."

깔끔한 거실 벽의 절반 이상을 차지하는 유리가 쳐진 멋진 진열 선반에 빼곡하게, 크고 작은 갖가지 색깔의 스노 돔이 장식되어 있다.

"가즈야 씨가 칭찬해 주셔서……. 죄송해요, 신이 나서 그만."

아니, 아니, 정말 보기 좋다. 작은 것은 탁구공 정도, 큰 것은 미니 수박 정도의 사이즈까지, 지금 현재 167개가 있다고 한다. 장관이다.

"마침 새 걸 하나 만들려고 재료를 산 참이어서, 류랑 가와다의 몫은 금방 시작할 수 있었어요."

직장 상사의 딸 결혼 축하용으로 스노 돔을 만들어 달라는 부탁을 받았다고 한다.

"웰컴 보드 대신에 피로연장 입구에 장식하고 싶대요."

"그럼 꽤 큰 사이즈가 되지 않나요?"

미에가 양손으로 동그라미를 그려 보였다. "직경 25센티 정도예요. 신랑 신부는 스키장에서 만났기 때문에 추억의 스키장과 산장의 디오라마를 넣어 달라는 요청을 받았죠."

꽤 무거워질 터라서 돔을 뒤집지 않고 가볍게 흔들기만 해도 눈이 내리도록 하는 방법을 연구 중이란다.

"결혼식 기념품이니까 플라스틱이 아니라 유리 돔이 좀 더 고급스러워서 좋지 않을까 하고요."

"좋은 아이디어네요……."

가즈야가 눈을 가늘게 뜬다.

"내 결혼식 때도 또 기념으로 부탁할까?"

그 말에 미에의 웃는 얼굴이 정지했다.

"네?"

나는 두 사람을 지켜보았다. 가즈야는 갑자기 거북한 듯이 은테 안경의 테를 누르며 말했다.

"류세이가 아직 입원 중인데 들뜬 기분에 이런 말을 해서 죄송합니다. 실은, 그."

웃는 얼굴을 한 채 미에는 약간 눈을 크게 떴다. "우노 씨, 재혼하세요?"

"그렇게 됐어요. 지난달에 약혼했습니다."

잠시 시간을 두고 멈추어 있던 공기가 갑자기 흐르기 시작했다. 축하드려요, 아아 다행이에요, 우리 부모님도 계속 우노 씨한테는 미안한 짓을 했다며 신경 쓰고 계셨는데 정말 잘됐어요, 상대는 어떤 분인가요? 어머나 죄송해요 이건 실례겠네요──미에는 빠른 말투로 점점 격하게 말하며 더욱 활짝 웃었다.

"회사 후배인데요."

"모처럼의 연휴였는데 이런 일로 우노 씨의 시간을 빼앗아도 괜찮았던 걸까요?"

가즈야는 얼굴 앞에서 양손을 팔랑팔랑 흔들었다. "정말, 전혀 아무렇지도 않습니다."

연휴 초반에는 둘이서 신혼집을 보러 다니거나 새로운 생활에 필요한 가구 등을 샀고, 후반에는 약혼자가 부모님과 가족 여행을 떠났다고 한다.

이번 조사를 하는 동안 가즈야가 종종 문자를 받거나 보내거나 하는 기색이 있었다. 아마 약혼자일 것 같아서 묻지는 않았다. 하지만 지난 이틀 동안 데이트도 하지 못했고, 게다가 가즈야의 용건이 용건이다 보니 상대방의 기분이 상하지 않았을지 조금 마음에 걸리기는 했기 때문에 그 말을 듣고 나도 안도했다.

"도쿄 역에 도착하기 조금 전에, 제 약혼자도 하네다에 도착했다고 연락이 왔어요."

"내일부터 출근하실 테니까요." 미에가 말한다. "아까 하신 얘기, 괜찮으시면 정말 제가 스노 돔을 만들어 드릴게요. 원하시는 게 있으면 얼마든지 말씀하세요."

장난스러운 느낌으로 공손하게 머리를 숙이는 미에를 가즈야는 진지한 얼굴로 마주 보았다.

"그녀는 제가 재혼인 데다가 류세이가 있다는 사실도 전부 알고 있어요. 그런데도 결혼을 승낙했으니 이제 류세이 일로 구치다 씨한테 폐를 끼치는 일은 없을 겁니다."

네——하고 구치다 미에는 웃는 얼굴로 대답했다.

"그런 건 1초도 걱정한 적 없었어요. 꼭 행복하세요."

사무소 겸 자택으로 돌아오니 책상 위에 놓아두는 노트북에 모모코로부터 메일이 도착했다는 알람이 떠 있었다. 답장을 하자 '지금 스카이프할 수 있어?'라는 메시지가 왔다. 물론 오케이다.

모모코는 전처와 함께 세타가야 구에 있는 전처의 아버지 집에 살고 있다. 그냥 '집'이 아니라 '저택'이다. 결혼했을 때 사정이 생겨서 나도 일시적으로 동거했기 때문에 부지 내의 모습도 구조도 기억하고 있다.

모모코는 자기 방이 아니라 저택 남서쪽에 펼쳐져 있는 정원의 정자에 있는 것 같았다. 토니와 마찬가지로 정체를 피하기 위해 점심이 되기 전에 가루이자와에서 돌아왔고, '깜박 잊고 있던' 작문 숙제를 서둘러 마치고 정자에서 느긋하게 쉬던 참이라고 한다.

"아빠, 일하러 갔었어? 어제도 오늘도 부재중 전화로 되어 있던데."

모모코가 내 현재의 직업을 어떻게 생각하고 있는지는 알 수 없다. 올해 열한 살인 똑똑한 여자아이이니까 부모를 배려해서 본심을 숨길 수도 있을 것이다.

다만 모모코는 내 직업의 특수성을 이해해 주고 있다. 그래서 휴대폰으로 직접 전화를 걸지는 않는다. 휴일이라도 내가 일하고 있을지 모르기 때문이다. 이야기하고 싶을 때는 반드시 사무소 전화로 걸어 온다.

"응, 시즈오카에 갔었어. 이제 그 일은 끝났지만."

부재중 메시지는 남아 있지 않으니 모모코는 나와 직접 이야기하고 싶은 것이리라.

모니터 속의 작은 얼굴은 이렇게 보면 나와 닮았고 전처의 모습도 있다. 귀의 모양은 외할아버지, 나의 전 장인인 이마다 요시치카와 똑같다. 복귀다.

"연휴는 즐거웠니?"

"응."

내 딸은 입을 다물고 오른손 검지로 턱끝을 긁적였다. 이 아이의 버릇이다.

"……엄마는 아직 아빠한테는 알리면 안 된다고 했지만."

나는 모골이 송연해졌다.

"할아버지가 입원하셔."

오늘 아침, 가루이자와의 호텔에서 아침을 먹던 중에 속이 안 좋아졌고, 조금 쉬었더니 회복되어 우선 귀가했지만 주치의에게 연락을 취해 보니 입원을 권했다.

"있지, 2월 초에도 비슷한 일이 있었어."

그때도 새벽이었고, 정원을 산책하다가 숨 쉬기가 힘들고 가슴이 아프다고 호소해 구급차로 실려갔다고 한다. 나는 전혀 몰랐다. 이제 그런 일이 일어나도 곧장 소식을 전해들을 수 있는 입장이 아닌 것이다.

"그때는 금방 돌아오셨는데 이번에는 입원해서 수술할 건가 봐. 할아버지의 심장에 약한 데가 생겨서 뭔가 넣을 거래."

심장 카테터일까. 아니면 페이스메이커일까. 그가 내 장인이었을 무렵 건강에는 거의 문제가 없었다. 일 년에 한 번 꼼꼼한 검진을 받았고 그 결과를 들으면 내 쪽이 부끄러워질 정도였다.

하지만 늙어도 약해지지 않고 병에도 걸리지 않는 초인은 없다.

"그래……? 걱정되겠네."

"응. 아빠도 걱정되지?"

컴퓨터 모니터 맞은편에서 머리를 땋아 늘어뜨린 모모코가 입술을 깨물고 있다.

"많이 걱정돼. 하지만 할아버지는 강한 분이니까 수술하면 틀림없이 건강해지실 거야."

"그렇지? 아빠, 같이 문병 가요."

"가고 싶다. 병원이나 스케줄이 정해지면 엄마한테 물어보고 다시 알려 줄래?"

"알았어." 모모코는 고개를 끄덕이고 그제야 웃음을 띠었다. "겐타로는 목욕을 좋아하나 봐. 다같이 동영상을 보다가 엄청 웃었어."

수다를 떨다 보니 모모코의 표정이 누그러져서 안도했다.

나는 문득 생각난 것이 있었다.

"모모코는 무슨 별자리지?"

"천칭자리야. 왜?"

"그냥 물어봤어. 계속 정원에 있으면 감기 걸린다. 집 안으로 들어가."

스카이프를 끊고 냉장고 안을 살펴보고 있는데 출입구의 인터폰이 울렸다. 온천 여행을 즐기고 온 다케나카 1호 부인과 아리사가 일부러 선물을 들고 와 주었다.

"구치다네 어머니, 왔던가요?"

"왔습니다. 제대로 일을 의뢰받았으니까 이제 마음 쓰지 마세요."

선물은 하코네의 '검문소 사브레'였다. 아리사가 시식을 해 보고 맛있어서 골랐다고 한다. 정중하게 감사 인사를 하고 받았다. 실은 온천 만주가 먹고 싶었다고는 입 밖에도 내지 않고.

5

재료가 갖추어졌기 때문에 나는 조사 보고서 작성을 시작했다.

구치다 미키로부터는 우선 7일 아침에 전화가 걸려 왔다. 컴퓨터 스위치를 켠 순간이었기 때문에 나는 나도 모르게 실소하고 말았다. 역시 성격이 급한 사람이다.

"저기, 어떻게 됐어요?"

진행 중입니다, 라고 짧게 대답했다.

"돈은 얼마나 받을 수 있을 것 같아요?"

"위자료나 배상금 교섭은 제가 맡은 의뢰에는 포함되지 않는데요."

"딱딱한 말 하지 말아요."

그녀가 계속 떠들려고 해서 슬쩍 말을 돌리며 전화를 끊었다.

촬영한 동영상을 편집해서 DVD로 굽고 보고서와 함께 넘길 수 있도록 준비한 것이 8일 오후. 저녁때 그녀에게서 두 번째 전화가 왔다. 이번에는 노골적으로 재촉한다.

"빨리 좀 해 줄래요? 받을 걸 받고 끝내고 싶어요."

"어제도 말씀드렸지만 금전 관계에 대한 건 제 일이 아닙니다. 변호사 이노 선생님한테 여쭤보시는 게 어떨까요?"

그녀는 한순간 말이 없었다.

"——그 선생님을 만났어요?"

"네."

"왜요? 어떻게 변호사를 알고 있는 거죠?"

"조사했으니까요."

그녀는 발끈했다. "어차피 그놈들이 고용한 변호사예요. 뭘 물어도 내 악담밖에 하지 않을 게 뻔한데."

"그렇지는 않았습니다."

"멋대로 알아보고 다니다니 프라이버시 침해예요!"

큰일이다. 자신이 무슨 말을 하고 있는지 정말로 모르고 있지 않은가.

"그럼 저도 고소하실 겁니까?"

"그게 무슨 소리예요? 이제 됐어요!"

전화는 일방적으로 끊겼다.

사무소로 쳐들어오지 않을까 걱정했는데 그날도 이튿날인 9일도 조용했다. 구치다 모녀가 살고 있는 임대 맨션의 주소는 여기서 도보로 10분 정도 거리다. 장을 보는 김에 들를 수도 있을 테지만 그녀는 모습을 보이지 않았다. 진심으로 '이제 됐어요!'인 건지, 아니면 단순한 변덕인지.

10일 아침, 오피스 가키가라에서 일거리가 들어왔다. 며칠은 걸릴 일이라서 사무소를 나서기 전에 구치다 미키의 휴대폰으로 연락해 보았다. 부재중 전화 서비스로 연결되어서, 조사가 끝나고 보고서가 완성되었으며 며칠쯤 사무소를 비울 테니 돌아오는 대로 다시 연락드리겠다는 메시지를 남겼다.

이튿날인 11일 밤, 귀가해 보니 사무소 전화에 구치다 미키의 부재중 메시지가 들어와 있었다. 오후 5시 28분 착신이다.

"여보세요? 구치다인데요. 보고서, 내 본가로 보내요. 한동안 거기 있을 거니까. 요금은 오천 엔이면 되죠? 이미 냈으니까."

일방적으로 내뱉는 말에 나는 소리 내어 "예, 예" 하고 말했다. 의뢰를 맡을 때 '만약을 위해' 그녀의 본가 주소도 물어봐 두어서 다행이다.

택배 송장을 쓰면서 그러고 보니 결국 사자나미에게서 전화나 메일이 오는 일은 없었구나 하고 생각했다. 그 애에 관해서는 오지랖 넓은 사립탐정이 나설 일은 없었다.

보고서와 DVD를 넣은 상자에는 경비 명세와 청구서도 동봉했다. 구치다 미키가 돈을 내지 않겠다며 화를 내면 나도 변호사를 써서 지불 명령을 받아내겠다고 통고하자──고 몽상하다가 혼자서 웃어 버렸다.

이튿날 아침, 동네 자치회의 청소에 참가했다가 돌아와 보니 전화가 울리고 있었다. 우노 가즈야였다.

"안녕하세요. 아침부터 죄송합니다."

"아뇨, 저야말로 그 후로 연락도 못 드려서 죄송합니다."

나는 지난 며칠 동안 미키와 주고받은 이야기와 그녀의 요청으로 보고서를 사이타마 시에 있는 본가로 보낼 거라는 사실을 전했다.

"지금 발송할 거니까 내일은 그쪽에 도착할 겁니다. 구치다 씨가 보고서를 읽고 나서 어떻게 반응하느냐에 따라 또 연락을 드릴 일이 있을지도 모르겠어요."

가즈야는 구치다 미키가 본가로 돌아간 것을 알고 있었다.

"구시모토 씨와 크게 싸웠고 헤어질 거라더군요."

"그걸 일부러 우노 씨한테 알렸다고요?"

"네. 역에서 전화를 했는데, 그러니까 또 돈을 달라는 얘기였습니까."

생활비가 어쩌고저쩌고 하기에 가즈야가 거절하자 '사자나미가 걱정되지 않는 거냐'며 히스테릭하게 소리를 질렀다.

"사자나미는 내 아이가 아니다, 사자나미를 걱정해야 하는 건 어머니인 미키 씨라고 대답했더니 전화를 바꿔 줘 버리더라고요."

전화 맞은편에서 사자나미는 모기가 우는 것 같은 목소리로 말했다고 한다.

——엄마네 본가에서 사는 거 싫어. 아빠 집으로 가면 안 돼?

"저도 괴로웠지만, 안 된다, 불편하다, 나는 이제 네 아버지가 아니라고 확실하게 말했습니다. 그렇게까지 말한 건 어제가 처음이에요."

사자나미는 매번 그러듯이 울음을 터뜨렸지만,

"앞으로 학교 일이나 생활에 대한 건 엄마랑 엄마의 부모님과 잘 상담하라고, 잘 지내라고 말하고 제 쪽에서 전화를 끊었습니다."

어디에선가 최후통첩을 해야 했으니 그게 낫다. 너무 늦었을 정도다.

"그 후로 연락은 없는데 아무래도 양심이 찔려서……."

"마음은 알겠지만 사자나미가 본가로 돌아가면 부모님도 미에 씨도 계시니까 이제 당신이 고민할 일은 아닙니다."

그렇겠죠, 하고 그는 작은 목소리로 말했다.

"아, 그리고 조사비 말인데요."

"보고서에 청구서를 덧붙여 두었어요."

"미키 씨가 내지 않으면 저한테 청구해 주세요. 약속했으니까요."

"그런 약속은 하지 않았어요. 의뢰자는 구치다 미키 씨니까 미키 씨한테 받을게요."

나는 새삼 정중하게 말했다.

"우노 씨, 협력해 주셔서 정말 감사했어요. 류세이가 하루라도 빨리 퇴원해서 다시 친구들과 건강하게 등교할 수 있기를 기도하겠습니다."

그와의 이야기는 이제 끝났다. 나는 구치다 미키 앞으로 택배를 보내고 그녀의 휴대폰으로 연락했다. 부재중 메시지가 들려왔기 때문에 조사 보고서를 발송했다는 내용을 남기고 "확인 부탁드립니다"라고 거듭 말한 뒤에 끊었다.

그것이 어떤 매듭이 된 것처럼 조용한 주말을 보낼 수 있었다.

새로운 주가 시작되자 일복이 돌아왔다. 하나는 타운지를 보고 온 20대 회사원 남성으로 중학교 때 친했던 동급생의 소식을 조사해 달라는 것이었다.

"직접 SNS를 검색해 보시면요?"

"저는 인터넷은 잘 못해서요. 그 녀석도 SNS 따위에 흥미가 없었을 것 같고. 옛날부터 한 마리 늑대 같은 느낌의 특이한 놈이었는데, 동창회에 그 녀석만 나오지 않고 아무도 연락을 주고받지 않아서 걱정이 돼요."

또 하나는 늘 그렇듯이 나의 생명줄, 오피스 가키가라에서 들어온 일이다. 대상 인물이 여러 명인 행동 감시와 미행에 일손이 필요하다고 한다. 교대제라서 완전히 구속되는 것은 아니지만 이 안건 자체는 한 달이 걸린다나.

"할게요, 할게요."

전화 맞은편에서 오피스의 사무원 고지카가 웃었다. "싱글벙글 소리가 나는데요."

"아니에요. 기병대가 왔다! 라는 환성이 들릴 텐데요."

그 싱글벙글 일거리를 하는 틈틈이, 늘 그렇듯이 '인터넷의 마법사' 기다의 도움을 받아 동급생 찾기는 이틀 만에 결과를 낼 수 있었다. 동창회에 나오지 않는 한 마리 늑대는 놀랍게도 득도해서 수행승이 되었다. 지금은 호쿠리쿠 지방의 명찰名刹에 있다.

"그 녀석의 인생에 무슨 일이 있었던 걸까요?"

착수금 오천 엔에 플러스 이만팔천 엔을 지불하고 의뢰자 남성은 고개를 갸웃거리며 돌아갔다.

이번 의뢰의 해결을 전후로 해서 내 쪽에는 고개를 갸웃거리는 정도가 아니라 푹 떨구고 말 일이 있었다. 전처로부터 메일이 온 것이다.

내용은 그녀의 아버지, 모모코의 할아버지, 예전에 내 장인이었던 이마다 요시치카의 병과 입원에 대해서였다. 역시 심장 카테터 수술을 예정하고 있다, 당장은 목숨에 지장이 없다, 다만 신장 기능이 저하되어 있는 것을 알게 되어 투석을 받게 될 가능성이 있다——.

모모코한테서 문병 이야기를 들었습니다. 마음은 감사하지만 아버지의 병실에는 친척이나 회사 관계자들이 드나들고 있습니다. 당신에게 불쾌한 일이 있을지도 모르니 문병은 삼가 주십시오.

나는 이른바 결혼으로 출세를 한 사람이라서 아내의 친척들로부터 곱지 않은 시선을 받았다. 관계가 양호했던 아내의 오빠들과도 이혼할 때는 어색해지고 말았다. 생판 남이 된 지금은, 네가 뭐하러 왔느냐는 눈으로 나를 쳐다보리라는 것을 잘 알고 있다.

알겠습니다. 쾌유를 빕니다.

답장을 보내고 한 시간 정도 침울해하고 있었다. 우노 가즈야에게 했던 말이 부메랑처럼 돌아온 기분이었다. 이제 당신이 고민할 일은 아닙니다.

진행 중인 일에 정신이 팔려 있었기 때문에 구치다 미에로부터

430

정중한 감사장이 왔을 때는 놀랐다.

　아까 조사비를 지정하신 계좌에 입금하고 왔어요. 스기무라 씨의 조사 보고서 덕분에 아버지랑 둘이서 언니를 설득할 수 있었어요. 류세이의 동영상은 병실에 있는 어머니한테도 보여 드렸고요. 굉장히 좋아하셨어요. 정말 감사했습니다.

　선이 부드럽고 예쁜 글씨체다.

　언니는 구시모토 씨와 헤어져서 사자나미를 데리고 본가로 돌아왔어요. 이대로 계속 여기서 같이 살지 어떨지는 모르겠지만, 가능한 한 빨리 사자나미의 생활을 안정시켜 주고 싶어요.

　마지막 문장은 이렇게 적혀 있었다.

　스기무라 씨의 앞으로의 건승을 기원합니다.

　구치다 미에라는 서명을 보고 이 자매가 본래는 '미키三紀와 미에三惠'라는 것을 깨달았다. 구치다 미키美姬가 '미키三紀'로 돌아와 주기까지는 가족의 마음고생이 계속될 것이다. 그래도 이걸로 일단의 사태가 수습된 것이라면 아이들을 위해서도 다행이라 하겠다.

　계좌를 확인해 보니 '구치다미키' 님으로부터의 송금이 16일 수요일에 들어와 있었다. 송금 수수료는 빼 달라고 덧붙여 적어 두었는데, 전액이 들어왔다.

　나는 '구치다 미키' 님 앞으로 영수증을 쓰고 봉투의 받는 사람은 미에로 해서 우송했다.

　이걸로 의뢰는 종료다. 다만 10월의 모모코 생일 선물용으로 천칭자리 스노 돔을 만들어 달라고 하려던 계획은 이룰 수 없게 되었다. 전혀 다른 건이라고는 해도 미에는 더 이상 탐정 따위로부터 연락을 받고 싶지 않을 것이다. 포기하자.

그렇게 생각하고 있었는데——.

6

21일 월요일, 오피스 일을 돕다가 밤 9시가 넘어서 돌아왔는데 다케나카 부인이 식사에 초대해 주었다.

"요즘 밤중에 나가서 아침에 들어온다면서요? 밥은 잘 먹고 있어요?"

내가 빌려 쓰고 있는 공간의 바로 위에 방이 있는 토니가, 걱정이 되어 말해 준 모양이다. 확실히 최근의 내 생활은 토니와 비슷할 정도로 불규칙적이다.

"청부받는 일 때문에요. 위험한 일을 하고 있는 건 아닙니다."

하지만 식사는 편의점 도시락이나 덮밥집뿐이었다. 집밥은 기쁘다.

다케나카 가의 저녁 식사는 끝났는데도 일부러 나를 위해 3첩 반상을 차려 주었다. 감사히 먹었을 때, 1호 부인인 준코와 장녀 아리사가 식당으로 들어왔다.

"안녕하세요."

1호 모녀는 왠지 모르게 들썽거리고 있었다. 1호 부인은 다케나카 부인과 눈을 마주치고 서로 가볍게 고개를 끄덕였다. 뭔가 용건이 있는 것이다.

"스기무라 씨도 바쁘실 텐데 일일이 이런 걸 일러바치는 건 폐가 될지도 모르겠지만요."

"그런 건 신경 쓰지 마십시오. 무슨 일 있었습니까?"

"나도, 신경이 쓰이면 얘기해 보라고 권했어요" 하고 다케나카 부인이 말한다. "스기무라 씨는 그게 직업이니까."

준코 씨는 망설이는 기색으로 이야기를 꺼냈다.

"지난주 토요일에 좀 놀라운 일이 있었어요."

근처 슈퍼에서 또 구치다 미키와 마주쳤다고 한다. 사자나미와 둘이서 장을 보고 있었다.

"제 쪽에서 먼저 알아봤죠. 그런데 잘못 본 줄 알았어요. 복장도 화장도, 전부 다 평범했거든요."

"스기무라 씨한테, 구치다네 어머니의 의뢰를 받았다는 얘기를 들었으니까요" 하고 아리사가 말한다.

"그래서 엄마는 스기무라 씨 덕분에 뭔가가 해결되어서 구치다 네 어머니가 정상으로 돌아온 건가 생각했대요."

아니, 아니다.

"아마 구치다 미키 씨의 동생일 겁니다. 사자나미의 이모죠. 미키 씨와는 연년생이고 얼굴도 몸집도 비슷해요. 패션 취향과 사람 됨됨이는 아주 다르지만요."

구치다 미키는 구시모토 겐쇼와 크게 싸우고 '헤어질 거야!'라며 본가로 돌아갔다. 그러나 사자나미에게는 학교가 있다. 당장 전학 수속을 하기는 어려울 테고, 모녀가 살았던 임대 맨션을 빼는 것 도 이사를 하려면 수고로우니 미에가 도우러 왔으리라.

내가 대충 설명하자 1호 모녀는 얼굴을 마주보았다. 다케나카 부인은 말없이 담배를 피우고 있다.

"그렇다면…… 아마 그렇겠네요. 하지만,"

준코가 눈썹을 찌푸리며 말을 이었다.

"이쪽에서는 말을 걸지 않았지만 흥미가 생겨 몰래 분위기를 살폈거든요. 그랬는데 사자나미의 언동이 심해서 또 깜짝 놀랐어요."

"어떻게 심하던가요?"

대놓고 말하자면 건방지고 고압적이었다고 한다.

"저걸 사라 이걸 사라, 이런 건 맛없으니까 필요없다거나, 쩨쩨하다거나. 사춘기 아이가 엄마한테 거역하는 것 같은 느낌이긴 했는데."

사자나미의 표정이 굉장했다.

"증오에 가득 차 있달까, 차갑달까. 저는 중학생인 여자애가 그런 얼굴을 했다는 걸 지금도 믿을 수 없어요."

그중에서도 정말로 귀를 의심했던 대화가 있다.

"미키 씨? 이모님? 어쨌든 그 사람이 뭐라고 대꾸했더니…… 그것도 주스 상표라든가, 별것도 아닌 얘기였어요. 그랬더니 사자나미가."

──시끄러워! 당신이 나한테 거역할 수 있다고 생각하는 거야?

"미키 씨인지 이모님 쪽도 전혀 화를 내지 않고 꾸짖지도 않았어요. 말없이 시선을 피할 뿐이었죠."

방금 얻어먹은 저녁으로 부풀어 있던 내 위장이 천천히 비틀리는 듯한 기분이 들었다.

"보면 안 될 걸 본 것 같아서 저는 도망치듯이 슈퍼에서 나왔어요. 그리고 아리사한테 얘기했더니."

"저한테도 이상한 일이 있었어요."

그쪽은 16일 수요일, 아리사가 학교에서 귀가하던 도중의 일이었다.

"역 앞에서 구치다가, 헷갈리니까 렌이라고 할게요, 렌이 말을 걸더라고요."

──아리~!

"중학교 교복이 아니라 사복을 입고 있었어요. 청으로 된 미니스커트에 티셔츠에, 그건 좋은데."

값비싸 보이는 팔찌 시계를 끼고 다이아몬드 목걸이(진짜인 것 같았다)를 하고 있었다. 등에는 검은색의 프라다 나일론 배낭.

"색깔 있는 립스틱을 발랐고 머리카락은 곱슬곱슬했어요. 지금부터 친구랑 노래방에 갈 건데 같이 가지 않겠냐고 해서."

물론 아리사는 거절했다.

"그러니까 질척질척하게 제 팔짱을 끼더니 실실 웃으면서."

──이제 곧 나도 아리 너랑 같은 학교에 갈 거야. 잘 부탁해.

"저는 뭐? 뭐? 뭐? 라는 기분이 들어서."

다시 같은 반이 될 수 있다는 둥, 사자나미는 일방적으로 찰싹 달라붙으며 말했다.

——아리, 이제 곧 생일이지? 선물을 줄게. 쌍둥이자리 맞지?

나는 말했다. "그 선물이라는 건 혹시 별자리 스노 돔 아니니?"

1호 모녀는 나란히 눈을 휘둥그렇게 떴다.

"아세요?"

"사자나미의 이모가 취미로 만드는 걸 거야."

아리사는 격렬하게 고개를 끄덕였다. "맞아요! 전에도 들은 적이 있어요. 생일에 이모한테서 받은 수공예품이라고."

아리사는 사자나미의 수다를 뿌리치고 집으로 돌아왔다.

"엄마한테 얘기할까 했지만 굉장히 불쾌한 기분이라 입 밖에 내고 싶지 않아서……. 걔가 우리 학교에 편입해 오는 일은 있을 수 없고, 어차피 또 거짓말일 거라고 생각했어요."

그러나 1호 부인으로부터 토요일 슈퍼에서 있었던 일을 듣고 놀라서 털어놓았다고 한다.

"구치다 씨네 집, 어떻게 된 걸까요?"

다케나카 부인과 1호 부인의 눈빛에는 그리 큰 불안은 없다. 오히려 흥미로워하는 빛이 있었다. 그러나 아리사는 진심으로 싫어하는 기색이다.

이 정도의 재료로는 아직 뭐라고도 말할 수 없다. 그러나 불온하다.

"이 일은 제가 맡겠습니다. 또 무슨 일이 있으면 아무리 사소한 거라도 상관없으니까 가르쳐 주세요."

구치다 모녀가 살고 있는 임대 맨션은 하이츠 스즈키. 다케나카 가에서는 그리 멀지 않다. 하지만 그곳을 찾아갈 필요는 없었고 내 평소 생활에서도 특별히 용건이 있는 길목이 아니어서 가는 건 처음이다.

밤길을 걸으면서 구치다 미키의 휴대폰으로 전화를 걸어 보았다. 부재중 전화 서비스로 연결되지는 않고 '전원이 꺼져 있거나 전파가 닿지 않는 곳에 있습니다'가 들려왔기 때문에 곧 끊었다.

하이츠 스즈키는 주택과 점포와 작은 작업실 등이 섞여 있는 동네의 3층짜리 작은 맨션이었다. 밤눈으로 보아도 상당히 낡아 보이는 건물임을 알 수 있었다. 호수는 201. 공동 우편함에는 명찰이 붙어 있지 않다.

상야등이 깜빡거리는 복도 안쪽에 좁고 가파른 계단이 있다. 201호실은 2층의 제일 앞쪽이었다.

나는 인터폰을 눌렀다. 실내에서 꽤 큰 소리가 울리고 있지만 반응은 없다. 문 옆의 천장 가까이에 설치되어 있는 계량기는 움직이고 있었다.

다시 한번 인터폰을 눌렀다.

세 번째로 누르려고 했을 때 문 안쪽에서 체인을 푸는 소리가 났다.

문이 열리자 올려다보아야 할 정도로 커다란 남자가 느릿느릿 얼굴을 내밀었다. 짧게 깎은 머리, 굵은 눈썹, 볕에 그을린 얼굴. 티셔츠의 어깨 부근에는 근육이 솟아올라 있다.

"——뭐요?"

무뚝뚝하게 묻는 말을 들은 순간, 느낌이 왔다.

"구시모토 겐쇼 씨 되십니까?"

내 물음에 그는 눈을 깜박였다.

"그런데요. 당신은 누굽니까?"

"늦은 시간에 죄송합니다. 탐정인 스기무라라고 합니다. 여기 사시는 구치다 미키 씨한테서 조사를 의뢰받았었는데 급하게 연락드리고 싶은 일이 있어서 찾아왔습니다."

그는 신발 벗는 곳까지 내려와서 문을 더 크게 밀어 열었다. 기골이 장대하다. 가즈야와는 전혀 타입이 다르다. 카고팬츠의 벨트에 굵은 키 체인을 달고 있다. 나이는 서른 살 전후일까.

"아아, 당신이 탐정이에요?"

낮고 쉰 목소리다. 내쉬는 숨에 담배 냄새가 섞여 있다. 그는 나를 위에서 아래까지 훑어보며,

"미키는 없어요."

나갔다고 했다.

"그 여자 동생이 이 집을 빼겠다고 해서 나도 짐을 가지러 온 거예요."

"동생 미에 씨 말이군요."

"맞아요. 당신도 알아요?"

"따님인 사자나미 씨는 미키 씨랑 같이 계신가요? 지지난주 금요일에 둘이서 미키 씨의 본가로 돌아갔죠?"

구시모토는 불쾌한 듯이 눈을 가늘게 떴다. "무슨 일 때문에 그래요?"

실내에는 불이 켜져 있다. 부엌이 딸린 원룸. 크기도 무늬도 잡다한 골판지상자가 몇 개 쌓아올려져 있는 것이 보였다.

"실례지만 안에서 이야기하면 안 될까요? 조금 복잡한——."

내 말을 가로막듯이 구시모토 겐쇼가 말했다. "미키는 본가에도 없어요."

뭐라고?

"애를 내팽개치고 나갔어요. 진심으로 헤어지겠다는 거라면 나도 그 여자한테 빌려준 돈을 돌려받아야 하니까 지난주에 일을 마치고 여기 들렀더니 여동생이 있더군요. 짐을 정리하고 방을 **뺄** 거라면서."

16일 수요일, 오후 1시쯤의 일이었다고 한다. 같은 날, 학교에서 돌아오던 아리사가 역 앞에서 사자나미와 마주쳤다. 잘 차려입고 중학생에게는 어울리지 않는 액세서리를 하고, 지금부터 친구랑 노래방에 갈 거라는 사자나미와.

"냉장고랑 TV는 내가 사 준 건데 멋대로 가져가면 곤란하니까. 미키는 어떻게 지내냐고 물었더니 동생도 모르겠다고 하더군요."

——언니는 가출해 버려서요.

"언제 가출했다고 하던가요?"

구시모토는 귀찮다는 듯이 목덜미를 긁적였다.

"본가로 돌아가자마자 곧 그랬나 보던데. 아침에 일어나 보니까

440

없더래요."

나는 다시 실내를 둘러보았다. 볕에 그을린 벽에 달력을 떼어낸 자국이 네모나고 하얗게 남아 있다. 가구다운 가구도 가전제품도 없다. 텅 빈 옷상자가 몇 개 쌓여 있을 뿐이다.

"별 수 없이 그 자리에서 당장 고물상을 불러서 팔 수 있을 만한 건 전부 팔아치웠어요."

동생도 그 자리에 있었다고 한다.

"멋대로 한 짓은 아니에요. 그 대금만으로는 미키한테 빌려준 돈에는 한참 모자랄 정도고."

"그렇군요. 그래서 지금은 어떤 짐을 가지러 오신 겁니까?"

"저 옷상자 내용물을 비우면 내가 가져가기로 약속했거든요."

"열쇠는 갖고 계십니까?"

"신문함 안에 열쇠가 걸려 있어요. 애한테 열쇠를 줬다가 잃어버리면 귀찮으니까, 미키는 그렇게 하곤 했죠."

거리낌없이 대답하고 나서 그제야 깨달은 듯이 그는 기분 나빠 했다. "내가 뭐 나쁜 짓을 했다고 말하고 싶은 겁니까, 당신?"

"아뇨, 그런 생각은 전혀 없습니다."

그럴 때가 아니다.

"구시모토 씨, 개인적인 질문을 좀 드리겠는데요, 왜 미키 씨와 크게 싸우고 헤어지게 된 겁니까?"

시끄럽다면서 고함칠 것을 각오하고 물었는데 그는 대답해 주었다. 게다가 그 대답은 명쾌했다.

"미키가 또 신용대출에 손을 댔으니까."

독촉장을 숨기고 있었다고 한다.

"숨겨 봐야 들킬 텐데 바보라니까. 전부터 몇 번 그만두라고 해도 내 직장 동료나 친구한테까지 돈을 끌어다 쓰려고 해서 거기에도 슬슬 지쳤고."

나는 또 위장이 비틀리는 기분이 들었다. 사무소를 찾아온 구치다 미키의 뮬이 일그러져 있고, 그로 인해 자세까지 비뚤어졌던 그녀의 모습이 떠오른다.

"미키 씨는 갚을 방법도 없는데 빚을 내고 있었던 겁니까?"

이 질문에 구시모토의 눈에 분노가 깃들었다.

"애의 위자료를 믿고 있었던 거예요."

사자나미가 아니라 류세이 쪽이다. 차에 치인 아이를 위한 돈이다──.

"그 여자, 진짜로 뭘 몰랐어요. 사고를 낸 할망구한테서 확실하게 돈을 받아내기 위해서 탐정을 고용할 거라는 둥. 아아, 그게 당신인가?"

"네, 접니다."

"수수료 오천 엔이면 된다는 게 정말이에요?"

"그건 오해지만, 미키 씨는 당신한테 확실하게 위자료를 받아내기 위해서 저를 고용했다고 설명했군요?"

구시모토는 고개를 끄덕이고 이번에는 귀 뒤를 긁적였다.

"나는 장거리 전문이라서 한번 일을 나가면 삼사일은 집에 안

온단 말이에요. 그래서 애가 사고가 났다는 소식도 미키한테 자세히 듣지는 못했어요. 하지만 받을 건 확실히 받아야 된다, 무서운 일을 당한 아이의 권리라고 말해 줬죠."

옳은 말이다. 구치다 미키의 '겐쇼도 그렇게 말했어요!'는 그녀에게 편리하도록 꾸며진 것이었다.

"그런데 그 멍청이, 애의 위자료를 슬쩍할 생각이었던 거예요. 엄마가 돼서 무슨 소릴 지껄이는 거냐고 고함쳤더니 헤어지겠다고."

색깔이 바랜 천장의 형광등에 작은 나방 한 마리가 날아다니고 있다. 그 날개 소리가 기이할 만큼 시끄럽게 귀에 닿았다.

"당신이 마지막으로 미키 씨와 이야기를 한 건 언제입니까?"

"그러니까 본가로 돌아가 버린 날."

11일, 금요일 오후.

"나는 근무를 마치고 여기로 왔고 미키는 어디 나가고 없었어요. 너무 어질러져 있어서 청소를 해 주다가 독촉장을 발견했죠."

그래서 큰 싸움이 났다.

"그 후로 그녀를 만나거나 전화로 이야기한 적은 없습니까?"

한 번도 없다고 그는 대답했다.

"휴대폰으로 걸어도 전원이 꺼져 있다고 하더군요. 씹고 있는 거지."

그게 아닐 거라고 나는 생각했다.

"사자나미를 만난 적은요?"

"없어요. 용건이 없는걸. 나는 그 꼬마를 원래 좋아하지 않았어요."

음침했으니까, 라고 한다.

"나를 잘 따르지 않는 건 어쩔 수 없지만 걸핏하면 거짓말을 하고, 학교를 땡땡이쳐서 혼내면 울고."

나는 머리 하나쯤 높은 곳에 있는 그의 얼굴을 올려다보았다. 당신을 멋대로 오해하고 있었다. 미안하다.

"구시모토 씨. 제가 받은 의뢰는 아직 끝나지 않았기 때문에 미키 씨를 만나야 합니다. 그녀의 지인이나 친구 중에서 당신이 짚이는 데가 있는 사람한테 모조리 연락해 봐 주실 수 있을까요? 누군가가 미키 씨와 함께 있을지도 모르고 바로 최근에 그녀에게 돈을 빌려주었을지도 모릅니다. 당신과 헤어지고 본가를 뛰쳐나갔으니까 그녀가 의지할 수 있는 건 친구 정도가 아닐까요?"

입 밖에 낼 생각은 없었고, 내 마음 속에서도 확실하게 언어화해서 헤아렸던 것은 아니다. 하지만 내 걱정이 눈에 떠올라 있었으리라. 한순간 귀찮다는 듯이 눈가를 일그러뜨린 구시모토는 곧 진지한 얼굴이 되었다.

"음. 전부터 싸우면 친구 집으로 가곤 했어요."

"그럼 부탁드립니다."

서로의 스마트폰으로 연락처를 교환했다.

"미키 씨가 있는 곳을 알게 되면 언제든 상관없으니까 연락 주십시오. 다만 저와 만났다는 건 동생분이나 사자나미한테는 비밀로 해 주세요. 걱정을 끼치지 않는 게 좋을 테니까요."

"알았어요."

빈 옷상자 세 개를 실어내는 것을 도울까 싶었지만 그럴 필요는 없었다. 구시모토는 가볍게 상자를 안아 들고 계단을 내려갔다.

나는 불을 끄고, 문을 닫고 열쇠로 잠갔다. 비닐끈으로 묶여 있는 열쇠를 신문함에 도로 넣자 딸각 소리가 났다. 평온한 듯한 현실에 생겨난 첫 번째 균열의 소리였다.

오피스의 일 때문에 가끔 묶여 있는 것이 그때의 나에게는 다행이었다. 구시모토의 연락을 기다리는 동안 쓸데없는 생각을 하지 않을 수 있었기 때문이다.

내 걱정은, 무언가 작은 일만 있으면 싱겁게 사라질 종류의 것이었다. 구시모토가 미키의 소재를 알아낸다. 그녀와 다시 전화로 싸운다. 또는 다케나카 1호 부인이나 아리사가 어디에선가 미키를 발견한다. 미키가 내게 '돈은 어떻게 됐어요?'라며 독촉해 온다. 내가 건 전화를 그녀가 받는다──.

하이츠 스즈키에도 몇 번인가 찾아가 보았다. 23일에는 아침 6시가 지나서, 24일에는 점심때쯤이다.

두 번 다 인터폰이 울릴 뿐이었다. 25일 저녁, 오피스의 일을 마치고 들러 보니 계량기의 움직임이 멈추어 있고 문손잡이에 전력회사와 가스회사의 '전기를 사용하시기 전에' '가스 연결 수속에 대해'라는 팸플릿이 매달려 있었다. 신문함 속의 열쇠도 사라지고 없었다. 완전히 방을 뺀 것이다.

그리고 그날 밤, 구시모토로부터 연락이 왔다. 등 뒤에서 차가 달리는 소리가 난다. 어딘가 휴게소 같은 곳에 있는 것이리라.

"여보세요? 밖에 나와 있어서 수신 상태가 나쁜데 미안합니다."

"괜찮습니다, 잘 들려요. 미키 씨와 연락이 되었나요?"

"전혀 안 되었어요" 하고 그는 대답했다. "요즘 미키의 친구도, 내 친구도, 아무도 그 여자를 만나지 않았고 전화도 걸려 오지 않았다는데."

다만 12일 토요일 아침, 구치다 미키가 네일 살롱을 경영하고 있는 친구(정확하게는 중학교 시절의 선배라고 한다)에게,

──한동안 본가에 있게 되어서 아르바이트는 그만둘게.

라고 전화했었다는 것을 알아냈다.

"여전히 무책임하다면서 화를 내더군요."

그래도 미키는 이달에 총 스무 시간 정도 일을 했었기 때문에 아르바이트비가 발생했다. 그걸 어떻게 할 거냐고 친구가 묻자,

"그 여자, 언제 갈 일이 있을 때 받으러 가겠다고 하더니 그 후로 받으러 오지 않았대요."

구시모토의 낮고 쉰 목소리가 소음에 약간 뒤섞였다.

"──지 않아요."

미키답지 않다, 고 말한 것이리라.

"받을 수 있는 돈을 내버려 두고 있다니. 평소에도 있을 수 없는 일이에요. 하물며 지금은 돈이 필요할 텐데."

돈이 없어서 곤란할 텐데. 신용대출 회사에서 독촉장이 와 있는데. 기대하고 있던 류세이의 위자료도 들어오지 않았는데.

"감사합니다."

"뭔가 더 할 일이 있을까요?"

"구치다 씨의 본가로 찾아가 보겠습니다."

"아아…… 그럼 응, 잘 부탁해요."

전화를 끊고 나는 한동안 책상 앞에 주저앉아 있었다.

이튿날 아침, 일어나자마자 구치다 미키의 휴대폰으로 전화를 걸어 보았다. 벌써 몇 번을 들었는지 알 수 없는 '전원이 꺼져 있거나―'가 나온다. 얼굴을 씻고 나갈 준비를 했다.

아침은 와비스케에서 먹자. 요즘 한동안 가지 못했으니까. 마음이 무거운 하루의 시작에 마스터의 핫샌드를 먹고 기운을 차리자. 그렇게 생각하며 가게 문을 열었다가 예상하지 못한 인물의 얼굴을 발견했다.

카운터의 가장 안쪽 자리. 내가 좋아하는 자리다. 거기에 앉아 핫샌드를 먹고 있는 사람은 경시청 형사부 수사1과 계속수사반의 다테시나 고로 경위였다.

"어서 오세요" 하고 마스터가 말을 걸었다. "스기무라 씨, 오랜만이네."

내가 굳어 있자 다테시나 경위가 비어 있는 쪽의 손을 들며 씩 웃었다.

"안녕하십니까. 이렇게 만나네요."

넥타이는 하지 않았지만 바느질이 잘 된 정장을 입고 있다.

나는 말없이 마스터의 얼굴을 보았다. 마스터는 가볍게 어깨를 으쓱하더니 물었다.

"아는 사이죠?"

아는 사이는 아니다. 올해 2월 초, 다테시나 경위 쪽에서 멋대로 내 사무소를 찾아왔을 뿐이다. 저쪽은 코트와 모자와 머플러로 몸을 감싸고 있었고, 상의도 없이 문가에 서서 이야기를 하던 나는 추워서 견딜 수가 없었다.

그날 모자를 살짝 들어 올리고 허세를 부리며 목례를 하던 다테시나 경위는 머리숱이 적었다. 지금 이렇게 보니 이마가 매우 넓다. 그때는 '호오' 하는 웃음이었는데 지금의 '씩'과 비슷할 정도로 아니꼬웠다.

"다테시나 씨, 우리 단골손님이 되었는데."

"맛집 리뷰 사이트를 봤다고 하더군요"라고 나는 말했다.

"엥? 스기무라 씨가 소개한 게 아니었어요?"

마스터는 우리를 번갈아 쳐다보았다. 다테시나 경위는 주눅 든 기색도 없다.

"당직이 끝나면 늘 아침을 먹으러 들르곤 합니다"라고 말하며 커피에 우유를 넣는다.

계속수사반에 당직이 있을까. 이 사람이 하는 말도 구치다 미키와 비슷할 정도로 믿을 수가 없다──.

하지만 이 사람은 형사다.

나는 손으로 이마를 눌렀다. 이 타이밍에 만난 것은 하늘의 뜻일지도 모른다.

"스기무라 씨, 우두커니 서 있지 말고 앉아요."

마스터의 재촉에 나는 다테시나 경위 옆에 앉았다. 가게 안은 반쯤 자리가 차 있었다. 박스석에는 아침 라디오 체조를 마치고 집에 가는 길인 어르신들.

"다테시나 씨."

나는 목소리를 낮추었다.

"제 사무실에 오셨을 때 제가 어떤 탐정인지 흥미가 있다고 하셨죠."

"네."

물수건과 찬물이 나왔다.

"그렇다면 오늘 지금부터, 제가 일하는 모습을 실제로 보시지 않겠습니까?"

경위는 나를 빤히 보았다. 매끈하고 갸름한 얼굴에 커다란 눈. 살짝 올라가 있는 입꼬리. 이런 입매를 가진 사람은 디폴트로 붙임성이 좋아 보이고 실제로 경위도 그런 느낌이지만, 어딘가 불온하다. 왜인지, 가까이서 보니 알 수 있었다. 오른쪽 눈이 삼백안이었다.

"사건입니까?"

"네."

"어떤?"

"아마, 사람이 죽었을 겁니다."

눈을 내리깔고 경위는 스푼으로 커피를 휘저었다.

"장소는?"

"사이타마 시내입니다."

"그럼 관할이 다르네요."

"당신은 계속수사반이니까 갓 일어난 따끈따끈한 사건은 애초에 관할이 아니잖아요. 그러니까 견학해도 되지 않습니까?"

스푼의 움직임이 멈추었다.

"오늘의 모닝은 아스파라거스와 콘비프를 넣은 핫샌드나, 달걀 샌드위치입니다. 어느 쪽으로 하시겠습니까?"

그렇게 말하고 다테시나 경위는 또 씩 웃었다.

"든든히 먹는 건 중요하니까요."

그렇게 되지 않는 게 좋겠지만 만약의 사태가 발생하면 차가 필요해질 거라 렌터카를 빌렸다. 다테시나 경위는 당연하다는 듯이 뒷좌석에 앉았다.

"저는 드라이브를 좋아합니다. 제 아내는 운전을 좋아하고요. 좋은 조합이죠?"

"사모님이 운전하실 때도 다테시나 씨는 뒷좌석에 앉으십니까?"

진심으로 놀란 듯이 경위는 눈을 크게 떴다.

"설마요! 당연히 옆에 앉죠."

얄미울 정도로 맑게 개어 드라이브하기에 좋은 날씨였다. 대략적인 사정은 와비스케에서 이야기해 두었기 때문에 나는 묵묵히 차를 몰았다. 다테시나 경위는 스마트폰을 삑삑 누르며 지도를 보고 있는 것 같았다.

"사이타마의 그 부근은 1960년대에 택지 개발이 활발했던 곳입니다."

그 전에는 파밭이었다고 한다.

"아니, 100퍼센트 파만 재배하고 있었다는 뜻은 아닙니다. 파와 같은 근교 농업이 성행했다는 뜻이죠."

렌터카의 내비를 따라 달리다 보니 경위의 말대로 낡은 단독주택이 늘어서 있는 거리가 나타났다. 새로 지은 듯한 저층 맨션이나 테라스하우스, 깔끔한 아파트도 섞여 있다.

구치다 가는 골목길의 막다른 곳에, 딱 한 채 단독으로 서 있었다. 경량 기와에 모르타르로 벽을 바른 2층집이다. 외장은 꽤 색이 바랬지만 기와지붕은 얼마 전에 새로 갈았는지 터키색이 선명하다.

골목길이라고 해도 충분히 차가 드나들 만한 폭은 된다. 집을 마주 보고 오른쪽은 녹지, 왼쪽은 시트가 덮여 있는 3층 정도 높이의 빌딩이다. 신축 중인 걸까 보수 중인 걸까. 어느 쪽이든 이쪽에서 드나들 수는 없다.

구치다 가의 정원은 넓고 펜스도 울짱도 없다. 집의 정면에 설치되어 있는 커다란 실외기 옆에 승용차용 은색 커버가 뭉쳐져 있었다.

"차를 타고 외출한 모양이군요." 다테시나 경위가 말했다.

나는 렌터카를 돌리지 않고 그대로 앞뜰에 집어넣어 세웠다. 운전석에서 내릴 때, 실외기 위의 미름을 댄 미닫이창에 쳐져 있는 레이스 커튼이 흔들린 듯한 기분이 들었다.

현관문은 나무로 되어 있고 네모난 작은 창이 두 개 나란히 달려 있었다. 인터폰은 심플하고 작고, 카메라는 달려 있지 않은 것 같다.

모조 대리석으로 만든 근사한 문패에 명조체로 '구치다'라고 적혀 있었다.

인터폰을 누르고 누르고 또 눌러도 반응이 없었다. 가볍게 주먹을 쥐고 현관문을 두드리려고 했을 때,

"……네."

인터폰에서 여성의 가느다란 목소리가 들려왔다.

"일전에 우노 가즈야 씨와 함께 뵈었던 스기무라입니다. 갑자기 찾아와서 죄송합니다."

인터폰은 침묵하고 있다.

"조사 보고서를 보낸 후에 미키 씨와 연락이 되지 않아서요. 임대 맨션 쪽도 방을 빼 버리신 것 같아서."

다테시나 경위는 내 뒤에서 양손을 상의 주머니에 집어넣고 느긋하게 주위를 둘러보고 있다.

5월의 바람을 타고 어디에선가 "하나, 둘, 하나, 둘" 하는 구령이 들려왔다. 가까운 곳에 학교가 있을 것이다.

"미키 씨를 뵙고 싶은데, 집에 계실까요?"

현관문이 열렸다. 바로 안쪽에 미에가 서 있었다.

처음 만난 날로부터 이십여 일. 그녀는 한눈에 알 수 있을 정도로 수척해져 있었다. 화장은 하지 않았고 머리는 목 뒤에서 묶었을 뿐. 라운드 넥의 니트에 청바지를 입고 있다.

나는 그녀의 눈을 들여다보았다. 거기에 암흑이 있는 것을 발견했다.

"미키 씨는 어디에 계십니까?" 하고 나는 물었다.

구치다 미에의 눈 속에 있는 암흑이 흔들렸다.

"왜 연락이 안 되는 거죠? 왜 사자나미가 고압적이고 건방진 태도를 취하는 겁니까? 왜 당신한테 자기를 거역할 수 있다고 생각하는 거냐는 말을 했나요? 사자나미가 하고 다니는, 중학생에게는 고가의 액세서리나 가방은 미키 씨 겁니까? 아니면 미에 씨, 당신 겁니까?"

나는 힐문이 되지 않도록 애써 천천히 말했다. 미에는 어깨를 축 늘어뜨린 채 현관문 손잡이를 붙잡고 서 있었다. 그 눈이 다테시나 경위 쪽으로 향했기 때문에 나는 말했다.

"곤란한 사태가 발생한 게 아닐까 싶어서 같이 와 달라고 했습니다. 이쪽은 경찰입니다."

다테시나 경위는 '호오'도 '씩'도 아닌 웃음을 띠고 상의 주머니에서 경찰 배지를 꺼내 들어 보였다. 사이타마 현경이 아니라 경시청 소속임을 알려주는 배지였지만 그녀의 눈에는 들어오지 않았으리라.

"다시 한번 여쭙겠습니다."

가슴 깊은 곳이 아팠다. 신의 손을 가진 심장외과의도 제거할 수 없는 아픔이다.

"미키 씨는, 지금 어디에서 어떻게 지내고 계십니까?"

구치다 미에가 그 자리에 털썩 쪼그려 앉았다. 매달고 있던 실이 끊어진 꼭두각시인형 같았다.

"죄송해요."

목소리가 떨리고 있었다. 머리를 끌어안는 그 양손도 덜덜 떨린다.

"알고 있었어요. 숨길 수 있을 리가 없다는 건 알고 있었어요."

알고 있었어요 알고 있었어요 알고 있었어요──.

"안됐지만, 당신은 이제 집 안으로 들어가면 안 됩니다."

다테시나 경위의 말에 나는 미에를 렌터카 뒷좌석에 태우고 골목길에서 큰길로 차를 몰았다.

"아버지랑 사자나미는 어머니의 병원에 있어요. 오늘이 퇴원하는 날이라 데리러 갔어요."

창백해진 안색으로 떨리는 손을 움켜쥐면서 구치다 미에는 속삭였다.

"입원 중이었던 어머님은 아무것도 모르시겠군요."

"네."

"하지만 아버님과 사자나미는 알고 있고요."

그녀는 눈을 감고 고개를 끄덕였다. 한 번, 두 번, 세 번. 무언가를 떨쳐내듯이.

"그렇다면 아버님과 사자나미도 당신과 함께 지방 경찰서에 가는 게 좋겠어요. 돌아오시기를 기다리죠."

다테시나 경위는 왠지 그녀 쪽을 보고 있지 않았다. 창으로 바깥을 바라보고 있다.

"이런 경우를 자수라고 합니다."

다른 쪽을 보면서 잡담이라도 하는 투로 말했다.

"경찰 측이 아직 사건이 일어난 것조차 파악하지 못하고 있으니까요. 그런데도 자기 쪽에서 사실을 말하는 거니까 인상이 아주 좋아지죠."

미에의 눈에 눈물이 고이기 시작했다.

나는 말을 꺼냈다.

"지금 여기서 자세히 밝힐 필요는 없습니다. 하지만…… 괜찮으시다면 가르쳐 주세요. 이야기하실 수 있겠습니까?"

"네."

눈물이 넘쳐 뺨을 타고 흐른다.

"언제, 무슨 일이 일어난 겁니까?"

미에는 입을 열고 목소리가 나오지 않아서 괴로운 듯이 거칠게 호흡했다.

"스기무라 씨의 보고서에 딸려온 DVD를 보고 싶다면서 언니가 제 방에 왔어요."

13일 일요일, 오후 3시쯤의 일이었다.

"우리 집에는 DVD 플레이어가 없고 컴퓨터도 제가 갖고 있는 것뿐이니까요."

구치다 미키는 보고서를 읽고 화를 냈다.

——이런 것만 자세히 조사해 봐야 아무 소용 없어.

그래도 류세이의 동영상을 보려고는 했던 것이다.

"언니는 구시모토 씨의 험담을 했어요. 쩨쩨한 남자라고. 또 빚을 져서, 그것 때문에 싸우고 헤어져서 왔으니까 자기가 잘못한 건데."

류세이의 동영상 재생이 시작되자 미키의 악담은 더욱 심해졌다. 우노 부부, 하마모토 부부, 현장의 모습을 해설하는 기토 기자.

——아니꼬워 죽겠네, 무슨 호들갑이람. 바보 아니야?

그때 미에는 자기 방의 테이블에 재료를 펼쳐 놓고 스노 돔을 만들고 있었다. 직장 상사에게 부탁받은 결혼 선물이다.

"언니는, 이렇게 되면 자기가 류세이를 맡겠다고 말했어요. 그 편이 돈이 된다고."

그러고는 마치 명안을 생각해 냈다는 듯이 손뼉을 치며 웃더니 이렇게 말했다.

——차라리 가즈야랑 재혼할까? 그게 제일 편리하지.

"저는 초조해지고 말았어요."

또 우노 가즈야에게 폐를 끼치게 된다. 그를 고민하게 만들게 된다.

"그래서 저도 모르게 말해 버렸어요."

——언니, 이기적인 말 하지 마. 가즈야 씨는 재혼할 거야.

그러자 미키는 격노했다.

"언니가 히스테릭해질 때는 늘 그래요. 순식간에 스위치가 켜지고 제정신을 잃은 것처럼 소리치거나 비명을 지르거나."

재혼? 웃기지 마! 그 남자한테 그런 권리가 있을 리 없잖아?

"저는 언니를 진정시키고 싶어서, 포기하게 하고 싶어서, 이미 결혼이 정해졌다, 약혼자가 있다고 얘기했어요. 하지만 언니는 전혀 들어 주질 않았어요."

결국 미키는 고함쳤다.

——그런 일은 망쳐 버릴 거야. 나랑 사자나미를 내버려 두고 그 남자만 행복해지다니, 절대로 허락할 수 없어.

"스마트폰을 꺼내더니 전화를 걸려고 했어요. 아마, 가즈야한테."

말하면서 구치다 미에는 점점 몸을 움츠려 간다.

"큰일을 저질러 버렸다고 생각했어요. 제가 말실수를 하는 바람에."

말려야 한다. 못하게 해야 한다.

"눈앞이 새하얘져서."

어째서, 어째서, 어째서 이 사람은 이렇게 나를 괴롭히는 걸까.

"정신을 차려 보니까 책상 위의 유리 돔을 움켜쥐고 언니를 내리친 후였어요."

직경 25센티의 유리로 만든 돔이다. 충분히 살인 흉기가 된다.

"언니는 막대기처럼 쓰러졌어요. 머리가 깨지고 피가 튀고 잠시 동안 팔다리를 움찔거렸지만 곧 축 늘어져 버렸어요."

구치다 미에도 그 자리에 주저앉았다. 무엇을 어떻게 하지도 못하고 멍하니 있는데 아버지와 사자나미가 귀가했다.

"그리고 아버지가 뒤처리를 해 주었어요."

──너는 잘못한 거 없어. 미안하다. 어쩔 수 없었던 일이야.

"따지고 보면 전부 부모의 책임이라면서."

그날 밤에 시체를 자동차에 싣고 어딘가로 갔다가 날이 밝기 전에 돌아왔다.

"그래서 언니가 어디에 있는지, 저는 몰라요. 죄송해요."

아무 말도 하지 못한 채 나는 멍하니 생각했다. 어떻게 될 거다, 어떻게 하고 싶다는 것은 없어도, 미에는 우노 가즈야에게 호의를 품고 있었을 것이다. 그 호의가 폭발력이 되어 순간적으로 흉악한 범행을 일으키고 말았다.

"저는 사자나미에게서 어머니를 빼앗고 말았지만."

사자나미는 미키의 시체에 매달려 엉엉 울었다고 한다. 하지만 눈물이 그치자 태도가 달라졌다.

──이제 엄마는 없으니까 내 마음대로 해도 되지?

지금 다니는 공립 중학교는 싫어, 교복이 예쁜 사립학교로 가고 싶어, 용돈이 더 필요해, 예쁜 옷을 사고 싶어, 이모 액세서리 좀 빌려줘, 엄마의 옷이나 가방은 내가 받아도 되지?

괜찮지? 안 된다고 하면 말해 버릴 거야.

"처음에는 도쿄의 맨션으로 돌아가서 혼자 살겠다고 했어요."

──돈만 주면 돼.

"그렇게 놔둘 수는 없어서 서둘러 방을 뺐어요. 학교 쪽에는 담임선생님한테 전화를 걸어서 교우 관계로 고민하고 있는 것 같으니까 당분간 쉬게 해 달라고만 말해 뒀어요."

말이 떨리고 가끔 혀가 잘 돌아가지 않게 되는 이 '진술'을 다테시나 경위는 흘려듣고 있는 것처럼 보였다. 하지만 구치다 미에의 이야기가 일단락되자 말했다.

"당신은 다부진 분이군요. 취조실에서도 이렇게 정신 바싹 차리고 힘내십시오."

경위의 목소리는 약간 높다. 말투에도 독특한 억양이 있다. 마치 놀리는 것처럼 들린다. 그러나 그 눈은 엄하고 눈동자가 날카롭게 좁혀져 있었다.

일 년 중에서 가장 상쾌한 계절인데 나는 기분이 나빴다. 차가운 땀이 흐르고 독감에 걸린 것처럼 오한이 들었다.

내 직업이, 내 조사 보고서가 이 사태를 부른 거라고 생각했다.

바람을 타고 또 구령 소리가 흘러왔다. 운동부가 연습을 하고 있는 것일까.

"가까운 곳에 학교가 있는 모양이군요."

경위가 물었다. 미에는 얼굴을 들고 자동차 앞유리를 통해 멀리 시선을 던졌다.

"──언니도 저도 다녔던 중학교예요."

그녀의 얼굴에서 표정이 빠져나가 있었다.

"저는 언니랑 닮았기 때문에."

곧잘 괴로운 일을 당했어요.

"언니의 불량한 친구들한테 징그러운 짓을 당할 뻔한 적도 있어요. 너도 벗으면 언니랑 비슷하게 몸이 괜찮겠지, 그러면서 저를 둘러싸서 무서웠어요."

그녀의 입가가 가늘게 떨리기 시작했다. 어금니가 딱딱 부딪힌다.

"언니가 저질러 온 일이 전부 저한테 덮쳐 왔어요. 학교에서도 내내 수군거리는 말을 들었고, 선생님들은 색안경을 끼고 절 보았어요."

구치다 미키의 동생이다. 꼭 닮았겠지.

"어머니가 내내 요통으로 병원에 다니고, 아버지 혼자 벌어서 살림을 꾸리는데 아직 주택 대출도 있고, 저희 집은 결코 유복하지는 않아요."

거기에 사자나미라는 손녀를 키울 필요도 생겼다.

"그래서 저는 진학을 포기해야 했어요. 고등학교를 나와서 취업

하려고 했던 1지망 회사에서도 분명히 신상 조사를 했겠죠. 사장 면접까지 갔었는데 채용되지 않았어요."

꿀꺽 숨을 삼키고 손으로 목을 누른다.

"사귀던 남자한테는 결혼을 전제로 양가 상견례를 한 순간 차이고 말았어요. 그의 어머니가 언니의 언동에 겁을 먹었던 거예요."

무참하게도, 이때 구치다 미에는 웃었다.

"정상적인 가정의 사람이라면 겁을 먹는 게 당연해요."

자신이 하지도 않은 일인데 악평이 따라다녔다. 그 언니의 동생이니까 근성은 똑같겠지. 얌전해 보이는 얼굴을 하고 있지만 믿을 수 없어.

단조롭게 속삭이는 듯한 목소리로 구치다 미에가 계속해서 토해 낸다.

"괴로워서, 괴로워서, 화가 나서 견딜 수 없어서, 용하다는 점쟁이한테 점을 본 적도 있어요."

제 미래는 어떻게 될까요? 이대로 언니한테 휘둘리면서 평생을 마치게 될까요?

"그랬더니 설교하더군요."

──아무리 괴로운 과거라도 그건 당신의 역사예요. 어제의 당신이 있기 때문에 지금의 당신이 있고, 당신의 내일이 있는 거예요. 받아들이고 긍정적으로 나아가지 않으면 행복한 미래로 가는 길은 열리지 않아요.

"그런 거, 저한테는 불가능해요."

그녀는 양손으로 얼굴을 덮었다.

"이제 무리예요. 더 이상 못 하겠어."

이제 충분하다. 지긋지긋하다. 힘이 다하고 말았다.

"저를 몰아세우는 '어제'는 전부 언니가 저지른 일이에요. 저는 한 번도 제 어제를 선택할 수 없었는데."

말의 마지막은 억누른 비명이 되었다.

다테시나 경위가 갑자기 턱을 들었다.

"차가 옵니다."

그는 문을 열고 차에서 밖으로 나갔다. 나도 경위의 시선이 향한 곳을 바라보았다. 조용한 주택지 안을 뚫고 희끄무레한 소형차가 이쪽으로 다가온다.

뒷좌석에서 구치다 미에가 흐느껴 울기 시작했다.

렌터카의 지붕 너머로 다테시나 경위가 나를 보았다.

"당신도 정신 바싹 차리고 힘내요, 탐정님."

5월의 푸른 하늘 아래, 사립탐정의 모습을 한 돌이 되어, 나는 그저 우두커니 서 있었다.

"당신도 정신 바짝 차리고 힘내요, 탐정님."

먼저 나성의 로컬 탐정에 관한 이야기를 한자락 해볼까 한다. 하버드와 캠브리지에서 화학과 물리학을 공부하던 마이클 르윈에게 글쓰기 재능이 있다는 걸 발견한 사람은 그의 아버지였다. 르윈의 아버지인 레너드 르윈은 《뉴욕타임즈》 베스트셀러인 『철의 산에서 온 보고서』로 잘 알려진 평론가다. 그는 아버지의 권유에 따라 대학 2학년 때부터 창작 글쓰기 수업을 들었다고 한다.

첫 소설이 탐정물이었던 이유는 아내가 레이먼드 챈들러를 좋아했기 때문이다. 챈들러(+로스 맥도널드)의 소설을 읽고 플롯을 공부한 르윈은 어머니와 아내가 웃는 모습을 보기 위해 소설을 썼다(고 후기에 적었다). 그 웃음 포인트는 탐정이라는 이름에 걸맞지 않게 평범한 모습으로 살아가는 앨버트 샘슨 캐릭터에서 비롯되는데 대략 다음과 같은 특징이 있다.

(1) 술을 즐기지 않는다. (2) 술 맛보다는 커피 맛에 더 까다롭다. (3) 담배는 일절 피우지 않는다. (4) 하물며 마약 따위야 더더욱 사절. (5) 탐정 주제에 권총을 무서워한다. (6) 대신 책을 좋아한다. (7) 〈율리시즈〉부터 〈법률과 가사〉까지 장르를 가리지 않고

시간만 났다 하면 책을 꺼내든다. (8) 미인에게 유혹받아도 깨끗하게 거절할 줄 안다. (9) 오직 한 사람만을 마음에 두고 있는 순정파. (10) 여성에 대한 태도처럼 스포츠도 오직 농구만을 사랑하지만 모든 스포츠에 관해 박식하다.

이렇게 표면적인 모습만 짚어 보았을 뿐인데도 샘슨이 종래의 비범한 탐정들과 선을 긋고 있음이 명백해진다. 네오 하드보일드(대실 해밋, 레이먼드 챈들러, 로스 맥도널드와 같은 정통파 하드보일드를 계승하려고 1960년대 후반에서 1970년대에 잇달아 탄생한 신新 하드보일드)가 이름을 알리기 시작할 당시만 해도 샘슨의 평범함은 신선하고 이례적으로 비쳤다. 그리고 종래의 탐정 상像과 달리 평범한 모습으로 활약하는 샘슨은 이후 여러 작가들에게 영향을 주었는데——.

지난 2018년 11월, 《문예춘추》는 시리즈 누계 300만부 돌파를 기념하며 미야베 미유키와 인터뷰를 가졌다. 〈스기무라 사부로 시리즈를 즐기는 법〉이라는 제목으로, 탄생의 원점인 『누군가』부터 『어제가 없으면 내일도 없다』까지 주인공의 행적을 돌이켜 보자는 것이 취지였다. 그 자리에서 "소소한 사건을 해결하는 스타일의 탐정을 떠올리게 된 계기"를 묻는 편집자의 질문에 작가는 이렇게 대답했다.

"맨 처음 생각했던 것은 마이클 르윈의 '앨버트 샘슨' 시리즈가 너무 좋아서, 저도 그런 느긋하고 사람 좋은 사립탐정을 주인공으로 한 이야기가 쓰고 싶었던 거예요. 앨버트 샘슨은 탐정 소설에 흔히 나오는 명석한 탐정이 아니라, 돈에 쪼들리고, 멋있지도 않으며, 가족의 실종 같은 평범한 사건을 다루는 서민의 탐정이거든요. 사생활은 지극히 평범하고 행복한 사람이, 일상생활에서 흔히 볼 수 있는 사건과 조우해 사건을 해결해 나가는 이야기를 쓰고 싶어서 태어난 것이 스기무라 사부로입니다."

야마나시 현의 지극히 평범한 농가 출신인 스기무라 사부로는 도쿄의 대학을 나와 아동서를 만드는 출판사에서 사회생활을 시작했다. 그러다가 낯선 남자에게 추행당할 뻔한 재벌가의 딸을 구해준 인연으로 결혼까지 하고 대기업 총수인 장인의 회사에 입사하여 사보를 만드는 편집자로 일하게 된다. 이때 스기무라가 '열심히 부잣집의 꿀을 빨겠다'가 아니라 '나만 이렇게 좋은 대접을 받고 있어서 면목이 없네'라는 생각으로 늘 불안해한다는 걸 눈여겨볼 필요가 있다. 그러던 어느날 장인의 지시로 장인의 차를 몰던 운전기사의 죽음을 조사하며 어설픈 탐정 흉내를 내다가 사건의 이면에 숨겨진 인간의 악의를 목도한다는 것이 『누군가』의 내용이다.

『이름 없는 독』은 『누군가』로부터 약 1년 후의 일을 그리고 있다. 스기무라가 일하는 사보 편집부에 새로 들어온 아르바이트생 겐다 이즈미가 부원 전체와 마찰을 일으키면서 이야기가 시작된다. '자신은 잘못이 없고 오히려 부원들이 자신을 괴롭혔으며 성희롱과 함께 협박까지 당했다'는 투서가 회장실에 날아들자, 회장(장인)의 지시로 이 일을 마무리하기 위해 이즈미의 전 직장을 찾아간 스기무라는 그녀가 전 직장에서도 같은 행태를 보였으며 이력서에 기재된 경력, 학력, 나이가 모조리 거짓이었음을 알고 놀란다. 이윽고 해고된 그녀가 직속상사였던 스기무라를 괴롭히자 겐다 이즈미에 대한 조치를 취하는 과정에서 무차별 독살 사건의 피해자와 조우하게 된 스기무라는 사건 안으로 발을 딛고 만다.

스기무라는 두 번째 사건을 겪으며 "이 넓은 세상에는 우리의 상식 범위 안에서는 이해할 수 없는 사고를 가지고, 그 사고에 따라 행동하는 사람들이 우리가 막연히 예상하는 것보다 훨씬 많다"는 사실을 실감하고, 사람들을 불행에 빠뜨리는 것이 정작 본인은 그동안 전혀 자각하지 못했던 악의였음을 깨닫는다. 자신이 얼마나 무력한가를 느낄 즈음에 등장한 인물이 노회한 탐정 기타미 이치로다. 그는 스기무라에게 "사람이 사는 한, 거기에는 반드시 독이 스며든다. 왜냐하면 우리 인간들이 바로 독이기 때문이다"라는 사실을 환기시킨다. 기타미라는 (선배) 탐정으로부터 "세상에 존재하는 독의 정체를 알고 싶다면 직접 뛰어드는 수밖에 없다"라는 무형의 메시지를 전달받은 스기무라는 어렴풋하게나마 자신의 운명을 예감한다.

한국과 마찬가지로 일본의 전후 사회도 다단계와 투자 사기가 커다란 사회적 문제였다. 법률로 금지하면 이내 교묘하게 법망을 피해 가는 새로운 수법이 나왔다. 오늘날에는 인터넷을 통해 폭넓게, 특히 청소년과 노인층에 많은 피해가 발생하고 있다. 미야베 미유키는 "신문과 주간지를 보면, 화장품, 건강 보조식품, 다이어트 식품을 취급하는 다단계 사기가 여전히 많잖아요. '깨끗한 피부를 갖고 싶다', '건강해지고 싶다', '열심히 일해서 저금했으니 이 돈을 좀 운영해서 이자를 얻고 싶다' 같은 우리 일상생활의 사소한 소망을 노리는 인간들이 싫었어요. 그 악랄하고 치사한 수법이 정말 싫었기 때문에 이번 작품에서 써 보자고 생각했습니다"라고 북스피어와의 인터뷰에서 말한 바 있다.

즉, 『십자가와 반지의 초상』은 스기무라가 처음으로 개인간의 갈등이 아니라 사회 전체를 둘러싼 범죄와 대결해야 했던 작품이다. 결과적으로 그는 자신이 사회와 마주하는 자가 될 수밖에 없음을 직감하고 지금까지의 삶과 결별한다. (여기부터는 스포일러가 있으니 아직 『십자가와 반지의 초상』을 읽지 않았다면 멈춰!) 그것은 '이혼'이라는 형태로 나타났다. 이혼의 원인은 나호코의 불륜이었다. 이를 두고 독자들 사이에서 공방이 벌어졌지만 이것은 처음부터 짐작할 수 있었던 수순이었다. "단지 나호코가 바람을 피워서 이혼을 할지, 바람을 피려고 해서 이혼을 할지"가 작가의 고민이었을 뿐이다. 이로써 스기무라는 대기업의 총수인 이마다 요시치카라는 뒷배와 아내 나오코, 딸 모모코와의 행복한 삶과 결별한다.

지금껏 살펴본 초창기 세 작품에 드러난 스기무라의 특징이라면 (1) 불운하게도 사건에 잘 휘말린다 (2) 탐정으로서 뛰어나다는 생각이 들지 않는다 (3) 두뇌회전이 빠른 사립탐정이나 형사였다면 놓치지 않았을 수수께끼의 힌트를 자주 놓친다 (4) 직면하게 되는 사건은 가정 내, 교우관계, 회사에서 꼬여버린 인간관계로부터 태어난 악의가 대부분이다. (5) 남의 이야기를 잘 들어주고 공감력이 강해서 여성들에게 사랑받는다, 로 정리할 수 있을 듯하다.

일반적으로 탐정물은, 시작부터 다짜고짜 자신의 사무실에 앉아 있다가 의뢰인을 맞이하는 (남자 탐정은 입을 다물고 있어도 여자 쪽에서 다가오는) 형태였다. 간단하고 심플하다. 탐정의 이력이야 회상 신에 등장시키면 그만이다. 독자 입장에서도 알기 쉽다. 하지만 미야베 미유키는 『누군가』(2003)부터 『십자가와 반지의 초상』(2013)까지 무려 10년 동안 조금씩 궤도를 수정해 가며 (단편이 아니라 세 권의 장편소설 분량, 아니, 일본에서 『십자가와 반지의 초상』은 두 권으로 출간되었으니 네 권짜리 장편 분량으로) '스기무라는 어떻게 탐정이 되었는가' 하는 과정을 차근차근 설명해 왔던 것이다. 이런 대목이야말로 미야베 미유키의 뛰어난 점이라고 생각한다. 되풀이하자면 장편 네 권 분량의 프롤로그다. 이를 통해 독자들은, 스기무라라는 탐정은 평범하지만 마음은 굳건해서 결코 흔들리지 않을 사람이구나 하고 생각하지 않았을까.

그리하여 스기무라는 마침내 사립탐정으로 데뷔한다. 당장은 대재벌의 사위로 거북했던 신분에서 벗어나 자유로워진 한편으로 자신이 살아야 할 터전을 직접 찾으며 먹고사니즘을 해결해야 한다는 절박한 문제가 있다. 하지만 신출내기 탐정에게 사건의 의뢰는 쉽게 들어오지 않았다. 최초의 의뢰인이 그를 찾은 것은 사무소 설립으로부터 10개월이나 지난 후, 돌아가신 줄 알았던 노인이 살아 있는 것을 발견했는데 그에 대한 조사를 해 달라는 것이었다. 그리고 이처럼 소소한 사건이 연속으로 네 편 이어진다. 미야베 미유키가 『희망장』을 초기 삼부작과 같은 장편이 아니라 중편 네 편으로 구성한 이유는 무엇일까.

"스기무라 사부로가 탐정으로서 얼마간의 현장 경험이 필요했기 때문입니다. 갑자기 하라 료의 하드보일드 소설 『그리고 밤은 되살아난다』처럼 어려운 사건을 만나도 해결할 수 있을 리가 없으니까요. 처음부터 400미터 개인 혼영을 헤엄칠 수 없으니, 처음에는 일단 50미터 자유형, 평형, 접영을 제대로 헤엄칠 수 있게 해야죠. 그래서 이 풋내기 탐정에게는, 자신을 백업해 줄 '오피스 가키가라'라는 대형 탐정사무소와 인터넷의 마법사 기다 같은 이들이 필요했던 겁니다."

『희망장』에서 스기무라는 종이접기 장인 조사원인 미나미의 충고를 듣고 '미증유(지금까지 한 번도 있어 본 적이 없음)의 비극에서 감정적으로 흔들리지 말아야 한다'는 것을 실감한다. 프로 탐정이라면 냉정한 제삼자, 즉 방관자로 일관할 수 있어야 하기 때문이다. 미나미의 충고 덕분에 사건의 추이에 마음을 빼앗기지 않고 해결에 이름으로서 스기무라는 조금 더 성장하여 다음 단계로 나아갈 수 있었다.

마지막은 다시 앨버트 샘슨에 관한 이야기다. 파리 날리는 탐정사무실을 운영하던 샘슨에게 어느 날 의뢰인이 찾아온다. "제약회사 영업사원인 남동생이 사고를 당해 크게 다쳤다고 들었는데, 회사에서는 최고의 의료를 제공하겠다고만 할 뿐 7개월째 남동생의 모습을 보여주지 않아요"라는 것이 사건의 내용이다. 담당의사도 "감염의 위험이 있어서 면회를 할 수 없다"는 말만 반복하자, 샘슨은 조수를 자처하고 나선 딸과 함께 석연치 않은 의혹을 조사해 나가는데——.

보다시피 샘슨이 의뢰받은 사건의 시작은 「절대 영도」와 닮았다. 미야베 미유키가 자신이 가장 좋아하는 마이클 르윈의 소설 『침묵의 샐러리맨』을 오마주했기 때문이다. 하지만 샘슨의 이야기보다 스기무라의 이야기가 더 섬뜩하게 느껴진 까닭은 무엇일까. 내가 막연히 짐작했던 그 이유를 평론가 다카자와 겐지는 정확히 지적해 주었다. "미야베 미유키의 소설을 읽다 보면 늘 '세상'에 눈을 뜨게 된다는 생각이 든다. 「절대 영도」에서는 체육계 특유의 위계적 인간관계가 갖는 위태로움이 그려져 있다. 독자들은 지난해 일어난 니혼 대학 미식축구부의 악질 태클 사건을 연상할 것이다. 혹은 연이어 드러난 체육계의 파워 하라스먼트 사건을 떠올릴지도 모르겠다. 그러나 이 작품은 그보다 먼저 쓰였다. 즉, 일본에 존재하고 있는 어떤 정신적 풍토의 위험성을 이미 픽션의 형태로 제시한 것이다. 확실히 우리는 그와 비슷한 '체육계의 소문'을 세상 돌아가는 이야기를 통해 알고 있었다. 그러나 그것이 어떤 식으로 인간에게 해를 끼치는가 하는 대목까지 확장하여 상상할 수 있었던가? 미야베 미유키라는 작가는 그 상상력으로 일상의 표층 아래에 있던 '악'을 들춰낸 것이다."

그 악은 지금껏 발표된 미야베 미유키의 작품 중에서 가장 기분 나쁘고 께름칙하게 묘사되었다. 그리고 딱 그만큼, 인간이라는 껍데기에 더러운 물을 가득 채운 듯한 가해자들과 대결하는 스기무라의 모습에서도 탐정으로서의 무게감과 여유를 엿볼 수 있다. 한층 더 탐정다운 처세가 생긴 스기무라를 향해 다테시나 경위는 이렇게 말한다. "당신도 정신 바짝 차리고 힘내요, 탐정님." 이 대목에서 앞으로 탐정 스기무라에게 닥칠 사건의 힘겨움을 예감하며 흐뭇해한 독자가 나뿐만은 아닐 거라고 생각한다.

마지막으로 덧붙이자면, 다테시나 경위는 차기작에도 등장하여 스기무라와 신뢰(+라이벌) 관계를 쌓아갈 거라고 한다. 위독해진 이마다 요시치카 회장과의 만남도 한 번 더 등장할 예정이다. 앨버트 샘슨이 조수를 자처하고 나선 (자신의) 딸과 함께 석연치 않은 의혹을 조사해 나가는 것처럼, 스기무라 역시 (성장한) 딸 모모코와 함께 사건을 해결해 나가는 이야기가 준비돼 있다. 아무래도 이 시리즈의 에피소드는 풍성하고 남은 것은 시간과의 싸움일 듯하다. 얼른 다음 편을 보고 싶은데.

그러니까 힘내세요, 작가님.

마포 김 사장 드림.

어제가 없으면 내일도 없다

초판 2쇄 발행 2020년 4월 20일

지은이   미야베 미유키
옮긴이   김소연

발행편집인   김홍민 · 최내현
편집   조미희
표지디자인   이혜경디자인
용지   한승지류유통
출력   블루엔
인쇄   청아문화사
제본   대신문화사

펴낸곳   도서출판 북스피어
출판등록   2005년 6월 18일 제105-90-91700호
주소   (03961) 서울특별시 마포구 방울내로 11길 43, 101-902
전화   02) 518-0427
팩스   02) 701-0428
홈페이지   www.booksfear.com
전자우편   editor@booksfear.com

ISBN   978-89-98791-97-1(04830)
ISBN   978-89-91931-11-4(SET)